동아시아 문학의
전 지구적 확장성

해외문학상 수상 작가들

이 책은 2019년 대한민국 교육부와 한국연구재단의 지원을 받아 수행된 연구임(NRF-2019S1A5C2A04082394)

대구대학교 인문과학연구소
도시인문학총서

14

동아시아 문학의
전 지구적 확장성

양종근 지음

해외문학상
수상
작가들

學古房

서문

<비긴어게인>이라는 TV 프로그램이 있다. 우리나라 최고의 뮤지션들이 유럽의 여러 도시들을 돌아다니며 거리 버스킹을 하는 예능 프로그램이다. 유럽인들에게는 동양에서 온 낯선 이방인들이 연출하는 이 해프닝이 이채롭고 흥미롭겠지만, 프로그램을 지켜보는 내내 드는 생각은 "왜 이들에게 박수를 받는 일이 이렇게 중요하지?"라는 것이었다. 우리나라에서 최고 가수라는 정점을 찍고 그곳에서 바닥부터 다시 활동을 시작하려고 하는 것이라면 이해할 수 있는 일이겠지만, 동네를 오가던 마을 주민들로부터 무엇을 인정받고 싶은 것인지, 인정받는다고 해서 무슨 의미가 있는 것인지 알 수가 없었다. 이런 프로그램의 기획 의도에는 의식을 했든 그렇지 않았든 간에 일종의 '오리엔탈리즘(orientalism)'이 깔려 있다.

오리엔탈리즘은 동양인과 동양 문화에 대해 서구인들이 지닌 편향된 시선이나 해석을 뜻한다. 서구인들의 서구 문명에 대한 우월주의와 보편주의적 관점은 동양을 타자화함으로써, 비과학적이고 비합리적인 열등하고 미개한 사회로 왜곡하거나 신비화한다. 서구의 동양에 대한 제국주의적 침략을 정당화하는 이데올로기인 오리엔탈리즘은 서양인의 전유물이 아니라 암암리에 동양인의 사고방식에도 침투하여 스스로를 비하하고 왜곡하는 후진적인 자기인식에 갇히도록 만든다. 우리나라 최고의 가수들을 유럽 도시 어느 골목에 세워 지나가는 서구의 백인들로부터 인정받도록 만드는 프로그램의 시스템에는 내면화된 오리엔탈리즘이 잠복해 있다.

그냥 우리는 우리가 하던 것을 하면 된다. 우리가 가장 잘하는 것을 우리끼리 즐기다 보면 함께 즐기자고 고개를 내미는 사람들이 생기게 되고, 함께 즐기다 보면 우리만의 고유한 특수성과 우수성에 대해 그들도 인정하게 되는 것이다. 문화는 이렇게 함께 즐기면서 혼종되고 확장되는 것이다. 봉준호의 <기생충>, 윤여정의 <미나리>, 넷플릭스의 <오징어 게임>, 그리고 BTS 등 이른바 K-Culture에 대한 전 지구적 열광을 지켜보면서, 우리 문화의 고유성에 대한 자신감과 보편성에 대한 확신이야말로 지역성(locality)과 이동성(mobility), 그리고 확장성(scalability)의 변증법적 상호침투를 가능하게 하는 토대가 될 수 있다는 확신을 가지게 된다.

매체의 발전에 따른 모빌리티의 증가는 문화적, 지적 창작물들에 대한 전 지구적 확장을 가져왔으며, 로컬리티에 대한 새로운 관점을 지니도록 요구한다. 인구나 상품 등의 유형적인 것 뿐만 아니라 지식, 정보, 문화예술 컨텐츠 등의 비물질적 것의 전 지구적 이동성이 확대되고 있는 글로벌 시대에 로컬리티는 그와 같은 이동성이 발생하고 있는 구체적 토대이자 현장의 의미로 탈바꿈하게 된다. 로컬리티는 지역에 국한된 정태적이고 고정된 것이 아니라 과정적이고 관계적인 개념으로 이해해야 하는 시대가 된 것이다. 토대와 현장이 과정적이고 관계적인 것이어서 끊임없이 변화하고 있다면, 그리고 토대와 현장이 중심을 지니지 않고 전 지구적으로 산재해 있는 것이라면, 서구중심주의나 보편주의는 낡은 관념으로 전락할 것이다. '동아시아'라는 문제를 제기하는 것은 지난 시대의 근대화 과정의 산물인 민족 단위의 경계를 허물고 보편과 중심으로서의 서구라는 관념에 흠집을 내는 이중적인 전략을 내포하고 있다.

그런데 동아시아 3국은 전 지구적 보편성으로 나아가기 위해 해결해야 할 과제를 안고 있다. 그것은 지난 세기 냉전의 산물이자 식민주의의 잔재라고 할 수 있는데, "일본은 아시아 안에서 어떻게 과거를 벗어나 스스로의 정체성을 새롭게 찾아나갈 것인가. 중국은 앞으로의 근대화 과정에서 수많은 주변 민족 구성원들과 평화롭게 공존하면서 어떻게 스스로의 대국주의적 유혹을 뿌리칠 수 있을 것인가. 한국은 어떻게 박물관적 냉전의 유산을 털어버리고 평화로운 하나의 공동체로 자기의 근대를 종결시킬 수 있을 것인가"(황석영. 「질문의 시작」. 『문학의 미래』. 중앙북스. 2009. 194.)와 같은 새로운 시대 정신의 구현과 관련된 문제들이다. 지난 세기의 과오를 청산하고, 민주, 평화, 호혜에 기반한 사회로 진일보할 수 있을 때, 동아시아의 문학, 예술, 문화는 보다 광범위한 확장성을 지닐 수 있게 될 것이다.

이 책은 총 9개의 장으로 구성되어 있다. 한국과 중국, 그리고 일본의 대표적인 작가들의 단편소설들을 각각 3편씩 소개하고 있다. 중국 작가의 작품으로는 먼저 중국 출신의 첫 번째 노벨문학상 수상자인 가오싱젠(高行健)의 「버스정류장」을, 그리고 두 번째 노벨문학상 수상자인 모옌(莫言)의 「사부님은 갈수록 유머러스해진다」를, 세 번째는 국내에서도 유명 인기 작가인 위화(余華)의 「무더운 여름」을 다루고 있다. 일본 작가의 작품으로는 노벨상 수상자이면서 전혀 다른 문학세계를 보여주고 있는 가와바타 야스나리(川端 康成)의 『이즈의 무희』와 오에 겐자부로(大江 健三郎)의 『사육』을 선정하였고, 세 번째로는 세계적인 인기 작가 무라카미 하루키(村上春樹)의 「위드 더 비틀스 with the Beatles」를 포함시켰다. 한국 작가의 작품으로는 신경숙의 「깊은 숨을 쉴 때마다」, 한강의 「내 여자의 열매」, 그리고 김애란의 「성탄특선」을 다루고 있다. 여기

6

에 소개된 작가들은 동아시아 지역 출신이면서 노벨문학상을 포함한 다수의 해외 문학상을 수상한 자들이다.

주지하다시피 한국 작가들 가운데 아직 노벨문학상 수상자가 나오지 않고 있는데, 이는 결코 우리 문학의 수준이 중국과 일본에 비해 떨어져서가 아니라, 번역(실제로 고된 번역 작업에 대한 경제적, 학문적 보상이 극히 빈약한 실정이다)이나 국제적 위상 등의 문제로 인해 아직 우리의 문학이 세계에 상대적으로 덜 알려져 있기 때문이다. 해외, 특히 서구로부터 우리 지역의 작가들이 문학상을 수상했다는 사실은 반갑고 축하할 일이지만, 그 이상의 특별한 의미를 부여할 필요는 없다. 서구의 이론가들이나 일반 독자들이 동양의 역사, 문화, 사상 등에 대해서 얼마나 제대로 된 식견을 지니고 있는지도 의문이거니와 그들로부터 인정받은 것을 두고 무슨 세계적 수준의 반열에 오른 것처럼 호들갑을 떨 일은 더더욱 아닌 것이다. 흔히들 말하는 '세계 문학'이 서구의 기준으로 봤을 때 즐길만하고 인정받을만한 것을 의미하는 것은 아닌지 조심스럽게 따져볼 필요가 있다. 이 책의 기획은 이러한 문제의식에서 출발하였다. 해외에서 인정받은 동아시아 출신 작가들의 전 지구적 확장성이 이들 작가들에 대한 합당한 평가에 기인한 것인가를 우리의 관점으로 다시 확인해보고 싶었다. 혹은 우리가 너무 익숙한 나머지 미처 파악하지 못한 어떤 장점들을 외부인의 시선을 통해 발견하고 있다면, 그것은 내부에서 새롭게 평가받아야 할 것이다.

책을 기획하다 보니 중국과 일본의 작가들은 모두 남성들인 반면, 한국의 작가들은 모두 여성 작가들로 채워져 있다. 별다른 의도가 있었다기보다는 세계적인 유명세에 더해져 필자의 편견과 취향이 반영된 결과인 셈이다. 여기에 소개된 한국 작가들이 조정래, 고은, 황석영 같은 남성

작가들과 박경리, 박완서, 양귀자 등의 여성 작가들이 한국 문단에 다져온 비옥한 토양 위에 자리하고 있음은 분명하다. 주옥같은 한국 작가들에 대해 함께 이야기할 기회가 있기를 바란다.

이 책은 전 지구적으로 알려진 동아시아 작가들의 단편소설들을 소개하고 있다. 주로 장편 소설들이 주를 이루는 수상 대상작이 아니라 단편소설들을 소개하는 이유는 이 책이 위 작가들의 장편 소설들로 독자들을 이끌 수 있는 일종의 교두보 역할을 수행했으면 하는 바람 때문이다. 현대인들은 바쁜 일상으로 인해 두꺼운 장편 소설에 선뜻 손을 내밀기 힘들다. 이 책에 소개된 단편들에 대한 관심과 흥미가 해당 작가의 다른 작품들에 대한 독서로 이어질 수 있다면 좋겠다.

이 책은 교육부와 한국연구재단의 인문사회연구소 지원 사업의 결과물이다. 팬데믹, 기후, 난민, 전쟁 등 새로운 위기들이 뉴 노멀(New Normal)을 강요하고, 성장과 경쟁 지향적인 생활양식에 대한 성찰과 반성을 요구하는 요즈음 그 어느 때보다 인문학적 지혜와 통찰력이 절실하게 요청되고 있다. 분노와 혐오, 당혹감과 절망을 극복하고 위기를 기회로 전화할 수 있는 인문학적 상상력과 인문정신에 대한 재단의 확고한 믿음에 경의(敬意)와 사의(謝意)를 표한다. 연구 책임자이신 권응상 선생님과 늘 응원해주시는 이미경 선생님께 이 자리를 빌어 감사의 말씀을 드린다. 출판을 도와주신 학고방 출판사의 하운근 대표님과 실무를 맡아주신 명지현 팀장님께도 감사의 인사를 드린다. 부족한 부분은 점차 개선하여 보완하겠다.

2022년 6월

양 종 근

목차

제1장

오지 않는 희망과 희미한 소통의 가능성
가오싱젠의 「버스 정류장」

> 너무 많은 분석적 사고, 너무 많은 논리, 너무 많은 의미! 인생에는 논리가 없는데
> 왜 그것이 의미하는 바를 설명하는 논리가 있어야 합니까? 또한 논리는 무엇입니까?
> 분석적 사고에서 벗어나야한다고 생각합니다. 이것이 제 모든 불안의 원인입니다.
> 가오싱젠, 「영혼의 산」 중에서

뉴 밀레니엄 시대의 노벨상

　뉴 밀레니엄 시대가 시작되는 2000년 노벨문학상 수상자로 가오싱젠(高行健)이 지목되자 세간에는 다양한 목소리들이 울려 나오게 된다. 가오싱젠은 노벨문학상이 제정된 이래 이 상을 수상하게 된 4번째 동양인이다. 1913년 인도의 타고르(Rabindranath Tagore), 1968년 일본의 가와바타 야스나리(川端 康成), 1994년 오에 겐자부로(大江 健三郎)에 이어 4번째

그림 1. 가오싱젠(2012)의 모습

동양인 수상이 알려지게 되자 환영과 불만의 목소리가 동시에 쏟아지게 된 것이다. 이름에서 알 수 있듯이 가오싱젠은 중국인이다. 그러나 그는 정치적인 이유로 프랑스로 망명하였으며 프랑스의 시민으로 살아가고 있는 프랑스인이기도 하다. 1940년생으로 중국 쟝시성(江西省) 간저우(贛州)에서 출생하여, 베이징외국어대학(北京外國語大學) 프랑스어 학

과를 졸업한 후 번역과 잡지사, 교사 등으로 활동하다 1981년부터 베이징 인민예술극장(北京人民藝術劇院, Beijing People's Art Theater)에서 전업 작가로 일하기 시작했다. 1982년 『절대 신호(絕對信號)』, 1983년 『버스 정류장(車站)』 등의 희곡으로 작품 활동을 시작한 그는 공산주의의 대표적인 창작법인 사회주의 리얼리즘과의 차별화로 인해 반향을 일으켰으며, 1989년의 『영혼의 산(靈山)』 은 그에게 노벨상이라는 커다란 명성을 안겨다 주었다. 그는 자신의 소

그림 2. 가오싱젠에게 노벨상을 안긴 『영혼의 산』은 한국어로도 번역이 되어 있다.

설 『영혼의 산』으로 노벨상을 수상했지만, 극작가로서 더욱 알려져 있었으며, 현재에는 화가로도 활동하고 있다.

한림원에서는 가오싱젠을 수상자로 선정한 이유를 다음과 같이 설명하고 있다. "보편적인 타당성, 신랄한 통찰력과 언어적 정교함을 지닌 작품으로 중국 소설과 드라마에 새로운 길을 열어주었다."(for an æuvre of universal validity, bitter insights and linguistic ingenuity, which has opened new paths for the Chinese novel and drama.)[1] 조국을 버리고 망명한 작가에게 중국 본토에서의 시선이 고울 리가 없다. 조국을 버린

---

1) The Nobel Prize in Literature 2000. NobelPrize.org.
   https://www.nobelprize.org/prizes/literature/2000/summary/

작가에게 중국 소설과 드라마의 미래라는 호칭을 붙이는 것이 못마땅할 수밖에 없는 것이다. "가오싱젠은 정치적 망명자로서 조국을 떠나 있는 상황이었고, 대륙 중국에서는 그의 작품이 출판금지 조치되어 있는 상황이었다는 사실이다. 현재 대륙 중국에서 활동하고 있는 수 많은 작가들을 제쳐두고 굳이 프랑스 국적을 소유한 중국 출신 작가에게 상을 안겨준 사실이 의문스럽다는 것이다. 친유럽계 작가를 선택함으로써 그 자체가 모종의 '정치적 의도'를 지니고 있는 것 아니냐는 의혹마저 불러일으키는 것이다."[2] 다른 한편으로는 그의 수상이 새천년을 맞아 서구 문학상이 타자의 목소리에 귀를 기울이도록 하는 계기를 제공했다며 환영하는 목소리들도 있다.

중국인 작가 초유의 수상자이면서도 중국으로부터 환영받지 못하는 그의 개인적 이력이야말로 그의 작가로서

그림 3. 문화대혁명은 역설적이게도 문학의 억압을 가져왔다.

2) 임대근, 「중국 근·현대소설을 어떻게 읽을 것인가?-가오싱젠의 노벨문학상 수상을 계기로」, 『중국학연구』 19, 2000, 147-8. 임대근에 따르면 "전 세계적으로 수상 사실이 알려진 상황에서도 중국 당국의 견해를 대변한다 할 수 있는 「인민일보(人民日報)」만큼은 즉각적인 보도를 애써 자제한 것으로 보인다. 만 하루가 지난 뒤에야 단신 보도와 더불어 중국작가협회의 책임자를 인터뷰하여 "노벨문학상은 이미 정치적 목적으로 이용되었으며 그 권위를 상실했다"고 비난하더니 이어서 몇몇 칼럼을 통해 노골적으로 "실망스러운 올해의 노벨문학상"이라고 표현함으로써 부정적인 태도를 분명히 했다"(148)고 한다.

의 이채로운 특징을 잘 드러내는 것은 아닐까. 더 나아가 그의 이채로운 개인적 이력에는 중국의 근대사와 떼려야 뗄 수 없는 깊은 연관이 있다. 먼저 문학과 예술에 대한 그의 입장을 들어보자.

이데올로기와 개인

가오싱젠은 노벨상 수락 연설에서 다음과 같이 말한다. "제가 여기서 말하고 싶은 것은 문학은 개인의 목소리일 뿐이며 이것은 항상 그렇습니다. 문학이 민족의 찬송가, 인종의 깃발, 정당의 대변자 또는 계급이나 집단의 목소리로 만들어지면 강력하고 모든 것을 포용하는 선전 도구로 사용할 수 있습니다. 그러나 그러한 문학은 문학에 내재된 것을 잃고 문학이 아닌 권력과 이익의 대용품이 됩니다. 지난 세기에 막 끝난 문학은 정확히 이 불행에 직면했고, 그 어느 시기보다 정치와 권력에 더 큰 상처를 입었고, 작가 역시 전례없는 억압을 받았습니다."[3] 가오싱젠이 말하는 문학에 대한 정치의 억압과 권력의 착취는 그가 문학가로서 왕성하게 활동하던 시기가 중국의 공산화 과정과 정확하게 일치하기 때문에 발생한 현상이었다. 그가 문학을 개인의 목소리라고 거듭해서 강조하는 이유는 중국식 공산화 과정이 노정했던 '전체주의화'에 대한 강력한 반작용 때문이다. 한영자의 설명처럼, "1980년대는 '제2의 오사시기'이다. 50-70년대 비판받던 문학 형태와 문예 관념이 이 시기에 점차 다시 주류로 편입하고, 작가들은 '百花文学'을 반기며 그동안 담아놓았던 이야기를

---

3) https://www.nobelprize.org/prizes/literature/2000/gao/25532-gao-xingjian-nobel-lecture-2000-2/

글로 쏟아냈다. 작가들은 '문학은 곧 정치'라는 기치를 표방한 도구론에서 벗어나 '百花文学' 정책이 가져다준 '사상의 자유'를 만끽하고자 하였다. 그러나 이와 같은 '자유'는 곧바로 중국 정부의 '부르주아적 자유화'의 통제라는 덫에 걸리면서 작가들은 '무엇을 쓸 것인가, 어떻게 쓸 것인가'에 관한 정부의 간섭과 통제를 받게 된다."4) 정부의 간섭과 통제로 인해 문학은 이데올로기의 시녀로 전락했고, 문학적 상상력과 표현의 자유는 급격히 위축되게 된다. 이러한 문학의 위기 현상은 가오싱젠과 동시대를 살았던 문학인들 모두에게 심각한 거부감을 지니

그림 4. 서양인처럼 그려진 캐리커처는 그가 망명 작가임을 강조하는 것 같다

게 만든 것이다. 실제로 가오싱젠은 중국 정부로부터 사상적으로 불온한 인물로 낙인찍히기도 했으며, '하방운동(下放運動)'5)의 피해자가 되기

---

4) 한영자, 「高行健의 〈二十五年後〉에 나타난 시공간 대비의 의미」, 『중국어문학논집』 61, 2010, 286.

5) 하방운동(下放運動), 줄여서 하방(下放)은 중화인민공화국에서 1957년 이후 상급 간부들의 관료화를 막기 위해서 실시한 운동으로, 중국공산당 당원 및 국가 공무원들을 벽지 농촌이나 공장에 보내 노동에 실제로 종사시키는 일이다. 또 도시의 학교를 졸업한 젊은이들을 변경 지방에 정착시킴으로써 정신 노동자와 육체 노동자 간의 거리감을 없앨 수 있도록 하고, 낙후된 농촌 산간 지역을 근대화시키려는 목적에서 실시되었으며 특히 문화대혁명기에 성행하였다.(위

도 했다. 그의 작품들은 대
중들에게는 환호받았으나
당국으로부터는 금서로 취
급되었다. 이와 같은 중국
의 급진적 정치화와 이데
올로기의 과잉 현상은 이
상과 현실의 괴리로 인해
점차 대중들로부터 외면당
하기 시작한다. 한영자의
말처럼 "1950-70년대 중국

그림 5. L'Histoire sombre (The Dark History)
University of Maryland Art Gallery 2005

은 유토피아를 꿈꿨던 사회주의 목표 실현과 현대적 경제 실현의 조화에
실패한다. 특히 1958년의 '대약진운동'과 1966-1976년의 '문화대혁명' 등
사건은 80년대에 살고 있는 많은 중국인들로 하여금 '사회주의' 실험에
대한 거리감과 권태를 느끼게 하였다. 일부 사람들은 毛澤東 시대에 사
회주의 역사 발전 단계에 대한 비판과 거부감을 드러내기도 하였다. 자
유롭지 못한 창작 여건하에서 작가는 이와 같은 국민의 보편적 정서와
사회심리를 작품에 반영"하고자 한 것이다.

이 시기에 대해서 가오싱젠은 다음과 같이 비판적으로 묘사하고 있다.
"20세기의 중국 문학은 정치가 문학을 지시했기 때문에 몇 번이고 낡았
고 거의 질식했습니다. 문학 혁명과 혁명 문학 모두 문학과 개인에 대한
사형 선고를 통과했습니다. 혁명이라는 명목으로 중국 전통문화에 대한
공격은 대중의 책을 금지하고 소각하는 결과를 낳았습니다. 수많은 작가

키 참조)

들이 지난 100년 동안 총살, 투옥, 추방 또는 고된 노동으로 처벌받았습니다. 이것은 중국 역사의 어떤 제국 왕조 시대보다 더 극단적이었고, 중국어로 글을 쓰는 데 엄청난 어려움을 낳았으며 창의적인 자유에 대한 논의에 더 많은 어려움을 겪었습니다."[6] 벤야민의 표현을 빌자면 이와 같은 상황은 '정치의 예술화'라고 일컬을 수 있을 것인데, 이와 같은 시대 진단 속에서 가오싱젠이 문학을 통해 추구하고자 한 것은 바로 '개인' 혹은 작가 '자신'이다. 그는 문학이 "본질적으로 자신의 가치에 대한 인간의 긍정"이다. '민족', '국가', '민족 문화'를 위한 문학은 바람직하지 않은데, 그 이유는 문학이 "국경을 초월"하기 때문이다. 그에 따르면 "문학은 개인의 존재가 기본적으로 이것 또는 저것-주의를 초월하는 것과 같은 방식으로 이데올로기, 국경 및 인종 의식을 초월합니다. 인간의 실존적 조건이 삶에 대한 어떤 이론이나 추측보다 우월하기 때문입니다. 문학은 인간 존재의 딜레마에 대한 보편적인 관찰이며 금기는 아무것도 아닙니다. 문학에 대한 제한은 항상 외부적으로 부과됩니다."[7] 공동체와

---

6) https://www.nobelprize.org/prizes/literature/2000/gao/25532-gao-xingjian-nobel-lecture-2000-2/

7) https://www.nobelprize.org/prizes/literature/2000/gao/25532-gao-xingjian-nobel-lecture-2000-2/
다른 글에서 가오싱젠은 다음과 같이 주장한다. "나는 정치에서든 문학에서든 어떤 파(派)도 아님을 밝히고자 합니다. 나는 민족주의와 애국주의를 포함하여 그 어떤 주의에도 속하지 않습니다. 제게는 당연히 나만의 정치적 견해와 문학 및 예술적 관념이 있습니다. 하지만 어떤 정치나 미학적 테두리에 박히지 않습니다. 이데올로기가 무너지고 있는 지금의 시대에 개인의 정신적인 독립성과 태도를 유지하려면 이렇게 질의할 수밖에 없습니다." 高行健, 《没有主義》, 聯經出版社, 2001, 4. 박영순, 「화인 디아스포라문학지형과 네트워크 — 가오싱젠을 중심으로」, 『中國學論叢』 47, 2015, 187에서 재인용.

민족, 이데올로기를 초월하는 문학의 본령은 인간 존재의 딜레마에 대한 보편적인 관찰로 귀결된다.

　이러한 주장은 그의 문학이 사회주의 리얼리즘과 대립적인 위치에 서 있었던 모더니즘으로 경도되었음을 알 수 있게 한다. "집단적 여행보다는 개인적 여행을, 지리적 여행보다는 영혼의 여행"8)을 강조하는 것은 모더니즘의 보편적인 창작 주제이다. 리얼리즘이 – 비판적 리얼리즘이든 사회주의 리얼리즘이든 – 문학을 통한 세계의 변화 가능성에 골몰하는 창작 방법이라면, 모더니즘은 개인의 실존과 삶의 의미에 대한 탐색이자 예술이 세계에 대한 일종의 대안이 되는 예술 방법이다. 가오싱젠이 "글쓰기 또는 창작은 저에게 제가 살아있다는 것을 충분히 느끼게 해 줍니다. 글쓰기는 자구(自救)의 방식입니다. 내가 글을 쓰는 것은 자신을 위함이며 타인을 기쁘게 하려는 것도 세상과 타인을 변화시키려는 것도 아닙니다"9)라고 주장할 때, 혹은 "창작은 일종의 도망입니다. 정치적 압박으로부터의 도망이고 다른 사람으로부터의 도망입니다. 사람은 종종 다른 사람에 의해 질식당하기 때문입니다. 도망을 해야 내가 살아 있다는 것을 느낄 수 있고 거리낌 없이 말하는 자유를 얻을 수 있습니다. … 글쓰기는 단지 나를 만나는 것일 뿐입니다."10) 라고 말할 때 그는 모더니스트들의 전형적인 주장을 반복하고 있는 셈이다.

---

8) 이정인, 「'이방인'과 '국가인'의 경계에 선 가오싱젠(高行健)」, 『중국현대문학』 43, 2007, 187.

9) 高行健, 「没有主义」, 『没有主义』, 联经出版社, 2001, 13. 이정인, 「'이방인'과 '국가인'의 경계에 선 가오싱젠(高行健)」, 187에서 재인용.

10) 高行健, 「没有主义」, 『没有主义』, 联经出版社, 2001, 17. 박영순, 「화인 디아스포라문학지형과 네트워크 — 가오싱젠을 중심으로」, 187에서 재인용.

서양 연극과 동양 연극

가오싱젠의 소설 『영산』이 노벨문학상 수상작이 되면서 우리는 그를 소설가로 알고 있지만 실제로 그는 극작가로도 오랜 기간 활동해 왔다. 이 책에서는 가오징젠이 1987년 프랑스로 망명하기 이전인 1982년에 쓰여진 희곡작품 「버스 정류장」에 대해서 함께 알아볼 것이다. 버스 정류장에 서지 않는 버스를 기다리는 다양한 인물 군상에 관한 이야기를 다루고 있는 이 작품은 '기다림'을 모티브로 하고 있다는 점에서 사무엘 베케트의 작품 『고도를 기다리며』와 종종 대비되기도 하고, 그런 이유로 이 작품을 부조리극이라고 칭하기도 한다. 그러나 작가 자신도 지적하고 있듯이 이 작품은 부조리극도 아니고, 『고도를 기다리며』와 같은 주제를 지니고 있지도 않다.

먼저 부조리극에 관한 가오싱젠의 이야기를 들어보자. 가오싱젠은 서양의 연극과 구별되는 동양 연극의 특징에 대해서 이야기한다. 그에 따르면 동양의 연극은 서양의 연극과 다음과 같은 점에서 차이가 있다. 첫째는 동양의 연극은 '창·대사·동작·무술이 하나로 어우러진 종합적 예술'로서 언어를 통해 사상을 담아내는 서양의 연극과 차이가 있다. 둘째는 서양 연극이 예술에서의 진실성을 추구하는 반면 동양 연극은 실생활의 사실적인 환경을 재현할 필요가 없으며, 관객으로 하여금 진짜라고 믿게 할 환각을 만들려고 하지 않는 '무대 예술의 가정성(假定性)'을 강조한다. 셋째는 서양 연극이 시간과 공간의 객관성과 통일을 준수하기 위해 제한을 많이 두는 것에 비해 동양 연극의 구조는 '서술적'이어서 시간이나 공간의 객관성 혹은 그로 인해 요구되는 통일의 법칙에 구애받을 필요가 없다.[11] 동양의 연극은 서양의 연극에 비해 플롯 위주로 진행되지 않고, 사실주의적 재현의 제약도 덜 받으며, 따라서 구조적 통일성으로부터 상대적으로 자유로운 편이라는 것이 가오싱젠의 주장이다. 동양 연극의 전통을 계승하고 있는 자신은 부조리극의 주장처럼 반연극을 기획하는 것이 아니라 연극적 전통에 충실하려는 시도를 하고 있는 것이며, 동양적인 연극 요소의 활용을 통해 연극 본연의 생명력과 활력을 회복하려고 노력하고 있다는 것이다. 간단히 말하자면 연극의 혁신을 통해 현대 사회에 적합한 연극의 예술적 사회적 기능을 복원하고자 하는 것이 그의 의도인 셈이다. 그리고 이러한 그의 의도를 성공적으로 수행하기 위해 동양 연극의 특징들을 서양 연극에 적극적으로 적용하고 있는 것이다. 그에 따르면, "가능한 한 철저하게 동양 연극의 예술적 전통을 파악하고 그 기초 위에서 서양 연극의 길을 운용한다면, 분명 또 다른 모습의 연극이 나타날 수 있을 것"[12]이다.

이와 같은 이유로 그는 아르토나 브레히트같이 동양적인 연극적 요소를 통해 서양 연극을 혁신하려 노력했던 극작가들을 높이 평가한다. 실제로 브레히트의 작품에는 맹자나 장자의 고전들이 다수 인용되고 있을 뿐 아니라, 그의 '이화 효과'는 동양 연극의 비사실성, 즉 무대 위의 장면이 공연되고 있는 것이라는 사실을 부단히 확인시켜주는 거리두기의 효과와 일맥상통하는 면이 있다.[13] 물론 브레히트는 자신의 '서사극' 이론

---

11) 가오싱젠, 「현대 연극의 추구」, 『버스정류장』, 오수경 역, 민음사, 2020. 207-209 참조.

12) 가오싱젠, 「현대 연극의 추구」, 210.

13) 브레히트와 동양의 관계에 대해서는 국내에서도 여러 연구자들이 증명한 바 있다. 이상면은 "'브레히트와 東洋'의 관계는 그의 나이 20대 중반, 그가 베를린으로 갔던 1920년대 중반부터 시작된다. 그는 이때부터 중국의 철학과 예술, 일본의 노오(能) 대본을 접하기 시작했으며, 사회주의 사상에 영향을 받던 30

을 통해 사회 구조의 부조리와 권력의 허위성을 고발하고, 자본주의로부
터 사회주의로 나아가는 데 있어 예술의 역할을 강조했다는 점에서 가오
싱젠과는 정확히 반대의 길을 걸었던 것은 사실이다. '감정이입'과 '카타
르시스'를 배제하고, 브레히트가 연극을 통해 사회를 성찰하게 하고자
했다면, 가오싱젠은 연극을 통해 자기 자신을 성찰하게 하고자 했던 것
이다. 등장인물과의 동일시가 가져다주는 감정적 미혹으로부터 벗어나
는 것이야말로 물화된 상징질서 내의 자동화된 의식으로부터 벗어나는
길이며, 온전한 자아에 대한 성찰이 시작되는 지점이기도 하다. 가오싱
젠의 자아 찾기가 그의 모더니즘 미학의 최종 종착지인 셈이다.

오지 않는 버스를 기다리며

  가오싱젠의 『버스정류장』은 그가 아직 프랑스로 귀화하기 이전의 작
품이다. 중국 본토에서 그의 모더니즘적인 형식 실험이 진행되던 시기의
작품으로 그의 문학적 특징을 잘 보여주는 작품들 중의 하나이다. 1981
년 7월 초 베이다이허에서 초고를 쓰고 1982년 11월 베이징에서 탈고한
이 작품은 국내에서는 여러 번 공연되었지만, 서구에서는 주목을 크게
끌지 못한 것 같다. 라베차카에 따르면 가오싱젠의 망명전 작품들은 지
루한 교훈주의와 특이한 중국적 배경으로 인해 서구의 현대 관객들에게

년대 초반 이후에는 毛澤東의 공산주의 운동에 관심을 기울였고, 1935년 망명
중에 들린 모스크바에서는 京劇 공연을 감명 깊게 관람했다. 제2차 대전이 끝
나고 1948년 50세가 되어 동베를린으로 돌아온 그는 중국 철학과 漢詩의 영향
을 받은 詩를 쓰기도 했다"고 간명하게 설명하고 있다. 이상면, 「브레히트와
동양연극」, 『비교문학』 25, 2000, 241-242.

는 인기가 없기 때문이다.14) 이 작
품에서 가장 특징적인 것은 무대
설정과 관객의 역할이다. 앞서 언
급한 브레히트의 이화 효과를 성취
하기 위해서 가오싱젠은 1983년 제
작된 공연에서 특별한 무대 설정을
지시한다. 그는 드라마가 배우와
관중을 분리할 수 없도록 작은 무
대에서 또는 공개적으로 공연되어
야 한다고 주장하며, 무대 소품과
무대 설정을 상징적 의미를 얻거나
캐릭터의 특정 기능을 구축하는 데
도움이 되는 필수 항목으로 축소하
고, 플롯과 시간의 흐름을 표시하
는 데 빛과 음악의 역할을 강조한

그림 6. 『버스 정류장』은 국내에서도
번역되었다.

다.15) 그의 희곡은 다음과 같은 무대 배경에 대한 설명으로 시작된다.

무대 중앙엔 버스 정류장 팻말 하나가 세워져 있다. 정류장 팻말은 오랫
동안 비바람에 지워져 글자가 잘 보이지 않는다. 정류장 팻말 옆에는 철제
난간이 세워져 있다. 버스를 기다리는 승객들은 이 난간 안에서 줄을 서서
차례를 기다린다. 철제 난간은 십자 모양으로, 동서남북 각 단의 길이가

14) Izabella Łabędzka. *Gao Xingjian's Idea of Theatre: From the Word to the Image.*
Brill. 2008. 6.

15) Izabella Łabędzka. *Gao Xingjian's Idea of Theatre: From the Word to the Image.*
51.

모두 달라 상징적인 의미가 있는 듯하다. 사거리를 의미하기도 하고, 인생의 교차점인 듯 보이기도 하며, 각 인물의 인생 여정 중의 한 지점을 나타내는지도 모른다. 각기 다른 방향에서 사람들이 등장한다. (9-10)

무대 배경은 단출하게 버스 정류장 팻말과 십자 모양의 철제 난간이 전부이다. 작가는 불필요한 무대의 소품들을 최소화하여 무대의 '무대성'을 강조한다. 앞서 언급했듯이 무대는 현실에 있음직한 공간을 모방하여 사실성을 강조하는 것이 아니라 '지금부터 보게 될 것은 연극일 뿐이다'라는 사실을 강조하기라도 하듯이 공연이 진행될 공간임을 노골적으로 드러낸다. 십자 모양의 철제 난간은 마치 교차로처럼 제각기 다른 목적을 지닌 등장인물들이 우연히 스쳐지나가다 만나게 되는 인생의 교차점을 의미하는 것으로 분명히 한정시키고 있다. 등장인물들 또한 구체적인 이름을 지니지 못하고 노인, 청년, 안경잡이, 숙련공, 아가씨, 아이 엄마, 마 주임 등으로 직업이나 나이, 성별 등으로 추상화되어 있다. 등장인물에 대한 추상적 명명은 현대인들의 추상적인 인간관계를 잘 보여주고 있다. 교차로나 길거리에서 만나게 되는 타인들을 기억하거나 묘사할 때, 우리는 그들의 외모를 통해서만 그렇게 할 수 있을 뿐이다. 외모로 짐작되는 그들의 나이, 성별, 직업 등이 우리가 그들을 기억할 수 있는 유일한 단서인 셈이다.

그들은 모두 시내로 가기 위해 버스를 기다린다. 흔히들 그러하듯 버스가 언제 올 것인지, 얼마나 기다리고 있었는지, 줄을 서라는 등의 일상적인 대화가 인물들 사이에서 오고 간다. 사소한 다툼, 가벼운 호기심 혹은 관심, 낯선 이들 사이의 경계와 자기 과시 등의 상투적인 기다림이 지속되는 가운데 버스는 이 정류장에 서지 않고 지나가 버린다. 여기까지는 지극히 사실적인 분위기에서 극이 전개된다. 오지 않는 버스, 왔으

그림 7. 최근까지도 가오싱젠의 「버스 정류장」은 국내에서 활발하게 공연되고 있다.

나 서지 않는 버스, 일정하지 않은 배차 간격과 손님이 가득 타고 있지 않은데도 멈추지 않는 버스는 현대의 운송 시스템이 지닌 도무지 납득하기 어려운 비합리성과 비효율성을 상징하고 있다. 머피의 법칙처럼 내가 기다리는 버스는 가장 나중에 오거나 내가 정류장에 도착하기 직전에 떠나 버린다. 현대인들의 피해의식과 제도에 대한 막연한 불신을 망상적으로 법칙화 해버리는 이 머피의 법칙은 우리가 우리 사회에 거는 공정성에 대한 기대와 나만 피해를 보고 있는 것이 아닌가 하는 근거 없는 불안과 불만에서 비롯된 것일 것이다.

효율적인 방식으로 건설되었을 것이 분명한 사회 시스템이 제대로 작동하지 않는 것은 '마 주임'으로 상징되는 '관료주의'가 배후에서 작동하기 때문이다. 불법과 비리가 융통성과 협력의 이름으로 자행되고, 인맥의 끈끈한 유기적 관계가 규칙과 규제를 초월한다.

마 주임	'대전문'이오.
노인	이 담배 구하기가 쉽지 않죠.
마 주임	그래요. 그저께 버스 회사에서 날 찾아왔었지요. 그때 내가 스무 줄을 가져가도록 해줬는데. 정말 장난이 아니라고.
노인	내게도 한 줄만 가져가게 해주시오.
마 주임	이렇게 딸리는 물건은 참 곤란해요.
노인	'대전문'이 이렇게 다 뒷구멍으로 거래되고 있으니, 버스도 서야 할 정류장에 서지를 않지. (27)

마 주임	(관객을 향하여, 혼자 중얼거린다.) 난 가야겠군, 동경루에 초대받아 밥 먹고 술 마시려는 거였지, 남이 청한 것이니. 그것도 일 관계로. 하지만 시내에서 술 한잔 마시려고 일 년씩 기다릴 수야 없지. 술이야 집에도 있으니 말이야. 백자에 든 것. 붉은 비단 띠로 묶은 것. 전 세계에 알려진 마오타이. (35)

일 관계로 동경루에 초대받아 밥 먹고 술 마시는 약속이 되어 있던 마 주임이 자신의 일을 원리 원칙대로 처리하리라고 기대하기는 힘들다. 이른바 술자리 로비는 대가성이 존재하기 마련이고, 그 대가로 인해 비리와 부정이 눈감아진 채 진행될 것이다. 그리고 그 결과는 주지하다시피 다수 대중의 불편과 불만으로 이어지게 될 것이다.

26

안경잡이	(시계를 보고 놀라며) 아니? 아니 어찌 된 거지……
숙련공	시계가 안 가요?
안경잡이	안 가면 다행이게요? ……아니, 벌써 일 년이 지났어요!
아가씨	거짓말!
안경잡이	(다시 시계를 보고) 정말이에요. 우린 이 정류장에서 꼬박 일 년을 기다렸어요.

(… 중략 …)

노인	1시…… 10분. 멈췄군.
청년	(잘못된 것이 도리어 신이 나) 다른 사람들 것보다도 못하군. 그 시계도 영감님하고 똑같네요. 늙었어요.
마 주임	(손목을 흔들어 시계 소리를 듣는다.) 어째 내 시계도 멈췄지?
아이 엄마	날짜를 봐요. 당신 시계에는 날짜 표시가 있잖아요?
마 주임	13월 48일…… 괴상하군. 이건 수입한 오메가라고!
청년	플라스틱으로 된 엉터리는 아니겠죠?
마 주임	닥쳐!
안경잡이	내 건 전자시계니 틀릴 리가 없다고요. 봐요. 아직 제대로 가고 있잖아요. 작년에 샀는데 아직 한 번도 멈춘 적이 없어요. 여섯 가지를 다 표시하는 전자시계라고요. 연월일시분초를 표시하는데, 봐요 여러분, 정말 일 년이 흘렀잖아요!
숙련공	당신 사람 헷갈리게 하지 마. 전자시계가 어쨌다는 거야? 전자시계도 틀릴 수 있지.
노인	이봐요. 과학을 안 믿을 순 없어요. 전자는 과학이고, 과학은 사람을 속이지 않아. 지금은 전자 시대라고. 우리에게 무슨 일이 생긴거야! (31-33)

사실적인 이야기가 오고 가던 중 갑자기 그로테스크한 일이 발생하게 되는데, 그것은 바로 그들이 버스를 기다리다 벌써 시간이 일 년이나 지나가 버렸다는 사실이다. 노인과 마 주임의 시계는 멈춰버렸고, 안경

잡이의 전자시계는 일 년이 지나버렸다고 표시되어 있다. 마 주임의 수입 오메가 시계는 13월 48일이라고 이상하게 날짜가 표시되어 있다. 이와 같은 비현실적인 상황 설정은 노인의 말처럼 전자 시대, 과학 시대에 도무지 가능하지 않은 부조리한 상황인 것이다.

버스가 서지 않는 상황도 모자라 일 년이라는 시간이 훌쩍 지나가 버린 부조리한 초자연적인 상황에 직면하게 되자 등장인물들은 정신적으로 혼란을 겪게 되고, 버스를 이용할 수 없게 된 상황에서 절망하게 된다. 그러나 그 절망의 순간에 등장인물들은 서로에게 의지하게 되고, 서로의 상황을 이해하거나 연민하게 된다.

아이 엄마	아가씨, 말해 봐. 무슨 일인데?
아가씨	언니…… 나 못 견디겠어요…….
아이 엄마	(쓰다듬으며) 내게 기대봐. (길바닥에 앉아, 아가씨를 자신에게 기대게 하고, 그녀 귀에 대고 묻는다.)

(… 중략 …)

아가씨	아냐! 아냐! 그는 이제 날 기다리지 않을 거야.
아이 엄마	바보 아가씨로군. 기다릴거야.
아가씨	그렇지 않아요. 그럴 리가 없어요. 몰라서 그래요.
아이 엄마	사귄 지 얼마나 됐는데?
아가씨	첫 약속이에요. 7시 15분. 공원 입구 길 건너편. 세 번째 가로등 아래서…….
아이 엄마	예전엔 만난 적도 없었어?
아가씨	시내에서 일하는 학교 친구가 소개시켜 주었어요.
아이 엄마	괜찮아. 또 찾으면 되지. 세상엔 남자가 쎄고 쎘다고.
아가씨	그렇지 않을 거예요. 다신 아무도 날 기다리지 않을 거예요!

(34-35)

가장 먼저 눈에 띄는 것은 여성들 간의 교감이다. 아가씨는 친구로부터 남자를 소개받고 오늘 첫 만남을 가지기 위해 버스를 타야 했던 것이다. 버스는 오지 않고 일 년이나 시간이 지나버렸으니, 소개팅은 그야말로 무산되게 되었으며, 그런 그녀에게 이제 아무도 남자를 소개해 주지 않을 것이라고 생각하며 절망하게 된다. 절망에 빠진 아가씨를 쓰다듬어주고 기대게 하고 세상엔 남자가 많다고 위로하는 아이 엄마의 모습에서 인간적인 면모가 비로소 느껴지게 된다. 아무런 상관도 없는 완벽한 타인이었던 등장인물들 사이에 비로소 관계라는 것이 형성되게 되는 것이다.

안경잡이	여러분 못 들었어요? 그 사람은 이미 시내로 갔어요. 우린 더 이상 기다릴 필요가 없어요. 아무 소용없이 뭔가 기다리는 고통……
┌ **노인**	그 말이 맞아. 난 한 평생을 기다렸어.
├ **아이 엄마**	길 떠나는 게 이렇게 어려울 줄 알았으면.
└ **아가씨**	나도 너무 피곤해요. 모습도 아주 초췌하겠지.
┌ **노인**	이렇게 기다리다 기다리다……
├ **아이 엄마**	이렇게 큰 짐 보따리는 가져오지 않는건데.
└ **아가씨**	아무 생각도 안 하고 그냥 이렇게.
┌ **노인**	늙어버렸어……
├ **아이 엄마**	대추, 깨 다 버리자니 아깝고.
└ **아가씨**	자버렸으면 좋겠네. 42-43

이제 그들의 목소리는 합창처럼 함께 울려 퍼진다. 각자 자신의 처지에서 비롯된 자신에 관한 푸념과 걱정을 늘어놓지만 이들의 이야기는 하나의 울림으로 관객들에게 다가간다. 가오싱젠에 따르면, "이것은 다성부(多聲部)를 활용한 연극 실험이다. 수시로 두세 개의 성부가, 많게는

일곱 개의 성부가 동시에 이야기한다. 때로는 대화도 다성부로 진행된다. (……) 각각의 성부들이 모두 동일한 강도로 표현되지는 않는다. 주선율이 있고, 화성(和聲)과 악기 반주는 그 주선율의 색채를 풍부하게 하기 위한 것이다."16) 가오싱젠의 이러한 형식 실험은 바흐찐이 강조하는 '대화적 전체'라는 개념과 일맥상통하다. 그는 도스토옙스키를 분석하면서 "그의 작품에서 전개되고 있는 것은 한 작가의 의식에 비친 단일한 객관적 세계에서의 여러 성격들과 운명들이 아니라, 동등한 권리와 각자 자신의 세계를 가진 다수의 의식들이 각자 비융합성을 간직한 채로 어떤 사건의 통일체 속으로 결합하고 있는 과정"이라고 보았다. 바흐찐의 대화주의가 단일한 목소리로 환원되지 않는, 단일한 세계 속에서 통일되지 않는 비융합성을 간직해야 달성될 수 있는 것이라면, 가오싱젠의 다성부의 활용 또한 유사한 목적을 지니고 있다고 볼 수 있다. 제 각각 말하는 등장인물들의 목소리는 서로 뒤섞여 알아들을 수 없고, 하나의 의미로 환원되지도 않는다. 다만 전달되는 것은 각자의 목소리가 융합되지 않은 채로 결합되는 어떤 정신이나 의미의 본질, 즉 가오싱젠이 "신사(神似)"라고 부르는 것만이 전달될 뿐이다. 각기 다른 3개의 악기로 구성된 트리오처럼 각자의 대사는 다른 등장인물의 대사와 혼재되어 교향(交響, orchestration)된다.

대사는 3중주에서 그치는 것이 아니라 2중주가 되기도 했다가, 3중주와 2중주가 교대로 나타나기도 하고, 6중주, 7중주가 되기도 한다.

---

16) 가오싱젠, 「「버스 정류장」 공연에 대한 몇 가지 제안」, 『버스정류장』, 오수경 역, 민음사, 2020, 216.

┌ **노인**　　　　 길 막지 말게.
├ **청년**　　　　 영감님 갈 길이나 가세요.
└ **아이 엄마**　　정말 엉망이군.
┌ **안경잡이**　　 아, 삶이여, 삶이여…….
└ **아가씨**　　　 무슨 삶이 이래!
┌ **안경잡이**　　 삶이라 부르든 말든 사람들은 또 그렇게 살아가는걸.
└ **아가씨**　　　 죽은 것만도 못해요
┌ **안경잡이**　　 그럼 아가씬 왜 안 죽고 있죠?
└ **아가씨**　　　 아무 이유도 없이 이 세상에 왔다 간다면, 너무 무의미하잖아
　　　　　　　　요!
┌ **안경잡이**　　 삶은 반드시 의미가 있는 거예요.
└ **아가씨**　　　 죽지 못해 이렇게 사는 거죠. 얼마나 무료해요!

　사람들 제자리걸음으로 빙빙 돈다, 무언가에 홀린 것처럼.

┌ **숙련공**　　　 갑시다.
├ **아가씨**　　　 아니…….
├ **안경잡이**　　 안 가요?
├ **청년**　　　　 가요!
├ **아이 엄마**　　갑시다.
└ **노인**　　　　 가지……. (60-61)

　이처럼 가오싱젠의 연극에서 음악적 요소는 작품 구성에 있어서 중요한 요소들 중 하나이다. 『버스 정류장』의 또 다른 음악적 요소의 활용으로는 '말 없는 사람'의 테마곡이 다양한 상황에서 반복적으로 변주된다는 사실이다. '라이어트모티브(leitmotiv)' 기법은 이 작품의 중요한 구조적 원리로 작동하는데, 반복적으로 등장하는 '말 없는 사람'의 음악은 전체 작품을 위한 일종의 결합제(bonding agent) 역할을 한다. 작품 초반

에 등장했다가 사라져버린 '말 없는 사람'은 음악을 통해서 뿐만 아니라 다른 등장인물들로 하여금 부단히 상기되는 존재로 반복되어 등장한다. 간단히 말하자면 그는 걸어서 벌써 시내에 도착하지 않았을까? 나도 그처럼 진작 버스를 포기하고 걸어가려고 했더라면 지금쯤 시내에 있을텐데 라는 생각을 하게 만드는 매개의 역할을 한다. 이런 식으로 '말 없는 사람'은 다른 등장인물들의 원망과 후회, 소원충족의 마음가짐과 관여하고 있다.

청년	헤이, 그 사람은? 샜군?
노인	새긴 누가 새?
청년	정말 정신도 없군요. 줄 맨 앞에 섰던 그 사람 우리만 남겨놓고, 혼자서 소리도 없이 새버렸어요?
사람들	(아가씨를 제외하고 모두 흥분해서) 누구야, 누구? 누구 말이야? 누가 갔어?
노인	(다리를 치며 생각해 낸다.) 맞아. 내 앞서 그와 인사까지 나누었는데, 한 마디 말도 없이 가버렸어.
아이 엄마	누구요? 누가 갔단 말이에요?
안경잡이	(기억해 내며) 그 사람은 가방을 메고 맨 앞에 서서 책을 보고 있었지…….
아이 엄마	응. 당신들 싸울 때 나서서 말리기도 했어.
숙련공	그래, 그가 언제 떠났는지 왜 못 봤을까?
안경잡이	차 타고 간 건 아니죠?
마 주임	그에게 앞문을 열어줬나?
아가씨	(망연히) 차는 서지도 않았어요. 혼자 시내로 갔어요.
마 주임	이쪽, 아님 저쪽? (손가락으로 반대되는 두 방향을 가리킨다.)
아가씨	길을 따라 시내로 갔어요.
마 주임	아가씨가 봤어?
아가씨	(움찔하며) 그는 나를 한 번 쳐다보더니 고개도 한 번 돌리지

	않고 앞으로 걸어갔어요.
안경잡이	벌써 시내에 닿았겠군.
청년	그랬겠죠.
노인	(아가씨를 향해) 왜 진작 말하지 않았어?
아가씨	(불안해하며) 모두들 차를 기다리고 있는 것 같아서…….
노인	정말 사려 깊군.
아가씨	그는 사람을 볼 때 눈도 깜짝 안 해요. 마치 사람을 꿰뚫어 보기라도 하려는 것 같았어요.
마 주임	(좀 긴장한 듯) 그 사람, 시에서 조사하라고 보낸 간부는 아니겠죠? 우리 얘기에 별로 신경쓰는 것 같지는 않았는데. 내가 영감님과 한 얘기 들었을까요?
아가씨	그때 그 사람은 없었어요. 왔다 갔다 하면서. 자기 일을 생각하고 있는 것 같았어요.
마 주임	뭐 정보를 수집한다든가…… 예를 들면 이곳 담배 수급 상황이나, '대전문' 암거래 상황에 관해서. (39-40)

다른 등장인물들은 마치 그가 가는 것을 보기라도 했다면 자신들도 그를 따라 길을 나섰을 텐데 라며 아쉬워한다. 노인이 그가 떠나는 것을 목격했으면서도 말해주지 않은 아가씨를 원망하자, 아가씨는 그가 사람을 꿰뚫어 보는 것 같다고 맥락에 닿지 않는 말을 중얼거린다. 아가씨의 이 말에 마 주임은 자신의 '대전문' 암거래에 대해 그가 들었을까 걱정한다. 아가씨는 자신이 소개팅에 나가는 것을 감추고 싶어했으며, 마 주임은 자신의 부정한 암거래가 들키는 것을 걱정하고 있다는 사실이 '말 없는 사람'에 대한 언급을 통해 드러나게 된다.

한편 배우와 관객 사이에 새로운 유형의 관계를 구축하기 위해 가오싱젠은 새로운 개념의 연기를 제안한다. 그에 따르면, "배우는 자신의 역할을 떠나 청중을 향해 움직이고, 관중과 대면하거나 심지어 관중과 합쳐서 관중과 자신의 감정을 공유할 수 있다. 이것은 배우와 청중 사이에 또 다른 보다 직접적인 유형의 접촉을 제공할 것이다. 자신의 역할을 떠난 배우는 관중과 논의하고, 함께 비판하고, 방금 공연 한 장면을 분석할 수 있다. 당연히 배우는 다시 자신의 역할을 맡아 연기를 계속할 수 있다."[17] 배우는 자신의 등장인물 배역을 연기할 때와 배역에서 빠져나와 관객에게 직접 질문을 하거나 관객과 토론을 할 때 상이한 태도를 취해야 한다는 것이다. 라베차카는 가오싱젠의 이러한 전략을 다음과 같이 잘 설명하고 있다.

　　가오싱젠의 연극은 하나의 공연 내에서 매우 다양한 연기 스타일의 공존을 가능하게 한다. 예를 들어, 『버스 정류장』은 현실적인 관습에서 시작하고 이윽고 줄거리가 기괴하게 변한다. 결과적으로 연기 스타일은 부조리한 요소로 특징 지어지는 과장된 스타일로 변경된다. 마침내 배우들이 자신의 역할에서부터 나와 방금 전에 자신들이 만든 사건의 관찰자 및 해설자로 다시 등장했다가 다시 사실주의적인 연기 스타일로 돌아온다. 『버스정류장』에 대한 저자의 코멘트에서 가오싱젠은 동적 및 정적 행동의 대비를 강조하는데 때로는 생생한 몸짓과 움직임이 지배적이며, 때로는 언어적 표현이 지배적이게 한다. 첫 번째 유형의 연기는 캐릭터가 어리석은 대화에 관여하도록 하고 두 번째 유형의 연기는 독백이나 캐릭터가 직접 관객에게 접근할 때 사용된다. 등장인물의 무대 위 지위에 따라 다른 방식의 연기가 강조되는데, 실제 세계에서 복사된 특정한 인간 유형에 대해서는 (등장인물이라기보다는) 마음이나 정신 상태라고 작가 자신이 묘사한 '말 없는 사람'과 같은 인물을 연기할 때와는 다르게 연기해야 한다. 그는 자신의 얼굴을 가지고 있지 않은 반면에 모든 캐릭터는 그의 무언가를 가지고 있으며, 그러므로 그의 얼굴은 거울이다. 그의 얼굴을 보는 사람은 누구든

---

17) Gao Xingjian. "Juchangxing." 13. Izabella Łabędzka. 52에서 재인용.

자신의 비추어진 모습을 거기에서 보게 된다.18)

배우는 사실적인 연기와 과장된 연기, 생생한 몸짓과 움직임을 표현하는 동적인 연기와 독백이나 관객과의 대화 시 필요한 정적인 연기 등 다양한 연기를 실행해야 한다. 이와 같은 다양한 연기 기법은 극의 사실성과 자연스러움을 의도적으로 방해하고, 관객들로 하여금 감정이입으로부터 물러나 무대에서 일어나고 있는 사건에 대해서 거리를 두게 만든다. 관객은 때로는 상황에 몰입하지만 때로는 배역으로부터 벗어난 배우와 대화를 하는 능동적인 위치에 처하게 된다.

노인   (비틀거리며 관객을 향해) 여러분도 모두 차를 기다리나요? (혼잣말로) 안 들려. (더 큰 소리로) 여러분도 모두 시골로 돌아갈 차를 기다리나요? (혼잣말로) 여전히 안 들려. (안경잡이를 향해) 젊은이. 내 귀가 좀 어두운 데, 자네가 저분들 시골로 돌아가는지 좀 물어봐 주겠나? 모두 돌아가려 한다면, 나도 시내 가려고 고생할 거 없지. (41)

안경잡이   만약 우리가 떠나자마자 차가 오면 어쩌지? (관객을 향해 중얼거린다.) 차가 와도 또 서지 않으면? 이성적으로는 내가 걷기 시작하는 게 옳을 것 같은데, 100% 확신을 할 수 없단 말이야. 만약 그것이 잘못된 결정이라면? 어쨌든 결정해야 해! desk, dog, pig, book. 갈까? 기다릴까? 기다릴까 아님 갈까? 정말 사람 미치겠군! 운명이다. 그래 기다려보자. 늙어 죽을 때까지. 사람은 왜 자신의 미래를 열어가지 않고 운명이 시키는 대로 따라야 하지? 거 참. 운명이란 게 뭐지? (44)

---

18) Izabella Łabędzka. 80-81.

그림 8. 버스는 승객을 태울 마음이 없다.

관객을 향해 질문을 하거나 관객에게 중얼거리는 대사는 관객으로 하여금 당신이라면 이러한 상황에서 어떻게 하겠는가를 직접적으로 질문하는 행위이다. 노인은 관객에게 시골로 돌아가는 차를 기다리는 것인지 질문함으로써 자신이 반드시 시내로 갈 필요가 없다는 속마음을 드러낸다. 당신이라면 노인에게 어떻게 대답함으로써 그의 향후 행보에 영향을 주고 싶은가? 시내로 가는 것을 포기시키고 싶은가? 아니면 이왕에 마음먹은 길이니 시내에 가서 이묵생과 장기를 겨뤄보라고 권하고 싶은가? 그리고 안경잡이의 "운명이란 게 뭐지?"라는 질문에는 어떻게 답을 하겠는가? 서지 않는 버스를 기다리는 것이 운명에 순응하는 것인가? 시내로 걸어가는 것은 운명에 맞서 자신의 미래를 스스로 개척하는 것으로 볼 수 있는 것인가? 관객이 대답을 주저하고 질문에 골몰해 있는 동안 이야기는 계속 진행된다.

안경잡이　　우리 길을 막아 차를 세웁시다. 모두 길을 막고 한 줄로 서요!
숙련공　　　그래!
청년　　　　(막대기를 하나 주워들고) 빨리, 차가 왔다.

(차 소리가 가까워오자, 모두 일어선다.)

아가씨　　　(소리치며) 차 좀 세……워……요.

아이 엄마	우린 이미 일 년이나 기다렸어.
노인	어이, 어이, 차 좀 세워!
마 주임	어이……

모두 무대 앞쪽으로 몰려와 길을 막고 선다. 차의 경적 소리.

안경잡이	(모두를 지휘하며) 하나, 둘!
사람들	차 세워! 멈춰! 세워!
안경잡이	우린 일 년을 기다렸어!
사람들	(손을 흔들며) 우린 더는 기다릴 수 없어! 멈춰! 차 세워! 차 세우라고! 세우라니까! 세워…….

차는 멈추지 않고 경적을 울린다

노인	비켜! 빨리 비켜요!

사람들 바삐 비켜났다가, 또 서둘러 차를 쫓아가며 소리친다.
....
차 소리는 멀어지고 조용해진다.

숙련공	(어이없이) 모두 외국인이군.
아이 엄마	외국인들이 탄 관광버스야.
안경잡이	그렇다고 뭐 그리 위풍당당이지? 그저 외국인에게 차 몰아주는 것뿐인데?
노인	(투덜대며) 자리도 다 차지 않았더구먼.

....
이때, 차가 한 대씩 연달아 이들 앞을 지나간다. 오는 것도 있고, 가는 것도 있고, 갖가지 차가 갖가지 소리를 내며 지나간다. (47-49)

이제 사람들은 함께 협력하여 차를 세우기로 한다. 일렬로 늘어서서 길을 막고 차를 세우려고 하지만 차는 경적을 울리며 멈추지 않고 지나간다. 차에 치이지 않게 비켜났다가 차를 쫓아보지만 소용이 없다. 방금 지나간 차는 외국인을 태운 관광버스인데, 자리가 다 차지 않았는데도 이들을 지나쳐버린다. 이구동성으로 외국인을 태웠다고 운전사가 우쭐댄다고 여기지만, 그것은 자신들을 태워주지 않은 것에 대한 불만에서 나온 볼멘소리일 뿐이다. 그러는 사이 시간은 다시 흘러 이제는 십 년이라는 시간이 지나버렸다. 설상가상으로 이제 비까지 내린다. 커지는 빗소리에 숙련공이 공구 가방에서 방수천 두 장을 꺼낸다. 그리고 사람들에게 방수천 아래에서 비를 피하라고 권유한다. 하나둘씩 방수천 아래에서 서로 등을 기댄 채 비를 피하고 있다.

숙련공	세상엔 나쁜 사람이 아직 그렇게 많진 않아요. 그렇다고 방비를 안 할 수는 없고, 나야 남을 따지지 않지만, 남들도 날 안 따지란 법 있겠어요?
노인	그렇게 계산하는 게 나쁜 거야. 내가 남을 밀치고 남은 나를 밟고, 만약 서로 살펴준다면 세상 살기가 훨씬 수월할 텐데.
아이 엄마	만약 모두 이렇게 가깝고, 마음이 통하면 얼마나 좋아.

조용해지고 찬바람 소리가 난다.

숙련공	안으로 다가와요.
노인	딱 붙어요.
안경잡이	모두 서로 등을 기대요.
아이 엄마	이렇게 하니 좀 따뜻하네요.
아가씨	난 간질거릴 것 같아.
청년	누가 간지럼이라도 태우나? (66)

사람들은 이제 서로를 의지하며 등을 기대고 체온을 나누며 비와 추위를 함께 견디게 된다. 따지고, 계산하고, 경쟁하며 서로를 불신하기보다 서로를 보살펴주고 도와준다면 훨씬 살기가 쉬워질 거라는 생각에 모두들 동의한다. 이제 이들은 완벽한 타인에서 가까운 이웃이 된다. 서로를 경계하던 사이에서 가까이 다가올 것을 청하는 신뢰가 형성된다. 그러던 중 버스 정류장의 이름이 없음을 알게 되고, 버스 정류장이 팻말은 있지만 이제 더 이상 정류장이 아니기 때문에 버스가 서지 않는 것이라는 결론을 내게 된다. 폐쇄 공고문이 붙어 있던 흔적이 있던 자리에는 아무것도 남아 있지 않지만 사람들은 이제 더 이상 여기에서 버스를 기다리는 것이 아무런 의미가 없다는 생각에 이르게 된다. 사람들은 이제 기다리지 말고 가자고 중얼거리며 함께 떠날 것을 권한다.

> 멀리서 자동차 소리가 들린다. 사람들 모두 조용히 지켜본다. 자동차 소리가 이젠 사방팔방에서 들린다. 사람들 망연히 어찌할 바를 모른다. 다가오는 차의 부르릉대는 무거운 소리가 바로 가까이서 들린다. 말 없는 사람의 음악이 우주의 소리처럼 많은 차량의 부르릉대는 소리 위로 떠다닌다. 사람들은 각자 앞을 응시한 채 어떤 이는 관객에게로 다가가고, 어떤 이는 여전히 무대에 서서, 모두 자신의 역할로부터 빠져나온다. 조명도 따라서 변하여 명암의 정도를 달리하여 각각의 배우를 비추고, 무대의 기본 조명은 꺼진다. 이하의 대사는 일곱 명이 동시에 말한다. 가, 바, 사의 대사는 한꺼번에 연결되어야 하나의 흐름을 이루어 완전한 문장을 형성한다. (73-74)

함께 떠나기를 결심하는 순간 배우들은 모두 배역에서 빠져 나오게 되고 조명도 바뀌게 되면서 상황이 변하였음을 나타낸다. 일곱 명의 배우는 동시에 대사를 말하고 기존에 부여된 배역 대신에 가, 나, 다로 배역이 표시된다. 지문에서 가, 바, 사의 대사가 한꺼번에 연결되어 하나의 흐름을 이루는 완전한 문장을 형성한다고 표시되어 있는데, 이들은 아가씨, 청년, 안경잡이로 분장한 배우들의 대사이다. 이들은 이미 그들이 연기해야 할 배우로부터 빠져나온 상태이기 때문에 아래의 대사가 누구의 것인지는 더 이상 중요하지 않으므로 이들의 대사만 순서대로 나열해 본다.

> 그들은 왜 아직 가지 않지? / 이해할 수가 없어. / 할 얘긴 벌써 다 했잖아요? / 그래. / 정말 알 수 없어. / 그럼 그들은 / 응, 그들이…… / 아마…… / 왜 가지 않지? 시간이 / 기다리는 것 같아. / 그들은 기다리고 있나 봐. / 헛되이 흘러가 버렸잖아! / 아! 정말 모르겠어, 정말. / 물론 정류장이 아니지. / 시간은 정류장도 아니지. / 정류장도 아니야. / 그들은 왜 가지 않지? / 종점도 아니야. / 정말 가고 싶으면 / 그들은 가고 싶어 해. / 정말 가고 싶은 건 아닌가 봐. / 가는 거지. 그럼 / 그럼 당연히 가야지. / 그럼 가야지. / 그들에게 말해 줘요. 빨리 가라고! / 벌써 할 얘긴 다 했어. / 그들은 왜 아직도 가지 않지? / 얘긴 다 했어. / 우린 그들을 기다리고 있어요. / 우린 그들이 가기를 기다리는 거야. / 모두들 빨리 가요! / 자, 가요! / 갑시다! (76-78)

배역에서 벗어난 배우들은 그들이 배역을 맡은 등장인물들에게 자신들은 이제 할 이야기를 다 했으니 가라고 말한다. 버스 정류장은 팻말로만 남아있고 더 이상 존재하지 않으니 가는 것이 당연한 일이다. 하나의 완전한 문장을 이루는 이 대사는 3명의 배우에 의해 발화되며, 다른 4명의 배우들의 말과 섞여서 이와 같이 완전한 의미로 들리지 않는다. 그럼에도 결국에는 '갑시다'(let's go)라는 말은 관객들에게 전달될 수 있는데, 그것은 여러 번 반복되기 때문이다. 마치 합창 속에 숨겨둔 메시지처럼 가야한다는 결의가 모이게 되고, 다시 원래의 배역으로 돌아온 배우들은 웅장하지만 해학적인 말 없는 사람의 행진곡을 배경으로 길을 나서게 된다.

> 사방팔방에서 차 소리가 가깝게 들린다. 각종 차들의 경적 소리가 섞여서 들린다. 무대 중앙의 조명이 밝아진다. 배우들은 각자의 역할로 돌아가 있다. 말 없는 사람의 음악이 웅장한 그러나 해학적인 행진곡으로 바뀐다.

안경잡이	(아가씨를 바라보고, 따뜻하게) 우리 갈까요?
아가씨	(끄덕이며) 음.
아이 엄마	어머, 내 가방?
청년	(경쾌하게) 제가 메고 있어요.
아이 엄마	(노인에게) 발밑을 조심하세요. (가서 노인을 부축한다.)
노인	고마워요.

> 사람들 서로 끌어주고 부축하며, 함께 떠나려 한다.

마 주임	어이, 어이…… 기다려요, 기다려, 신발 끈 좀 묶고! (78)

행진곡을 배경으로 밝아진 무대 조명 속에서 길을 떠나는 사람들의 앞길은 밝을 것 같다. 그들은 이제 더 이상 혼자가 아니며, 서로를 끌어주고 부축하며 가방을 나눠 메고 있다. 서로를 바라보는 따뜻한 눈빛이 앞으로 닥치게 될 어떤 위험의 순간에도 서로를 믿고 의지하면서 함께 헤쳐나갈 수 있을 것이라는 희망을 지니게 한다. 얼마 가지 않아 진짜 버스 정류장을 발견할 수도, 아니면 시내까지 함께 수다를 떨면서 걸어가야 할 수도 있을 것이다. 그러나 그들의 최종 종착지가 연대와 협력,

신뢰와 희망일 것이라는 점에는 추호의 의심도 들지 않는다.

자신을 찾아가는 고독한 여행

버스는 일상을 유지하며 생활을 꾸려가는 중요한 현대인의 운송 수단이다. 한편 정류장(stop)은 멈춤과 출발이라는 상반되는 이미지가 공존하는 곳이다. 그들은 오랜 시간동안 그 곳에 머물러(stop) 있었지만, 그곳은 그들이 함께 서로를 부축하고 격려하며 길을 떠나는 출발점이기도 하다. 그곳은 인간관계에 대한 새로운 각성이 시작되는 곳이면서, 낡은 대결과 반복과 편견이 종식되는 곳이기도 하다. 『버스 정류장』은 오지 않는 버스를 기다린다는 점에서 베케트의 『고도를 기다리며』와 닮았지만, 그래서 부조리극이라는 평을 듣지만 실제로는 부조리극과 거리가 멀다. 오지 않는 고도와 고도를 기다리는 무기력한 블라디미르와 에스트라공, 그들 간의 무의미한 대화와 종국에는 떠나지 못하고 극이 마무리되는 『고도를 기다리며』와는 달리, 『버스 정류장』의 사람들은 서로를 부축하고 의지하며 길을 떠난다. 그들 간의 대화는 건조하고 대결적인 상호 견제로부터 이해와 연민의 공존으로 변모해 간다. 부조리극이 세계와 개인의 화해할 수 없는 부조리한 관계에 관한 것이라면, 이 작품은 세계의 부조리함을 극복할 수 있는 가능성으로서의 연대를 제안하고 있다. 세계의 부조리함은 중국 사회의 경직된 관료주의와 사회주의 이념의 결과로 나타난 것일 뿐 본원적으로 개인과 충돌하고 모순된 관계를 형성하는 것이 아니다. 아직 망명 이전의 중국 본토에서 창작되었다는 사실을 염두에 둔다면, 이 작품은 최종적으로 순진한 교훈주의로 귀결된다는 아쉬움이 있지만, 교훈주의적인 내용을 새로운 모더니즘의 다양한 형식 실험을 통해 재현하고 있다는 점에서 전혀 진부하거나 지루하다고 볼 수 없는 작품이다.

자신의 창작 활동의 의미에 대해 가오싱젠이 말하는 다음의 구절은 인간 존재의 부조리함과 무의미함을 강조하는 부조리극의 경향성과는 상당히 상이함을 알 수 있게 해준다. 그에 따르면, "인간은 자신의 존엄과 독립성을 깨닫는 데 필요한 고독을 감내하기 쉽지 않습니다. 고독한 개인만이 자기 존재를 의식하고, 세상의 혼란 속에서도 자기 내면의 목소리를 들을 수 있습니다. 그리고 이럴 때만이 차가운 문학이 가능합니다. 작가는 그렇게 차가운 눈으로 외부세계를 관찰하는 동시에 자기 내면을 관조해야하며, 사회를 비판하는 동시에 자기 자신도 관조할 수 있어야 합니다. 사회비판, 인간개조가 아니라 있는 그대로 인간의 본성을 이해하는 것만이 문학의 변함없는 본령입니다."19) 가오싱젠에 따르면 인간은 존엄한 존재이면서 동시에 고독한 존재이며 자신의 내면의 목소리에 귀를 기울이고 관조함으로써 인간의 본성을 끊임없이 추적하는 일이 문학의 본령이다. 이러한 주장은 부조리극의 주장과는 사뭇 다르며, 그의 모더니즘 형식 실험의 궁극적인 목표와도 상충된다. 이 작품의 번역가인 오수경의 말처럼 "이 시기 그의 극작은 중국의 현대극이 리얼리즘 일색이었던 데서 벗어나 모더니즘을 수용하는 과정이었다고 평가된다. 그러나 그의 독자성은 리얼리즘이든 모더니즘이든 간에 서구 양식의 아류에 머무르는 데 그치지 않고, 중국 민간에서 전승되는 전통 연희의 정신과 미학으로부터 현대 중국 연극을 창조하려 한 데 있다."20) 그리고

---

19) 高行健, <作家的位置>, ≪論創作≫, 聯經出版社, 2008, 188-189.
20) 오수경, 「중국 현대 실험극의 장을 연 가오싱젠」, 『버스정류장』, 오수경 역, 민

이러한 실험을 통해 완숙해진 작가는 마침내 서구에서도 주목할만한 유명작가로 거듭나게 된다. 가오싱젠의 대표작인 『영혼의 산』으로 가는 중간 정거장으로 이 작품을 읽어보는 것도 그의 작품세계를 이해하는 데 도움이 될 것이다. 그러나 그와 별도로 동양과 서양을 아우르는 새로운 연극 형식을 실험하고 있는 이 작품 고유의 의미를 음미하고 탐색하는 것도 그 자체로 즐겁고 유의미한 작업이 될 것이다.

음사, 2020, 224.

제2장

우연한 만남을 통한 영혼의 치유
가와바타 야스나리의 『이즈의 무희』

生も一時のくらゐなり、死も一時のくらゐなり。たとへば冬と春のごとし。冬の
春となるとおもはず、春の夏となるといはぬなり。
생도 한때의 모습이고, 죽음도 한때의 모습이려니, 예를 들면, 겨울 속에 봄 같은
것이어서 겨울속의 봄이 되면 생각지도 못하게 봄 속의 여름이 됨을 말하지 않을
수 없으니.

도겐(道元)

로컬리티의 보편성

가와바타 야스나리(川端 康成)가
1968년 일본인 최초로 노벨문학상을
수상했을 때, 한림원에서는 그를 "일
본 정신의 본질을 위대한 감성으로
표현한 서사의 탁월함(for his narra-
tive mastery, which with great sensi-
bility expresses the essence of the
Japanese mind)"을 보여준 작가로 높
이 평가하였다. '일본 정신의 본질'이
라는 찬사에 걸맞게 가와바타는 일본
정부가 수여한 문화 훈장이 달린 전

그림 1. 일본의 전통 복장을 입고 한림원
에서 노벨문학상을 수상하고 있는 가와
바타 야스나리

통 복장인 '몬쓰키하오리하카마(紋付羽織袴)' 차림으로 수상에 임했고,
기념 강연 또한 「아름다운 일본의 나(美しい日本の私) 그 서론」이라는
지극히 일본적인 사상과 철학을 주제로 삼았다. 통상적으로 그를 따라다
니는 수식어인 '서정성', '감각적'이라는 말은 일본적인 색채와 어우러져
가와바타만의 독특한 문학적 세계를 형성하고 있다. 그는 일본의 자연과
전통을 아름답게 묘사하는데 탁월한 능력이 있었으며, 이러한 능력은 불
교와 도교가 결합된 그의 동양적인 사상을 형상화하는 데 최적화된 것처
럼 보인다. 허무적 비애감과 인간의 존재론적 고독이 감각적 비유와 서
정적 문체를 통해 진솔하고 투명하게 조망되는 그의 문학세계는 『설국』,
『이즈의 무희』, 『천 마리 학』 등의 대표작들에 공통적으로 녹아들어 있
다.

> "In the spring, cherry blossoms, in the summer the cuckoo. In autumn
> the moon, and in winter the snow, clear, cold."
> "The winter moon comes from the clouds to keep me company. The
> wind is piercing, the snow is cold."
> "봄에는 벚꽃, 여름에는 뻐꾸기. 가을에는 달이, 겨울에는 눈이 맑고 차
> 갑습니다."
> "겨울 달은 구름에서 나왔어요. 바람은 매섭고, 눈은 차갑습니다."[1]

정치적이고 선동적인 이데올로기의 도구로 변질되는 것에 반대하여
문학 본연의 예술적 가치를 추구하고자 하는 소위 '신감각파'의 일원으
로서 가와바타는 노벨상 수락 기념 강연에서 일본의 승려이자 시인인

---

1) https://www.nobelprize.org/prizes/literature/1968/kawabata/lecture/

그림 2. '화엄종조사회전(華嚴宗祖師繪傳)' '의상회(義湘繪)'의 일부. 일본 경도 고산사(高山寺)를 창건한 묘에(明惠)스님의 지도로 제작된 13세기 초반의 에마키(繪卷:가로로 긴 두루마리 그림)

도겐(道元)선사와 묘에(明惠)쇼닌의 싯구절을 인용하면서 일본 문학과 사상의 정수를 서구에 소개한다. 추상적인 관념이나 사상이 아니라 자연의 풍경을 간결하고 감각적으로 묘사하고 있는 위의 전통 싯구에서 가와바타가 추구하는 문학의 본질이 무엇을 의미하는지 짐작해 볼 수 있다. 자연과 인간은 다르지 않으며, 인간은 결국에는 자연으로 돌아가는 무위의 존재이다. 동양인들에게는 익숙한 '공즉시색, 색즉시공'의 불교적 세계관을 노벨상 수락 연설에서 소개하고 있지만, 가와바타 자신도 이러한 세계관의 차이를 서구인들이 제대로 이해할 수 있을지 의심스러워하는 것 같다. 연설은 다음과 같이 마무리된다.

Here we have the emptiness, the nothingness, of the Orient. My own works have been described as works of emptiness, but it is not to be taken for the nihilism of the West. The spiritual foundation would seem to be quite different. Dogen entitled his poem about the seasons, "Innate Reality", and even as he sang of the beauty of the seasons he was deeply immersed in Zen.

여기에는 동양의 공허함, 무가 있습니다. 내 작품은 공허한 작품으로 묘사되었지만, 서양의 허무주의로 받아 들여서는 안 됩니다. 영적 토대는 상당히 다른 것 같습니다. 도겐은 계절에 대한 시를 "선천적 현실"이라는 제목으로 붙였고, 계절의 아름다움을 노래할 때조차도 그는 선에 깊이 빠져 있었습니다.[2]

계절의 아름다움은 삶을 화려하게 치장하기 위한 것이 아니다. 자연의 일부인 인간은 최종적으로 자연으로 돌아가 '무'가 된다. 아무 것도 없음, 비어있음, 선의 사상이 인간에게 전하는 이와 같은 깨달음은 인간의 욕심과 욕망이 덧없는 것임을, 인간은 누구나 고독할 수밖에 없는 존재임을 깨닫고 인정하는 것이다. 그것은 서구의 허무주의나 냉소주의와는 결이 다른 삶을 대하는 태도이다.

그림 3. 1957년에 영화화된 《설국》의 한 장면

그리하여 가와바타의 작품에서 자연은 단순한 배경이 아니라 인간의 삶과 영혼에 깊이 연루되어 있다. 그에게 노벨상을 안긴 『설국』(1937)은 다음과 같이 시작한다.

국경의 긴 터널을 빠져나오자 설국이었다. 밤의 밑바닥이 하얘졌다. 신호소에 기차가 멈춰섰다.

"상당한 재산을 가진 독신 남자에게 아내가 필요하다는 것은 보편적인 진

2) https://www.nobelprize.org/prizes/literature/1968/kawabata/lecture/

리이다."의 제인 오스틴의 『오만과 편견』, "행복한 가정은 모두 모습이 비슷하고, 불행한 가정은 모두 제각각의 불행을 안고 있다."로 시작하는 톨스토이의 『안나 카레리나』, "오늘 엄마가 죽었다. 어쩌면 어제였는지도 모르겠다."처럼 충격적인 알베르 카뮈의 『이방인』처럼 이 작품 또한 첫 문장으로 인해 많은 사람들에게 회자되고 있다. 이 첫 문장은 학술적인 분석과 연구의 대상이 되었을 뿐만 아니라 드라마, 만화 등에서 여러 차례 패러디되는 등 대중적으로도 많은 관심의 대상이 되었다. 마치 사진을 보는 듯 간결하고도 선명하게 묘사된 첫 장면은 터널의 짙은 어둠과 순백색의 눈이 대조를 이루며 독자들에게 강렬한 인상을 준다. 터널과 눈은 모두 현실세계와의 단절을 의미한다. 터널을 지나 펼쳐지는 풍경은 터널 이쪽의 세계와 이질적인 상황이 펼쳐지게 될 것이라는 기대감을 안게 한다. 눈 또한 기존의 모든 풍경을 순백색으로 덮어버림으로써 비일상적인 사건이 진행될 것이라는 예감을 갖게 한다. 여행이라는 것이 종국에는 일상으로부터의 탈출과 낯설고 새로운 세계로의 진입이라는 의미를 지니고 있다고 볼 때, 『설국』의 도입부는 이 신비로운 새하얀 세계에서 다시 쓰게 될 새로운 이야기에 독자들을 몰입하게 만들기에 부족함이 없다고 할 수 있다.

근대의 상처를 치유하는 근대의 산물, '기차'

도쿄라는 도시에서의 일상으로부터 시골의 아름답고 신비로운 풍경으로 우리의 주인공(시마무라)을 데려다 주는 것은 '기차'라는 근대의 산물이다. 근대적 도시 생활로부터의 도피가 근대의 상징인 기차의 발전으로 인해 가능하게 되었다는 것은 아이러니가 아닐 수 없다. 이 책에서 함께

읽게 될 『이즈의 무희』 또한 기차를 통해 우리의 주인공을 '이즈'라는
낯선 공간으로 데려다 놓는다. 가와바타는 이즈를 시의 고향이라고 말한
바 있는데, 이즈는 그러나 기차가 놓이기 전 도쿄에서 쉽게 갈 수 있는
곳이 아니었다. "그러나 근대에 이르러 교통망이 확충되고 유명 온천지
역이라는 장점 때문에 일본 근대 작가들의 방문이 이어졌다. 이즈에 와
서 작품 창작에 몰두하거나 이즈를 배경으로 한 작품을 쓰는 이유는 이
즈의 아름다운 자연이 창작의 영감과 모색의 공간으로 작용했기 때문이
다. 또한 현실을 떠나 문학적 방황과 갱신의 공간이라는 역할을 수행하
기도 적합한 장소였다."3) 일본 근대 문학가들이 이즈를 문학적 영감의
공간으로 활용할 수 있었던 것은 이처럼 '기차'의 탄생 덕분인 것이다.
정수연은 당시의 도쿄 이즈 간 여정에 대해서 다음과 같이 설명하고 있
는데, 즉 "당시에 도쿄에서 이즈 반도를 오가는 여행 경로는, 첫째 도쿄
에서 기차를 타고 미시마에서 간선으로 갈아타 슈젠지 역까지 오는 방법
이다. 나쓰메 소세키를 비롯한 일본 근대 문인들이 요양과 집필을 위해
슈젠지 온천을 방문할 때 주로 이용했다. 둘째 도쿄에서 기차를 이용해
슈젠지 역까지 오는 것은 첫째와 동일하나, 슈젠지에서부터 육로로 아마
기 고개를 넘어 시모다 항까지 이동하여 시모다 항에서 기선을 타고 도
쿄로 돌아가는 방법이다. 가와바타 야스나리의 소설 『이즈의 무희』에서
주인공의 여정이다."4) 근대에 이르러 이즈는 도쿄로부터 거리가 가까우
며, 여행하기 용이한 곳이 되기도 했지만 이러한 편이성에 덧붙여 이
지역이 지니는 상징적인 지역성을 언급하지 않을 수 없다. 이즈라는 지

---

3) 정수연, 「이즈라는 문학적 공간」, 『한국근대문학연구』 17(2), 2016, 359-360.
4) 정수연 364.

명은 옛 문헌에 따르면 화를 씻어주는 여신인 '이즈노메(伊豆能売)'를 뜻하는 것으로 엄숙, 신성, 속죄와 정화의 상징적인 의미를 지닌 지역이다. 전근대적인 상징과 근대적인 교통편이 만나서 이즈는 일본의 근대문학을 풍성하게 꽃피우게 만드는 정신적 자양분 역할을 충실히 수행했던 것이다.

로스트 제너레이션(Lost Generation)과 내면의 고독

가와바타는 19세 때 자신이 실제로 이곳을 여행한 경험을 토대로 이 작품을 창작했다. 이 작품은 1926년 1, 2월 당시 신감각파운동의 거점이 된 『문예시대』에 발표한 것으로 "당시 1차 세계대전이라는 시대적인 상황아래 국내정치의 소강상태, 사회주의 노동자 운동 등 극도의 혼미상태로 치닫던 사회적 현실 속에서 발표된 이 작품은 자신의 청년적 낭만으로 읊어진 한편의 서정시로서 당시의 그러한 상황에 처했던 젊은 층을 비롯한 많은 독자들에게 신선한 파장을 불러 일으켰다."[5]고 평가받는다. 이 작품이 탄생 된 시기에 대해서 좀더 자세히 알아보면 1923년에 발생했던 '관동대지진'이 중요한 시대적 사건이었음을 발견하게 된다.

일본은 1차 세계대전 종전 후 경제 불황에 시달리고 있었으며 사회적 갈등이 증폭되고 있었다. 대중의 정치적 진출로 1921년 일본노동자총연맹이 1922년에는 일본 최초 농민조직인 일본농민총조합이 결성되었고 1922년 7월에는 일본공산당이 조직되었다. 이러한 상황 속에서 식민지 조선

---

5) 최종훈, 「『이즈의 무희』(伊豆の踊子)의 문체와 주제와의 관련양상」, 『일본문화연구』 9, 2003, 326.

내외의 민족운동이 성장하고 있었다. 3·1 운동의 성과로 1919년 상하이 (上海)에서 대한민국임시정부가 건설되었고 조선과 만주 국경지역에서 독립군 부대들이 국경을 위협하였다. 1920년에는 김원봉을 중심으로 의열단이 결성되어 일제에 대한 폭력투쟁에 나섰다. 관동 대지진이 일어났을 즈음에 재일(在日)조선인의 수는 증가하고 있었으며 이들을 바탕으로 조선민족이 나날이 성장하고 있었다.[6]

메이지 유신이라는 일본의 근대화, 산업화는 성공적으로 진행되어 일본을 아시아에서 가장 부유하고 강대한 나라로 성장하게 만들었다. 근대화는 전근대적인 전통을 낡고 시대착오적인 구습으로 간주하였으며, 전통적 가치관과 생활 습관으로부터 탈피하여 새로운 인간형과 생활양식을 확립함으로써 성장과 발전을 도모해야 한다는 시대적 분위기가 대세를 이루고 있었다. 물론 일본의 근대화는 식민지 침탈이라는 패권주의적이고 침략주의적이며 비인도적인 국제정책의 성과를 바탕으로 하여 성립할 수 있었던 것이었지만, 일본의 자본주의는 폭발적인 성공의 가도를 달리고 있는 것처럼 보였다. 한편 서구의 열강들은 1차 세계대전으로 인해 생산이 중단되게 되었고, 이들 국가들의 공산품에 대한 수요가 증가하게 되자, 일본의 자본주의는 급속하게 발전하게 된다. 그런데 1차 세계대전이 끝나게 되자 일본의 산업은 불황을 맞게 되고, 사회적 동요와 불안도 점차 증가하게 된다. 국내적으로는 노동자와 농민이 주축이 된 일본공산당이 창당하게 되어 사회적 갈등이 심해지게 되고, 국외적으로는 일본의 식민지배에 저항하는 독립운동이 전개되게 된다. 이러한 국

---

6) http://contents.history.go.kr/mobile/kc/view.do?levelId=kc_i400900&code=kc_age_40

내외적 갈등과 불안이 쌓여갈 즈음에 관동대지진이 발생하게 되고, 이 사건은 일본 경제에뿐만 아니라 일본인들의 사고와 정서에도 심각한 내상을 입히게 된다. 물질적 풍요에 기반한 근대화에 대한 절대적 신뢰와 자부심은 회의와 환멸로 변하게 되고, 정신적 공황과 방황을 겪게 된 것이다. 이른바 전후 잃어버린 세대(lost generation)는 사회의 주류 패러다임을 거부하고 그들만의 새로운 삶의 가치와 방향성을 만들어 내야만 했다. 자연과의 조화를 추구하고 정신적인 내면의 가치를 탐색하던 일본의 신감각파운동은 이와 같은 절박한 시대적 요청에 대한 문학적 응답인 셈이다. 신감각파의 운동은 1924년에 창간된 「문예시대(文藝時代)」를 중심으로 요코미츠 리이치(橫光利一), 가와바타 야스나리 등에 의해서 추진되었으며, 자연주의적 수법을 배척하고 문체의 혁신을 찾아 근대 사회의 고도화에 따라서 해체되어 가는 자아와 현실을 감각적으로 포착하기 위한 지적인 연구였다. 근대적인 서구의 사상과 문명을 추종하고 전통적인 가치를 배척한 결과는 허무주의와 퇴폐주의로 귀결될 수밖에 없었고, 가와바타의 작품에 깊이 배인 고독과 허무의 정서는 이러한 시대적 정서와 맞닿아 있었다. 『이즈의 무희』의 주인공이 소회한 자신의 '고아 기질'은 이 시기 '잃어버린 세대'의 공통적인 자아상일지도 모른다.

욕망의 대상에서 구원의 여신으로

꼬불꼬불한 산길로 접어들면서 마침내 아마기 고개에 다가왔구나 싶었을 무렵, 삼나무 밀림을 하얗게 물들이며 매서운 속도로 빗발이 산기슭으로부터 나를 뒤쫓아 왔다.

나는 스무 살이었다. 나는 고등학교 학생모를 쓰고 감색 바탕의 기모노에 하카마 차림을 하고 학생 가방을 어깨에 메고 있었다. 혼자서 이즈 반도 여행길에 오른 지 나흘 째 된 날이었다. 슈젠지(修善寺) 온천에서 하룻밤을 묵고 유가시마 온천에서 이틀 밤을 지낸 뒤, 후박나무로 된 굽 높은 나막신을 신고 아마기 고갯길에 오른 것이었다. 굽이굽이 두른 산들이랑 원시림이 자아내는 가을 계곡 풍경에 흠뻑 젖으면서도 나는 어떤 기대감으로 가슴을 두근거리며 길을 서두르고 있었다. (9)

『이즈의 무희』는 이렇게 시작한다. 『설국』과 마찬가지로 첫 문장은 꼬불꼬불한 아마기 고개와 산기슭에서부터 주인공을 따라온 소나기, 그리고 소나기로 인해 하얗게 보이는 삼나무의 밀림 등 자연의 풍경을 묘사하고 있다. 산에서는 일기가 변덕스러워 갑작스런 소나기를 자주 만나게 된다. 갑작스런 소나기는 번거롭거나 짜증나는 상황임에도 고등학생인 「나」는 전혀 개의치 않는다. 나는 이즈의 유명 온천지를 홀로 여행하고 있는 중인데, 슈젠지와 유가시마의 온천에서 이틀을 묵고 아마기 고개를 넘어 유가노 온천 쪽으로 길을 재촉하는 중이다. 서두르는 발걸음에는 가슴을 두근거리게 만드는 모종의 기대감이 함께 하고 있는데, 그이유는 얼마 지나지 않아 밝혀진다. 일본의 전통 복장인 기모노에 하카마라는 겉옷을 걸치고, 후박나무 나막신을 신은 나는 학생모와 학생 가방으로 인해 고등학생이라는 신분이 드러날 뿐이다. 굽이치는 산들과 빽빽한 삼나무 원시림 한가운데에서 가을날의 소나기를 맞으며 한껏 기대감에 들떠 발걸음을 재촉하는 전통 복장을 한 고등학생의 모습이 묘사되면서 독자들은 아름다운 자연에 매료됨과 동시에 나의 발걸음이 데려다주는 앞으로의 사건에 대한 기대감을 갖게 한다.

　「나」가 발걸음을 재촉한 것은 우연히 맞닥뜨리게 된 '유랑 가무단'을 따라잡기 위해서이다. 잠시 한숨을 돌리기 위해 들린 한 찻집에서 유랑 가무단 일행도 쉬고 있었던 것이다. 유랑 가무단을 따라잡으려 한 이유는 일행들 중 한 명인 '무희' 때문이다. 무희는 찻집에서 나를 보자 자기 방석을 빼서 뒤집은 다음 내 옆에 놓아준다. 무희의 이와 같은 행동은 흔한 말로 요즘 여자 같지 않은 매너를 보여준 것으로 「나」에게는 묘한 친밀감과 호기심을 갖게 만든다. 물론 매너 뿐만 아니라 그녀의 모습에서도 「나」는 묘한 끌림을 느끼고 있는데, 그녀에 대한 묘사를 들어보면,

> 무희는 열일곱 살 정도로 보였다. 그녀는 이제까지 내가 본 적이 없는 고풍스러우면서도 묘한 형태로 크게 머리를 틀어 올리고 있었다. 그것이 계란형의 또렷한 얼굴을 무척 작아 보이게 하면서도 아름답게 조화를 이루고 있었다. 머리를 풍만하게 과장한 패사적(稗史的)인 아가씨의 초상화와 같은 느낌이었다. 무희 일행은 40대 여자 한 사람, 젊은 여자 두 사람, 그리고 나가오카 온천 여관의 상호 이름이 크게 찍힌 겉옷을 입은 스물대여섯 살가량의 남자가 있었다. (10)

열일곱 살 정도로 보이는 계란형의 얼굴에 고풍스러운 올림머리를 한 무희는 과장되게 풍만한 머리 때문에 패사적인 초상화 같은 느낌을 주는 여인이다. '패사적'이라는 말로 보아 무희의 모습이 「나」에게는 신비롭고 비현실적인 느낌을 주는 것 같다. 「나」의 무희에 대한 관심은 또래의 여인에게 향하는 남성의 성적인 관심이라고 할 수 있다. 고풍스러운 외모와 예의바른 전통적인 매너를 지닌 무희에게 도시에서 생활하던 고등학생인 「나」는 자신도 모르게 매혹된다. 그런데 그녀에게 강한 인상을 받은 것은 그들이 두 번째 우연히 조우하게 된 유가시마의 온천에서였다.

> 그때까지 나는 그들 일행을 두 번 보았다. 처음에는 유가시마 온천으로 가는 도중에 슈젠지로 가는 그녀들과 유가와 다리 부근에서 만났다. 그때

55

伊豆の踊子

그림 4. 영화 속 무희의 모습

는 젊은 여자가 세 사람이었는데 무희는 북을 들고 있었다. 나는 몇 번이고 돌아보면서 여정이 내 몸에 스며드는 것을 느꼈다. 그리고 유가시마에서 이틀째 밤을 보낼 때 그들은 가무단을 부를 사람이 있나 여관에 들렀다. 나는 무희가 현관 마루에서 춤추는 것을 2층으로 오르는 계단 중턱에 앉아서 열심히 보고 있었다. 처음 본 게 슈젠지였고 오늘 밤 유가시마로 왔으면 내일은 아마기 고개를 남쪽으로 넘어 유가노 온천으로 가겠지. 아마기 고개 칠십 리 길에서 틀림없이 따라잡을 수 있을걸. 나는 이런 공상을 하며 길을 서둘렀는데 비를 피하려고 찻집에 들렀다가 딱 만나 버렸기 때문에 당황했던 것이다. (10-11)

유랑 가무단 일행은 유가시마에 들러 가무단을 필요로 하는지 이 여관 저 여관을 돌면서 일종의 호객행위를 하던 중 「나」가 묵고 있는 여관에 들르게 되었고, 호객을 위한 춤을 추던 모습을 우연히 2층으로 오르는 계단에서 보게 된 것이다. 그 모습에 반해서 「나」는 그들의 여정을 짐작하여 기약 없는 칠십 리 길을 서둘러 나섰던 것인데, 그의 예상은 맞아떨어졌고 그들은 생각보다 빨리 찻집에서 만나게 되었다.

가무단이 먼저 멈추었던 길을 나서자 홀로 남게 된 「나」는 찻집 노파에게 혹시나 하여 가무단 일행이 어디에서 머무를 예정인지를 물어보니 노파는 경멸적인 말투로 "저런 것들이야 어디서 묵을지 알 게 뭡니까요, 손님. 아무 데서나 자면 그뿐이죠. 오늘은 어디서 잔다는 요량 따위 있을 턱도 없슈."(13)라고 대답한다. 노파의 대답에 "'그렇다면 오늘 밤 무희에게 내 방을 내줄 테다' 싶을 만큼 나를 자극했다."(13)라고 술회한다. 잘 곳이 없다는 말에 무희에게 방을 내어주고 싶은 충동이 느껴졌다는 말로 미루어 보아 「나」의 무희에 대한 관심이 성적인 것임에 분명해 보인다.

이들을 따라 잡기 위해서 이내 다시 길을 나선 「나」, 그리고 또 한 번 펼쳐지는 그림 같은 모습. "터널 출구에 서부터 한쪽 편으로 흰 울타리가 땀땀이 둘러쳐진 고갯길이 번갯불 형상으로 흘러 내리듯 뻗어 있었다. 마치 모형처럼 전망이 펼쳐지는 저

그림 5. 예전의 아마기 터널

만치 끝자락에 가무단 일행의 모습이 눈에 들어왔다."(15) 마치 <서편제>에서 논길을 걸어가는 송화 일행의 모습이 그러하듯 자연과 인간이 조화롭게 어울리고 상호 동화된 모습이 펼쳐진다. 터널을 지나 펼쳐지는 고갯길이 넓고 광활하게 펼쳐져 눈에 보이는 전망이 마치 모형처럼 느껴질 정도로 아득한 끝자락에 가무단 일행이 걸어가고 있다. 일행을 따라 잡은 「나」는 이들에게 동행을 제안하고 함께 걸어가게 된다. 함께 걸으며 가무단 유일의 남성인 에이키치와 이런저런 이야기를 나누던 중 그들은 여인숙에 도착하게 된다. 여인숙에 도착하여 짐을 풀고 있던 중 무희는 차를 내어오는데, "내 앞에 앉더니 얼굴이 새빨개지면서 손을 부들부들 떨어 찻잔이 받침접시에서 떨어지려 하자 급히 다다미 바닥에 내려놓는 바람에 차를 엎질러 버리고 말았다. 너무도 심하게 수줍어했으므로

나는 어리둥절했다."(17) 내 앞에서 심하게 수줍어하고 얼굴이 빨개지면서 손을 부들부들 떠는 모습을 본다면 필시 나를 좋아하고 있는 것이 아닌가 하는 생각을 하게 마련이다. 게다가 나 또한 무희에게 깊은 호감을 가지고 있으니 서로 마음이 통했다 라고 확신하는 것도 무리는 아닐 것이다. 무희를 향한 연정은 더욱 깊어만 가고 나는 무희의 일거수일투족에 예민하게 반응하며 자기중심적으로 마음을 키워간다.

그림 6. 무희가 현관 마루에서 춤추는 것을 바라본 계단. 벽에는 가와바타의 사진이 걸려있다.

그러던 중 가무단을 필요로 하는 술자리가 마침 벌어져 가무단은 술자리의 유흥을 위해 불려가게 된다. 간단히 파할 것이라는 기대와는 달리 술자리는 점점 고조되고 분위기도 단순한 여흥을 넘어 점점 짙어지는 것 같다.

그 술자리는 단순한 유흥을 넘어 점점 더 헝클어지는 모양이었다. 쨍쨍거리는 금속성의 여자 목소리가 간간이 번개 치듯 어두운 밤에 날카롭게 울렸다. 나는 신경을 곤두세우며 문을 열어 둔 채 계속해서 그대로 앉아 있었다. 북소리가 들릴 때마다 가슴이 환히 밝아졌다.

"아아, 무희는 아직 술자리에 앉아 있어. 앉아서 북을 치고 있군."

북이 그치면 견딜 수가 없었다. 빗소리 속으로 나는 가라앉아 버렸다.

그리고는 모두 술래잡기라도 하는지, 춤을 추는 건지 어수선한 발소리가 한동안 계속되었다. 그러곤 돌연 쥐죽은 듯 조용해져 버렸다. 나는 눈을 빛냈다. 이 고요함이 무엇인지를 어둠을 통해 보려고 했다. 오늘 밤 무희가 더럽혀지는 것은 아닐까 괴로웠다.

덧문을 닫고 잠자리에 들었지만 가슴이 답답했다. 또 탕에 들어갔다. 탕을 거칠게 휘저었다. 비가 그친 뒤 달이 나왔다. 비에 씻긴 가을밤이 청명하게 밝아졌다. 맨발로 욕조를 빠져나왔지만 뾰족한 수도 없었다. 2시가 넘었다. (20)

순진한 무희가 취객들의 술주정과 짓궂은 장난을 감당할 수 있을까. 사회적으로 천한 신분으로 취급되는 유랑 가무단의 어린 무희가 취객들의 노리개로 여겨지고 급기야 더럽혀지는 일이 발생하는 것은 아닐까 하는 조바심과 걱정에 「나」는 괴로워한다. 무희는 북을 치는 역할이니 북소리가 들리면 안심이 되다가도 북소리가 잠잠해지면 다시금 불안감이 치밀어 오른다. 북소리 여부에 따라 천당과 지옥을 오가는 극심한 감정의 부침을 겪는 고통스러운 시간이 지속되지만, 그렇다고 해서 내가 할 수 있는 일은 아무 것도 없다. 관심을 끄기 위해 덧문을 닫고 애써 잠을 청해 보지만 답답한 가슴에 잠을 이룰 수가 없다. 번다한 마음을 다잡기 위해 탕에 들어가 보지만 무기력한 자신이 원망스러울 뿐이다. 끓어오르는 분노를 달리 표현할 길이 없어 탕을 거칠게 휘저어볼 뿐이다. 비가 그치고 달이 뜬 가을밤은 청명하게 밝아졌지만 나의 마음은 여전히 어두울 뿐이다. 눈이 부신 날의 이별이 더욱 슬프게 느껴지듯이 청명한 풍경과 우울한 감정의 명백한 대조로 인해 나의 복잡한 심경은 더욱 처연하고 애처롭게 느껴진다.

그렇게 번뇌의 밤이 지나고 다음 날 아침 에이키치와 함께 온천욕을 하러 가는 길에 냇가 건너편 공동탕에서 온천을 하고 벗은 몸들이 뜨거운 김에 가려져 어렴풋이 보이게 된다.

어둠침침한 욕탕에서 갑자기 알몸의 여자가 뛰어나오는가 싶더니 탈의
장 끝에서 냇가로 뛰어들기라도 할 것 같은 자세로 서서 양손을 쭉 펼치고
무엇인가 외치고 있다. 수건도 걸치지 않은 알몸이다. 그 무희였다. 어린
오동나무처럼 다리가 쭉 뻗은 흰 나체를 바라보며 나는 마음에 샘물을 느
껴 후우 깊은 숨을 내쉬고 나서 쿡쿡 웃었다. 어린애잖아. 우리를 발견한
기쁨을 주체하지 못하고 알몸인 채로 햇빛 속으로 뛰쳐나와 발끝으로 힘껏
발돋움을 할 만큼 어린애였던 것이다. 나는 해맑은 기쁨으로 계속해서 쿡
쿡쿡 웃었다. 머리가 씻은 듯 맑아졌다. 미소가 한동안 그치지 않았다.
　무희의 머리가 너무 풍성하여 열일고여덟로 보였던 것이다. 그런데다가
꽃다운 나이의 처녀처럼 몸치장을 시켜 놓았기 때문에 나는 어이없는 착각
을 한 것이었다. (22)

무희의 알몸을 우연찮게 보게 된 나는 그녀가 아직 나이 어린 어린애
라는 사실을 알게 된다. 아직 발육이 덜 되었을 뿐 아니라 자신들을 발견
하고 반가운 마음에 알몸인 채로 발돋움을 하며 손을 흔드는 철없는 어
린애. 나는 그녀가 아직 어린애라는 사실을 깨닫고 '해맑은 기쁨'을 느끼
게 되는데, 이제 그녀를 더 이상 욕망의 대상으로 바라보면서 노심초사
하지 않아도 되기 때문이다. 꽃단장을 하고 머리를 치장했기 때문에 자
신과 비슷한 또래인 줄로 착각을 했다는 사실이 민망하고 어이가 없긴
하지만, 어젯밤에 그렇게 마음고생을 했던 걸 생각하면 차라리 다행이라
는 생각이 든 것이다. 머리는 맑아지고 자꾸만 웃음이 난다. 이제 내겐
무희가 욕망의 대상인 여성으로 느껴지지 않는다.
　그럼에도 나의 눈에 비친 무희의 모습은 사랑스럽기 그지없다. 나에게
무희는 두 가지 면에서 의미있는 존재가 된다. 첫째 무희는 도시에서는
볼 수 없는 아름다움을 간직한 여인이라는 의미를 지닌다. 무희의 복색
과 화장, 그리고 얼굴과 표정을 바라보며 나는 아직 어린애이긴 하지만

그녀에게서 아름답다는 느낌을 자주 느끼곤 한다.

　　내 발밑 잠자리에서 무희가 얼굴이 새빨개지며 양손으로 얼른 얼굴을
가렸다. 그녀는 가운데 아가씨와 한 잠자리에서 자고 있었다. 어젯밤의 짙
은 화장기가 남아 있었다. 입술과 눈초리에 연지가 연하게 번져 있었다.
그 서정적인 잠자리 모습이 내 가슴을 물들였다. 그녀는 눈부신 듯 빙글
돌아누워 손바닥으로 얼굴을 감춘 채 이불에서 빠져나와서는 복도에 앉아,
"어젯밤에는 고마웠습니다"라며 예쁘게 절을 하여 서 있는 나를 당황하
게 했다. (25)

　　나는 일말의 기대를 품고 야담 책을 집어 들었다. 예상대로 무희가 쪼르
륵 다가왔다. 내가 읽기 시작하자 그녀는 내 어깨에 닿을 정도로 얼굴을
들이대고 진지한 표정을 지으며 눈을 반짝반짝 빛냈다. 열심히 내 이마를
응시하며 눈 한번 깜박이지 않았다. 그것은 책 읽어주는 것을 들을 때 하는
그녀의 버릇인 것 같았다. 아까도 음식점 주인과 거의 얼굴을 포개고 있었
다. 나는 그것을 보고 있었던 것이다. 그 아름답게 빛나는 검은 눈동자의
크고 예쁜 눈은 무희의 가장 아름다운 자산이었다. 쌍꺼풀의 선이 형용하
기 어려울 만치 아름다웠다. 그리고 그녀는 꽃과 같이 웃는 것이었다. 꽃처
럼 웃는다는 말이 그녀에게는 제격이었다. (30-31)

　피곤한 상태에서 화장을 지우지도 못하고 잠에 빠져든 무희의 모습,
입술과 눈가에 옅게 번져있는 연지 화장을 한 얼굴을 보며 나의 가슴은
서정적인 감성으로 물들여진다. 응시하는 무희의 눈동자를 보고 아름답
게 빛나는 검은 눈동자의 크고 예쁜 눈이 그녀의 가장 아름다운 자산이
며, 특히 쌍꺼풀의 선이 아름다워 꽃처럼 웃는다는 표현이 제격인 여성
으로 묘사하고 있다. 나의 눈에 욕망의 대상이 아름다운 미의 여신으로
변모한 것이다.
　다른 한편으로 무희는 나의 귀여운 막내 여동생이기도 하다. 마치 수

줍음 많은 여동생이 오빠의 친구에게 호감을 보이는 듯한 그녀의 모습은 마냥 귀엽기만 한데, 그와 같은 순진무구한 모습에 더해져 도시에서는 전혀 볼 수 없는 친절함과 배려심은 신기하기도 하고 당황스럽게 느껴지기도 한다. 무희의 행동, 태도, 그리고 말은 그러한 방식에 익숙하지 않은 도시출신의 학생인 나에게 적지 않은 놀라움과 당황함을 안겨주는데, 이와 같은 기분 좋은 어색함은 그녀의 언행이 도시의 방식과 다르기 때문이기도 하지만, 다른 한편으로는 어렸을 때 부모님과 조부모님, 그리고 누나가 죽게 되어 고아처럼 홀로 남겨지게 된 나의 성장배경과도 관련이 있다.

그림 7. 나와 무희는 즐거운 시간을 함께 보낸다.

한편, 함께 동행하는 동안 무희와의 유쾌한 시간들이 반복된다. 그런데 이 둘의 관계에 미묘한 변화가 감지된다. 전날 오목을 둘 때 점점 몰두한 나머지 바둑판 위로 몸을 기울이게 되고 그녀의 머리가 나의 가슴에 거의 닿을 만큼 가까워지자 갑자기 얼굴이 빨개지며 도망가던 무희가 책을 읽어주던 일이 있은 후부터 나에게 적극적이 된다. 이른바 미묘한 밀당이 시작된 것이다.

유가노에서 오시마로 가는 조금 험한 산길로 올라가는 길에 빠른 발걸음으로 산을 오르는 나를 무희는 적극적으로 따라 올라오고 마침내 일행들과 떨어져 무희와 나만 먼저 앞에 가게 된다. 약간의 간격을 두고 내

뒤를 따르는 무희를 내 앞에 서게 하려고 했으나 한사코 무희는 나의
한 발 뒤에서 뒤따른다. 마치 황순원의 『소나기』처럼[7] 풋풋하고 순박한
서정성을 자아내는 이 장면은 그런데 무희의 돌발적인 행동으로 인해
유머러스한 장면을 만들어 낸다.

> 산 정상에 닿았다. 무희는 마른 잎 가운데의 앉을 자리에 북을 내려놓자
> 손수건으로 땀을 닦았다. 그리고 자기 발의 먼지를 털려고 하다가 돌연
> 내 발밑에 웅크리고 앉아서 바지 자락을 털어 주었다. 내가 갑자기 몸을
> 빼냈기 때문에 무희는 콩 하고 무릎을 꿇었다. 몸을 구부린 채 내 몸 주위
> 를 털고 나서 큰 숨을 쉬고 있는 나에게,
> "앉으세요."하고 말했다. (35)

무희는 더 이상 얼굴을 붉히거나 손을 달달 떨지 않는다. 자기 발의
먼지를 털려고 하다가 갑자기 나의 바지 자락을 털어주려고 웅크리고
앉은 채 내 쪽으로 몸을 기울이다 놀란 내가 몸을 빼자 무희는 콩 하는
앞으로 넘어지며 무릎을 꿇게 된다. 이제는 내가 당황스럽고 쑥스러워
몸을 사리게 되는 것이다. 무희의 적극성은 계속 이어진다.

> 무희가 뛰어 쫓아왔다. 자신의 키보다도 길고 굵은 대나무를 들고 있었다.
> "어쩌려는 거지?"라고 에이키치가 묻자, 약간 주저하면서 나에게 대나

---

7) 국내 연구자들 중 많지는 않지만 『이즈의 무희』와 『소나기』를 비교 연구한 논
문도 있다. 대표적으로 소녀와의 마주침을 통해 피안의 세계를 경험하게 되는
소년의 이야기라는 점에 초점을 맞춘 김용안의 「한·일 소설의 피안 이미지 소
고: 『소나기』와 『이즈의 춤 소녀』를 중심으로」와 시공간과 등장인물의 공통점
에 주목한 박정이의 「가와바타 야스나리 『이즈의 무희』와 황순원 『소나기』 비
교」가 있다.

무를 내밀었다.

"지팡이로 쓰세요. 제일 굵은 것을 빼 왔어요."

"안 돼. 굵은 것은 훔친 거라고 바로 아는데 누가 보면 어쩌려고 그래? 다시 갖다 놓고 와."

무희는 대나무 다발이 있는 곳으로 돌아갔다가 다시 달려왔다. 이번에는 가운뎃손가락 굵기 정도의 대나무를 나에게 주었다. 그리고 밭두렁에 등을 부딪치기라도 하듯이 주저앉아 괴로운 듯이 숨을 쉬며 여자들을 기다리고 있었다. (36-37)

나에게 지팡이로 쓸 대나무를 구해온 무희는 제일 굵은 것을 가져오면 훔친 거라는 사실을 들키게 된다고 다시 가져다 놓으라는 말에 다시 돌아가 좀더 가는 대나무를 구해온다. 요구하지 않았으나 스스로 나를 위해 대나무를 구해온 무희는 주저앉아 괴로운 듯이 가쁜 숨을 몰아쉰다. 무희의 적극적이고 열정적인 과감한 행동은 나를 감동시키기에 충분하다.

환대와 자존감의 회복

산행이 계속되면서 나는 유랑 가무단 일행과 가족이 된 것 같은 기분을 느낀다. 경멸과 차별하는 마음 없이 평범한 호의를 보여준 나에게 그들 또한 마음의 문을 열고 나를 반겼던 것이다. 이들과 함께 한 여정에서 나는 "그들의 여정은 처음 내가 생각한 것처럼 고생스러운 것이 아니라 들판의 향기를 잃지 않은 느긋한 것이라는 것도 알게 되었다. 부모자식 형제로 얽힌 만큼 서로가 육친다운 애정으로 이어져 있다는 것도 알았다."(32) 고아로서 삭막한 도시의 삶을 살아가던 나에게 이들과의 동행은 이처럼 잊었거나 잃고 살았던 육친간의 애정을 체험할 수 있는 소중한 순간으로 기억될 것이다.

"좋은 사람이야."
"그래 맞아. 좋은 사람 같아."
"정말로 좋은 사람이야. 좋은 사람이라서 좋겠어."
　이 말투는 단순하고도 솔직한 울림을 지니고 있었다. 감정의 치우침을 휙 하고 순진하게 담아 던진 목소리였다. 나 스스로도 자신을 좋은 사람이라고 순순하게 느낄 수가 있었다. 상쾌하게 눈을 들어 밝은 산들을 바라보았다. 눈꺼풀 속이 희미하게 아팠다. 스무 살의 나는 자신의 성질이 고아 근성으로 비뚤어져 있다고 심한 반성을 거듭한 끝에, 그 숨 막히는 우울을 견디지 못하고 이즈로 여행을 온 것이었다. 그러니까 세상의 보편적인 의미로 자신이 좋은 사람으로 보인다는 것은 더할 나위 없이 고마운 것이었다. 산들이 밝은 것은 시모다의 바다가 가까워졌기 때문이었다. 나는 아까 받은 대나무 지팡이를 휘두르면서 가을 풀의 머리를 쳤다.
　도중, 곳곳의 마을 어귀에 푯말이 있었다.
　- 거지와 유랑 가무단은 마을에 들어오지 말 것. (37-38)

　작품의 말미에서 주인공인 나의 여행 동기가 밝혀진다. 고아 근성으로 인해 비뚤어진 성격을 지니고 있는 자신에 대한 반성과 우울로부터 도피하기 위해 이즈 여행을 결행한 것이다. 도시의 삶은 나의 고독과 자격지심, 우울과 고통을 위로하거나 치유해 주지 못한다. 그렇기는커녕 반대로 나의 고아 근성을 강화시킬 뿐이며 점점 위축되고 못난 자신을 확인

그림 8. 무희는 나의 구원자가 된다.

할 뿐이다. 그런데 우연히 만난 유랑 가무단의 여인들로부터 '좋은 사람'이라는 말을 듣게 된 것이다. 타인으로부터 좋은 사람이라는 평을 듣는다는 것은 얼마나 행복한 일인가. 타인의 평가는 나의 자기규정과 자아정체성의 형성에 큰 영향을 미칠 수밖에 없으며, 특히나 자존감이 낮아져 있는 나에게 그것은 큰 위로가 된다. 상쾌하게 산이 밝아진 것은 단지 바다가 가까워져서만은 아닐 것이다. 마음까지 상쾌하고 밝아진 나는 대나무 지팡이로 웃자란 가을 풀의 머리를 쳐 길을 만들며 앞장 서 걸어간다. 그런데 도중에 발견한 푯말에는 이렇게 적혀 있다. '거지와 유랑 가무단은 마을에 들어오지 말 것'.

지금까지 여행을 함께 하며 유랑 가무단 일행이 비록 가난하고 떠돌아다니며 술자리에서의 춤과 노래를 통해 삶을 연명하고 있긴 하지만 이들이 지닌 인간적인 내면의 아름다움과 그들끼리 지켜 온 전통적 예의와 예법의 고상함을 주인공인 나를 통해 확인할 수 있었다. 그러나 안타깝게도 이들과 동행하는 중에 만난 사람들은 하나같이 이들을 천시하거나 경멸하는 태도를 보인다. 아마기 고갯길의 찻집 노파는 앞에서도 인용했듯이 "저런 것들이야 어디서 묵을지 알 게 뭡니까요, 손님. 아무 데서나 자면 그뿐이죠. 오늘은 어디서 잔다는 요량 따위 있을 턱도 없슈."(13)라고 경멸의 말을 뱉어냈었다. 여관에서 바둑을 같이 두던 종이 행상도 "에그, 관심 없습니다요, 저런 것들."(23)이라고 그들을 멸시하고, "순박하고 친절해 보이는 여관 안주인이 저런 것한테 밥을 주는 건 쓸데없는 일이라고 나에게 충고했다."(29) 나의 고아 근성과 우울이 이들의 친절과 환대로 인해 치유되는 순간 보게 된 출입금지의 팻말은 사회적 약자에 대한 공공의 폭력적 배타심과 차별을 드러내 보여준다. 찻집 주인, 종이 행상, 여관 주인 등 그들 또한 사회적으로 높은 신분이 아님에도

불구하고 자신들보다 낮은 신분의 사
람들에게 노골적인 경멸과 혐오감을
드러내는 것을 보면 더 높은 지위의 사
람들의 이들에 대한 인식이 어떨지는
불을 보듯 뻔하다고 할 수 있을 것이다.
차별은 위계화 되어 있고, 중첩되어 있
어서 그 기반이 견고하다. 나는 도시의
고등학생이라는 신분으로 인해 시골에
서는 선망과 호의의 대상이 되었지만,
정작 자신이 살고 있는 도시에서는 고

그림 9. 『이즈의 무희』 속 여정이 되
는 지역의 맨홀뚜껑. 이즈 지역에서의
인기를 가름할 수 있다.

아 근성이라는 비뚤어진 성질로 인해 우울감에 고통 받는 삶을 살지 않
았던가. 가와바타는 절묘한 순간에 '거지와 유랑 가무단은 마을에 들어
오지 말 것'이라는 푯말을 세워둠으로써 삶의 가치를 잃고 살아가는 동
시대인들을 따끔하게 비판하고 있는 것이다. 따뜻한 심성과 인간적인 존
엄함을 지닌 '좋은' 사람들이 들어갈 수 없는 마을에 살고 있는 당신들은
누구냐고.

이별, 그러나 좋은 사람이 되어 돌아가다

『이즈의 무희』에 대한 연구는 대체로 다음과 같은 평가에 동의하는
것 같다. 즉 문체적으로는 작품의 서정성이 자연과 인간의 동화, 무희의
소박한 심성과 주인공 「나」의 고독한 내면의 심리 구조를 감각적이고
부드러운 필치를 통해 묘사하고 있다는 평가와 주제적으로는 무희를 통
한 '구원, 정화, 치유', 그리고 유랑 가무단을 통한 '유사한 가족체험'이라

는 평가가 그것이다. 유랑 가무단은 전통적인 가족의 가치관을 지니고
있다.

> "이 밑에 샘이 있습니다. 빨리 오시랍니다. 손 안 대고 기다리고 있으니
> 까요."
> 물이라는 소릴 듣자 나는 달렸다. 나무 그늘의 바위틈에서 샘물이 솟고
> 있었다. 샘 둘레에 여자들이 서 있었다.
> "어서 먼저 드시지요. 손을 넣으면 흐려질 텐데. 여자 뒤에 드시면 더러
> 울 것 같아서요"하고 어머니가 말했다. (36)

이 부분은 전통적인 가부장 이데올로기를 잘 보여주는 대목이다. 남자
가 먼저 마셔야 한다는 통념은 일본의 전통적인 가족 이데올로기가 전근
대적인 남성중심주의를 아직 벗어나지 못했음을 잘 보여준다. 그런데 근
대적 교육을 받은 나는 이들의 제안을 거절하지 않는다. 여자 뒤에 마신
다고 물이 더러워지는 것이 아니라 반박하지 않고 오히려 그들의 마음
씀씀이에 고마움을 느낀다. 이는 일본의 근대화가 아직까지 남녀평등이
라는 인식 수준에 이르지 못했음을 보여줄 뿐만 아니라 앞서 언급한 위
계화된 신분 차별이 여전히 존속하고 있는 천박한 일본 근대화의 단면을
보여주고 있다. 물질주의와 침략적, 국수적 식민주의가 공존하고 있는
일본의 근대화는 당시의 청년들에게 가치관의 상실을 초래했고, 돌아갈
전통 또한 남겨두지 않은 '잃어버린 세대'의 또 다른 단면을 보여주는
대목이라고 할 수 있다. 그럼에도 고아 기질로 인해 고독하고 우울하게
살아가던 나에게 이들이 베풀어 준 진심은 '남녀의 우선순위'라기보다는
타인을 우선시하는 친절과 환대의 태도라고 볼 수 있을 것이며, 이것이
전통적인 가족이 보존하고 있는 인간주의의 한 모습이라고 해석할 수도

있을 것이다.

한편 무희의 어머니는 무희와 내가 단둘이 활동사진을 보러 가는 것을 반대한다. 이 또한 여성의 몸가짐에 대한 전통적인 사고방식에서 기인한 것으로 볼 수 있다. 도시의 문화가 여성의 정절을 가볍게 여기고 신여성이 사회적인 문제로 인식되는 풍토에서 도시에서 온 고등학생에게 자신의 딸이 보이는 호의가 못내 위험스럽게 보였음에 틀림이 없다. 편견 없이 그들을 대해 준 좋은 사람이라고 하더라도 내가 도시 청년이라는 사실은 바뀌지 않는다.

> 무희는 계단 밑에서 여인숙 아이와 놀고 있었다. 나를 보더니 어머니한테 매달리며 활동사진을 보러 가게 해달라고 졸랐지만 얼굴빛을 잃고 멍하니 내게 돌아와서 나막신을 바르게 놓아 주었다.
> "왜 그러세요. 혼자 따라가도 뭐 상관없잖아요?" 에이키치가 열심히 말했지만, 어머니가 허락하지 않은 듯하였다. 왜 혼자면 안 되는지 나는 참으로 이상했다. 현관을 나오려고 하자 무희는 개의 머리를 쓰다듬고 있었다. 내가 말을 걸기 어려웠을 만큼 서먹서먹한 모습이었다. 고개를 들어 나를 볼 기력도 없어 보였다.
> 나는 혼자서 활동사진을 보러 갔다. 여자 변사가 꼬마전구에 의지하여 설명을 읽고 있었다. 잠시 있다가 바로 나와서 여관으로 돌아왔다. 창턱에 팔꿈치를 고이고 언제까지나 밤의 거리를 응시하고 있었다. 어두운 거리였다. 멀리서 끊임없이 희미하게 북소리가 들려오는 듯한 느낌이 들었다. 이유도 없이 눈물이 뚝뚝 떨어졌다. (41)

결국 나는 그녀와 함께 활동사진을 보러 가지 못했고 풀이 죽어있는 그녀의 모습을 뒤로 하고 홀로 나왔다가 잠시 후 여관으로 돌아온다. 내일이면 나는 그들의 만류에도 불구하고 여비가 떨어져 배를 타고 도쿄로 돌아가야 한다. 무희와의 약속을 지키지 못한 아쉬움이 내일이면 이별이라는 슬픔에 더해져 눈물을 떨어지게 만든다. 이윽고 다음날 아침, 나는 배를 타기 위해 에이키치와 승선장에 다다르자 무희가 그곳에서 기다리고 있었다. 그녀는 말없이 고개를 숙이고 내가 말을 걸어도 대꾸하지 않는다. 배가 출발하자 무희는 하얀 손수건을 흔들기 시작한다. 오랫동안 난간에 기대어 있다가 선실로 들어온다.

> 나는 가방을 베개 삼아 누웠다. 머리가 텅 비고 시간이라는 것을 느끼지 못했다. 눈물이 똑똑 가방을 타고 흘러내렸다. (……) 선실 전등이 꺼져 버렸다. 배에 실은 생선과 바닷물 냄새가 강해졌다. 어둠 속에서 소년의 체온으로 온기를 느끼며 나는 눈물을 나오는 대로 내버려 두고 있었다. 그것은 머리가 맑은 물이 돼서 주르르 흘러넘치고, 그 뒤에는 아무것도 남지 않은 것처럼 달콤한 상쾌함이었다. (46)

눈물을 흘리는 것이 이별이 주는 슬픔 때문만은 아니다. 나는 그들이 오시마섬에 살고 있다는 것을 알고 있으며, 방학이 되면 다시 놀러오라는 제안도 받았다. 무희를 다시 보고 싶다면 얼마든지 다시 만날 수 있는 것이다. 나의 눈물은 "머리가 맑은 물"이 흘러넘치는 것이며, 눈물을 흘리고 난 후 내가 느끼는 것은 "달콤한 상쾌함"이다. 그것은 치유의 눈물이며, 치유에 대한 환희의 눈물이다. 무희와의 만남이 왜곡된 심성과 자기 비하로 살아가던 나에게 스스로에 대한 속죄와 구원을 가져다주었기 때문이다. 나는 좋은 사람이며, 선한 영향력을 줄 수 있는 사람이다. 그리고 그런 나를 알아보는 사람들이 세상에는 존재한다는 사실도 깨닫게 되었다. 잃어버린 세대에게 절망과 고독의 끝에서도 희망을 잃지 않기를 바라는 가와바타의 메시지가 뜨거운 눈물처럼 전해온다.

신감각파인 가와바타의 문학은 서구 모더니즘의 갈래들인 허무주의,

미래파, 표현주의 등과 친연성을 지니는 한편, 일본적인 풍경과 색채를 가미함으로써 그 만의 독특한 문학세계를 창조해냈다. 서구인들의 눈에 친숙한 문체적 세계관적 특징들은 그의 작품에 대한 거부감을 줄어들게 했으며, 반면에 일본 특유의 이국적이고 이색적인 풍경과 풍속은 서구인들의 호기심을 자극하는 계기가 되었을 것이다. 가와바타의 문학에 대한 서구의 관심과 노벨상 수상은 오리엔탈리즘 수준의 관심이 작용한 탓도 있겠지만, 그렇다고 해서 일본적인 아름다움의 보편성을 평가절하해서도 안 될 것이다. 로컬리티 특수성이 보편성으로 전화하기 위해서는 다양하고 이질적인 문화 장벽을 횡단할 수 있어야 한다. 가와바타의 문학은 동양사상이라고 할 수 있는 불교와 도교의 정신적 가치를 미의 관점에서 형상화하려고 했다는 점에 있다. 아름다운 색채와 서정적 문체 뒤에 놓인 종교적 사상적 근원을 더욱 철저히 탐색하지 않고 이채로운 표현에 매혹되는 순간 로컬리티의 보편적 의의는 깨닫지 못하게 될 것이고, 이러한 인식 수준을 대표하는 것 중 하나를 특히 우리는 오리엔탈리즘이라고 부른다.

제3장

타인을 바라보는 아픈 시선
신경숙의 「깊은 숨을 쉴 때마다」

……그 여자처럼 되고 싶다……
이것이 제 희망이었습니다. 그 여자가 우리집에 와서 심어놓고 간 일들을 구체적
으로 간추려서 뭐라고 써야 하나? 이것이 고민스러워 우두커니 앉아 있곤 했던
것입니다. 끝끝내 그걸 간추릴 단어를 저는 그때 알고 있지 못했어요. 그래서 다른
아이들처럼 어느 때는 은행원, 어느 때는 학교 선생님, 어느 때는 발레리나라고
써넣을 수밖에 없었습니다만, 그렇게 표현되는 그때그때의 희망들은 모두 그 여자
를 지칭하고 있었습니다.
(……) 그 여자가 부쳐주던 두릅적이며, 그 여자가 무쳐주던 미나리나 물쑥나물
한 접시…… 아, 그 칡수제비까지 생각나는 걸 보면, 아버지로 하여금 그 여자를
사랑하게 한 게 그 음식들이라고 생각하는가 봅니다. 저는, 국수에 고명을 넣는
그 여자와, 넣지 않는 나의 어머니. 글을 더 쓸 수가 없군요. 바깥에서 아버지께서
우사에 가보자고 부르십니다.
「풍금이 있던 자리」, 『풍금이 있던 자리』 문학과지성사, 22〜26.

희망이 있던 자리, 상실의 시대에 글쓰기

　　신경숙은 1985년 「겨울 우화」로 문예중앙신인상을 받으며 등단하여
이후 지속적으로 평단과 대중들로부터 관심과 애정을 받아왔으며, 지금
까지도 한국을 대표하는 가장 영향력 있는 작가들 중 한 명으로 평가받
고 있다. 1993년 『풍금이 있던 자리』로 한국일보문학상을 수상한 것으로
시작해, 같은 해 문화체육관광부가 주관하는 오늘의 젊은 예술가상을 수
상했으며, 1995년에는 「깊은 숨을 쉴 때마다」로 월간지 『현대문학』에서
제정한 현대문학상, 1996년에는 『외딴 방』으로 창작과비평사에서 제정
한 만해문학상, 1997년에는 「그는 언제 오는가」로 동인문학상, 2000년에

는 「그가 모르는 장소」로 21
세기문학상, 2001년에는 「부
석사」로 제 25회 이상문학상,
2006년에는 「성문 앞 보리수」
로 제14회 오영수 문학상을
수상했다. 2009년에는 『외딴
방』이 프랑스 비평가와 기자
들이 제정한 '주목받지 못한
작품상'(Prix de l'Inaperçu)을

그림 1. 신경숙은 인간 내면을 향한 깊은 시선, 상
징과 은유가 다채롭게 박혀 빛을 발하는 문체, 정
교하고 감동적인 서사를 통해 평단과 독자의 관심
을 지속적으로 받아온 한국의 대표 작가다.

수상했는데, 이 상은 정통 문학상의 관료주의에 반발한 평론가들과 주요
언론 문학기자들이 모여 제정한 것으로 뛰어난 작품성에 비해 언론으로
부터 합당한 주목을 받지 못한 숨은 걸작에 주는 상으로 알려져 있다.
2010년에 출간된 『어디선가 나를 찾는 전화벨이 울리고』가 중국에서 '가
장 아름다운 해외문학' (2011), 폴란드에서 '올겨울 최고의 책'(2012)으
로 선정되는 등 해외에서의 인기를 이어갔다. 2011년에는 제43회 대한민
국 문화예술상, 2012년에는 제7회 마크 오브 리스펙트상(Mark of
Respect)과 『엄마를 부탁해』로 맨 아시아 문학상(Man Asian Literary
Prize)을 수상했다. 특히 맨 아시아 문학상은 영국 최고 권위의 문학상인
맨 부커상(Man Booker Prize)의 주관단체에서 아시아 작가의 작품을 대
상으로 수여하는 권위 있는 문학상이다. 같은 해에 『엄마를 부탁해』가
33개국에 저작권 수출을 한 공로를 인정받아 서울외신기자클럽 외신홍
보상 문학부분 수상자로 선정되기도 했으며, 이듬해인 2013년에는 제23
회 호암상 예술상을 수상하였다. 이처럼 1990년대 초반부터 20년이 넘는
기간 동안 신경숙은 한국 문학의 중심에 서 있었으며, 한 시대의 문학

경향을 주도한 주류 작가였다.

신경숙 문학의 특징에 대해서 논하기 위해서는 1980년대와 그 이후의 문학장에 대해서 이야기할 필요가 있다. 계급과 노동 문제를 리얼리즘 창작 형식을 통해 형상화하는 것이 1980년대의 주류적인 글쓰기였다면, 이와 다른 성격의 글쓰기가 1990년대에 등장하게 되는데, 그것은 계급과 노동 등의 사회운동에 의해 배제되어 있던 여성, 환경, 육체 등의 미시담론에 관한 천착이었다. 그 중에서도 가장 주목할 만한 것은 여성 담론의 활성화였다. 김인숙, 공지영, 공선옥, 신경숙 등 많은 3세대 여성작가들이 이 무렵 등장하기도 했거니와 각 작가들이 펼쳐 보이는 문학세계의 독특함은 우리 문단의 스펙트럼과 색채를 더욱 다양하게 만들어 주었다. 특히 신경숙은 주제적으로나 문체적으로 기존의 독자들에게는 익숙하지 않은 형상화를 소개함으로써 일약 문단과 대중의 관심과 기대를 동시에 받게 되었다.

그녀에 대한 관심만큼이나 평가 또한 다양할 수밖에 없는데, 계급과 사회에 대한 거대담론으로부터 후퇴한 문학주의라는 비판이나 근대주의와 이성중심주의에 대한 여성적 해체라는 평가, 리얼리티에 대한 새로운 접근이자 방법론이라는 찬사 등이 쏟아져 나왔고, 이와 같은 현상은 문학장에 활력을 가져오는 긍정적인 계기로 작용했다.

1990년대의 문학장에 대해 김정아는 "자기 고백적 내면체 소설"이 주류를 이룬 시대라고 진단하고 있는데, 그 원인을 정치와 사회문제로부터의 '탈참여'에서 찾고 있다.

> 탈참여는 열광적 참여의 시기가 과도하게 개인성을 억압하는 결과의 반작용으로부터 일어난다. 그러나 탈참여는 그저 참여하기를 멈추는 것이라

기보다는 참여의 에너지를 회수하여 다른 방향으로 돌리는 경향으로 더
많이 나타난다. 반정치를 기본으로 한 생태주의로, 여성주의로, 시민운동으
로, 문화운동으로의 투신이 바로 탈참여의 대표적 유형들이다. 그러나 이
러한 탈참여의 기저는 실로 독한 피로감과 허무감이라 볼 수 있다. 탈참여
로 돌릴 에너지조차 갖지 않은 많은 개인들은 이때 개인의 내면으로 후퇴
한다. 이에 따라 1990년대에는 자기 고백적 내면체 소설들이 대대적으로
등장한다.[1]

1980년대는 민주주의와 노동운동 등 사회적 진보를 위한 열망과 참여
의 시대였다. 그렇다고 해서 1990년대에 그와 같은 열망이 갑자기 식게
된 것은 아니다. 노태우의 당선, 공안정국, 강경대 열사의 백골단 폭행에
의한 사망, 분신정국(1991년 4월 26일부터 같은 해 6월 29일까지 대학생
중심으로 진행된 반정부 항의 시위 중 10명의 시위 참여자가 분신자살했
고, 1명이 투신자살, 2명이 경찰에게 살해되었다), 강기훈 유서 대필 의
혹사건(1992년 5월 8일 김기설 전국민족민주연합 사회부장의 분신자살
사건에 대해 검찰이 친구였던 강기훈이 김기설의 유서를 대필하고 자살
을 방조했다는 혐의로 기소해 처벌한 인권침해 사건, 당시 수사검사 중
하나였던 곽상도는 박근혜 정부 민정수석을 지냈으며, 성남시 대장동 개
발에 관여해 아들이 50억을 불법수취한 혐의로 기소되었다) 등의 민주주
의 운동에 대한 군사독재 정권의 집요한 탄압과 여론조작의 결과 민주주
의 운동이 급격하게 쇠퇴하게 된 것이다. 운동의 새로운 돌파구를 찾지
못하던 당시 민주화 세력은 와해되거나 위축되기 시작했고, 지금까지의
운동노선과 방식에 대한 반성과 비판의 목소리가 분출되었다. 대정치 투

---

1) 김정아, 「신경숙 소설 속의 죽음」, 『비평문학』 25, 2007, 153.

쟁 일변도의 운동노선에 대한 비판은 사회의 다른 부문으로 시선을 돌려야 한다는 주장으로 이어지면서 환경, 젠더, 문화, 시민사회 영역에 대한 관심으로 확대되었다. 그런데 운동 자체에 대한 회의와 피로감을 호소하면서 사회운동이 개인을 운동의 도구로 삼았다던가 그 과정에서 소외된 개인에 대해 무시했다는 사회운동 무용론마저 대두하게 된다.

사회운동의 쇠퇴와 함께 민족-민중-노동문학 계열의 작품들도 동력을 잃게 되는데, 이는 전반적으로 사회가 보수화되고, 사회운동과 결을 함께 했던 문학운동에 대해 일정 정도 반성적 태도, 아직은 찾지 못한 새로운 활로 등으로 인해 침체의 길을 걷게 된다. 냉전 시대의 종식이 자본주의의 일방적 독주로 이어졌듯이, 사회운동의 쇠퇴는 문학장에서 모더니즘의 활성화로 이어졌다. 사회적 존재로서의 자아에 대한 탐색이 실존적 자아의 내면에 대한 탐색으로 무게중심을 옮겨가고, 타자에 대한 신뢰와 연대의 가능성은 타자의 개별성과 존재의 특수성에 의해 차단된다. 공동체의 대의보다는 파편화된 개인과 좌초한 영혼의 고독이 강조됨으로써 문학의 정조(情操)는 멜랑콜리와 센티멘탈이 압도해 버린다. 민족-민중-노동문학은 끝나버린 잔치가 되었으며, "내가 운동보다도 운동가를, 술보다도 술 마시는 분위기를 더 좋아했다는 걸, 그리고 외로울 땐 동지여!로 시작하는 투쟁가가 아

그림 2. 최영미의 시집 『서른, 잔치는 끝났다』는 90년대 문학의 특징을 잘 보여준다.

니라 낮은 목소리로 사랑노래를 즐겼다는 걸"2) 쓸쓸히 홀로 회상하는 감상적인 개인이 주목을 받게 된다.

신경숙의 소설은 바로 이와 같은 문학장의 분위기에서 등장한다. 신승엽은 이와 같은 배경을 바탕으로 신경숙의 작품들이 "민중문학의 곁길에 서 있기는 했으나 그 역시 줄기차게 당시의 거대 사건의 주변을 형상해오다가 이제 그 방향을 더욱 사소한 것에로 이동시키고" "성관계로부터 파생되는 개인의 실존적 자각의 문제라든가 거대역사가 한바탕 휘몰아친 뒤에 다가온 환멸이라든가 위기감 등을 그리는 데 주력"3)하고 있다고 비판적으로 진단한다. 사회운동을 후일담으로 만들며, 그때의 사건들과 담론들이 소재적 차용 수준에서 일면적으로만 회고된다. 강미숙과 김양선의 말처럼 "87년의 경험을 현재와 연결짓지 않은 채, 패배에 젖은 회고투로 단정하는 시각"4)에는 문제가 있다. 현재의 삶에 상처와 아픔으로 작용하거나 이제는 돌아갈 수 없는 과거의 사건으로만 치부됨으로써 그 때의 열정과 대의는 과거 속에 박제화 된다.

그럼에도 불구하고 신경숙의 인기는 90년대 후반부터 20여년에 걸쳐 오래 지속된다. 그의 소설은 90년대 이후의 사회적 경향, 즉 혁명적 열정이 사그라든 이후 폐쇄적 자아에로 침잠해버린 개인주의화 경향을 충실히 반영하고 있기는 하지만, 이전의 소설들뿐만 아니라 동시대의 소설들과 구별시켜주는 몇 가지 뚜렷한 특징을 지니고 있다. 최성실은 그와 같은 특징을 다음과 같이 설명한다.

2) 최영미, 「서른, 잔치는 끝났다」, 『서른, 잔치는 끝났다』, 창비, 1994, 12.
3) 신승엽, 「성찰의 깊이와 기억의 섬세함」, 『창작과비평』 21(4), 1993, 96.
4) 강미숙·김양선, 「90년대 여성문학의 새로운 가능성」, 『여성과 사회』 5, 1994, 150.

신경숙은 바라보는 자의 시선과 그의 육체가 어떻게 한 문장 안에 공존할 수 있는가를 보여줌으로써 힘겹게 이 불가능에 맞서 있다. 거기에는 사물을 바라보는 시각과 육체, 보는 것과 느끼는 것이, 안과 밖의 풍경이 한 문장 속에서 살아있다. 이것은 지고지순한 이성의 논리를 위해 몸을 환영phantom 속으로 쫓아내려는 근대적 기획에 대한 거부이며, 한편 육체를 내 안에 가두지 않는 방식, 즉 유동성에 대한 희구다. 그것은 말의 갈라진 틈 사이에서 나오는 다양한 목소리의 복원을 의미한다기보다는 오히려 그 속에 억압되어 있는 주체를 살려내는 방식과 더 가깝다. 타자를 끌어안는 언어, 하여 폭력과 맞서 있는 언어가 내 안에 타자를 그대로 현존화시키면서 문장으로 전해지는 묘하고 섬뜩한 떨림, 그러한 매력이 인간중심주의를 넘어서는 1990년대적 징후와 은밀하게 이어지면서 '신경숙 신드롬'을 낳았던 것이다.5)

어렵게 표현되어 있지만, 이 말은 이성적 언어와 감성적 언어가 동시에 표현되고, 논리와 비논리가 공존하며, 정신의 언어와 육체의 언어가 혼재하는 탈중심적이고 다층적인 주체를 복원하고 있다는 포스트모던 설명법이다. 내 안에 있으며 나 자신의 것이지만 나 자신에게조차 낯선 내 안의 타자를 있는 그대로 인정하는 태도는 한편으로는 이방인과의 조우만큼이나 떨리고 흥분을 가져다주지만, 다른 한편으로는 무섭고 섬뜩한 체험이기도 하다. 말하자면 신경숙이 리얼리즘과 모더니즘의 세계관으로는 담아낼 수 없는 포스트모던 주체를 성공적으로 형상화하고 있으며, 이는 90년대 이후 포스트모던 사회로 진입한 우리 사회의 특징을 징후적으로 반영하고 있다고 최성실은 주장하고 있는 것이다. 그러나 이러한 주장은 선뜻 동의하기 어려운데, 먼저 90년대 이후의 우리 사회를

---

5) 최성실, 「신경숙의 문학적 편력」, 『문학과 사회』 12(2), 1999, 695.

포스트모던하다고 말할 수 있는가에 대한 진단에서부터 동의하기 어렵다. 게다가 탈중심적이고 다층적인 주체의 발견이 포스트모던 사유에 고유하다는 주장도 근대적 사유(리얼리즘과 모더니즘)를 지나치게 단순화한 것이라고 볼 수 있다. 오히려 근대를 이성과 동일시하는 사유야 말로 포스트모더니즘이 그렇게 혐오하는 이항대립구조에 근대를 가두어버리는 것이 아닌가 하는 혐의를 지울 수 없다. 다만 다층적 주체의 공존과 혼재가 어떠한 방식으로 이루어졌으며 어떤 효과를 발휘하는지, 그리고 그 효과에 대해서 어떻게 평가해야 하는지 등에 대해 논의가 필요하다는 점에서는 유의미한 진술이라고 할 수 있을 것이다.

신경숙을 일컬어 기억과 고백의 작가라고도 부르는데, 그렇다면 글쓰기에 대한 작가 자신의 이야기에 좀더 귀를 기울여보는 것도 도움이 될 것이다. 그는 여러 작품에서 작가를 일인칭 화자 주인공으로 설정하고, 등장인물을 통해 작가로서의 자의식을 표현하고 있다. 그러나 보다 명징하게 자신의 글쓰기에 대해서 설명하고 있는 대담을 통해 그에게 글쓰기란 어떤 의미일까를 이해해보자.

> "아마도 내 글쓰기가 결핍이나 연민으로부터 출발했기 때문 아닐까요. 처음엔 저 사람 참 안됐다였지만 점점 존재하는 것들은 무엇이나 좀 안됐구나 …… 싶었습니다. 저 꽃 지금 너무 아름답지만 곧 질 테지. 저 여자 지금 너무나 아름답구나. 하지만 곧 저 순간이 지나가겠지, 싶은. 존재하는 것들은 대개가 가련함과 비천함을 같이 지니고 있죠. 소멸의 운명을 필연적으로 지니고 있고요. 소멸의 운명에 처한 것들은 또 필연적으로 아름답지요. 어느 한 쪽만이거나 불멸하는 것이라면 파악하기도 쉽고 배반하기도 쉽고 필사적으로 욕하기도 쉬울 텐데 두 모습을 동시에 지니고 있어가지고 마음을 쓰라리게 하지요. 그것이 결국 서로를 돌보게도 하고 서로 배척하게도 하는 것이겠는데 ……"6)

신경숙은 존재하는 모든 것들이 지닌 결핍에 주목하고, 그들에 대한 연민을 표현하는 것이 글쓰기의 의미라고 말한다. 존재하는 모든 것들이 지닌 결핍이란 영생과 영원의 결핍 다시 말해, 결국에는 존재하는 모든 것들이 소멸의 운명을 지니고 있다는 사실을 의미한다. 이때 소멸의 의미는 이중적인데, 소멸할 수밖에 없다는 사실은 연민을 자아내기도 하지만 동시에 존재의 아름다움을 드러내는 것이기도 하다.

이재영은 『외딴 방』을 분석하면서 작중 주요인물인 희재의 죽음이 작중화자에게 어떤 의미로 다가오는지를 다음과 같이 설명하고 있다. 즉 "세계를 향한 원근법의 촛점은 죽음과 소멸의 자리에 놓이며, 상실되는 것은 세계 내 사물이 아니라 존재 자체로 된다. 세계는 불모의 황무지일 뿐이다. 침몰이 사물의 질서이며 존재란 무(無)로부터의 헛된 도주에 불과하다. 무는 일체의 의미부여를 여지없이 허물어뜨리며 조롱한다."[7]는 것이다. 죽음 이외에는 그 어떤 것도 의미가 없으며, 죽음만이 유일하게 의미를 지닌다는 결론에 도달하게 되면, 현실을 극복하고 바꾸어보려는 그 어떤 노력도 의미가 없고, 결국은 허망한 꿈으로 귀결될 수밖에 없

그림 3. 『외딴 방』(2001)은 신경숙 문학의 최고경지를 보여준다.

6) 신경숙·임규찬, 「[대담] 상징과 은유, 부재하는 것을 향한 주술」, 『문학과 사회』 12(2), 1999, 724.
7) 이재영, 「상실의 세계와 세계의 상실」, 『창작과 비평』 29(4), 2001, 254.

다. 신경숙이 노정하는 허무주의적 세계관은 필연적으로 회의주의와 패배주의를 의미하게 되며, 현세에서의 희노애락과 열정, 비전과 대의는 무의미할 뿐인데, 현세 뒤에는 최종적으로 언제나 이미 죽음이 놓여 있기 때문이다.

> 이런 운명적 세계관에서 바라볼 때, 현실을 의지의 힘으로 바꿔보려고 하는 사회운동은 패배할 수밖에 없는 헛된 것이다. 신경숙의 작품에서 사회운동에 가담한 자들은 거의 예외없이 좌절한다. (……) 사회운동을 추동하는 힘은 개인의 자율적 판단에 따른 선택이 아니라 "열풍(…) 광풍"(『풍금이 있던 자리』 264면)과 같은 집단심리로 간주된다. 그 열풍이 휩쓸고 지나간 자리에는 인간의지의 무력함과 제한성에 대한 확인과 이로 인한 좌절감만 남을 뿐이다. 결국 사회 운동은 당초부터 허망했던 것이다. (…) 사회운동을 추동해온 정의에 대한 참된 열정과 불의에 대한 공분(公憤), 사회적 약자에 대한 연대의식과 책임감, 사회운동이 낳은 자유의 신장은 성급하고 억지스러웠던 낙관에 대한 회의 뒤로 가려지고 만다. 이런 일면성은 희재의 죽음 이후 신경숙이 지니게 된 세계관, 즉 현실의 전면 뒤에 더 본질적인 죽음의 세계가 놓여있다는 비합리주의적 세계관의 자연스런 귀결일 것이다.[8]

후일담으로 회고되는 사회운동은 소위 찬란했던 리즈시절에 대한 회상도 아니며 그때의 순수함과 열정과 정의로움에 대한 동경을 의미하지도 않는다. 그의 작품에서 회고된 사회운동은 개인의 선택이었다기보다는 시대의 선택이었고, 개인은 운동이라는 거대한 파도에 떠밀려 이리저리 떠도는 시대의 대행자였을 뿐이다. 운동의 시대가 지나자 운동의 광

---

8) 이재영, 「상실의 세계와 세계의 상실」, 259-260.

풍에 휩쓸렸던 사람들은 고문, 배신, 좌절과 분노 등의 이유로 일상에
안착하지 못한다. 실패한 사회운동 이후 개인의 안녕과 행복을 위해 부
와 지위를 얻고자 노력하는 사람들과 같은 꿈을 꾸고 살아갈 수 없었던
그들은 사회의 부적응자가 되거나 상처를 입은 채 사회와 단절되어 살아
간다. 사회에 대한 환멸과 일상의 무기력은 모두 그 시절 청춘과 열정을
바쳤던 사회운동의 허상 탓이다. 그 중에서 가장 받아들이기 힘든 것은
그 시절 잃어버린 소중한 사람들의 죽음이다. 꿈, 이상, 정의의 상실보다
더 참기 힘든 것은 소중한 사람의 상실이다. 죽음 앞에서 꿈과 이상과
정의가 무슨 소용이란 말인가.

가장 근원적이고 본질적인 상실을 의미하는 죽음 앞에서 운명론적 세
계관이 설득력을 얻게 되고, 운명의 장난처럼 맞게 된 죽음이라는 상실
앞에서 인간의 노력과 저항은 보잘것없으며 무기력은 면죄부를 얻게 된
다. 운명 앞에서 개인은 한없이 나약한 존재일 뿐, 운명을 거스르려는
어떠한 시도도 운명 앞에서 무의미해진다. 가련한 개인을 탓하지 마라.
운명의 여신이 이 모든 것을 설계했을 뿐. 개인은 고통의 원인이 아니라
희생자이며 "운명의 불가항력적 위력이 커질수록 자아의 자율성과 책임
은 축소된다. 세계에 대한 저항이 허망한 것으로 파악될수록 세계에 내
맡겨진 자아의 운명에 대한 자기연민은 커진다."[9] 이제 개인은 책임 추
궁보다 위로가 필요한 존재가 된다. 문제는 세계에게 있는 것이지 개인
의 잘못이 아니다. "존재와 운명, 모험과 완성, 삶과 본질"[10]이 동일하지
않은 시대에 개인은 세계로부터 이탈하여 자신의 내면으로 돌아와 그곳

---

9) 이재영, 「상실의 세계와 세계의 상실」, 261.
10) 게오르크 루카치, 『소설의 이론』 김경식 역, 문예출판사, 2007, 29.

에서 자신만의 세계를 창조한다. 세계와 자아의 부조화, 세계의 빛과 영혼의 불이 서로 낯선 상태로 대립하게 될 때, 내면에서 창조한 상상의 세계 안에서 위안과 만족을 느낌으로써 세계로부터 받은 고통을 견디고 (세계로부터 밀려난 것이 아니라) 세계를 자아 속에서 밀어낸다. 현실을 변화시킬 사회운동은 더 이상 불가능하고, 기존 현실에 편입될 수도 없고, 사면초가에 빠진 자아가 환멸의 세계에 대한 대안으로 상상의 도피처를 구축하는 것은 낭만주의와 모더니즘의 계보를 잇는 일로서 신경숙의 문학 작업에만 드러나는 고유한 특징이 아니다. 문학이 현실의 대체제가 됨으로써 이제 고통과 무기력만 안기는 현실은 견디며 살아가는 세상이 되고, 현실을 견디며 "그 독함을 끌어안고 살아가기 위해서는 무엇인가 순결한 한 가지를 내 마음에 두"(『외딴 방』 24)게 되는데, 신경숙에게 그것은 문학이라는 자기만의 방을 의미한다.

지연과 유보의 서사를 통한 기억과 성찰

앞서 우리는 신경숙의 문학세계가 리얼리즘과 모더니즘을 극복한 한층 진전된 형상화를 보여주는 것이 아니라 대체적으로 모더니즘의 자장 안에서 자신만의 색깔을 보여주고 있다는 사실을 확인했다. 신경숙 문학의 특징은 현실의 장벽을 돌파하기보다 현실을 우회하거나 회피하는 전략을 통해 개인을 부각시킨다. 개인의 개별성과 특수성을 강조하고, 각자의 아픔을 어루만지며, 소외된 개인에 초점을 맞추는 신경숙의 문학 세계는 '기억'과 '타자'를 향함으로써 자아에 대한 독특한 분위기를 만들어낸다. 회고조의 문체와 구성으로 인해 그의 작품은 사건의 해명보다는 기억의 묘사를 중심으로 전개된다. 대부분의 그의 작품들은 "화자 자신이 그 기억이 실제였는지 꿈이었는지 의심하기도 하고 기억에 의한 재현의 방식에 회의를 품기도 하지만, 기억에 의한 묘사를 통해 여러 이미지와 사건을 나열하는"[11] 서술 방식을 통해 독자들의 감정이입을 유도한다.

그의 작품들은 대체로 과거에 대한 기억이 현재의 일상 속에 끊임없이 반추된다. 그런데 회상된 과거에 대한 기억은 불분명하고 정확하지 않다. 현재의 나는 자신의 기억에 대해 단정적이지도 확신에 차 있지도 않다. 그렇기 때문에 과거는 하나의 총체가 되어 현재에 개입하지 못하고, 단편적으로, 지속적으로 등장한다. 과거의 기억들은 현재에 축적되면서 지속적으로 변주되고 여러 겹의 의미를 형성하며 현재와 관계를 맺는다. "고백되는 기억 속의 일련의 장면들은 어떠한 사건도 '단순'하게 과거로 존재하지 않는다는 것을 말해주고 있다. 기억 속의 장면들은 모두 그것을 돌아보는 발화주체의 시선과 심경에 의해 구성되며 그 의미가 중층결정 된다."[12]

앞날은 밀려오고 우리는 기억을 품고 새로운 시간 속으로 나아갈 수 있을 뿐이다. 기억이란 제 스스로 기억하고 싶은 대로 기억하는 속성까지 있다. 기억들이 불러일으킨 이미지가 우리 삶 속에 섞여 있는 것이지, 누군가의 기억이나 나의 기억을 실제 있었던 일로 기필코 믿어야만 하는 것은 아니다. 내가 두 눈으로 똑똑히 봤다, 고 필요 이상으로 강조하면 나는 그 사람의 희망이 뒤섞여 있는 발언으로 받아들인다. 그렇게 생각하고 싶은 마음이 깃들어 있는 것으로. 그렇게 불완전한 게 기억이라 할지라도 어떤 기억 앞에서는 가만히 얼굴을 쓸어내리게 된다. 그 무엇에도 적응하지 못

---

11) 신승엽, 「성찰의 깊이와 기억의 섬세함」, 98.

12) 허병식, 「내적 망명의 서사, 유보된 성장의 기획」, 『외국문학연구』 50, 2013, 334.

하고 겉돌던 의식들이 그대로 되살아나는 기억일수록, 아침마다 눈을 뜨는 일이 왜 그렇게 힘겨웠는지, 누군가와 관계를 맺는 일은 왜 그리 또 두려웠는지, 그런데도 어떻게 그 벽들을 뚫고 우리가 만날 수 있었는지.
(『어디선가 나를 찾는 전화벨이 울리고』 20-21)

'불분명한 기억'은 작품에서 몇 가지의 효과를 발휘하는데, 첫째는 작중화자에 대한 신뢰이다. 인간의 기억은 스스로가 믿고 있는 것만큼 객관적이고 정확하지 않다. 시간이 흐르게 되면 기억은 퇴색되고 흐릿해지기 마련이다. 그러나 시간이 흐르지 않았다 하더라도 인간은 자신이 기억하고 싶은 것만 기억할 따름이거나 외상이 되는 기억은 무의식으로 밀려나 기억하고 싶어도 기억하지 못한다. 기억의 주관성과 불확실성은 정도의 차이가 있긴 하겠지만 현대인에게 공통된 경험이자 공유된 상식이다. 따라서 작중 화자가 자신의 기억을 머뭇거리고 주저하면서 떠올리는 모습은 독자들로 하여금 역설적으로 정직하게 느껴지게 만들고 언술에 대해 신뢰를 더하게 된다.

또 하나는 기억에 의한 재현이 완벽할 수 없다는 사실로 인해 화자의 기억을 통해 복원하는 과거에 독자들의 기억을 덧붙이거나 덧대는 것이 가능해진다. 사회운동, 첫사랑, 연애, 가족 등 화자의 불확실하고 불완전한 기억이 기술되는 순간 독자 또한 그와 관련된 자신의 기억을 다시 떠올리고 그 기억의 정확성에 대해서 다시 한번 생각하게 되며 독자의 체험이 함께 기억되고 검토되면서 적극적 독서와 공감대를 유도하게 된다.

끝으로 신경숙의 서술 전략은 기억에 대한 충분한 시간을 할애함으로써 과거에 대한 충실하고 다각적인 묘사를 가능하게 만든다. 기억이 정확하지 않다면 기억해낼 수 있는 모든 것을 가능한 한 세심하게 떠올리려고 할 것이며, 그 결과 과거의 의미는 풍부하게 되살아나고 현재와 충실한 관계를 맺으며 작품 속에 녹아든다. 여기에 상징과 은유 등 "기억의 메타포와 감각적 이미지 등을 결합"[13]하고 시적이고 암시적인 표현들을 활용함으로써 독자들의 상상력을 자극한다.

> 글쓰기란 결국 뒤돌아보기 아닌가. 적어도 문학 속에서는 지금 이 순간 이전의 모든 기억들은 성찰의 대상이 되는 거 아닌가. 오늘 속에 흐르는 어제 캐내기 아닌가. 왜 내가 지금 여기에 있는지를 알기 위해서. 오늘은 또 어제가 되어 내일 흐를 것이다. 문학이 언제나 흐를 수 있는 것은 그래서가 아닌가. 정리는 역사가 하고 정의는 사회가 내린다. 정리할수록 그 단정함 속에 진실은 감춰진다. 대부분의 진실은 정의된 것 이면에 살고 있겠지. 문학은 정리와 정의 그 뒤쪽에서 흐르고 있다고 생각한다. 해결되지 않는 것들 속에. 뒤쪽의 약한 자, 머뭇거리는 자들을 위해, 정리되고 정의된 것을 헝클어서 새로이 흐르게 하기가 문학인지도 모른다, 고 생각해본다. 다시 엉망으로 만들어버리기 말이다. (『외딴 방』 81-82)

신경숙에게 글쓰기라는 작업 자체가 '뒤돌아보기'이며, 우리의 모든 기억들이 성찰의 대상이다. 불완전한 기억 앞에 주저하고, 확신 없는 기억으로 인해 진술이 지연되며 과거는 면밀히 의심되고 다시 검토되고 재의미화되면서 현재에 새로운 의미로 각인된다. 문학은 사회적, 역사적 정의 이면에 숨어있던 약자와 머뭇거리는 자들을 위한 정의를 들여다보고 그들의 목소리에 귀를 기울임으로써 사회적, 역사적 정의에 문제를 제기하는 작업이다. 그리하여 그에게 기억은 약자에 대한 기억이며, 약자의 기억이자, 약자를 위한 기억이 된다. "타자화된 주변의 공간에서

---

13) 김미영, 「『기차는 7시에 떠나네』에 나타난 기억의 의미」, 『우리말글학회』 62. 2014, 328.

조금씩 머뭇거리며 말하기 시작한 신경숙 인물들은"14) 힘겹게 자신의
감정과 욕망과 의견을 드러내고, 조심스럽고 연약한 그들의 기억은 기존
의 강렬하고 확신에 찬 목소리들에 균열을 낸다.

신경숙이 대담에서 자신의 문학세계에 대해 이야기한 부분을 다시 한
번 인용해 보자.

> 문학은 현실에서 해결되지 않는 것에 마음을 주는 것이라고도 생각해요.
> 금지된 것의 문을 열어보거나 두드려보는 것, 섬광처럼 지나가버리는 것을
> 불멸화시키거나 불안하게 소멸의 운명에 처한 것들에게 미적 가치를 부여
> 해주는 것, 떠도는 불완전한 영혼에 무덤을 만들어주는 것, 생명을 지닌
> 것들로 하여금 제 본능 가장 가까운 곳에서 숨을 쉬게 해주는 것.15)

신경숙의 문학론은 어떤 장르가 되었건 문학을 업으로 하는 사람들이
쉽게 동의할 수 있는 내용들을 전제로 하고 있다. 현실에서 말하기 힘들
거나 금지된 것을 문학 작품 안에서 토론하고 실행해 보고, 잊혀진 것을
복원하고 소외된 것에 주목하며, 사회의 주류적인 가치부여 방식과는 다
른 차원의 미적 가치라는 대안을 부여함으로써 사회의 어둡고 쓸쓸하고
차가운 곳에 따뜻한 온기를 비추는 것이 문학의 임무라고 신경숙은 말하
고 있다. 그의 글쓰기는 "말이 없는 고독한 익명의 존재들의 심연이나
건조한 일상 안에 숨겨져 있는 반짝이는 것을 끌어내오"거나 그들이 "하
찮은 존재가 아니라는 것, 개인의 고귀함이 사회를 고귀하게 바꿔놓을
수도 있다는 것 … 그렇게 거꾸로 갈 수도 있다는 것"16)을 확인시켜주는

---

14) 황도경, 「매장하기와 글쓰기」, 『현대소설연구』 33, 2007, 76.
15) 신경숙·임규찬, 「[대담] 상징과 은유, 부재하는 것을 향한 주술」, 724.

작업이다.

신경숙 문학의 특징에 대해서 말할 때 가장 많이 언급되는 단어들 중 하나가 '타자'이며, 이는 90년대 문학의 대표적 특징과도 연관된다. 80년 대의 문학은 대자적 존재로서의 민중적 주체, 노동자로서의 계급 주체, 자결권과 독립의지를 지닌 민족 주체 등 사회적 존재로서 주체성에 주목 했다. 개인의 주체성 형성과 함양에 몰두한 80년대와 대조적으로 90년대 는 주체성의 맞은편에 위치한 타자성에 주목하게 되는데, 타자가 주체를 비추는 거울이자 주체 형성에 없어서는 안 될 필수 요소라는 점에서 타 자 논의는 주체론의 비판적 반성이자 주체론의 인식적 확장을 동시에 의미했다. 신경숙이 진보 진영과 자유주의 진영 모두로부터 환영을 받은 것이 바로 이와 같은 맥락에서 이해할 수 있다. 타자 논의는 80년대의 주체 논의와 비판적인 거리를 유지하면서도 주체 논의를 이어갈 수 있는 새로운 패러다임으로 진보 진영에 받아들여졌고, 주체 논의의 주도권을 행사했던 진보 진영과 일정한 거리를 두고 있었던 자유주의 진영에서는 타자 논의가 기존의 주체 논의를 비판하는 데 효과적인 무기로 받아들였 던 것이다.

이와 같은 배경을 바탕으로 90년대는 80년대와는 뚜렷이 구별되는 문 학적 특징을 발전시킬 수 있었다. 박혜경은 90년대 문학의 특징을 '사인 성(私人性)'이라고 규정한 후 신경숙이 그 극단에 선 작가라고 평가한다. 그에 따르면 신경숙의 "사인성의 공간은 바로 타자들의 세계로부터 단 절된, 혹은 그 타자들과의 관계로부터 상처받은 개인에게 그의 삶이 거 처할 최소한의 실존적 공간으로 남겨진 밀폐된 방의 이미지로 나타난다.

---

16) 신경숙·임규찬, 「[대담] 상징과 은유, 부재하는 것을 향한 주술」, 727.

(……) 신경숙 소설의 인물들에게 있어 타자들과의 관계맺음이란 삶의 막막함과 허망함을 일깨우는 끊임없는 상처와 상실의 체험만을 의미할 뿐이다. 그녀의 소설에서 밀폐된 방은 이 세계에서 타자들과의 완전한 관계맺음의 삶이란 가능할 것인가에 대한 작가의 근본적인 회의와 절망을 내포하고 있는 공간이다"[17]라고 평한다.

80년대의 타자는 연대와 소통의 대상이었고, 정치적 목적과 대의를 위해 함께 투쟁할 동지였다. 비록 우여곡절과 시련이 있다고 하더라도 정의는 반드시 승리한다는 믿음으로 타자는 끊임없이 설득되고 결국은 우리와 하나가 된다. 이와는 달리 90년대의 타자는, 80년대 주체와 타자의 대동단결이 실패한 징후를 반영하듯이, 나에게 상처만 줄 뿐이다. 타자와 관계 맺는 일은 너무도 힘든 일이며, 나는 타자를 온전히 이해할 수 없고 타자 또한 나를 온전히 수용하지 못한다. 주체와 타자 사이에 이심전심의 완벽한 합일을 이루는 것은 이상적으로만 존재할 뿐 현실에서는 불가능하다. 타자로부터 상처받은 자아는 타자들로 이루어진 세상으로 나아가는 것이 두려워 자신의 방에 스스로를 유배시킨다. 그리고 주체인 나는 타자의 타자라는 점에서 타자 또한 나와의 관계 맺기에 좌절과 허망함을 느낄 수밖에 없다. 그리하여 타자의 타자인 모든 주체는 각자 자기만의 방에 갇혀 관계 맺기와 소통을 포기한 채 고립되고 소외된 채 살아갈 수밖에 없다.

이 가련한 존재들에 대해 신경숙은 지속적으로 말을 걸고, 그들의 이야기를 경청한다. 그들이 낙오자가 아니라고, 그들도 가치 있는 존재들

---

17) 박혜경, 「사인화(私人化)된 세계 속에서 여성의 자기 정체성 찾기」, 『문학동네』 2(3), 1995, 31.

이라고, 삶의 진실은 어쩌면 그들의 이야기와 더 관련이 있는 것인지도 모른다고 신경숙은 그들의 방에 작은 촛불을 켜두려고 노력한다. 그리고 마침내 그들이 입을 열어 말을 시작할 때, 그들이 자기만의 방에서 나와 새로운 관계 맺기를 시작할 때, 신경숙의 문학은 빛을 발한다. 그 대표적인 작품이 바로 『외딴 방』이라고 할 수 있는데, 백지연의 말처럼 "신경숙의 좋은 소설들은 단자화된 '개인'이 자신의 방을 걸어 나와 '사회'와 만나는 경로를 보여주는 데 그치지 않고 이 '개인' 자체가 공동체와 관계되어 있다는 사실을 섬세한 문학적 형상화 작업을 통해 보여 준다. 장편 『외딴 방』은 그 성취의 정점을 드러낸 작품이다."[18] 고립과 소외의 외딴 방으로부터 걸어 나와 새로운 관계 맺기를 시작함으로써 이 타자들의 아픔과 상처는 비로소 구체화되고 사회적 의미를 획득한다. 이들이 사회로부터 낙오된 자들이거나 예외적 존재들이 아니라 사회의 모순과 어둠을 현현하는 존재들이자 사회의 불가능성과 한계를 나타내는 존재들로 형상화될 때 그의 작품들은 도덕적 품격을 유지하며 사회적 책임의식을 지켜낸다. "고립된 개인의 삶과 그 내면풍경을 세심하게" 그리는 것에만 몰입하게 될 때 "사람 사이의 유대와 그것의 표현인 그리움의 정서는 이제 대상을 잃고 절대화됨으로써 폐쇄적 내면세계로 침잠"[19]하게 되고 작품은 추상적이고 사변적인 주관성에 갇히게 된다.

신경숙의 서술전략은 그의 작품에 양날의 검으로 작용한다. "예외적이면서도 전형적인 특성을 동시에 지닌 생동하는 '개별자'"[20]를 형상화

---

18) 백지연, 「비평의 질문은 어떻게 귀환하는가」, 『창작과 비평』 43(4), 2015, 106-107.

19) 강미숙·김양선, 「90년대 여성문학의 새로운 가능성」, 150-151.

20) 백지연, 「비평의 질문은 어떻게 귀환하는가」, 109.

하여 리얼리티의 지평을 확장했다는 긍정적인 평가가 있는 반면, 기억에
의한 묘사를 통해 삶의 다층적인 결을 섬세하게 묘사하는 그의 서술이
"더 넓은 삶의 영역으로 확장시켜내는 데 일정한 한계"[21]가 있다는 비판
적인 평가도 존재한다. 다른 작가들에 대해서도 마찬가지이지만 신경숙
에 대해서는 특히 평단의 평가가 하나로 모아지지 않는데, 대중적으로
가장 큰 인기를 끌었던 『엄마를 부탁해』가 대표적인 경우라고 할 수 있
다. 국내에서 뿐만 아니라 해외에서도 큰 관심을 보였던 이 작품에 대해
류보선은 "1970년대 이후 한국소설 속의 어머니 표상은 근대 이후 한국
역사를 가장 핍진하게 반영하면서 동시에 그 파란만장한 한국 역사 속에
서 한국역사 전체가 찾아냈던 희망의 원리를 제시하기도 한다. 한마디로
한국소설 속의 어머니 표상은 한국문학사가 내세울 만한 혁신성을 지닌
문학적 발명품이라 할 수 있다"[22]라고 평가하는 반면, 김택호는 "19세기
이후 유럽에서 처음 기획, 유포되었고 20세기 초반 국가주의자들에 의해
동아시아에도 모습을 드러냈던 모성 담론은 『엄마를 부탁해』를 통해 소
박하고, 아름답게 재현되었다. 그러나 아무리 소박하고 아름답다고 해도
『엄마를 부탁해』가 운반하는 것은 모성 담론이다. (……) 대중적인 영향
력을 지닌 작품이었다는 점에서 『엄마를 부탁해』가 모성 담론의 표상으
로 강한 파급력을 지닐 가능성은 더욱 높다. 이는 모성 담론의 부정적인
영향력을 강화하는 데에 이 작품이 활용될 가능성이 높다는 것을 말해준
다"[23]라고 작품에 대해 비판적으로 평가한다. 같은 작품을 두고 극단적

---

21) 신승엽, 「성찰의 깊이와 기억의 섬세함」, 107.
22) 류보선, 「엄마(를 부탁해)에 이르는 길」, 『돈암어문학』 30, 2016, 11.
23) 김택호, 「엄마라는 문화적 기억의 재현과 수용」, 『돈암어문학』 30, 2016, 91-92.

으로 평가가 갈리는 것은 작품에 대한 다양한 접근과 감상을 유도하고 문학에 대한 관심을 증폭시킬 수 있는 계기가 된다는 점에서 부정적인 것만은 아니다. 해석의 다양성에 열려있다는 사실이야말로 문학을 향유하는 사람들에게 문학 고유의 즐거움과 의의를 선사하는 가능성이기 때문이다. 신경숙이 자신이 쥐고 있는 이 양날의 검을 앞으로 어떻게 휘두르게 될 지에 대해 문단과 대중들은 늘 커다란 관심을 보여 왔고, 이 관심이 그에게 문학적 성장과 발전의 원동력으로 작용하기를 희망한다.

뜨거운 감자, 혹은 계륵(鷄肋)

활발한 작품 활동을 통해 다양한 작품들을 선보이며 90년대 이후 한국문학의 대표작가로 자리매김하며 문학장에 활력을 불어넣었던 신경숙은 2015년 새로운 논란의 중심에 서게 된다. 그의 단편 「전설」(1994)이 일본 작가 미시마 유키오(平岡公威)의 「우국(憂國)」을 표절했다는 소설가 이응준의 고발 이후 다른 작품들의 표절 의혹이 쏟아지면서 작가로서의 명성은 타격을 입게 된다.

> "두 사람 다 실로 건강한 젊은 육체의 소유자였던 탓으로 그들의 밤은 격렬했다. 밤뿐만 아니라 훈련을 마치고 흙먼지투성이의 군복을 벗는 동안마저 안타까와하면서 집에 오자마자 아내를 그 자리에 쓰러뜨리는 일이 한두 번이 아니었다. 레이코도 잘 응했다. 첫날밤을 지낸 지 한 달이 넘었을까 말까 할 때 벌써 레이코는 기쁨을 아는 몸이 되었고, 중위도 그런 레이코의 변화를 기뻐하였다."
>
> -미시마 유키오 「우국」 중에서

> "두 사람 다 건강한 육체의 주인들이었다. 그들의 밤은 격렬하였다. 남

자는 바깥에서 돌아와 흙먼지 묻은 얼굴을 씻다가도 뭔가를 안타까워하며 서둘러 여자를 쓰러뜨리는 일이 매번이었다. 첫날밤을 가진 뒤 두 달 남짓, 여자는 벌써 기쁨을 아는 몸이 되었다. 여자의 청일한 아름다움 속으로 관능은 향기롭고 풍요롭게 배어들었다. 그 무르익음은 노래를 부르는 여자의 목소리 속으로도 기름지게 스며들어 이젠 여자가 노래를 부르는 게 아니라 노래가 여자에게 빨려오는 듯했다. 여자의 변화를 가장 기뻐한 건 물론 남자였다."

-신경숙 「전설」 중에서

음악 영역에서도 그렇듯이 문학에서도 표절 여부를 명확히 구분하는 것은 생각보다 쉬운 일이 아니다. 문장 구성이나 주제의식의 유사성이 곧바로 표절 여부를 결정짓는 잣대가 될 수는 없을 뿐만 아니라 표절이 창작의 특정한 의도나 효과를 위한 경우도 있기 때문이다. 그러나 위의 인용에서 보는 바와 같이 특정 상황의 정조와 분위기를 몇몇 단어에 변화만 준 채 그대로 가져오는 행위는 변명의 여지가 없는 명백한 표절이

그림 4. 미시마 유키오(平岡公威)의 「우국(憂國)」과 「전설」이 수록된 『감자 먹는 사람들』, 그리고 최근 개정판을 낸 『오래 전 집을 떠날 때』

라고 볼 수밖에 없다. 그의 표절은 단순히 개인 차원의 창작윤리 위반에 그치지 않고, 한국 문단 전반에 대한 성찰과 자성의 촉구로 이어졌는데, 그 이유는 그의 작품의 주요 출판사였던 <창비>와 <문학동네>가 오히려 그를 감싸는 듯한 이해할 수 없는 태도를 보였기 때문이다.

신경숙은 표절 의혹이 불거지자 처음에는 부인을 거듭하다가 "문제가 된 미시마 유키오의 소설 '우국'의 문장과 '전설'의 문장을 여러 차례 대조해본 결과, 표절이란 문제 제기를 하는 게 맞겠다는 생각이 들었다"며 "아무리 지난 기억을 뒤져봐도 '우국'을 읽은 기억은 나지 않지만, 이제는 나도 내 기억을 믿을 수 없는 상황이 됐다"면서 사실상 잘못을 인정했다.24) 사실상 잘못을 인정했다고는 하지만 솔직하지 못한 신경숙의 답변에 많은 사람들이 실망감을 감추지 못했는데, 작가의 솔직하지 못한 답변보다 더 크게 문제가 되었던 것은 표절 사건을 둘러싼 문단의 태도였다. 명백한 표절로 판단되는 이 사건을 두고 권위있는 출판사와 문학 그룹의 내로라하는 비평가들이 그를 옹호하고 그를 대신해서 변명하는 믿지못할 일이 발생했기 때문이다.

출판사 창비의 백낙청은 "신경숙 단편의 문제된 대목이 표절 혐의를 받을 만한 유사성을 지닌다는 점을 확인하면서도 이것이 의도적인 베껴쓰기, 곧 작가의 파렴치한 범죄행위로 단정하는 데는 동의할 수 없다는 창비의 논의 과정에 참여했고, 이를 지지한다"라고 말해 비판을 받았다. 창비의 대표 필진인 윤지관은 작가를 마치 마녀사냥식 여론몰이의 피해

---

24) <신경숙 "표절 지적, 맞다는 생각…독자들께 사과"> 경향신문 2015, 6.23. https://www.khan.co.kr/culture/culture-general/article/201506230600025#csidx1c51495267bb6bfa178531f13fa3164

자인 듯 옹호[25])하였고, 백지연도 "표절 논란은 신경숙 소설로부터 시작되었지만 신경숙 소설을 넘어서 그동안 비평에 개입되었던 관습적 이해의 방식들을 세세히 돌아보"[26])는 기회로 삼자고 말하지만 표절을 논란으로 취급함으로써 논점을 피해가고 있다.

한편 문학동네 측은 표절과 관련한 문학권력 비판에 대해 "좌담에서는 소위 '문학권력'에 실체가 있는지, 있다면 어떤 방식으로 작동하고 있으며 또 어떻게 개선되어야 할 것인지에 대해서, 그리고 참석하신 분들이 제기하는 그 밖의 모든 사안에 대해서, 구체적인 근거를 가지고 허심탄회하게 논의"하자면서, 문학권력을 비판한 권성우, 김명인, 오길영, 이명원, 조영일 등 5명을 특정해 자사 편집위원과 함께하는 좌담에 참석해줄 것을 요청했다. 자신들이 부르면 평론가들이 반드시 참석할 수밖에 없으리라는 판단이 아니라면 일방적인 공개 요청은 대단히 예의에 어긋난 것일 뿐 아니라 실현 가능하지도 않은 무모한 도발인 셈이다. 해당 평론가들의 거절로 무산되기는 하였지만, 이와 같은 해프닝이야말로 권력화된 출판계의 민낯을 잘 보여준 사례로 회자되었다.

한국 문단을 대표하는 두 출판사가 앞 다투어 신경숙을 옹호하고 표절 사실을 부인하는 데는 이유가 있다. 그것은 신경숙 마케팅을 통해 그들이 벌어들인 이익과도 관계가 있으며, 출판사로서의 입지 강화와도 관련이 있다.

　　창비와 문동은 단지 '문학' 분야의 잡지와 '문학기업'이 아니라, 한국 출

---

25) 윤지관, 「문학의 법정과 비판의 윤리」, 『창작과비평』 43(3), 349.
26) 백지연, 「비평의 질문은 어떻게 귀환하는가」, 111.

판문화와 지식인 공론역의 중요한 두 장이다. 이 출판사들의 도서목록과 사회과학자·역사학자들이 포함된 잡지 편집위원회의 구성을 참조하면 좋을 듯하다. 이 두 기업의 성장 또는 융성이 작가 신경숙과 긴밀한 연관을 갖고 있었다. 2000년대 초반 창비의 매출액은 130억 원 규모를 수년간 유지하다가 2009년 192억 원으로 크게 는다. 2008년 11월 출간된 신경숙의 『엄마를 부탁해』의 효과였다. 창비는 2011년 300억 원의 매출을 기록하면서 개사 이래 최고 정점을 찍고, 영업 이익도 54억 원으로 역대 최고를 기록하게 된다. 작가 신경숙에게 수십억 원의 인세를 안겨준 『엄마를 부탁해』가 2011년 4월 영문판으로 나오고 다른 여러 나라들에서 번역되면서 나타난 효과였다. 후발 신생 출판사였던 문학동네는 1994년 3월 신경숙의 『깊은 슬픔』을 출간하면서 "성장의 발판을 마련했"다. 『깊은 슬픔』은 50만 부가 팔리며 『문학동네』의 큰 "밑거름이 됐다." 『문학동네』 2호부터 연재한 『외딴 방』이 신경숙과 『문학동네』의 지위를 이전과 다른 것으로 만들었다. 2000년대 이후에도 신경숙은 『겨울 우화』, 『바이올렛』, 『리진』, 『모르는 여인들』, 『어디선가 나를 찾는 전화벨이 울리고』 등을 문학동네에서 출간했다.27)

표절에 대한 대중적 공감과 실망을 외면하고 이들을 문학장 외부의 아마추어로 취급하면서 스스로를 고립시켰던 한국의 대표출판사의 대응 방식은 문학권력의 오만하고 자폐적인 태도와 문화 영역에까지 침투한 자본의 위력을 다시 한번 실감할 수 있었던 계기가 되었다. 늦게나마 각 출판사들은 특집과 대담 등의 기획을 통해 사태의 심각성을 받아들이고 대책 마련을 위해 총력을 다하겠다는 다짐을 공식화했다. 오래된 관행이 하루아침에 고쳐지지는 않겠지만 문학장의 권력구조와 문학권력의 문제점이 공론화될 수 있었다는 점에서 의미가 있었던 논란이었다. 그중

---

27) 천정환, 「창비와 신경숙이 만났을 때」, 『역사비평』 112, 2015, 279-280.

에서도 도정일은 "과학과는 달리 예술에서는 객관적 지식 못지않게 느낌, 감정, 가치, 인간관계, 삶의 복잡성 같은 것에 대한 인문학적 이해와 통찰력의 종합이 중요하"[28])기 때문에 비평적 판단이 전적으로 객관적일 수 없다고 전제하고, 그럼에도 비평적 판단과 실천은 개인적인 것일 뿐만 아니라 사회적·공적 실천이라는 사실을 망각해서는 안 된다고 주장한다. 그는 "동지적 우정이나 친밀집단에의 충성 같은 것은 소중한 공동체적 가치일 수 있다. 문제는 이런 가치들이 비평의 공공적 판단에서 존중되어야 할 다른 더 본질적인 가치들을 압도해 버릴 때 발생한다. 가치들 사이의 선후성과 위계에 대한 분별이 몰수되었을 때 비평은 엎어진다."[29])고 충고하면서 비평의 공적 기능과 가치가 회복되기를 기대하는데, 그의 기대에 우리 문학장이 적극적으로 부응하기를 희망해 본다.

느리지만 간절한 호흡으로: 「깊은 숨을 쉴 때마다」

소설은 이렇게 시작한다.

> 제주공항에 내렸을 때 어떤 처녀가 나를 쳐다봤다. 내 시선과 정면으로 부딪치자, 처녀는 고개를 갸웃하며 아무래도 잘못 봤지 싶은지, 화물이 나오는 곳으로 걸어갔다. 창백하고 연약한 얼굴, 보려고 본 얼굴이 아닌데 내가 놀랐다. 처녀의 얼굴은 습자지 빛이다. (292)

소설은 제주공항에 내려서부터 있었던 일을 마치 일기를 쓰듯 꼼꼼하

---

28) 도정일, 「비평은 무슨 일을 하는가」, 『문학동네』 84, 2015, 41.
29) 도정일, 「비평은 무슨 일을 하는가」, 41-42.

그림 5. 작품 속 숙소로 판단되는 '일출봉 관광호텔'의 전경. 뒤에 성산일출봉이 보인다. 현재는 건물이 헐리고 오피스텔 단지가 조성되어 있다.

게 기술한다. 시선이 부딪친 창백하고 연약한 처녀는 아는 사이도 아니고 이후 소설에 다시 등장하지도 않는다. 작품 내에서 비중도 없고 암시하는 것도 없는 존재이지만, 제주에 서 있었던 일들을 가감 없이 기술함으로써 작품의 사실성을 높이고 작중화자인 나의 기억에 대한 독자의 신뢰를 얻게 된다.

추석을 앞둔 어느 날 나는 좀처럼 써지지 않는 글을 쓰기 위해 J와 함께 제주도로 향한다. 제주에서 숙소를 잡는 것까지 도와주고 돌아가기로 한 J는 시를 쓰는 H로부터 소개받은 함덕으로 가기 위해 택시에 오른다. 택시 기사가 함덕은 아무 것도 볼 것이 없다고 말하며 협재를 추천하고 우리 일행은 함덕에 딱히 가야할 이유가 있는 것이 아니어서 협재로 향한다. 협재의 바다는 아름다웠지만, 숙박문제로 인해 다른 곳으로 향한다. 해안버스 기사로부터 추천을 받은 성산포의 허름한 여관에서 일박을 한 다음 3층짜리 깨끗한 신축 호텔로 숙소를 옮긴다. 이곳 성산포에서 머무르기로 결정을 했기 때문이다. 이렇게 결정을 하게 된 데에는 자전거를 배우는 말라깽이 소녀의 영향이 컸다.

다음 날 아침 산책길의 목초지에서 말라깽이 소녀가 다리를 저는 청년에게 자전거 타기를 배우고 있는 걸 보고 머무르기로 했다. 소녀가 자꾸 넘어질 때마다 청년은 불평 한마디 없이 넘어진 말라깽이 소녀를 일으켜세우고 있었다. 소녀의 목엔 망원경이 걸려 있고, 자전거 뒤엔 새끼를 밴 누런 개가 시종 뒤따라다녔다. 말라깽이 소녀는 나를 성산포에 붙잡고 있는 게 저라는 걸 모르는 채 계속 넘어지고 있었다. (295)

다리를 저는 청년과 그에게 자전거 타는 법을 배우고 있는 말라깽이 소녀, 그 뒤를 따라다니는 새끼 밴 누런 개의 풍경이 서정적이어서 그런지 이유는 모르겠지만 그 모습이 나의 시선을 붙잡아 둘 뿐만 아니라 나의 정착에도 영향을 미친 것은 분명하다. 나는 가족에 대한 깊은 애정과 부담을 동시에 느끼고 있었는데, 그런 나의 성정이 말라깽이 소녀와 나를 보이지 않는 끈으로 이어준 것인지도 모른다.

이 작품은 다른 신경숙의 작품들과 마찬가지로 현재의 서사가 시간 순서대로 나열되는 것이 아니라 현재의 서사 속에 과거의 이야기가 불쑥 개입해 들어오는 구성을 보여준다. 현재의 서사와 관련된 과거의 기억이 자유롭게 연상(free association)되면서 현재의 서사는 과거의 서사와 결합하여 보다 다층적인 의미를 형성하는 것이다. 추석 연휴 직전에 제주도로 향하면서 나는 어머니에게 불가피하게 거짓말을 하게 된다. 추석에 고향에 내려갈 수 없는 이유를 둘러대기 위해서 일 때문에 외국을 나가야 한다고 말할 수밖에 없기 때문이다. 걱정하는 어머니와의 통화가 끝난 후 나는 어머니에 대한 상념에 빠져든다.

도시는 어머니에겐 다른 세계, 내가 시골을 떠나 도시로 온 뒤부터, 내가 그 다른 세계에서 다른 습관을 들인 뒤부터 어머니와 나는 서로 할 말을 잃어갔다. 식혜 대신 커피를 마시는 딸, 비누 대신 샴푸로 머리를 감는 딸, 파를 다듬는 대신 신문을 보는 딸, 땀이 밴 수건이 아니라 손수건을 접어 핸드백에 넣어가지고 다니는 딸, 우리는 모녀지간의 본능으로 서로를 잡아당기지만 서로의 의견을 토론할 줄 모르게 되었다. 어머니는 점점 말을 잃고 나를 물끄러미 보고만 있는 때가 많다. 내가 책에 얼굴을 박고 있거나, 집안에 없는 커피를 읍내까지 나가서 사와 끓여 마실 때의 어머니의 눈길, 대견하지만 이젠 남이 되어버려 당신으로서는 어떻게 해볼 수 없다는 체념의 눈길.

어머니와 통화를 마치고 여행가방 위에 걸터앉는데 어머니의 눈길이 되살아났다. 언젠가 어머니가 먹음직스럽게 푹 익은 갓김치를 독에서 꺼내오며 그중의 한줄기를 손가락으로 집어 내 입속에 넣어주려 하는데 나는 고개를 저었다. 젓가락으로 먹을래요. 터무니없이 왜 그 장면이 떠올랐던 것인지. 왜 갑자기 그때 어머니가 쓸쓸하셨겠다,는 생각이 그제야 들었던 것인지. (304-305)

나의 어머니에 대한 기억은 고마움과 미안함이 뒤엉킨 복잡한 감정에 기반해 있다. 자신과 다른 삶을 살기를 바라는 어머니의 바람대로 나는 어머니와 다른 삶을 살고 있다. 각기 다른 세계에서 다른 삶의 방식에 익숙해지고 다른 생각을 하며 살게 되자 어머니와 나는 서로에게 이질적이고 남처럼 느껴지게 되어 버렸다. 대견한 딸이지만 남 같은 딸, 어머니를 편하고 살갑게 대하는 딸이 아니라 쓸쓸하게 만드는 딸이 되어버린 것에 대한 미안한 마음이 언제나 나를 걱정하고 보살펴준 것에 대한 고마움과 교차한다. 어머니의 무조건적인 헌신과 희생이 나로 하여금 그녀와는 다른 삶을 살게 하기 위함이라는 사실, 삶과 관계의 아이러니는 사색의 끝자리에 쓸쓸함을 남겨 놓을 수밖에 없다. 어머니가 살아온 삶을 부정하고 그녀와는 다른 삶을 꿈꾸고 그녀와 달라지기 위해 노력해야 한다는 사실과 그와 동시에 그녀의 헌신과 희생을 고마워하고 고매하고 위대한 사랑이라고 칭송하는 것 사이에 모순이 존재한다고 생각하지 않는다면, 그는 무신경하거나 무지한 사람임에 틀림없다.

나는 이제 매일 주변을 산책하고 건물과 나무와 꽃과 사람들과 사물들을 바라보고 관찰한다. 그중 가장 인상적인 것은 피아노집 건물이다.

> 피아노 학원은 유도화를 울타리로 해서 동화 속에나 나옴직한 낮은 키
> 의 나무 두그루가 평화롭게 옆으로 가지를 퍼뜨리고 있고, 다시 그 안쪽으
> 로 사철나무며 종려나무가 나란나란 자라고 있었다. 낮은 담장. 집터가 다
> 른 집들보다 약간 낮아 피아노집은 오목하게 들어가 앉아 있었다. 그래서
> 여관의 유도화인 줄 알았던 모양이다. 유도화가 피어 있는 피아노집은 야
> 릇한 향수를 불러일으켰다. 따뜻한 밥을 지을 줄 아는 고운 여자가 한 사람
> 가만히 살고 있을 것 같은 그런. 갈색 목조로 되어 있는 집 벽이며 소담스
> 러운 지붕이며 파란 배추가 자라는 뒤뜰이며 낮은 담장 위에서 깨끗하게
> 말라가는 흰 운동화 한 컬레 같은 것들 때문이었을 것이다. (308)

유도화가 울타리 역할을 하고, 그 뒤로 키가 낮은 나무가 두 그루 서있
고, 그 뒤로 사철나무와 종려나무가 자라는 풍경은 낭만적인 시골집을
연상시키며, 갈색 목조 벽과 소담스런 지붕, 파란 배추가 자라는 뒤뜰과
낮은 담장 위의 흰 운동화는 소박하고 평화스러운 전원생활을 떠올리게
한다. 피아노집의 풍경에 이끌려 자신도 모르게 피아노집으로 들어가게
되고 한 달간 피아노를 배우게 된다. 다분히 감상적이고 충동적인 결정
이지만 일상을 피해 떠나온 낯선 곳에서는 그런 일탈의 용기가 어렵지
않게 솟아나기도 할 터이다.

그렇게 제주에서의 나날들이 평화롭게 이어지던 중 첼로가방을 든 여
인이 내가 묵고 있는 호텔에 나타난다. 그녀는 공항에서 스쳐지나갔던
처녀를 떠올리게 했지만 그녀는 아니었다. 그럼에도 그 둘은 닮은 점이
있었는데, "공항에서 만난 여자는 창백하고 연약한 얼굴이었고, 지금 내
앞에 서 있는 여자는 창백하진 않았지만 피로한 얼굴"(312)을 하고 있었
다. 나중에 알고 보니 내가 묵고 있던 307호 바로 옆 308호에 그녀는

방을 잡았는데, 그녀는 말수가 적고 베란다에 의자를 내다 놓고 매일 바다 쪽을 멍하니 응시하곤 했다. 그녀는 말라깽이 소녀와 함께 나의 평온한 일상에 파문을 일으키게 된다.

나의 상념은 계속된다. 상념의 대상은 뜻밖에도 당근밭이었는데, 당근밭은 성산포에서 말라깽이 소녀에 이어 두 번째로 나의 시선을 끌었다. 시골에서 자라 다른 채소와 과일, 나무 등에 대해서는 꽤나 잘 알고 있었지만, 당근이 땅속에서 자란다는 사실을 알고 신기해했던 어린 시절의 기억이 성산포의 당근밭을 보고 떠올랐던 것이다.

> 땅속에서 당근이 나오는 걸 보고 놀란 후에 세월은 이십년이 흘렀다. 내가 알고 있는 것 이외의 참으로 많은 것이 그 세월 속에 있다. 시간 속에 오롯이. 삶은 허리의 신경다발 같은 것. 너무 가는 신경으로 얽혀 있어 이불 개키듯 손수건 접듯 할 수 없다. 역사는 어떻게든 상징적인 몇 개의 일을 고무줄에 묶어 그 시대는 이랬다고 알아보기 쉽게 기록해놓고는 먼지 속으로 던져둘 것이다. 70년대는 이랬고, 80년대는 이랬다고. 그러나 개인사 속에서, 1979년 큰딸 고등학교 입학, 1985년 큰아들 리비아 파견근무,라면 그것으로 무얼 알 수 있겠는지. (315-316)

당근이 땅속에서 자란다는 것을 몰랐듯이 시간 속에는 내가 모르고 있는 것들이 수없이 많이 담겨있을 것이다. 역사에 대한 기록은 그중 몇몇 사건들을 요약하고 정리하여 그 시절을 일반화하겠지만, 삶이란 것은 그런 일반화를 통해서는 도무지 알 수 없는 복잡하고 난해한 것이 아닐까. 내가 모르고 있다는 사실조차 모르는 채 잊혀지고 이해될 수 없는 수많은 사건들과 사실들에 대해서는 말할 것도 없고, 몇 가지의 사건들로 갈무리되고, 요약되고, 정리되어 마치 알고 있는 것처럼 생각되지만, 실제로는 아무것도 알고 있거나 이해되지 않는 것이 인생이 아닐까 하고 나는 생각한다. 그리고 생각은 사랑하는 오빠에게로 이어진다.

> 도시로 나온 그해부터 지금까지 오빠를 사랑하지 않은 적이 한순간도
> 없다. 가난해서 데모도 못했던 청년. 나는 오빠의 가난에 보태진 혹. 살아가
> 기 위해서 서로 사랑하는 일밖에 남아 있지 않았던 우리는 서로 혹. 그가
> 터무니없이 내게 화를 내도 나는 그를 사랑했다. (……) 나는 오빠의 가난.
> 내가 대학을 꿈꾸지 않으면 오빠가 좀 덜 가난했을지도. 어쨌든 오빠의
> 가난인 나는 아침이면 다락방에서 내려와 그의 도시락을 싸고 있다. 그의
> 가발을 꺼내 빗질하고 있다. 그가 밤늦게까지 돌아오지 않으면 전철역 계
> 단에 쪼그리고 앉아 그를 기다리고 있다. 그는 그 시절의 내 우주. 나는
> 그를 기준 삼아 자전하고 공전했다. 그때 싹튼 사랑이 아직도 그의 말이라
> 면 무슨 말이든 수긍하게 만든다. 이제 늙어가는 그. 변치 말자. 당근밭에서
> 당근을 처음 보고 이십년 동안 당근이 이상했던 것만큼 오빠에 대한 사랑
> 앞으로 이십년 동안만이라도 변치 말자. 이만한 일쯤은, 사랑쯤은, 갖고
> 있어야지. (316-318)

대학에 다니기 위해 서울에 올라와 오빠가 살고 있는 자취방에서 함께
살고 있는 나는 오빠에 대해 절대적인 사랑을 가지고 있다. 방위병이면
서 가발을 쓰고 학원가에서 강의를 하는 오빠는 젊은 청년 시절의 욕망
과 쾌락을 희생하며 가난과 정면으로 맞서 싸우고 있다. 그런 오빠에게
빌붙어 오빠를 더욱 가난하고 힘들게 만드는 나 자신이 마치 혹처럼 느
껴져 미안하다. 미안하고 든든한 오빠, 그 시절 나의 정신적 지주이자
버팀목이었던 오빠를 나는 아직도 여전히 사랑하고 있으며, 앞으로도 영
원히 사랑할 것이다. 이십 년간 변하지 않았고, 앞으로 이십년간 변하지
않을 사랑, "이만한 일쯤은, 사랑쯤은, 갖고 있어야지"라는 생각은 험난
한 세상을 헤쳐가기 위한, 힘들고 지칠 때 나를 지탱해 줄, 마지막 자존
심 같은 생의 무기이자 치유제로 기능한다.

　오빠 못지않게, 아니 보다 본질적으로 나로 하여금 생을 지속하게 만
들고, 삶을 긍정하게 만드는 힘을 주는 것은 '글쓰기'이다. 나를 하찮은
인간이 아니게 해주는, 내 존재의 근거가 되는 글쓰기. "나는 생은 독한
상처로 이루어지는 거라는 걸 어렴풋이 느꼈다. 그 독함을 끌어안고 살
아가기 위해서는 무엇인가 순결한 한 가지를 내 마음에 두지 않으면 안
되겠다고. 그걸 믿고 의지하며 살아가야겠다고"(『외딴 방』 24) 다짐한 나
에게 '무엇인가 순결한 한 가지'가 바로 글쓰기인 것이다.

　그러나 글쓰기가 언제나 마음먹은 대로 잘 되는 것은 아니다. 지금
내가 제주도에 와 있는 것도 머릿속이 하얗게 되어 더 이상 글을 쓰지
못하게 되어 돌파구를 찾기 위해서이다. 다른 모든 일이 그렇듯 글쓰기
가 힘들지 않은 것은 아니지만, 지금 내가 이렇게 힘든 이유는 "뭔가
내게서 빠져나가버린 느낌. 그러나 상실감만 있을 뿐 빠져나간 게 무엇
인지는 떠올라주지 않았다. 아침에 눈뜰 때나 한밤중에 깨어났을 때, 나
를 긴장시키던 그것, 마음을 돌이켜보게 하고, 가족을 생각하게 하고,
때로 막연한 슬픔에 젖게 하며 나를 응시하던 그것, 그것이 내게서 빠져
나간 느낌"(319) 때문이다. 무엇이 내게서 빠져나갔을까. 그 해답은 뜻밖
에 말라깽이 소녀와 옆방에 머물고 있는 여자 덕분에 찾게 된다.

머리가 아파 잠에서
깬 어느 날 말라깽이 소
녀가 망원경으로 이쪽
을 들여다보고 있다. 불
쾌한 생각이 들어 무엇
을 보고 있냐고 묻자 소
녀는 옆 방 베란다를 보

그림 6. 호텔 베란다에서 바라본 성산일출봉의 모습.

고 있다고 아무렇지도 않게 대답한다. 왜 보고 있냐고 묻자, 그 베란다에
당근싹을 놓아두고 싶어서 라고 답하며, 옆 방 여자에게 말을 넣어줄
수 있겠냐고 되묻는다. 공중에 매달린 듯 떠있는 둥근 객실 베란다가
마음에 들어서 햇볕이 잘 드는 그 곳에 당근싹을 놓아두는 것이 꿈이라
는 말라깽이 소녀와 그 베란다에 의자를 내어 놓고 매일같이 누군가가
오기를 기다리는 듯 멍하니 바다를 바라보는 여자. 308호 베란다는 소녀
와 여자의 꿈과 기다림이 뒤섞인 공간이 되고, 소통의 공간이 된다. 옆
방 여자가 소녀의 청을 들어주자 소녀는 당근싹에 만족하지 않고 "밭에
서 캐서 사이다병에 옮겨심은 약초 뿌리, 맥주캔 속에 물을 붓고 담가놓
은 고구마 순, 종이상자에 흙을 담고 묻어 온 국화 뿌리"(360) 등을 계속
해서 가져다 놓는다.

　각자 자신만의 세계에 빠져 타인과의 소통을 단절한 채 침묵과 고독
속에 지내던 나와 여자는 말라깽이 소녀의 침입(?)으로 인해 타인에게
쳐두었던 봉인을 해제한다. 타인에 대한 관심과 그의 삶에 대한 교감으
로 나아가지 못하고 형식적인 인사말과 정보교환의 무미건조한 대화만
나누었던 나와 여자 사이가 말라깽이 소녀를 매개로 조금씩 가까워진다.

　　　"그런데 이제 너 혼자 탈 수 있니?"
　　　"아니요, 자꾸 넘어져요."
　　　"그런데 왜 혼자 나왔어?"
　　　"오빠 떠났어요."
　　　"어디로?"
　　　"성남시 공장 다니는데요, 추석이라 내려왔다가요, 이젠 갔어요."
　　　공장? 나는 절뚝이던 청년의 걸음걸이가 생각나 잠시 망연해졌다.
　　　"오빠는 여기서 낚시하면서 살고 싶어해요. 그런데요, 나 때문에 돈을
　　벌어야 해요."

"네가 무슨 돈을 쓰니?"
소녀, 시무룩.
"곧 서울서 만날 거예요."
"왜? 이사 가니?"
"아니요."
소녀는 다시 시무룩해진다.
"돌아오는 설날엔요, 오빠가 세계를 돌려가면서 볼 수 있는 지구의를
사다준댔어요. 저 망원경두요, 오빠가 사다준 거예요."
"내가 뒤 잡아줄까?"
"아니에요. 오빠가 그랬어요. 혼자서 자꾸 넘어져야 곧 잘 타게 된대요."
(341-342)

당근싹을 계기로 나와 말라깽이 소녀는 대화의 물꼬를 트게 된다. 소
녀의 오빠는 성남에서 공장에 다니는데, 그가 다리를 저는 것이 그 일과
무관하지 않은 것 같아 나는 잠시 망연해진다. 그는 낚시를 하면서 살고
싶어하지만 동생 때문에 어쩔 수 없이 성남에까지 올라가 일을 해야만
한다. 그 사실이 나의 오빠를 떠올리게 했음은 충분히 미루어 짐작할
수 있을 것이다. 돌아오는 설날이 되면 서울에서 오빠를 만나게 되고
지구의를 사줄 것이라고 자랑하지만, 왜 서울에 올라가냐는 질문에는 곧
장 침울해진다. 아마도 서울에 올라가는 일이 좋은 일은 아닐 것이다.
오빠를 대신해서 자전거 뒤를 밀어줄까 물어보지만, 소녀는 잘 타게 되
려면 혼자서 자꾸 넘어져 봐야 한다는 오빠의 말로 거절한다. 이 대화를
통해 나는 소녀와 그녀의 오빠에 대해 조금 더 자세하게 알게 되는데,
여동생을 위해 불편한 몸을 이끌고 공장에서 노동자로 살아가는 오빠와
자꾸만 넘어져도 포기하지 않고 자전거 타는 연습을 계속하는 말라깽이
소녀의 모습은 방위병 신분임에도 가발을 쓰고 학원에서 영어강사로 일

을 해야만 했던 사랑하는 나의 오빠와 악착같이 자신의 삶을 포기하지 않으려 애를 썼던 어린 시절의 나의 모습을 회상할 수 있는 기회로 작용 하게 되고 말라깽이 소녀 남매에 대한 강한 동질감을 느끼게 한다.

산책을 하다 나는 해녀의 모습에 낯선 느낌을 받게 되고 그들이 젊은 처녀가 아니라 할머니라는 사실에 놀라게 된다. 살아가기 위해 오롯이 육체에 의존하여 힘든 노동을 한평생 해야 하는 삶에 대해서 상념에 빠지게 된다. "할머니의 육체를 근거로 이루어졌던 과거는 저 마른 살집을 마지막으로 사라질 것이다. 나는 잠시 눈을 감고 늙어가는 내 주변의 여자들을 생각했다. 맨 먼저 어머니를 다음엔 고모와 이모를, 그리고 역시 그 과정을 거쳐갈 내 친구들 그리고 나, 작년에 막 태어난 동생의 아이가 어쩌면 내가 늙어서 볼 마지막 늙어갈 사람인도 모르겠다는 생각이 들자, 나는 고즈넉해졌다."(348) 한평생 나를 떠받치던 육체는 점점 노쇠해질 것이고 종국에는 소멸될 것이다. 그 누구도 피해갈 수 없는 죽음이라는 운명 앞에 개인은, 인생은 덧없고 부질없는 것처럼 느껴진다. 상념은 자연스럽게 가족을 건사하느라 한평생을 바치고 이제는 쇠약해져 버린 아버지에 대한 염려로 이어진다(나는 아버지에 대한 주제로 글을 청탁받은 상황이다). 평생 농사일을 하느라 아버지는 관절퇴화증을 앓고 계시고 자식들은 이제 그만 일을 놓고 병원에서 적절한 치료를 받으시라고 권한다. 그러나 농사꾼이라면 누구나 그 정도의 병은 가지고 있는 법이며, 농사일이라는 것이 때가 있는 법이어서 편안하게 병원에 다닐 여유가 없다고 한사코 자식들의 청을 물리치신다. "아버지의 자존심은 이제 막냇동생을 하나 남은 자식이라고 표현한다. 막냇동생은 아버지 돈이 필요한 하나 남은 자식인 것이다. 하나 남은 거 앞으로 이년만 돌봐주고 일을 줄이시겠다는 것. 삶이란 이런 것일까. 한쪽이 다리를 끌고 다니며 일해야 한쪽이 성장하는 것."(355) 해녀 할머니의 모습과 아버지에 대한 기억을 통해 나는 자식들의 성장이 부모님의 희생을 통해 가능하다는 인간사의 지극히 보편적인 과정을 성찰하게 된다.

이틀째 바다에 태풍주의보가 내려진 날 말라깽이 소녀가 갑자기 자취를 감추게 된다. 옆방 여자가 황급히 소녀를 찾으러 다니고 나에게 그녀를 보았느냐고 묻는다. 여자는 소녀가 어떻게 잘못된 것이 아닐까 노심초사하며 불안해한다.

> "그애에게 무슨 일이 생긴 건 아니겠죠?"
> "아닐 거예요."
> "정말 아니겠죠?"
> "갑자기 무슨 일이 있겠어요."
> "아니요, 그건 그렇지 않아요. 모든 일은 갑자기 생겨요. 아무 생각도 없이 있는데 갑자기 말예요." (364)

아무 일도 없을 것이며, 갑자기 무슨 일이 생기겠냐는 나의 말에 그녀는 모든 일은 갑자기 생기는 것이라고 말하며 불안을 감추지 않는다. 그녀는 자신이 왜 이렇게 불안해하는지를 설명하기 위해 자신에 대한 이야기를 불쑥 끄집어낸다. 그녀는 쌍둥이로 태어났으며, 동생과는 늘 같이 다니고 모든 걸 함께해온 가장 친한 친구로 지냈단다. 그렇게 영원할 것만 같았던 동생과의 즐거운 시간이 '갑자기' 멈추게 되었는데, 동생이 불의의 교통사고로 자신의 품 안에서 세상을 떠나게 되었기 때문이다.

> 태어나서 내가 사물을 알아보기 시작할 때부터 그앤 내 곁에 있었는데, 나하고 똑같은 얼굴을 하고 곁에 있었는데. 우리는 모든 일을 함께했어요. 학교도 함께 다녔고, 밥도 같이 먹고, 잠도 같이 자고…… 나는 지금껏 다른

친구를 사귈 수가 없었어요. (……) 그렇게 이십사년간을 살았어요. 나는 정말이지 그애의 눈짓 하나만으로도 그애가 뭘 원하는지 무슨 생각을 하는지 다 알고 있다고 생각했어요. (……) 내가 뭘 할 수 있겠어요. 갑자기 나 혼자서. 태어나면서부터 줄곧 그애가 내 옆에 있었는데. (……) 이제 갑자기 나 혼자서 뭘 해야 될지를 모르겠어요. 나는 그애가 다시 올 수 없다는 걸 알면서도 그게 믿기지가 않아서, 날마다 그애를 기다렸죠. 금방 그애가 나타날 것 같았어요. (365-370)

그녀의 이야기를 통해 왜 그녀가 호텔 베란다에 의자를 내놓고 먼 바다를 응시하고 있었는지 이유가 밝혀진다. 돌아오지 못할 것을 알면서도, 그 사실을 차마 받아들일 수가 없어서, 날마다 그녀는 동생을 기다리고 있었던 것이다. 세상의 전부인 것 같았던 사람, 내 삶에 큰 영향을 미쳤던 사람과 갑자기 분리되는 체험은 이겨내기 쉽지 않다. "산 사람은 살아야지"라며 적당한 애도의 시간을 지닌 후 떠난 사람을 보내주고 다시금 일상으로 돌아와야 한다는 주변 사람들의 말은 잘 들리지 않는다. 여자는 갑자기 찾아온 이별과 상실감을 마주 할 마음의 준비가 아직 되지 않았던 것이다. 희재 언니를 허망하게 떠나보냈던(『외딴 방』) 나는 그런 그녀를 제대로 위로하지 못한다. 세상을 떠난 동생에 대한 미련과 집착 때문에 세상과 담을 쌓고 그리움의 감옥에 자신을 유배시킨 채 살아가던 그녀의 마음을 열 수 있도록 한 것은 뜻밖에도 다름 아닌 말라깽이 소녀이다. 귀찮을 정도로 찾아와 그녀의 일상에 불쑥 끼어든 말라깽이 소녀는 그녀도 모르는 새에 자신의 삶에서 소중한 존재가 되어 있었던 것이다.

한편 이 일을 통해 나는 글을 쓰지 못하는 이유를 깨닫게 된다.

"어쨌든 살아가야 한다고들 해요. 일년 이년 정도만 지나면 지금의 일이 다 지난 일이 된다는군요. 그렇게 생각하세요?"

　　나는 대답하지 못했다. 그렇게 생각한다,고 대답하는 건 쉬웠는데도 막
연한 슬픔이 대답을 가로막고 있었다. 방파제에 끼여 있는 다친 새를 내
숙소로 데리고 오지 못한 것처럼 나는 여자의 연약한 어깨에 내 손도 내려
놓지 못하고 있었다.
　　호텔로 돌아와서 나는 찬물에 얼굴을 씻고 세면대 앞에 오래 서 있었다.
지난봄과 여름 내가 잊고 있었던 것은 글쓰기가 아니라, 죽음이었다. 내가
잊고 있었던 건 새로운 형식이나, 새로운 문체가 아니라 죽음이었다.
　　죽음을 잊자, 일상은 무기력해졌고, 가족은 멀어졌다. 사랑은 어디서 본
듯해지고, 늦잠이 시작되었다. 늦잠 속에서 깨어나면 심장 부근까지 쓰잘
데없는 욕망이 치솟아오르고 점점 그것은 강도를 높여가며 목 부근까지
오르락내리락했다. 통증까지 동반하고서. (371-372)

　　드디어 나는 글쓰기가 진척이 없는 이유, 글을 쓰는 데 꼭 필요하지만
잃어버렸던 것이 무엇인지 알게 되었다. 그것은 '죽음'이었다. 역설적이
지만 삶의 유한성은 삶의 소중함을 깨닫게 하는데 필수적인 요소이다.
사랑과 우정 같은 소중한 관계들이 영원히 지속될 수 없는 것은 운명적
으로 맞이할 수밖에 없는 이별, 즉 죽음 때문이다. 죽음은 삶과 이질적인
것이 아니라 삶의 일부이며 삶에 방향과 가치를 부여해주는, 어찌 보면
삶 자체인지도 모른다. 따라서 삶을 살아가는 개인들에게 삶의 의미를
부여해주고, 그러기 위해서 그들의 삶을 면밀히 들여다보려면 죽음에 대
한 성찰과 먼저 대면해야만 한다.
　　새로운 형식과 문체는 죽음과 무관하게 창조되는 것이 아니다. 내용은
형식에 대한 내용이며, 형식은 내용에 대한 형식이다. 헤겔의 논리학에
따르면 형식 없이는 어떠한 내용도 존재하지 않으며, 마찬가지로 내용
없이는 어떠한 형식도 존재하지 않는다. 형식과 내용은 동등하게 본질적
인 것이며, 이 개념의 근저에는 "자기 자신과 자신의 타자의 부정적인

통일" 또는 "동일성과 비동일성의 동일성"이라는 중층적이고 역동적인 통일구조를 자체 내에 가진다.[30] 작가라면 누구나 새로운 글쓰기에 대해 골몰한다. 이전 작품과는 다른 작품, 이전 작품으로부터 한 단계 업그레이드된 작품, 문학적 도약을 위해 진부하고 낡은 이전 방식의 글쓰기를 지양하고 새로운 글쓰기에 대해 고민하는 것이다. 그러므로 모든 작가는 새로운 형식과 문체에 대해 언제나 골몰하고 있다고 말할 수 있다. 아마도 문단과 대중 독자들로부터 받게 되는 관심과 기대가 높아지게 되자 새로운 글쓰기를 보여주겠다는 마음이 부담으로 작용했을 것이며, 그 부담이 쌓이게 되어 결국 글이 써지지 않는 지경에까지 이르렀을 터이다. 앞서 언급했듯이 신경숙의 글쓰기에 가장 중요한 두 가지 요소는 '가족'과 '죽음'이다. 새로움은 죽음에 대한 성찰의 새로움을 통해서 찾아질 수 있다. 가족에 대해서도, 자신과 글쓰기에 대해서도, 결국은 죽음에 대한 성찰을 통해 지속적으로 새로운 통찰력과 의미부여가 가능한 것이다.

죽음에 대한 성찰은 가족뿐만 아니라 내 기억 속에 잊혀진 사람들, 우리 기억 속에 잊혀진 약자 혹은 소수자들, 역사의 주체가 아니라 타자로 망각되는 사람들에 대한 성찰로 연결된다. "내가 잊고 있던 사람들은 지금 어디서 어떤 인생을 살고 있을까. 가끔 사람의 길이 물길같이 느껴진다. 산꼭대기에서 함께 흘러내려오지만 굽이굽이마다의 샛길에서 헤어지고, 한번 헤어져 흐르기 시작하면, 다시 만나기는 어려운 곳으로, 서로 모르는 곳으로 흘러가는 물길."(373) 만났다가 헤어지고 다시 만나기 어려운 모르는 곳으로 우리는 각자 흘러간다. 그 과정에서 우리는

---

30) 조종화, 「헤겔 논리학: 형식과 내용의 변증법 -내적인 것과 외적인 것의 본질적인 관계를 중심으로」, 『헤겔연구』 31, 2012, 102-106 참조.

수많은 인연들을 잊고 살아간다. 나의 글쓰기는 그런 존재들에 대한, 그런 존재들을 위한 글쓰기였다. 어느 날 동생이 나의 글을 읽다가 문득 물어본다.

> 그애는 갑자기 내게 언니는 왜 일인칭을 잘 안 써?라고 물었다. 내가 그러니? 나는 그애가 왜 일인칭을 잘 안 쓰느냐고 물어올 때까지 내가 일인칭을 안 쓴다는 것도 모르고 있었다. (……) 동생은 무심히 자신이 없는 사람들이 나는이라는 말을 잘 못하지. 언닌 뭐가 그렇게 자신이 없어?라고 되물었다.
> 오래 창가에 앉아 있어도 여자의 어깨에 내 손을 얹지 못할 때부터 내 마음속에 흐르던 막연한 슬픔이 거둬지지 않는다. 글을 쓰는 일이란 이미 누군가에게 잊혀졌거나 누군가를 잊어본 마음 연약한 자가 의지하는 마지막 보루 같다는 생각. 나는 언제나 그들과 노력해 볼 수 있었다. (……) 시간과 상황이 나를 스쳐가는 식으로, 나는 무너지는 것들의 끝을 지켜보기가 두려웠던 것이다. 은혜의 끝, 사랑의 끝, 신뢰의 끝들을. (374)

글쓰기가 이별의 슬픔을 머금는 일이며, 잊혀진 존재와 잊어본 마음을 위무하는 일이라는 자각, 작가가 되는 일은 그들과 함께, 그들의 삶의 분투를 (글쓰기를 통해) 함께 하는 일임을 나는 깨닫게 된다. "무너지는 것들의 끝을 지켜보기가 두려웠던" 나는 이제 두려움에서 벗어나 그 끝자리에 함께 서있기로 다짐한다. 눈치 빠른 독자라면 알아챘겠지만 이 작품은 일인칭으로 서술되어 있다. 일인칭 서술은 작가가 자신감을 회복했다는 뜻이기도 하며, 죽음과 대면하겠다는 의지가 표현된 것이기도 하며, 무너지는 것들의 끝을 지켜볼 용기가 생겼다는 뜻이기도 할 것이다.

옆방 여자를 제대로 위로하지 못한 나는 그녀를 다시 찾아간다. 나는 선배의 친구가 자살한 이야기를, 자신의 방에서 자신이 자고 있는 사이에 목을 매 자살한 친구로 인해 선배가 얼마나 힘들어 했는지를, 그럼에도 이제 결혼도 하고 학부모가 되어 자신의 삶을 살아가고 있다는 이야기를 그녀에게 들려줌으로써 죽음이 생의 한가운데 어디에나 있는 것이고, 죽음을 삶의 일부로 받아들여야 한다는 나의 생각을 전하고 그녀를 위로한다. 마침내 여자의 어깨에 손을 올려놓게 된 것이다.

수소문해서 알아낸 결과 다행히 말라깽이 소녀는 무사하다. 서울에 있는 병원에 두 달에 한 번씩 피를 갈러 간다는 것이다. 이제야 나는 소녀의 오빠가 왜 공장에서 일을 하지 않으면 안 되었는지 이해가 된다. 건강이 좋지 않아 평생 병원 신세를 져야 하는 말라깽이 소녀는 죽음이 신경 쓰이지 않는지 모든 일에 열성을 다한다. 죽음에 대한 공포가 있을 법한데도 그녀는 삶 앞에 스스럼이 없다. 자꾸만 넘어져도 자전거 배우기를 포기하지 않는다. 보다 넓은 세상에 대한 호기심으로 망원경을 목에 걸고 다니고 다음 설에는 지구의를 받기로 했다. 말라깽이 소녀의 삶에 대한 집념에서 나는 글쓰기에서 잃어버린 것이 무엇인지를 새삼 확인하고 이제 도시로 돌아가기로 결심한다. 나는 옆방 여자와 산책할 때 그녀가 신었던 구두가 마음에 걸려 제주에서 사서 신고 다녔던 운동화를 선물한다. 편하게 산책을 다니라는 뜻 외에도 보다 넓은 세상으로 나가는데 편리하라는 뜻도 담고 있는 것 같다. 소녀는 나에게 생명의 씨앗을 상징하는 문주란씨를 선물하고, 나는 소녀에게 여인으로 성장하기를 기대하며 머리핀을 선물한다. 여자는 첼로를 꺼내 엘가의 사랑의 인사를 연주해 주는데, 동생의 죽음을 극복하고 새로운 삶을 살아갈 수 있을 것 같다. 이렇게 세 여인은 서로의 미래를 축복하며 짧은 만남을 마무리한다. 공항으로 가는 "차가 마을을 막 벗어날 때 뭔가 좀 서글픈 생각이 들어 차창 밖으로 얼굴을 내밀어 목초지 쪽을 바라보았더니 소녀가 자전거를 타고 방파제를 향해 달리고 있었다. 곧 넘어지겠지, 했는데 소녀는 넘어지지 않고 계속 페달을 굴려서는 내 시야에서 사라졌다."(387) 오빠의 도움 없이 홀로 자전거를 타는 데 드디어 성공한 것이다. 소녀처럼 넘어지지 않고 여자도 세상으로 나와 남은 인생을 계속 살아갈 것이고, 나도 계속해서 글을 쓰게 될 것이다. 제주의 여행은 이렇게 마무리된다.

지금까지 함께 읽어 본 신경숙의 「깊은 숨을 쉴 때마다」는 1995년 현대문학상을 수상한 작품이다. 작품에 대한 이해를 돕기 위해 심사위원들의 심사평을 살펴보면, 김윤식은 "역시 아름답다. 군더더기가 간간이 끼여 있다. 수척하지 않아 숨이 차지 않음이 그 미덕이다. 귀기울여야 들리는 소리도 없다. 마음으로 보는 그런 세계이다"[31]라고 평가하고 있

그림 7. 「깊은 숨을 쉴 때마다」는 1995년 현대문학상을 수상했다.

으며, 김화영은 "작가 특유의 정치하면서도 거침없는 문체, 제주도의 성산포 마을이라는 독립된 공간 속에 지나온 삶의 시간을 정교하게 수놓아 넣어 한 폭의 고즈넉한 마음속 그림을 만들어내는 작가적 역량이 단연 돋보인다"(465)라고 적고 있으며, 박완서는 "대상의 시점 사이에 어느 만큼 거리 유지를 하고 바라봐야 가장 쓸쓸하고, 적당히 슬프고, 그리고 보기 싫은 것이 지워진 아름다운 구도가 되는지 신경숙만큼 잘 터

---

31) 신경숙 외, 『현대문학상 수상소설집 40』, 현대문학, 1995, 464.

득하고 있는 작가도 드물 것 같다"(468)고 선정이유를 밝히고 있다. 아쉬운 점으로는 김윤식은 군더더기를 언급했고, 김화영은 수다스러움과 소녀 취향을, 박완서도 소녀 취향을 지적하고 있다. 3명의 심사위원의 지적처럼 이 작품은 다소 장황하고 불필요한 이야기가 뒤섞여 있기도 하며, 필요 이상으로 사변적이 되기도 하지만, 그럼에도 불구하고 이 작품이 보여주는 매력은 신경숙 문학을 대표하는 중단편으로서 손색이 없다고 할 수 있다. 서영인은 신경숙의 문학세계에 대해 논하면서 "소설 속에 재현된 가족들의 삶은 사소한 일상이나 대화 하나도 허투루 할 수 없을 만큼 섬세하고 생생해서, 결코 상투화될 수 없는 가치와 의미가 그 안에서 빛난다. 글쓰기가 대상의 실제를 제대로 전달할 수 없다는 고민은 오히려 대상을 더 깊이 주목하게 하고, 그래서 글쓰기가 불가능을 토로하면 토로할수록 소설 속의 삶들은 하나하나 독자적이며 구체적인 의미를 획득하게 된다. 오래 사랑하고 깊이 숙려하여 비로소 존중되는 삶이 글쓰기의 진정성과 만나는 지점에 신경숙 소설의 가치는 있다"[32]라고 평하고 있는데, 이러한 평가는 전적으로 타당한 것이라고 생각된다. 신경숙의 소설들이 모두 뛰어난 것은 아닌데, 「풍금이 있던 자리」, 『외딴방』, 「감자 먹는 사람들」, 「모여 있는 불빛」 등의 우수작들은 신경숙 소설의 가치를 온전히 담고 있으며, 그의 문학세계를 감상하고 즐기기에 부족함이 없다.

---

32) 서영인, <신경숙 문학의 한계에 대하여>, 《한겨레신문》
   https://www.hani.co.kr/arti/culture/book/699611.html

제4장

환상을 통해 부여잡은 고향
모옌의 「사부님은 갈수록 유머러스해진다」

If life is a river, then I am now on the lower reaches.
I will roar no more, and I no longer favor waves.
I have the capacity to tolerate filth and mire.
I am hiding my strength in a deep place.
I am a storyteller, I tell stories of people. I enjoy watching plays, I write plays,
but I do not act in them.

인생이 강이라면 나는 지금 하류에 있습니다.
나는 더 이상 포효하지 않고 더 이상 파도를 좋아하지 않습니다.
나는 더러움과 수렁을 견딜 수 있는 능력이 있습니다.
나는 깊은 곳에 내 힘을 숨기고 있습니다.
나는 이야기꾼이고 사람들에 관한 이야기를 합니다. 나는 연극을 보는 것을 즐기
고, 연극을 쓰지만, 연기는 하지 않습니다.

모옌의 노벨상 수락 연설 중에서

모옌과 문화대혁명

  모옌(莫言, 영어로는 Mo Yan)은 관모
예(管謨業)의 필명으로 1955년 산둥성
(山東省)에서 태어났다. 모옌(莫:없을 막
言:말씀 언)이라는 필명은 '말하지 마라'
라는 뜻으로 1950년대 중국의 혁명적인
정치적 상황 때문에 밖에 있을 때 속마음
을 말하지 말라는 부모님으로부터 들은
경고와 관련이 있다고 한다. 다른 한편으

그림 1. 모옌(캐리커처)

116

로는 말이 아니라 글로써 표현하는 사람이라는 그의 작가의식을 담고 있다고 추측하는 사람들도 있다[1].

어느 경우든 모옌은 어린 시절 문화대혁명을 겪었으며, 이로 인해 학업을 중단해야만 했고, 18세 때 목화 공장에서 직공으로 일했으며, 21살에 중국인민해방군(中國人民解放軍, People's Liberation Army, PLA)에 입대하여 복무하게 된다. 군대에 있는 동안 문학에 관심을 가지게 된 그는 해방군 예술 단과대학(中国人民解放军艺术学院, PLA Arts Academy) 문학과를 졸업하고, 베이징 사범대학(北京师范大学) 루쉰문학창작원(鲁迅文学院)에서 문학 석사학위를 취득한다. 1981년 단편소설 「봄밤에 내리는 소나기」로 등단한 모옌은 1986년 『홍까오량 가족』(紅高粱家族)으로 일약 세계적인 작가로 발돋움한다. 물론 『홍까오량 가족』이 세계적인 반향을 불러일으키고 결국에 모옌이 노벨문학상까지 수상하게 된 데에

---

1) 노벨상 수락연설에서 모옌은 다음과 같이 말한다. 즉 "작가에게 가장 좋은 말은 글쓰기에 의한 것입니다. 당신은 내가 말할 필요가 있는 모든 것을 내 작품들 속에서 발견할 수 있을 것입니다. 말은 바람에 의해 날아가 버립니다. 글로 쓴 말은 결코 지워질 수 없습니다."(… for a writer, the best way to speak is by writing. You will find everything I need to say in my works. Speech is carried off by the wind; the written word can never be obliterated.)라고 말하며, 자신은 작품을 통해서만 하고 싶은 말을 하고 있다고 주장한다.
(https://www.nobelprize.org/prizes/literature/2012/yan/25452-mo-yan-nobel- lecture-2012/)
한편 2010년 <타임>과의 인터뷰에서 그는 "작가는 그의 생각을 깊이 묻어두고 소설 속 등장인물을 통해서만 전달해야 한다"(A writer should bury his thoughts deep and convey them through the characters in his novel)고 말하기도 했다. "Lunch with China's Mo Yan" <TIME>, By Simon Elegant Monday, Mar. 29, 2010.
(http://content.time.com/time/subscriber/article/0,33009,1973183,00.html)

그림 2. 『홍까오량 가족』을 영화화한 〈붉은 수수밭〉은 베를린 국제영화제 황금곰상을 수상한다.

는 영화 〈붉은 수수밭〉(1988)의 영향이 컸다는 사실을 부정할 수 없을 것이다. 동명의 소설을 원작으로 장예모(張藝謀) 감독이 메가폰을 잡은 〈붉은 수수밭〉이라는 영화는 베를린 국제영화제(Internationale Filmfestspiele Berlin, Berlin International Film Festival)에서 최우수작품상에 해당하는 황금곰상(Goldener Bär, Golden Bear)을 수상하게 되었고, 그 결과 원작자인 모옌 역시 국제적인 위상을 얻게 되었다.

『홍까오량 가족』 외에도 그는 많은 문제작들을 발표하였다. 그는 중국 작가들 중에서도 가장 왕성한 작품 활동을 하는 작가들 중 하나로 알려져 있는데, 많은 장편소설 뿐 아니라, 단편과 중편소설들을 다수 발표하였고, 국내에서도 여러 편의 작품들이 번역, 소개된 바가 있다. 특히 프란츠 카프카를 연상시키는 1993년 작품 『술의 나라』(酒國)(1993)는 어린아이를 요리한다는 소문의 진상을 파헤치는 이야기를 담고 있는데, 식인이라는 자극적인 소재를 통해 인간의 탐욕이 불러온 타락과 부패를 그려내고 있다. "생명의 본질을 추구하면서 인간성에 대한 뜨거운 사랑을 보여 주는 작품"이라는 찬사를 받으며 2011년 마우둔 문학상 수상작의 반열에 오른 『개구리』(蛙)는 중국의 산아제한 정책의 비인간성을 비판하고 역사적 상처를 보듬고 있다.

이와 같은 작품 활동들에 힘입어 그는 각종 문학상을 수상하게 된다. 2000년 로르 바타이엔(Laure Bataillin) 문학상 수상, 2001년 프랑스 예술문화훈장(Ordre des Arts et des Lettres (the French Arts and Literature Knight Medal), 2005년 이

그림 3. 노벨문학상 수상 연설 중인 모옌 the Royal Swedish Academy Dec 7, 2012.

탈리아 노니노 문학상(Italy's Nonino Prize), 2006년 일본 후쿠오카 아시아 문화대상(the Fukuoka Asian Culture Prize of Japan), 2009년 중국 문학 뉴맨상(the Newman Prize for Chinese Literature), 2011년 마오둔문학상(茅盾文学奖, the Mao Dun Literature Prize), 그리고 2012년에는 한국에서 만해 문학상을 수상하였다. 세계 각국으로부터 다양한 문학상을 수상함으로써 전 지구적 명성을 획득하게 되고, 그와 같은 업적을 높이 평가하여 스웨덴 한림원에서는 마침내 2012년 노벨상을 그의 품에 안겨주게 된 것이다.

스웨덴 한림원은 2012년 노벨문학상 수상자로 모옌을 선정하면서, "모옌은 환상적 리얼리즘을 통해 민간 문학과 역사, 그리고 동시대를 융합시켰다"(who with hallucinatory realism merges folk tales, history and the contemporary)라고 선정이유를 밝혔다. 이에 덧붙여 "모옌은 환상과 현실, 역사적, 사회적 관점의 혼합을 통해 윌리엄 포크너와 가브리엘 가르시아 마르케스의 작품들이 보여주는 관점의 복잡성을 연상시키는 세계를 창조하고 있다. 동시에 그는 옛 중국 문학과 구전 전통에서

출발점을 찾았다. 소설 외에도, 모옌은 다양한 주제에 대한 많은 단편 소설과 에세이를 출판했으며, 그의 사회적 비판에도 불구하고 그의 조국 에서 가장 현대적인 작가 중 한 명으로 여겨진다"[2]라고 설명하고 있다.

노벨상 수상에 대한 논쟁들

모옌의 작품을 '환상적 리얼리즘'(hallucinatory realism)이라고 부르는 이유는 그의 작품이 기본적으로는 현실을 충실히 담아내면서 동시에 중 국의 고전 문학, 설화, 민담, 전설 등의 환상적인 요소들을 첨가하여 사회 적인 문제들을 드러내고 이를 새로운 관점에서 통찰하도록 하기 때문이 다. 그는 자신의 고향인 산둥성(山東省) 가오미현(高密縣) 둥베이 마을 (東北鄕)을 작품의 무대로 삼아 왔으며, 일제의 침입, 대약진 운동, 문화 대혁명, 중화인민공화국 수립에서부터 최근의 산업화, 근대화 과정까지 중국 근현대사를 정면으로 마주보며, 역사의 질곡과 풍랑 속에 놓인 민 중의 애환과 삶의 실상을 그려내고 있다.

그런데 그의 수상은 국내외의 많은 논자들로 하여금 격렬한 찬반 논쟁 을 불러 일으켰다. 영국의 BBC는 중국 중앙 텔레비전(CCTV)이 모옌의

---

2) 영어로는 다음과 같다. Through a mixture of fantasy and reality, historical and social perspectives, Mo Yan has created a world reminiscent in its complexity of those in the writings of William Faulkner and Gabriel García Márquez, at the same time finding a departure point in old Chinese literature and in oral tradition. In addition to his novels, Mo Yan has published many short stories and essays on various topics, and despite his social criticism is seen in his homeland as one of the foremost contemporary authors.
http://www.nobelprize.org/nobel_prizes/literature/laureates/2012/bio-bibl.html

수상 발표 10분 만에 뉴스를 내보냈다고 지적하며, 정부의 통제 하에 엄격하게 대본을 관리하는 중국의 관행으로 볼 때 이례적으로 환영하는 자세를 보였다고 설명한다. 국영 언론 논평의 대부분은 모옌의 수상 소식을 기뻐하면서, 풀뿌리 수준에서 사람들의 고통에 대해 글을 쓰는 모옌과 같은 작가의 세계적인 인지도가 개발도상국으로서 중국이 직면하고 있는 막중한 도전을 세

그림 4. 모옌의 노벨문학상 수상은 그의 정치적 입장으로 인해 많은 논란을 낳았다.

계가 이해하는 데 도움이 될 것이라고 말한다. 관영 통신사인 신화사(新華社)는 "모옌과 같은 중국 작가가 많아지면 세계는 진정한 중국에 대해서 더 많은 것을 배울 수 있다. 이것이 스웨덴 한림원이 그를 선택한 또 다른 이유일 것"이라고 말했다.3)

중국작가협회(中国作家协会, China Writers Association) 허젠밍(何建明, He Jianming) 부회장은 신화사와의 인터뷰에서 "모옌에게 기쁜 기회일 뿐만 아니라 중국 작가 세대에게 꿈이 실현되는 것"이라며 "이상도 중국 전통 문학에서 파생된 사실주의적 글쓰기에 대한 인정을 보여줬다"(the award also showed recognition in realism writing derived from traditional Chinese literature)고 말했다.

미시건 대학 비교문학과 교수 탕샤오빙(唐小兵, Tang Xiaobing)은

---

3) "Mo Yan's Nobel literature prize draws mixed reactions." ≪BBC≫. https://www.bbc.com/news/world-asia-china-19919192

"오늘날 중국에서 가장 위대하고 혁신적인 작가 중 한 명"(one of the greatest, most innovative writers in China today)이라고 평가하면서, "중국에 거주하며 글을 쓰는 중국 작가, 널리 읽히고 존경받는 작가, 그의 작품이 단순히 반체제 또는 반대파라고 주장되기 때문에 주목을 받지 못하는 작가"(Chinese writer living and writing in China, a writer who is widely read and respected, whose work does not get attention simply because it is claimed to be dissident or oppositional)에게 노벨상이 돌아가는 것이 의미가 있다"고 말한다. 노벨 문학상 수상자인 오에 겐자부로(大江健三郎)는 "중국에서 노벨 문학상을 받을 수 있는 가장 실력 있는 후보자"라고 모옌을 평하기도 했다. 베이징에 기반을 둔 글로벌 타임즈(Global Times)는 "이 결정은 2010년에 류샤오보4)에게 평화상을 수여한 후 중국과의 긴장 완화를 모색하는 노벨 위원회의 신호이기도 한가?"라고 질문하며, 모옌의 수상이 서방이 중국에 더 많은 관심을 기울이고 있음을 반영하고 있다5)고 정치적인 의미를 부여했다.

한편 중국작가협회 부회장직을 맡은 것, 반체제 환경작가 다이칭(戴

---

4) 류샤오보(劉曉波, Liu Xiaobo)는 중국의 작가, 정치 평론가, 반체제 인사로 중국의 민주화와 인권 개선 운동에 헌신했으며 2010년에 노벨 평화상을 수상했다. 민주개혁을 요구한다는 이유로 국가전복 선동 혐의를 받아 투옥 중인 상태였기 때문에 사상식에 참석하지 못했다. 이 때문에 국제 인권 단체와 사회단체 등은 그에 대한 석방 운동을 전개했다. 중국 정부는 류샤오보가 노벨 평화상 수상자로 선정됐다는 것을 받아들이기를 원치 않았다. 중국 정부는 신화사를 비롯한 관영 매체를 통해 "류샤오보의 노벨 평화상 수상은 중국에 대한 내정 간섭이다. 서방권 국가들이 노벨 평화상을 정치적 도구로 이용하고 있다"라고 비난했다.

5) "Nobel Prize a win for mainstream values." ≪Global Times≫.
https://www.globaltimes.cn/page/201210/737856.shtml

晴, Dai Qing)의 참석에 항의하기 위해 2009년 프랑크푸르트 도서박람회에서 철수한 것, 1942년 마오쩌둥 연설에서 사회주의 국가를 발전시키기위해 예술가가 해야 할 역할을 설명하는 연설을 손으로 베껴 쓴 100명의예술가 중 한 명이라는 사실 등으로 인해 그의 노벨상 수상 자격에 의문을 품는 사람들도 있다. 홍콩에 기반을 둔 활동가이자 블로거인 웬원차오(溫雲超, Wen Yunchao)는 "노벨 문학상은 휴머니즘과 글쓰기의 자유의 상징이지만 불행히도 우리는 모옌에게서 그런 자질을 볼 수 없다 ⋯한마디로 모옌은 이 명예로운 영예를 받을 자격이 없다"라고 단언한다.출판사 He Xiongfei는 자신의 마이크로블로그에 "모옌이 노벨 문학상을수상한 것은 노벨상 역사상 불명예스러운 일이며, 중국 정부를 당황하게하려는 목적으로 노벨 위원회가 음모를 꾸미는 것일 수도 있다"고 원색적으로 비난한다.

RFA(Radio Free Asia)에 따르면, 중국의 반체제 운동가로서 당국에체포되어 고문 및 투옥을 당하기도 했던, 미국으로 망명한 중국계 작가유지에(余杰, Yu Jie)는 모옌의 수상을 실수였다고 말한다. 그는 다른 노벨상 수상자인 가오싱젠과 류샤오보에 대해 중국 당국이 보인 이중적인태도를 비판하면서 "정부가 그의 수상을 이용하여 2년전 상을 수상한류샤오보가 가져온 민주주의와 자유에 대한 중국 인민의 열망과 욕망을어느 정도 상쇄하기 위해 새로운 민족주의를 촉발할 것"이라고 주장한다. 모옌의 작품에 대해서도 "언어학적인 관점에서 보면 모옌의 언어는가장 유명한 소설가들 사이에서도 빈약하다"고 비판하면서 "작가가 언어의 창의성에 기여하고 발전시킬 수 있는지 주목"(We should pay attention to whether a writer can contribute to and carry forward the creativity of a language)해볼 때 그의 작품은 높은 평가를 받을 수 없다

123

고 비판한다.

그림 5. 2010년 류사오보(刘晓波, Liu Xiaobo)는 중국의 인권운동에 대한 공로로 노벨평화상을 수상했다.

중국의 시인이자 반체제 운동가인 멩랑(孟浪, Meng Lang) 또한 모옌의 작품들이 노벨상의 의지와 맞지 않는다고 평가하면서, 노벨상의 창시자는 이상주의를 진작시키는 글을 장려했지만 모옌의 작품에는 그런 요소가 없다고 말하면서 "이와 더불어 그는 글쓰기의 자유에 대한 지지를 한 번도 표명하지 않았다 … 중국에서는 일반적으로 글과 언론의 자유에 대한 탄압이 있어왔다. 그는 작가로서의 양심이 없다. 그는 언론의 자유를 지지하거나 자신의 입장을 결코 보여준 적이 없다. 이는 노벨상 창립자 원래의 뜻을 완전히 위반하는 것이다"[6]라고 비판한다.

<케년 리뷰>(Kenyon Review)에 "모옌의 병든 언어"(The Diseased Language of Mo Yan)라는 글을 기고한 소설가 안나 순(Anna Sun)은 보다 문학·예술적인 관점에서 모옌의 작품들을 비판적으로 조망하고 있다. 그의 언어가 마오쩌둥이 혁명 과정에서 중국어에 가한 피해와 중국의 위대한 문학 전통으로부터의 단절로 인해 "병에 걸렸다"는 것인데,

---

6) "Nobel Win Stirs Controversy." 《RFA》.
   https://www.rfa.org/english/news/china/nobel-10112012130212.html

이러한 현상을 그는 '미학적 확신의 결여'(lack of aesthetic conviction)라고 부른다. 그녀에 따르면, "모옌이 그의 인상적인 작품에서 묘사하는 현실의 종류는 실제로 "환각적인 현실"일 수 있다. 그의 소설의 등장인물은 전쟁, 굶주림, 욕망 및 자연과의 투쟁에 참여한다. 그것은 잔인한 공격성, 성적 강박 및 중국 농촌 생활에서의 신체적, 상징적 폭력의 일반적인 침투를 다룬다. 그러나 예를

그림 6. 옥중에서 류샤오보가 모옌의 노벨상 수상을 축하하고 있다. 모옌의 수상을 풍자하는 일러스트.

들어 디킨스, 하디, 포크너 등 인간 조건의 더 가혹한 면과 씨름하는 위대한 소설가들과는 달리 모옌의 작품에는 이들 작가들이 가진 중요한 무언가를 결여하고 있는데, 그것은 바로 미적 신념이다. 이 작가들의 미적인 힘은 우리에게 인류의 어둡고 고통스러운 진리를 비추는 횃불이다. 모옌의 숙련되고 통제된 개발이 이끄는 곳은 (진리의) 조망이 아니라 일관된 미적 고려의 부족으로 인한 방향 감각 상실과 좌절이다. 모옌의 환각 세계의 혼란스러운 현실에는 빛이 비치지 않는다"[7]는 것이다.

---

7) 위 인용문의 영어 원문은 다음과 같다. "The kind of reality Mo Yan depicts in his impressive oeuvre might indeed be "hallucinatory reality." The characters in his novels engage in struggles with war, hunger, desire, and nature; it deals with brutal aggression, sexual obsession, and a general permeation of both physical and symbolic violence in Chinese rural life. But unlike the great novel-

　모옌의 수상에 대한 찬성과 반대의 논쟁이 뜨거워지자 스웨덴 한림원 종신 서기인 페테르 엥글룬드(Peter Englund)는 사태를 진정시키고 싶어 한다. <뉴욕타임스>와의 인터뷰에서 그는 "우리는 문학상을 주는 것이다. 문학적인 장점을 고려한다. 정치적인 사항은 이 고려 사항에 포함되지 않는다"고 전제하면서, "그렇다고 해서 우리가 문학을 비정치적인 것으로 간주한다거나 올해 상을 받은 사람이 정치적인 문학을 쓰지 않는다는 것은 아니다 … 모옌의 작품은 중국 역사와 현재의 중국에 대해서 비판적이다. 그러나 그는 반체제인사는 아니다. 그는 체제 안에서 체제에 대해 비판적인 사람이다(he is more a critic of the system, sitting within the system.)"8)라고 덧붙였다. 체제가 억압적이고 작가들이 자유롭게 자신의 상상력을 펼치지 못하는 환경에 놓이게 될 때 체제 밖으로 망명하여 외부에서부터 체제를 비판하는 것이 체제 안에서 체제를 비판

---

ists who grapple with the harsher side of the human condition – Dickens, Hardy, and Faulkner, for example – Mo Yan's work lacks something important which these authors have, although it is seldom spoken of: aesthetic conviction. The aesthetic power of these authors is the torch that illuminates for us the dark and painful truth of humanity. The effect of Mo Yan's work is not illumination through skilled and controlled exploitation, but disorientation and frustration due to his lack of coherent aesthetic consideration. There is no light shining on the chaotic reality of Mo Yan's hallucinatory world."
(https://kenyonreview.org/kr-online-issue/2012-fall/selections/anna-sun-656342/)

8) 원문은 다음과 같다. "That doesn't mean we regard literature as unpolitical or that this year's prize winner isn't writing political literature … You can open almost any one of his books and see it's very critical about many things to do with Chinese history and also contemporary China. But he's not a political dissident. I would say he is more a critic of the system, sitting within the system." (https://www.nytimes.com/2012/10/12/books/nobel-literature-prize.html)

하는 일보다 더 쉬울지도 모른다. 모옌의 지위와 중국이라는 국가 체제가 그의 문학에 대한 평가에 개입될 때, 우리는 전기적 비평의 아류라고 할 수 있는 신원주의의 함정에 빠지기 쉽다. 발자크는 왕당파라는 자신의 정치적 입장에도 불구하고 귀족 세계의 위선과 자본주의의 속물성을 신랄하게 비판한 진보적인 작품을 생산하지 않았던가. 보다 생산적이고 건설적인 논의들은 의외로 제3의 시각에서 확보될 수도 있다. 적당한 거리두기가 가능한 국내 논자들의 이야기를 들어보는 것이 이쯤에서 필요할 지도 모른다.

정치적 해석을 너머 문학 속으로

우리나라에서도 모옌에 대한 다양한 주장이 제기되었는데, 먼저 이욱연은 <프레시안>과의 통화에서 "모옌을 소위 관방작가냐 아니냐라고만 판단하는 시각은 냉전적인 사고"라고 경계하면서, "모옌은 체제 안에서 활동하는 작가다. 하지만 작품 내용만 보면 중국영토 바깥에서 활동하는 어떤 반체제인사들보다 체제 비판적인 작품을 써왔다"[9]라는 사실에 주목해야 하며, 그의 지위에 따른 정치적 해석을 자제할 것을 당부한다.

성민엽은 국제 사회가 중국에 대해 정치적, 문화적으로 과도한 관심과 의혹을 지니고 있으며, 모옌이 정통 중국 출신의 작가이기 때문에 중국에 대한 이미지가 덧붙여져 그에 대한 과열된 논쟁이 발생했다고 분석한다. 그는 "수상자 모옌이 '중국인', 즉 중국 출신의 프랑스 시민도 아니고

---

9) "노벨문학상 수상 모옌, 왜 논란인가?" ≪프레시안≫.
  https://www.pressian.com/pages/articles/5057

타이완 사람이나 해외 화인(華人)도 아닌, 민족적으로는 한족(漢族), 국민적으로는 중화인민공화국 공민(公民)인 '진짜 중국인'이기 때문일 것이다. 부연하면, 수상자 모옌이 속한 나라가 바야흐로 미국과 각축을 벌이며 세계 경제를 주도하는 13억 (혹은 14억) 인구의 거대 국가이며 내부적으로 그 체제의 정치적 정당성에 대한 의문이 날로 커져가는 '중국'이기 때문이다. 여기서 주목되는 것은 모옌에 관한 각종 발언들이 대부분 작가와 그의 문학을 정치적 맥락 속으로 집어넣고 거기에 가두어버림으로써 작가와 그의 문학에 대한 이해는 그 자리에서 중단되고 정지된다는 사실이다"[10]라고 지적하며 모옌의 문학에 대한 지나친 정치적 해석이 오히려 (더욱 의미가 있을지도 모르는) 문학적, 예술적 논쟁을 가로막고 있다고 주장한다. 간단히 말하자면 모옌의 출신국이 중국이라서 더욱 문제가 된다는 것인데, 이와 같은 주장은 설득력이 있어 보인다. 20세기 말까지 국제 지형을 양분했던 미국과 소련 주도의 냉전 체제가 종식되고, 미국 주도의 자본주의 체제가 승리를 선언한 지 얼마 되지 않아 미국은 중국이라는 새로운 국제 사회의 막강 라이벌을 맞이하게 되었다. 군사적 대국이자 경제적으로 급부상하고 있는 중국의 존재는 국제 사회가 환영하기만 할 수 없는 몇 가지 문제점을 지니고 있다. 중국을 사회주의 국가인지 자본주의 국가인지 쉽게 규정할 수 없을 뿐만 아니라 관료주의적인 일당 체제, 인권, 환경 등의 문제에 있어서 독자적 행보, 주변국들과의 크고 작은 분쟁 등 중국은 국제 사회에서 점점 영향력을 강화해 가는 불편한 이웃이 된 것이다. 힘은 점차 커져 가고, 정치적 정당성에는 여전

---

10) 성민엽, 「모옌의 노벨 문학상 수상과 관련한 몇 가지 문제 제기」, 『문학과 사회』 26(1), 2013, 434-5.

히 의문이 가는 중국이라는 국가의 주류 문인이자 문단 내 권력자인 모옌의 수상이 그리 달갑지 만은 않는 것이다. 모옌의 노벨상 수상을 둘러싼 가열된 논쟁은 상당 부분 국제 사회에서 중국이 가진 위상 변화와 이에 따른 국제 사회의 불안과 의혹이 반영된 것이라고 볼 수 있을 것이다.

백지운은 이와 같은 맥락에서 모옌에게 쏟아진 비판이 체제 순응적이냐 체제 비판적이냐 하는 단순한 문제로 환원될 수 없다고 주장한다. 그는 "우선, 무엇에 비판적이어야 하는가? 사회주의라는 국가 이데올로기에 대해? 개혁개방 이후 30년간 정부의 주도 아래 파죽지세로 밀려들어온 전지구적 자본주의화 추세 속에 일상적 차원에서 개인이 받는 억압은 사회주의보다 자본주의적인 것에서 비롯하는 경우가 더 많다. 이런 상황에서 사회주의 체제에 대한 비판은 알게 모르게 그 배면에 숨은 신(神)을 섬기게 되는 아이러니와 맞닥뜨린다. 반대로 중국의 자본주의화에 대한 비판은 다시 체제 옹호라는 함정에 빠지기 쉽다. 신좌파와 자유주의의 오랜 논쟁은 이처럼 좌와 우 어느 한쪽을 진보라고 판가름하기 힘든 복잡한 중국의 현실을 둘러싸고 있다."[11] 중국 내부에서 사회주의 체제에 대해서 비판하는 일은 전 지구적인 자본주의화 현상 속에서 곧장 자본주의를 지지하는 것으로 오해받기 십상이다. 그렇다고 중국의 실용주의적인 자본주의화 경향을 비판하게 되면 곧장 보수적인 사회주의 옹호자로 낙인찍히게 된다. 이와 같은 상황에서 "자본주의냐 사회주의냐"라는 양자택일적인 선택을 강요하는 것은 서구 자본주의의 우월주의적인 입장을 드러내는 강압적이고 예의없는 태도에서 비롯된 것이다. 단순히 중국 출신이라는 이유만으로 정치적 논쟁의 소용돌이에 모옌을

---

11) 백지운, 「세계문학 속의 중국문학」, 『창작과 비평』 41(4), 2013, 78.

몰아넣는 것은 중국에 대한 국제 사회의 불신과 불편함을 반영하는 무지에서 비롯된 것일 뿐만 아니라 그 결과 중국문학에 대한 폄훼와 몰이해로 귀결되게 된다. 이는 상당부분 아시아권 문학에 대한 서구의 오리엔탈리즘적인 왜곡과 중국에 대한 정치적 견제가 복합적으로 혼재된 결과라고 할 수 있을 것이다. 정치적 논란을 뒤로하고 이제 모옌에 대한 보다 문학적인 논의로 들어가 보자.

원시적 고향에 대한 동경과 체제 비판

다시 모옌의 수상 소감으로 돌아가 보자. 그는 자신의 문학세계가 어떻게 형성되었는지를 다음과 같이 이야기한다. 그는 "아카데미 입학은 내 문학 경력의 주요 전환점이었다. 그곳에서 나는 중국과 외국 문학사에 대한 체계적인 연구를 수행했고 번역에서 많은 외국 소설을 읽었다: 포크너, 가르시아 마르케스와 다른 작가들의 작품들은 내가 고향에 집중하도록 영감을 주었다. 둥베이현 가오미 마을은 나의 문학 왕국이 되

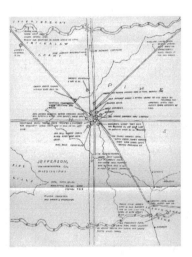

그림 7. 윌리엄 포크너(William Faulkner)가 그린 가상의 공간 요크나파토파(Yok-napatawpha county).

었다; 어린 시절의 기억과 고향에서 온 사람들이 나의 소설의 소재가 되었다"[12]라고 밝히고 있다. 모옌의 둥베이현 가오미 마을은 어린 시절의 기억과 추억이 가득한 곳으로 그곳

사람들의 삶과 이야기가 모옌 소설의 주요 소재가 된다. 그러나 이 때 고향은 실제 존재하는 공간이지만 소설을 통해 형상화되는 고향은 실제 고향의 모습이 아니라 그곳 사람들에 의해 각색되고 작가의 상상력에 의해 변형된 공간이다. 포크너의 요크나파토파(Yoknapatawpha)나 가르시아 마르케스의 마콘도(Macondo)처럼 가상의 공간이자 허구의 공간이라고 불러도 무방한, 그럼에도 불구하고 작가의 소설 세계 그 자체이자 작가의 세계관이 공간적 형상으로 투영된 것이 바로 고향 이미지로서의 둥베이현 가오미 마을인 것이다.

이와 같은 맥락에서 허청저우(何成洲, He Chengzhou)는 모얀의 문학적 특징을 '시골 중국성'(rural Chineseness)에서 찾고 있다. 그에 따르면 "모옌은 고향에서 풍요롭고 다양한 사람들의 삶을 그려냄으로써 비록 현재 정치적 중심지인 베이징에 살고 있지만, 그의 자연주의 정체성(nativist identity)과 작가로서의 지위를 공고히 하고 역사의 공식적인 정통 담론과 거리를 두고 있다. 그의 중국 농촌 문학은 현대 중국에 대한 대안적인 담론을 제공하며, 이것은 그의 소설에서 미학과 정치 사이의 관계를 더 잘 이해하는 데 도움이 된다. … 모옌의 글에서 농촌 중국성 담론(the discourse of rural Chineseness)은 중국 역사와 정치의 지배적인 웅장한 서사(dominant grand narrative)에 도전하거나 오히려 전복시킨다. 농촌(ruralness)이라는 이름으로 모옌은 해석가들에 의해 과도하게 정치화되는 것을 피하고 현대 중국의 사회 정치적 현실을 동시에 비판한다"[13])는 것이다. 다시 말해 시골 농촌 공간이 지배 권력의 담론에 위배

---

12) https://www.nobelprize.org/prizes/literature/2012/yan/biographical/
13) He Chengzhou. "Rural Chineseness, Mo Yan's Work, and World Literature."

혹은 저항의 의미를 지닌다는 것인데, 이때 지배 권력의 담론이란 산업화와 그에 걸맞는 근대적 주체(더 나아가 사회주의적 주체)의 강조라고 요약될 수 있을 것이다. 지배 권력의 담론이 산업화를 가속화하고 근대적인 도시 중심의 문명국가로 탈바꿈하는 것을 국가적 사명으로 삼을 때 전근대적이고 비합리적인 농촌에서의 삶을 그린다는 것 자체가 지배 권력의 담론과 거리를 두는 것이 될 수 있을 것이다.

한편 백지운은 '원시적 고향에 대한 동경'과 '종(種)의 퇴화'라는 관점에서 모옌의 문학을 분석하고 있다. 먼저 '종의 퇴화'를 "주체의 죽음, 권위의 상실, 가치의 부재" 등 거대 담론의 해체와 포스트모던 사유 방식으로 설명하고, 해체된 권위주의적 관료주의적 담론의 대안으로 원시적 생명력의 상징인 고향이라는 공간을 구축하려고 한다는 것이다. 그는 천쓰허의 '민간' 개념을 빌어 모옌의 문학 세계를 설명하는데, "모옌의 '원시성'을 탈신비화하는 데 지대한 공언을 한 것이 천쓰허(陳思和)의 '민간(民間)' 개념 아닐까. '민간'은 1993년 천쓰허가 제출한 '민간문학론'의 핵심어이다. 국가 및 정치 이데올로기의 전제 아래 잃어버린 지식인의 지위를 회복하여 문학의 내적 규율을 중심으로 문학사를 재구성하자는 당시의 전반적 추세와 달리, 천쓰허는 '국가-지식인'의 이분법을 넘어 '묘당(廟堂, 국가 이데올로기)-광장(지식인 담론)-민간'이라는 정족(鼎足)의 구도로 20세기 중국문학을 볼 것을 역설했다. '민간'은 고정된 개념이 아니다. 아메바처럼 카멜레온처럼, 부단한 자기변형을 통해 질긴 생명력을 드러내는 것이 '민간'이다. 즉 국가권력의 통제가 상대적으로

Mo Yan in Context: Nobel Laureate and Global Storyteller. Ed. Angelica Duran and Yuhan Huang. Purdue UP. 2014. 85.

약한 주변부에 존재하면서, 때로는 권력에 편입되기도 하고 또 피억압자로서의 독자적 역사와 전통을 견지하는, 인민 생활과 정서의 진면목이다."[14]라고 국가의 지배 이데올로기와도 지식인 담론과도 구별되는 민간이 구축한 세계의 구체적 현실성에 주목하기를 주문한다. 어려운 말처럼 보이지만, 천쓰허의 정의에 따라 민간을 "국가와 대립되는 하나의 개념으로 민간문화형상은 국가 권력 중심에서 통제하는 범위의 경계 구역에 있는 문화공간"[15]이라고 이해한다면, 여기서 민간이란 우리에겐 더욱 친숙한 시민 혹은 민중이라는 말과 유사한 것처럼 보인다.

권위적인 관료주의 사회에서 지식인은 국가 권력의 이데올로그 역할에 매몰되기 쉽다. 다른 한편 지식인은 언제나 시민 혹은 민중의 대변인 역할을 해야 한다고 주장하기도 한다. 전자의 경우 지식인은 지배 권력의 하수인으로 전락하기 쉽고, 후자의 경우에도 지식인은 자신을 민중 외부에 위치시켜 놓고 민중에 대한 연민과 책임의식의 발로에서 그들을 대변한다는 왜곡된 윤리적 자부심에 매몰되기 쉽다.

시민 혹은 민중은 국가 혹은 지식인과 때로는 친밀하지만 더 자주 적대적이며, 그들의 욕망은 쉽게 예측할 수 없고, 언제나 윤리적이고 정의로운 선택만 하지는 않는다. 용감함과 비굴함, 따뜻함과 잔인함, 이타심과 이기심이 공존하는 시민사회 혹은 민중계층은 국가나 지식인이 쉽게 자신의 뜻대로 이용하거나 이끌어갈 수 있는 집단이 아니라. 생존을 위해 전전긍긍하며 굶주림과 낙오의 위협에 공포를 느끼고, 경쟁으로 인한

---

14) 백지운, 「세계문학 속의 중국문학」, 『창작과 비평』 41(4), 2013, 85.

15) 유소희, 「모옌소설 특징과 중국 국내외 문학과의 관계」, 『한국중어중문학회 학술대회 자료집』, 2018, 129.

외로움과 이기심을 드러내기도 하지만, 다른 한편으로는 약자에게 손을
내밀고 함께 앞으로 나아가기 위해 기다려주고 부축해주는 따스함과 인
간적인 아름다움을 간직하고 있기도 하다.

　이와 같은 양면성과 중층성을 외부에서부터 구체적이고 올바르게 그
려낼 수 없다. 모옌의 '민간의 글쓰기'는 자신을 민중의 한 명으로서 민
중 한가운데에서 글쓰는 사람이라는 자각[16]에서 출발한다. 민중을 가르
치고 지도하기 위해서가 아니라 민중의 척박한 삶을 있는 그대로 그리기
위해서, 그들의 삶 속에서 내재한 풍자와 해학과 유머를 통해 표현하는
것이 모옌에게는 글쓰기의 의미인 셈이다. 그리하여 민간의 글쓰기는

그림 8. 영화 〈붉은 수수밭〉의 한 장면. 공리가 주연한
지우얼(九儿)은 중국 민중의 강인한 생명력을 보여준다.

'환상적 리얼리즘'이라는
표현 중 '리얼리즘'에 부
합하는 글쓰기라고 할 수
있다. 그리고 민중의 삶에
대한 통찰력이 담긴 전설,
설화, 민담 등을 통해 민
중의 삶에 담긴 민속성,
토속성, 민족성, 지역성
등을 담아내는데, 이와 같
은 문학적 장치들이 민중

---

16) 모옌의 "민간 저작(民間寫作)"은 계몽적 관점의 상위에서 "민중을 위해 글을
　　쓴다(爲老百姓而寫作)"는 것이 아니라 "자신 또한 소시민으로서 보통 사람들
　　과 동등한 위치에서 자신의 생각을 저작하는 것이다(作爲老百姓的創作)" 莫
　　言,「文学創作的民間資源」,『莫言研究資料』, 孔范今主編, 山東文藝出版社,
　　2006, 39.

문화에 담긴 '환상적'인 요소를 의미하는 것이라 할 수 있다.

모옌에게 노벨문학상을 안겨 준 『홍까오량 가족』은 이와 같은 민간성 혹은 민중성을 가장 특징적으로 보여주는 작품이라고 할 수 있다. 주지하다시피 이 작품은 1920년대에서 1940년대까지 중국 산둥성 까오미 마을을 배경으로 일본제국주의의 만행에 항거하는 민중들의 이야기를 담고 있는 것으로, 모옌이 어릴 적부터 들었던 고향에 관한 이야기에 기반을 두고 있다.

이 서사가 역사적 사실에 충실한 것이라고 말할 수는 없는데, 왜냐하면 모옌에게 들려줄 때 이미 이 이야기는 마을 사람들에 의해 각색되고 부풀려진 이야기로 변형된 것이기 때문이다. 모옌은 이 작품이 "항일전쟁에 대한 이야기 같지만, 실제로 말하고 있는 것은 우리 고향 사람들이 이야기했던 민간 전기이다. … 그들의 영웅적인 사적은 사람들의 입으로 구전되는 과정에서 부단히 보태져 만들어진 것이다"[17]라고 말한 바 있다. 역사적 사건에는 기억과 구전을 통한 변형이 생기게 마련이며, 이것은 비난받을 일이 아니라 역사를 재현하는 창조적인 방식을 의미한다. 모옌의 말처럼 "환상은 역사를 재현한다. … 지나간 세월을 회상하는 것은 창조적인 사유이다."[18]

기억이라는 환상을 통해 재현되는 고향 이야기는 그곳에서 살아가는 다양한 사람들을 미화시키거나 이상화하지 않는다. 척박한 현실로부터

---

17) 莫言, 「在美国出版的三本書」, 『莫言散文新編』, 文化藝術出版社, 2012, 126. 심혜영, 「『붉은 수수 가족(紅高粱家族)』을 통해 본 모옌(莫言)의 문학세계」, 『中國現代文學』 68, 2014, 43에서 재인용.

18) 莫言, 「旧"創作談"批判」, 『莫言散文新編』, 195. 심혜영, 「『붉은 수수 가족(紅高粱家族)』을 통해 본 모옌(莫言)의 문학세계」, 44에서 재인용.

도피하기 위해 되돌아가고 싶어 하는 어릴 적 고향이나 시골의 모습, 자연과 영혼이 완전한 합일을 이루어 충만한 환희와 힐링을 받았던 추억의 공간 같은 서구의 낭만주의에서 흔히 발견할 수 있는 고향이 아니다. 모옌의 고향에 대한 기억은 구체적이고 양가적이다.

> 까오미(高密) 둥베이(東北) 향촌을 극진히 사랑했고, 다른 한편으로는 까오미 둥베이 향촌을 극도로 증오했지만, 장성한 후 마르크스주의를 열심히 학습한 뒤에야 비로소 저는 깨닫게 되었습니다. 까오미 둥베이 마을은 의심할 바 없이 이 지구상에서 가장 아름다우면서도 가장 초라하고, 세속을 초월했으면서도 한편으로는 가장 세속적이고, 최고로 성스러운가 하면 가장 추접스럽고, 최고의 영웅호걸도 있지만 가증스러운 철면피도 있어서 가장 술을 잘 마시는가 하면 사랑도 가장 멋지게 하는 마을이라는 것을.[19]

『홍까오량 가족』 중에서 가장 많이 인용되는 이 부분은 작가에게 고향이라는 것이 미화된 노스텔지어가 아니라 이중성을 지닌 평범한 인간들이 살아가는 평범한 장소를 의미한다. 아름다운 자연 풍광을 지녔지만, 가난으로 인해 초라한 곳이기도 하며, 세속스러움과 성스러움이 공존하는 곳이기도 하고, 영웅호걸도 있지만 철면피도 함께 살고 있는 곳이다. 시골 사람들이 순박하고 순진하다는 것은 도시 사람들의 편견이며, 시골이 낭만적이고 아름답다고 생각하는 것은 그곳에서도 치열한 삶의 분투와 애환이 존재하고 있다는 사실을 망각하고 있기 때문이다. 민간 혹은 민중을 상징하는 '수수'에 대한 작가의 생각 또한 양가적인데,

---

19) 모옌, 『홍까오량 가족』, 박명애 역, 문학과지성사, 2007, 19.

　8월 깊은 가을, 하늘은 높고 공기는 맑으며 들판에는 수수의 붉은 색이 그 붉은 색이 피바다를 이룬다. 만일 가을에 물이 범람한다면 수수밭은 바다로 변하지만, 검붉은 수수 이삭들은 혼탁한 누런 홍수 속에서 암홍색 수수들은 완강하게 하늘을 향해 소리를 질러댄다. 만일 태양이 머리를 내밀고 거대한 물결을 비춘다면, 천지간에는 대단히 풍부하고 아주 웅장하고 아름다운 색채로 충만할 것이다. 그것이 내가 갈망하고 있는, 그리고 영원히 갈망하는 인간 최고의 경지이며 아름다운 경지이다. 그러나 나는 잡종의 수수들에 포위되어 있고, 뱀 같은 그 녀석들의 잎사귀들이 내 몸을 친친 감싸고 있으며, 그 녀석들의 몸에서 흐르는 짙은 녹색의 독소가 내 사상을 독살하고 있다. 나는 탈피하기 어려운 구속 속에서 숨을 몰아쉬고 있으며, 게다가 그런 종류의 고통에서 탈피할 수가 없기 때문에 절대적 비애의 밑바닥으로 침몰된다.[20)]

　붉은 수수가 탁 트인 넓은 들판에 펼쳐져 익어가고, 태양이 물결처럼 펼쳐진 붉은 수수밭을 비출 때, 그 모습은 아름답고 웅장한 아름다움의 최고의 경지라고 할 수 있다. 그러나 수수를 경작하고, 발효시켜 고량주를

그림 9. 영화 〈붉은 수수밭〉은 중국 근대사의 수난을 형상화하고 있다.

만드는 생계와 관련해서는 고통스럽고 비애감마저 느껴진다. 척박한 땅에서도 잘 경작되는 탄탄한 생명력을 가지고 있지만 수수밭을 가꾸는 일은 쉽지 않다. 이처럼 수수의 이중성은 민중의 이중성을 고스란히 반

___

20) 모옌, 『홍까오량 가족』, 655.

영하고 있는 것이다.

이강인은 모옌이 지닌 "제도권을 벗어난 인간의 생명력에 대해 뿌리 깊게 천착하는 폭넓은 문학성을 갖춘 작가"[21]로서의 면모를 『홍까오량 가족』을 통해 설명하고 있다. 그는 "그렇기 때문에 그들[민간]에게는 일본군이나 국민당군이나 공산당군은 모두 붉은 수수밭 세계를 파괴하고 압박한다는 점에서 마찬가지로 여겨진다. 모옌은 국가나 민족의 관점이 아니라 붉은 수수밭의 종(種)이라는 개체의 관점에 서 있다. 이처럼 모옌은 그러한 '민간의 글쓰기'를 통해 고향 산둥성(山東省) 까오미(高蜜) 마을로 상징되는 민간세계의 잡다한 모습을 여실하게 재현"[22]하고 있다고 평가하고 있다. 고향 마을의 민간인들의 삶의 생명력과 의지는 국가가 되었건, 이데올로기가 되었건, 외부의 침략이 되었건 꺾을 수 없는 것이고, 권력이 바뀌고 체제가 바뀌어도 그들의 삶은 계속되어야 하고 계속될 수밖에 없는 것이다.

성민엽도 "이 작품의 정치적 입장은 민간의 지역공동체의 것과 같다. 이 입장에서 보면 모든 외래적인 것은 타자다. 일본군은 싸워서 죽여야 할 적이니 말할 것도 없고, 국민당군 역시 약속을 어겨 유격대원 대부분을 죽게 만든 놈들이다. 공산당군(팔로군)의 경우도 처음에는 우호적 관계이지만 나중에는(「수수장례식」) 무기를 탈취하기 위해 할머니의 장례식 행렬을 습격하여 사람들을 죽인다. 결국 그들은 모두 타자다. 토비(土匪), 즉 지방의 무장 도적 떼와 지역 농민의 혼합체인 이 민간 지역공동

---

21) 이강인, 「중국문학과 노벨문학상의 의미적 해석」, 『동북아 문화연구』 35, 2013, 212.

22) 이강인, 「중국문학과 노벨문학상의 의미적 해석」, 213.

체는 여러 가지 해석이 가능한 주목할 만한 테마로서 모옌 문학의 비판
성을 집약적으로 보여주는바, 이는 모옌에 대한 어용 작가라는 비난을
간단히 일축해버린다. 더욱이 모옌의 비판성은 여기서 머물지 않고 더
나아가 민간 지역공동체라는 정치적 입장까지도 넘어선다. '가오미 둥베
이향의 순수한 붉은 수수'라는 이미지로 표상되기도 하고 할머니의 대지
모신(大地母神) 이미지로 표상되기도 하는 그것은 바로 원초적 생명력
이라는 보다 근본적인 입장이다."23) 일본군, 국민당군, 공산당군 등이
민간 지역공동체의 타자로 설정되면서 모옌은 더 이상 체제에 순응하는
작가라는 불명예로부터 벗어난다는 것이다. 국가 권력의 성격이 어떻든
간에 민간 지역공동체는 자신 만의 삶의 동력과 메커니즘을 가진 권력의
타자로 작동하게 되며, 권력은 민간과의 동일시에 실패하게 된다. 소모
적인 정치적 논쟁으로부터 거리를 두고 작품에 천착하게 되면 작가가
체제 내에서 체제의 이데올로기보다 원대하고 심오한 철학적 사상을 구
축하기 위해 노력한 모습들을 작품을 통해 확인할 수 있다. 작가의 이와
같은 문학적 작업은 체제 밖에서 체제를 비판하는 일보다 훨씬 위험하고
훨씬 힘든 일임을 실천적으로 보여주고 있는 것이다.

품격 있게 살기 위해 지켜야할 양심: 「사부님은 갈수록 유머러스해진다」

「사부님은 갈수록 유머러스해진다」를 읽기 위해 먼 길을 돌아왔다.
모옌의 작품들은 앞서 언급한 정치적, 사회적 맥락 뿐 아니라 작가 특유

---

23) 성민엽, 「모옌의 노벨 문학상 수상과 관련한 몇 가지 문제 제기」, 448-9.

그림 10. 이 작품은 모옌 특유의 현실 풍자를 보여준다.

의 문학적 형식과 기법에 대한 이해가 없으면 풍부하게 읽어내기가 힘들다. 모옌 문학의 특징에 대해서 잘 정리된 글이 있어서 옮겨보면, "첫째, 모옌 소설의 민간성 특징은 모옌이 어린 시절 농촌에서 성장한 배경과 관련 있으며, 중국 문단의 포스트모더니즘 문학사조의 발전에서도 영향을 받은 것이다. 둘째, 모옌 소설의 현실 비판적 특징은 서구 리얼리즘에서 영향을 받았고 중국 현대 작가 루쉰의 비판 정신과 중국 고전 소설의 현실 풍자적인 면모

에서 영향을 받은 것이다. 셋째, 모옌 소설의 '환각적 사실주의' 특징은 중국 신화적 요소와 고전 소설로부터 영향을 받아 윤회, 꿈, 변형 등을 통해 환상적으로 묘사되고 있으며, 서구의 마르케스와 포크너의 영향을 받아 의식적 흐름이라는 서술 기법과 소설 공간의 설정에 있어 영향을 받았다. 넷째, 모옌 소설의 언어 구조적 특징으로는 중국 전통적인 희극이나 강창문학24)의 영향을 받아 이를 문학작품에 활용하였고 구조적으로도 장회체(章回體)를 차용하였다."25) 지금까지 논의한 모옌에 관한 이

---

24) 강창문학(講唱文學)은 사전적 정의에 따르면 사람들이 많이 모이는 장터나 거리에서 이야기와 노래를 섞어서 연출하는 연예 양식적 성격이 강한 중국 문학 양식으로 희곡(戲曲)과 더불어 중국 공연예술을 대표하는 특징적인 민간문학 장르이다.

25) 유소희, 「모옌소설 특징과 중국 국내외 문학과의 관계」, 132-3.

야기를 이보다 더 깔끔하게 정리하기 어렵다고 생각될 만큼 간결하고 압축적으로 요약하고 있다. 이러한 배경 지식 속에서 「사부님은 갈수록 유머러스해진다」를 함께 읽어보자. 이 작품은 중단편집 『달빛을 베다』 (月光斬)에 실려 있던 중편소설 세 편-「사부님은 갈수록 유머러스해진다」, 「소」, 「삼십 년 전의 어느 장거리경주」-을 작가가 직접 선별하여 따로 묶은 『사부님은 갈수록 유머러스해진다』의 첫 번째 작품이다. 출판사 서평은 "그 자신이 농민이자 노동자였던 모옌은 진솔하게 동시대 민중의 척박한 삶을 그려내며 시대의 위선과 부조리를 풍자적이면서도 일면 날카롭게 비판"[26]한다고 소개하고 있다. 과연 안내처럼 모옌의 작품이 시대의 위선과 부조리를 비판적으로 풍자하고 있는지 작품 속으로 들어가 보자.

　　국가에서 규정한 은퇴 연령까지 아직 한 달이나 남았을 무렵, 시 소속 농기계 수리제작창에서 사십삼 년간 일한 딩스커우(丁十口)는 그만 강제 퇴직을 당했다. '열 십(十)' 자를 '입 구(口)' 자 안에 놓으면 '밭 전(田)' 자가 되고, '정(丁)' 자 역시 힘세고 튼튼한 장정이란 뜻이다. 힘세고 튼튼한 장정이 논밭을 가지면 풍족한 의식에 좋은 세월 보내기쯤은 걱정하지 않아도 되는데, 이거야말로 농민 출신인 그 아버지가 아들에게 이름을 지어줄 때 품은 가장 아름다운 꿈이었으며 둘도 없는 소원이기도 했다. 그러나 딩스커우의 운명은 논밭을 소유하지 못하고 오히려 공장에 들어가 노동자로 고되게 일하며 농민의 행복한 생활과 동떨어져 사는 것이었다. 결국 그는 자신이 누리는 행복한 생활의 은덕에 보답하기 위해 목숨 걸고 일해야만 했다. 지난 몇십 년 이래, 과도한 체력노동으로 지칠 대로 지친 그는 허리뼈가 구부정해져, 나이가 육십도 안 되었는데 얼핏 보면 칠십 고개를

---

26) https://www.munhak.com/book/view.php?dtype=brand&id=7148 <편집자 리뷰>.

넘나드는 것처럼 보였다. (9-10)

　작품은 사부님인 딩스커우의 강제 퇴직에 관한 이야기로 시작한다. 강제 퇴직에 관한 이야기에 뒤 이어 그의 이름이 어떻게 지어지게 되었는가를 설명하는데, 농사꾼으로 건강히 살기를 바라는 그의 아버지의 소원은 그러나 이루어지지 않는다. 작품이 시작되는 이 첫 구절은 여러 가지 의미를 함축하고 있는데, 첫째 농민의 삶은 행복한 것이며, 공장 노동자가 되는 것은 고된 일이라는 표현에서 알 수 있듯이 작가는 농촌의 민간공동체 생활을 산업시대의 공장 노동자의 삶 보다 우월한 것으로 전제하고 있다. 둘째, 아버지가 농민 출신임에도 딩스커우가 논밭을 소유하지 못했다는 사실인데, 이는 그 무렵 공산화와 산업화의 사회적 격변이 있었다는 사실을 은연중에 암시하고 있다. 셋째는 공장 노동자로서 누리는 행복한 생활을 은덕이라고 표현한 것에서 누구의 은덕인지는 밝히고 있지 않지만 아마도 '당'의 은덕을 의미하는 것으로 추정할 수 있는데, 이는 노동의 가치를 강조하고 노동자로서 살아가는 것에 대해 자부심과 고마움을 느껴야 한다, 그리고 그런 은덕에 보답하기 위해서는 목숨이라도 바칠 듯이 열심히 일해야 한다는 통상적인 공산당의 주장이 반영된 표현이기 때문이다.(자본주의 사회에서는 노동자로서 내가 누리는 행복을 누구의 은덕 덕분이라고 말하지 않는다. 이는 순전히 자유계약에 따른 자신의 선택이라고 생각하기 때문이다.) 다음으로 알 수 있는 것은 그의 나이와 외모인데, 50대이지만 허리가 구부정해져서 칠십 언저리로 보인다는 것인데, 공장 노동자로서의 삶이 순탄치만은 않다는 사실을 그의 외모를 통해서 알 수 있다.

　낡은 자전거를 타고 승용차들이 즐비한 도로를 지나 공장에 도착하니 공장은 어수선하고 사람들은 술렁이고 있다. 이미 감원 관련 소문이 돌아 공장장을 만난 적이 있었던 딩스커우는 크게 걱정하지 않는데, 그 자리에서 그는 "딩 사부님, 당신께서 무슨 의도로 찾아오셨는지 압니다. 공장이 해를 거듭해 손실을 보는 형편이니 감원은 필연적인 것이지만, 당신은 성급

그림 11. 「사부님은 갈수록 유머러스해진다」는 장이머우 감독의 〈행복한 날들〉이라는 제목의 영화로 만들어지기도 했다.

(省級) 노동자의 모범 원로이므로 설사 이 공장에 한 사람만 남게 되더라도, 그것은 바로 당신이어야 할 것입니다!"(11)라는 긍정적인 말을 들었기 때문이다. 자난 몇 십 년 동안 여러 차례 "앞서가는 선구적 노동자"로 영예로운 칭호를 얻었던 그는 홍보게시판에 자신의 이름이 적혀 있는 것을 보고 털썩 주저앉아 울음보를 터뜨리게 된다. 공장장과 함께 온 마(馬) 부시장이 그의 손을 잡고,

> "라오 딩 동지, 내가 시 위원회와 시 정부를 대표해 당신께 진정으로 감사드리는 바이오!"
> 그 말을 듣는 순간 코끝이 시큰해지더니, 또 한 차례 눈물이 왈칵 쏟아졌다. 마 부시장이 말했다.
> "무슨 일이 있거든 시 정부로 날 찾아오세요."(16)

부시장의 따뜻한 말 한마디에 딩 사부는 위로를 받았다는 행복감과 해고로 인한 심한 허탈감에 빠지게 된다. 그런데 공장장과 부시장은 공

장 노동자들의 소요를 잠재우기 위한 연설을 하면서 딩 사부를 교묘하게
언급한다.

> 그는 공장장이 노동자들에게 연설하는 목소리를 들었다. "자질로 보나
> 경력으로 따져보나, 당신들 가운데 어느 누가 라오 딩보다 노련하겠는가?
> 공헌도로 따져보더라도 당신들 가운데 어느 누가 라오 딩보다 더 공이 크
> 겠는가? 이런 라오 딩도 소동을 부리지 않고 공장 측의 배려에 순순히 복
> 종하는데, 당신들은 뭐가 더 잘났다고 떠들썩하게 소동을 부린단 말인가?"
> 마 부시장 역시 끼어들어 노동자들에게 한마디 했다. "동지들, 나는 당신들
> 이 딩 사부에게 배우기를 희망하오. 전반적인 상황을 고려해서 시 정부
> 측에 쓸데없는 골칫거리를 더 늘려주지 말았으면 좋겠소. 시 정부는 적극
> 적으로 취업 기회를 만들어 모두 재취업할 수 있도록 할 것이오. 그러나
> 취업 기회가 만들어지기 전까지 모두 스스로 살아갈 방도를 강구하시오.
> 자력갱생은 꾀하지 않고 국가로부터 도움받기를 기다리거나 국가에 의존
> 하거나 요구하지 말아야 하오!" (17-18)

공장장의 연설은 우리에게는 너무도 익숙한 자본가 계급의 사고 구조
를 보여주는 것 같아 씁쓸하다. 그의 말처럼 그렇게 자질 있고 공헌도가
높은 존경할만한 노동자를 왜 해고하려고 할까. 한때 그랬을지 모르지만
이제는 그가 더 이상 자질 면에서나 공헌도 면에서나 가치가 없기 때문
에 해고하려는 것이 아닌가. 늙고 부상 후유증도 생겨 이제 더 이상 "앞
서가는 선구적 노동자"가 아니니까 그를 해고하려는 것이 아닌가. 이러
한 태도야말로 인간에 대한 도구주의적 태도가 아니고 무엇인가. 해고를
공장 측의 배려라고 말하는 부분에서 아연실색하지 않을 수 없다.

한편 부시장의 연설은 관료주의 체제의 권위적이고 강압적인 무책임
한 책임전가를 보여준다. 노동자들의 비참해진 상황을 공감하거나 연민
하기보다 노동자들이 시위라도 하게 될까 전전긍긍하는 모습이 애처롭

다. 노동자들이 시위라도 하게 되면 그것이 "쓸데없는 골칫거리"라는 발상, "국가로부터 도움받기를 기다리거나 국가에 의존하거나 요구하지 말"라는 책임회피, 모두 재취업할 수 있도록 하겠다는 무책임한 약속 등 무능하고 무책임한 관료적 사고방식의 정수를 부시장은 짧은 연설에서 보여주고 있는 것이다.

마치 딩 사부를 모범적인 노동자의 전형으로 치켜세우는 것처럼 보이지만, 표면적인 발언의 속뜻은 결국 딩 사부처럼 다른 노동자들도 당의 결정에 복종하라는 것이고, 이와 같은 술수는 교묘하게 먹혀 들어간다. 하지만 결과적으로 노동자보다 공장이 살아야 한다는 마치 자본주의의 해고 논리와 같은 냉혹하고 비인간적인 말을 모범 노동자에 대한 사탕발림 같은 추대를 통해 은폐하고 있는 것뿐이다. 간교한 자본주의의 경쟁 논리와 그 과정에 무참히 희생되는 노동자, 그 곳에서도 경쟁과 차별이 존재하고 있다는 사실을 작가는 비판적으로 그려내고 있는 것이다. 공장을 떠나는 부공장장의 흰색 체로키, 공장장의 붉은색 싼타나, 부시장의 검정색 아우디는 딩 사부가 타고 온 고물 자전거와 시각적으로 대비되면서 중국이 만민평등의 공산주의 사회가 아니라 엄연히 계급차별과 빈부격차가 존재하는 관료주의 사회라는 사실을 드러낸다.

해고 통보를 받은 후 집으로 가던 딩 사부는 자전거를 타다 넘어져 천천히 자전거를 끌고 걸어간다.

　　4월의 따사로운 산들바람이 실낱처럼 불어와 얼굴을 간질이자 마음은 텅 비고 달콤한 느낌이 들었다. 독한 배갈을 넉 잔쯤 들이켠 듯 어딘가 모르게 머리통이 무거워지면서 두 다리가 허전하기까지 했다. 눈처럼 하얀 버들꽃이 덩어리로 뭉쳐져 길바닥에 이리저리 굴러다녔다. 비둘기 한 떼가 맑디맑은 하늘을 맴돌면서 한가롭게 비상하는데, 구구대는 소리가 처량하면서도 해말갛게 귓속으로 또렷이 파고들었다. 그는 별로 고통을 느끼지 않았으나, 이상하게도 눈물만큼은 실개천처럼 두 눈에서 좔좔 쏟아져 나와 주름진 두 뺨을 타고 흘러내렸다. (19-20)

따사로운 산들바람, 맑은 하늘, 하얀 버들꽃, 비상하는 비둘기 떼 등의 4월 풍경은 해고를 당한 딩 사부의 처량하고 허탈한 심정과 겹쳐져 더욱 처연한 분위기를 자아낸다. 골절로 인해 다리가 아프지만 그 고통이 느껴지지 않을 만큼 마음의 고통이 더 큰 것이어서 자신도 알 수 없는 눈물이 자꾸만 쏟아져 나온다. 비극적인 서정성이 흠뻑 느껴지는 이 장면은 화창한 자연과 쓸쓸한 주인공의 모습이 대비되어 주인공의 참담하고 공허한 내면을 더욱 안타깝게 느끼도록 만든다.

안타까운 딩 사부의 상황은 더욱 악화된다. 골절로 인한 두 달간 입원비에 약값까지 더해져 여러 해 저축해돈 돈을 거의 탕진하게 되자 직장 동료였던 친(秦) 영감의 둘째사위가 써준 구직탄원서를 들고 공장에 갔으나 공장장을 만날 수 없었고, 그 전에는 꼭 자신을 찾아오라던 마 부시장을 찾아갔으나 문지기의 손에 끌려 쫓겨나는 몹쓸 상황만 자초했었다. 괴롭고 서러운 마음에 소리내어 울자 지나가는 사람들이 몰려 들게 되고, 부끄럽고 어색해진 딩 사부는 아예 대성통곡을 하게 된다. 도제인 뤼샤오후(呂小胡)가 모여든 군중에게 사부의 신분과 업적을 소개하자 군중들로부터 화폐와 지폐가 떨어진다. 보안대 병력이 군중을 해산시키기 위해 다가왔으나 군중들이 물러날 기미가 없자, 시 정부 판공실 우(吳) 부주임이 와서 청사로 데려간 후 자신이 부시장에게 사정을 보고하겠다며 돈을 주지만 딩 사부는 돈을 거절한다.

품위와 생계 사이에서 놓쳐버린 부끄러움

시간이 지나도 마 부시장으로부터는 (짐작한대로지만) 아무런 연락도 오지 않았으며, 경제적 궁핍으로 인해 아내와의 관계도 점차 나빠지게 된다. 일거리가 있을까 하여 농산물 시장을 향해 걸어가던 중 길가에서 새끼 돼지를 파는 상인을 만나게 된다. 딩 사부와 지나가던 젊은 아낙과 딸아이에게 허풍과 현란한 말솜씨로 호객을 하던 이 사내는 결국에는 딸아이의 환심을 사게 되고 거래에 성공하게 된다.

> [젊은 아낙] 그녀가 걸친 오렌지빛 원피스가 마치 활활 타오르는 횃불처럼 전신을 환하게 밝혀놓았다. 원피스의 앞가슴이 무척 깊이 파여 허리를 구부리는 순간 풍만하고 뽀얀 젖무덤을 어렴풋하게 들여다 볼 수 있었다. 그의 눈은 자신도 모르게 그쪽으로 향했다. 바라보고 나서는 큰 잘못을 저지른 것처럼 속으로 깊은 부끄러움을 느꼈다. (30-31)

젊은 아낙의 젖가슴을 우연히 보게 된 후 깊은 부끄러움을 느끼는 이 장면은 딩 사부의 인간성을 짐작할 수 있게 할 뿐만 아니라 앞으로 전개될 자신의 사업에 대해서 그가 느끼게 되는 죄책감의 근원을 이해할 수 있게 한다. 그는 우직하고 순박한 노동자로서 윤리적인 점잖음과 품위를 유지하고 있었던 것이다.

시장을 향해 육교 위를 걸어가는 중에도 좌판 행상은 줄지어 늘어서 있다. 강제 퇴직으로 입에 풀칠하기 위해 난전을 펼치고 있는 사람들이 그만큼 많다는 것이고, 딩 사부만큼이나 절박하고 곤란한 상황에 처한 사람들이 부지기수로 늘어나고 있었던 것이다. 육교 위에서 보니 자신의 도제 샤오후는 뒤에 사람을 태운 채 삼륜자전거를 열심히 몰고 있었다. 성깔은 있지만 솜씨가 뛰어난 조립공이었던 그가 자전거 몰이꾼으로 전락한 것이다. 농산물 거래 시장에 도착해서 둘러보니 같은 공장 다니던 가련한 외팔이 여인 왕다란(王大蘭)이 시든 양딸기를 팔고 있었으며, 또 다른 동료 셋은 토마토와 당근을 팔고 있었다. 상황이 이렇다 보니 딩 사부는 생각이 많아지게 되고 비관적인 결론에 이르게 된다. 길에서 돼지새끼 팔고 있는 불한당 사내처럼 사기에 가까운 말솜씨도 없고, 나이가 있어 도제 샤오후처럼 자전거 몰이도 할 수 없을 뿐만 아니라, 좌판을 앞에 놓고 젊은이들 틈에 끼어 앉아 있을 수도 없다.

이런저런 생각에 잠겨 걸음을 옮기던 중에 공장 뒤편 동산과 인공호수 사이 백양나무 숲 아래 평지에 폐차된 버스가 놓여 있는 걸 발견한 딩 사부의 눈에 한 쌍의 남녀가 버스 안으로 몰래 숨어드는 것을 보게 된다.

> 그의 마음속에서 두 라오 딩이 싸움을 벌였다. 한 라오 딩은 한시바삐이 자리를 떠나야 한다고 재촉하는 반면, 또하나의 라오 딩은 궁금증에 대한 미련을 버리지 못한 채 그대로 지켜보려고 했다. 바야흐로 두 라오 딩의 투쟁이 치열하게 전개될 때, 부드럽고 끈적거리는 교성, 듣기만 해도 가슴 설레는 신음 소리가 차체 안에서 들려오기 시작했다. 나중에 또다시 억누르지 못하고 터뜨리는 여인의 날카로운 외마디 소리가 새어나왔다. (38)

민망하고 음란한 상황에 맞닥뜨리게 되자 딩 사부는 당황한 마음도 잠시, 버스를 개조하여 연인들을 위한 공간을 만들면 돈벌이가 되지 않을까 하는 생각을 하게 된다. 앞서 젊은 아낙의 젖가슴을 보고 부끄러운 마음에 자책하던 딩 사부가 이와 같은 생각을 하게 되다니, 생계의 절박함과 다급함이 얼마나 엄중한 것인지를 새삼 느끼게 만든다.

자신을 찾아온 샤오후와 집으로 돌아오는 길에 딩 사부는 두 가지 해프닝을 경험하게 된다. 첫 번째는 환보국(環保局), 즉 시에 소속된 환경

보호국 직원들의 잡상인 단속을 피하기 위해 좌판 상인들이 깔끔하고 재빠르게 도망치는 모습을 목격한 것인데, 이를 보고 도제는 "보셨죠, 사부님. 닭에게는 닭 나름대로 살아갈 길이 있고, 개한테는 개 나름대로 살아나갈 길이 있는 법입니다. 강제 퇴직을 당한 후 저마다 목숨을 이어가기 위해 최고의 수단과 방법을 강구하고 있단 말입니다!"(41)라고 말한다. 두 번째는 공중화장실에 들렀을 때 그곳이 유료화장실이라는 사실을 (또 한 번) 부끄러운 마음으로 깨닫게 되는 것인데, 그는 도제의 말처럼 이 세상은 이제 돈을 받지 않는 곳이 한 군데도 없는, 돈으로 돌아가는, 돈이 전부인 세상이 되어버렸다는 사실을 절감하게 된다. 땡전 한 푼 없이 집을 나섰던 딩 사부는 샤오후에게 돈을 빌어 볼 일을 본 후 이렇게 말한다.

> "샤오후, 이 사부가 자네 덕분에 고급으로 오줌 한번 잘 쌌네."
> "사부님, 그 말씀 정말 유머러스하네요!"
> "자네한테 일 위안 빚졌는데, 내일 갚아줌세."
> "허어, 우리 사부님이 갈수록 유머러스해지시네!" (42-43)

스승과 도제의 훈훈한 마음이 이렇게 교환되고 난 후 사부는 방금 전 버스에서 일어난 사건과 관련된 자신의 사업 구상을 샤오후에게 이야기한다. 께름직해 하는 사부와는 달리 샤오후는 기막히게 좋은 생각이라고 흥분하면서 사업명을 '연인들의 아담한 휴게소'라고 짓자고 제안하면서 유료화장실 하나 짓는 셈 치자며 딩 사부를 부추긴다.

이 둘은 다른 사람들에게는 비밀로 하고 이틀에 걸쳐 고물 버스를 목적에 맞게 수리한 후 "차체를 아열대 밀림 속에서 작전을 수행하는 병력 운반 장갑차 모양새로 감쪽같이 위장"(45)한다. 드디어 개업을 하는 날

그림 12. 「사부님은 갈수록 유머러스해진다」는 버스에서 벌어지는 사건을 다루고 있다.

새벽 일찍 호숫가로 나간 딩 사부는 운동과 산책을 하는 행복해 보이는 노인들의 모습을 보고 서글픈 기분이 들었다가 새벽에 나올 커플이 없을 것이라는 사실을 바로 깨닫게 된다.

이윽고 한낮이 되어 청춘남녀가 야합할 장소를 찾기 위해 숲 쪽으로 올라오는 것을 발견하고도 딩 사부는 샤오후가 창의적으로 작성한 광고문을 입 밖으로 뱉어내지 못한다. 세상 물정에 어둡고 용기도 뻔뻔함도 없이 노동자로서 꿋꿋하게 한 눈 팔지 않고 살아왔던 딩 사부의 인간적인 모습에 샤오후는 "사부님, 말씀 드리기 외람되지만[27] 아직 배가 덜 고프셔서 그런 겁니다. 언젠가 굶주릴 때가 되면, 체면과 배고픔을 비교했을 때 뱃속부터 채우는 게 더 중요하다는 현실을 깨달으실 겁니다"(49)라고 핀잔을 준다. 쑥스러움과 부끄러움이 많은 사부를 위해 샤오후가 낸 묘안은 "숲 속의 아담한 휴식처, 조용하고 안전한 환경, 한 시간 사용료 십 위안, 사이다 두 병 무료"라고 적힌 목판을 들고 있는 것이다. 첫 번째 손님을 성공적으로 받은 후 십여 미터 떨어진 곳에서 시간을 재며 숨어있자니 여인의 부르짖는 소리가 들려온다.

---

27) 번역본에는 "제 말씀이 듣기 거북하시면"이라고 되어 있지만, 다소 어색한 것 같다. 영어판은 "If you don't mind my saying so"라고 되어 있으며 중국어로는 "我说句难听的, 您还是不出, 什么时候您饿了"라고 되어 있어 수정된 표현이 더 자연스러운 것처럼 보인다.

마침내 그의 심사도 평정을 잃고, 여인의 뽀얀 살결이 머릿속에서 그칠 새 없이 어른거렸다.

"다 늙어빠진 것이 그 따위 상상을 하다니, 집어치워라!"

그러나 눈부시도록 새하얀 여인의 살갗이 머릿속에 달라붙어 아무리 휘저어도 가실 줄 모른다. 돼지새끼를 사던 그 젊은 아낙의 매혹적인 웃음기와 절반쯤 드러낸 젖무덤 역시 뒤쫓듯이 떠올라 한 덩어리로 뜨겁게 엉겨붙었다. (53)

스스로 벗어나려고 해도 이제 못된 상상이 딩 사부의 머리에서 점점 더 크게 부풀어 오르고 전날 젊은 아낙에게 부끄럽게 품었던 욕정이 혼합되어 더 큰 욕정으로 폭발한다. 이와 같은 남부끄러운 일을 하기 전에는 노동자로서, 신사로서의 최소한의 자제와 품격을 유지했던 딩 사부는 이제 뜨겁게 달아오르는 욕망을 제어하려 애쓰지만 실패하고 만다. 품격과 윤리는 관념에서 생기는 것이 아니라, 그가 하는 일, 그가 취하는 삶의 자세와 방향에 따라 결정된다는 사실을 이 장면은 생생하게 보여준다. 첫 손님의 건의에 따라 약국에서 피임용 콘돔을 사던 날 부끄럽고 창피해서 고개도 못 들고 말도 제대로 못하고 겨우 물건을 손에 들고 도둑처럼 빠져나오던 그는 이제 장사가 번창하면서 배짱도 두둑해지고 뻔뻔해지게 되면서 콘돔 값을 흥정할 경지에 오르게 된다. 여름 석 달 동안 무려 사천팔백 위안을 벌어들인 그는 몸도 마음도 가벼워지고 꺼졌던 성욕도 왕성하게 다시 살아나게 된다.

딩 사부는 점점 뻔뻔해지고 업무에 숙달되었으며, 손님을 관찰하거나, 단골을 만들고 할인을 해 줄 정도로 완숙해져갔다. 도덕적으로도 점점 타락해져서 "그는 두 귀를 기울여 남녀의 성생활에 대해 숱한 경험을 축적할 수 있었다. '연인들의 아담한 휴게소' 안에서 남녀가 온갖 교성과 신음 소리를 천태만상으로 쏟아내고 또 그 소리가 순간적으로 바뀌어가는 동안, 그의 머릿속에도 신음 소리에 따라 온갖 요사스럽고 괴상야릇한 벌거숭이 남녀의 모습이 적나라하게 펼쳐지곤 했다. 정말 욕심 같아서는 상상만 할 게 아니라 창문을 활짝 열어붙이고 끝 모를 정열을 실제로 들여다보고 싶었다."(57) 버스 안에서 새어나오는 소리에 귀를 기울이고 상상과 변태적인 욕망을 키워가는 딩 사부의 모습은 소설 초반부의 그의 점잖고 내정적인 정갈한 마음 자세와 비교해봤을 때 완전히 다른 사람이라고 느껴질 만큼 변한 것이었다.

그런 딩 사부에게도 여전히 마음 한 구석에는 일말의 양심이라는 것이 있어 공안이 쳐들어오는 꿈을 꾸고 놀라는 등 불안한 심경을 떨칠 수가 없었다. 그러면서도 시 정부청사 앞에서 취직시켜달라고 연좌시위를 하는 것보다는 나은 일이며 정부를 위해 걱정거리를 분담하고 있는 것이라고 합리화해버리고 위안을 얻기도 한다.

유머러스한 해프닝을 통해 되찾은 양심

겨울이 되어 손님이 없게 되자 내일 하루 더 기다려보고 손님이 없으면 모레부터 휴업을 했다가 봄에 다시 장사를 하기로 딩 사부는 결심한다. 다음 날 버스 주변을 청소하던 중 한 쌍의 남녀가 '연인들의 아담한 휴게소'로 다가온다. 이 커플은 외관상 오래 사귄 연인관계처럼 보였는데 남자에게서는 냉담하면서도 고통스런 표정을, 여자에게서는 원한 맺힌 눈초리를 딩 사부는 보게 된다. 추위에 떨며 밖에서 기다리던 그는 여인의 애절한 흐느낌을 듣게 되고 오래된 연인의 종말이 다가오고 있다고 생각하며 감상에 빠진다. 애타는 이별을 맞이한 비극적인 멜로드라마를 상상하던 그는 이제 문을 닫아야겠다고 생각했지만 두 시간이 지나도록 버스에서는 인기척이 없다. 설마 하는 불길한 예감에 문을 두드리며 나오라고 소리쳐 보지만 안에서는 아무런 대답이 없다. 세 시간이 지나고 보니 가장 불길해 했던 그 일이 터진 것이 분명해 보였다. 고함을 치고 바위를 들고 철문을 쳐봐도 문이 열리지 않자 그는 자전거를 타고 도제 뤼샤오후의 집으로 달려갔다. 어차피 아무도 주목하지 않고 열리지 않는 버스라면 죽은 사람들을 그냥 내버려두고 다른 장소를 구해 내년 봄에 새로 장사를 하자는 샤오후의 말에 딩 사부는 다음과 같이 말한다.

"하지만," 그는 입속으로 우물거렸다. "이 사부가 책임에서 벗어나지 못할까봐 그게 두렵네. 시체를 눈구덩이에 묻어버릴 수도 없고…… 공안국 사람들이 힘 안 들이고 이 사부를 찾아낼 테니 말일세."

"무슨 뜻으로 하시는 말씀입니까? 설마 사부님 발로 직접 공안국에 찾아가 사건을 신고라도 하실 작정입니까?"

"샤오후, 거듭 생각해봤네만, 미운 털 박힌 며느리가 시어머니를 안 보겠다고 해서 될 법이나 한 노릇인가?"

"정말 신고하실 모양이로군요!"

"어쩌면 그나마 죽을 사람들을 구해낼 수 있을 테니까."

"사부님, 이거야말로 불장난하다 몸까지 태우는 격입니다!"

"여보게, 자네 사촌 아우가 공안국에서 근무한다고 했지? 날 좀 데리고 가서 신고하게 해주게."

"사부님!"

"여보게, 내 자네한테 부탁하겠네. 자네 사촌 아우더러 도와달라고 부탁해주게. 이대로 손을 빼고 모른 척 한다면, 이 사부는 남은 반평생 두 다리를 뻗고 편히 잠잘 생각일랑 아예 말아야 할걸세." (79-80)

딩 사부가 도제인 샤오후를 찾아갔던 것은 사건 은폐를 도모하기 위해서가 아니라 경찰에 신고하기 위해 함께 가달라는 부탁을 하기 위해서였다. 추운 버스 안에서 어쩌면 죽어가고 있을지도 모를 사람들을 구하거나 적어도 시체라도 수습하는 것이 사람의 도리라고 딩 사부는 생각한다. 돈에 눈이 멀어 인간성을 완전히 상실한 것 같았던 딩 사부의 인간에 대한 최소한의 예의와 책임의식이 엿보인다. 이런저런 핑계를 대며 신고를 하지 말자고 설득하는 도제에게 그는 "이제 난 그 돈도 필요 없네. 이 사부가 길거리에서 밥을 빌어먹는 한이 있더라도 두 번 다시 그런 장사는 하지 않을 걸세."(80-81)라고 말하는 장면에서는 그가 자신의 휴게소 사업에 대해서 얼마나 갈등하고 있었으며 양심에 가책을 느끼고 있었는지를 여실히 보여준다. 권고 퇴직으로 생계의 위협을 느껴 마지못해 시작한 일이긴 하지만, 쌓여가는 수입에 눈이 멀어 한 때 행복감을 느낀 적도 있지만, 그의 마음 한 구석에는 도덕적으로 올바르지 않은 일을 하고 있다는 자책감이 늘 도사리고 있었던 것이다.

스승과 제자는 결국 경찰서에 가서 사촌 아우를 데리고 '아담한 휴게소'에 함께 도착한다. 경찰인 사촌 아우가 문짝을 가볍게 걷어찼더니 빗장이 부러지면서 문이 열린다. 바위로 내리치고 어깨를 강하게 부딪쳐봐도 도무지 열리지 않던 문이 너무도 쉽게 열려진다. 놀라운 일은 그것뿐만이 아니다. 다급하게 열고 들어간 버스 안에는 아무도 없었던 것이다. 마치 오랫동안 아무도 들어온 적이 없었던 것처럼 실내는 잘 정돈되어 있었고 사람이 들어왔던 흔적은 찾아볼 수 없다.

> "당나귀 헛걸음시키는 작자가 있고 말대가리 관상을 보아주는 작자가 있단 말은 들어봤지만, 바쁘신 경찰 나리 헛걸음시켜 골탕먹이는 작자가 있을 줄은 정말 생각 못했네그려!"
> 이 말을 마치고 사촌 아우는 손전등을 높지거니 쳐든 채 돌아서서 휘적휘적 걸어가기 시작했다. 도제 뤼샤오후가 불만스런 기색으로 톡 쏘아붙인다.

"또 유머를 떠셨네요, 사부님!"

그는 금세 쓰러질 것 같은 몸뚱이를 도제에게 기댄 채, 목청을 잔뜩 낮추어 말했다.

"샤오후, 이제 알았네. 그 두 연놈은 귀신이었어. 원통하게 죽은 넋이……."

얘기를 마치고 났을 때, 그는 갑자기 등골이 오싹해지고 머릿가죽이 바짝 오그라드는 느낌에 몸서리를 쳤다. 귀신이라니. 원통한 넋이라니. 하지만 속마음이 그렇게나 홀가분할 수가 없다. 그는 이제 비할 데 없이 거뜬해진 느낌이었다. 도제 녀석은 그게 더욱 불만스러워 또 한마디 툭 쏘아붙였다.

"사부님, 갈수록 점점 더 유머러스해지는군요!" (90)

소설은 이렇게 갑작스럽게 종결된다. 허위 신고로 인해 사촌 아우인 경찰은 짜증을 내며 돌아가고 도제 샤오후는 허탈해 하며 "또 유머를 떠셨네요"라고 빈정댄다. 이전에 유료화장실 사용료를 갚아주겠다던 딩 사부의 말에 "허어, 우리 사부님이 갈수록 유머러스해지시네!"라고 답하던 도제의 대답이 사제 간의 훈훈한 덕담과 배려에서 나온 것이라면, 이번에는 거짓 신고로 자신을 황당한 상황에 빠뜨린 사부에게 불만을 토로하고 비꼬는 말로 해석된다. 우습지도 않은 이런 일을 왜 벌이게 된 거냐는 책망이 속에 깔린 말인 것이다. 그런데 딩 사부의 반응은 더 황당하고 가관이다. 사라진 손님들이 원통하게 죽은 귀신일 것이라고 중얼거리며 오히려 안도하고 홀가분해 하니 말이다. 도무지 속내를 알 수 없는 사부의 그와 같은 모습에 도제 샤오후는 "사부님, 갈수록 점점 더 유머러스해지는군요!"라고 말하며 노골적으로 불만을 터뜨리는 것으로 작품은 끝이 난다.

이 작품은 제목처럼 딩 사부의 윤리적 타락과 그 회복 과정을 너무 진지하지 않게 기술하고 있으며, 최종적으로는 유머러스한 결말로 끝을 맺는다. 소설은 중국의 산업화 과정에서 겪는 노동자들의 실직과 생계의 위협 등의 사회적 문제를 적당한 풍자와 비판의식으로 조망하고 있으며, 이를 딩 사부라는 숙련 노동자의 윤리의식을 통해 투영하고 있다. 노동자의 처지는 나 몰라라 하고 공장의 입장만을 대변하는 공장장과 노동자들의 곤란한 처지를 외면하는 부시장, 좌판 노점상으로 전락한 능력 있는 노동자들 등 근대화, 산업화 과정에서 최근 중국이 겪고 있는 사회 문제를 정면으로 다루고 있다. 이는 모옌이 관변작가로서 체제 순응적인 작가라는 오명에 걸맞지 않는 주제의식을 담고 있는 것으로 오히려 체제 내에서 체제를 비판하는 좋은 사례를 보여주는 것이라고 볼 수 있다. 경직되고 관용이 적은 권위주의적인 관료주의 체제에서는 비록 순화된 형태이긴 하지만 사실주의적인 주제 선택과 구체적인 심리 묘사를 통해 문제의 본질에 다가갈 수 있다는 사실을 작가는 모범적으로 보여준다. 실제로 현재 중국이 처한 문제의 심각성은 그것이 주인공인 딩 사부의 심리 변화에 미치는 영향 관계를 볼 때 더욱 무겁고 현실감 있게 다가온다.

자부심과 긍지로 살아온 숙련 노동자였던 딩 사부는 묵묵히 주어진 현실에서 최선을 다하며 살아왔고 도제 샤오후를 포함해 주변의 모든 사람들에게 칭송의 대상이었다(비록 사탕발림을 위한 칭송도 포함되어 있지만). 독자들은 딩 사부가 돈을 향해 무서운 속도로 달려가는 사회의 변화에 적응하지 못하고, 자신의 욕망을 억누르며 절제된 삶을 살아가는 모습에서 시대에 다소 뒤떨어진 인물이자 바로 그런 이유로 전통적인 가치와 규범을 잘 따르는 모범적인 인물이라고 여기게 된다. 그러던 그가 윤리적인 갈등을 겪으며, 허가받지 않은 '연인들을 위한 휴게소' 사업을 하게 되고, 그 과정에서 점차 돈에 매몰되고, 뻔뻔해지며, 건강하지 않은 성적 욕망을 키워가는 등 물질적, 성적 타락을 보여준다. 이 작품의 유머러스함과 해피엔딩은 딩 사부가 윤리적 타락에 온전히 빠지지 않고, 내적 갈등을 유지하고 있었으며, 최종적으로는 자신의 인간성을 회복하게 된다는 사실에 있다. 세태에 대한 풍자적 사실성을 유지하던 작품은 말미에서 급반전되는데, '환상적 리얼리즘'이라는 이름에 걸맞게 반전은 비현실적인 요소의 개입으로 인해 발생한다. 그것이 귀신이든 그렇지 않든 간에 마지막 손님의 실종 사건은 그 동안 자신의 사업에 대해 부끄러움을 느끼고 있었던 딩 사부로 하여금 그 사업을 그만두어야 겠다는 다짐을 하게 만드는 계기가 된다. 도제 샤오후를 포함해 변화하는 시류에 어떻게든 적응하려고 하고, 그 과정에서 도덕적, 윤리적 가치관의 혼란을 겪고, 자신들의 행동을 합리화하기 급급한 다른 인물들과는 달리 딩 사부는 잠시 흔들렸던 자신의 본래 정체성을 깨닫고 인간성을 회복하게 된다. 돈이 되더라도 해야 할 일과 하지 말아야 할 일을 구별해야 하고, 마음 속 깊이 가책을 느끼는 일이라면 하지 말아야 한다는 것, 여전히 타인을 배려하고 인간에 대한 예의를 지키며 살아가야 한다는 평범하지만 지키기 어려운 사실을 깨달으며 작품은 막을 내리게 된다. 이와 같은 딩 사부의 결심은 시종 작품을 관통하는 유머러스한 정조(情調)로 인해 유쾌한 분위기를 자아내며, 유머와 유쾌함 속에서 인간성과 양심에 대해 다시 한번 생각할 수 있는 기회를 독자들에게 제공한다. 물신화되어 가는 세태에 대한 풍자와 관료주의 사회에 대한 비판 등은 현재 중국이 겪고 있는 개발계획의 이면을 비추어 주며, 양심과 인간성 회복에 대한 메시지는 물질만능주의 시대에 대한 성찰의 기회를 제공한다. 모옌을 따라 다양한 인간군상에 대한 내면의 풍경 스케치를 감상하는 일은 즐거움을 준다. 사실주의적 촘촘함과 구체성을 담보하면서도 민담, 전설, 신화와 같은 기발하고 창의적인 서사를 함께 마련해 두는 작가는 제도권 내에서의 내적 거리두기의 다양하고 생산적인 효과를 성공적으로 성취하고 있다. 그가 이루어내는 독특한 문학세계에 빠져들다 보면 우리는 작가에게 불쑥 이런 말을 던지고 싶어질지도 모른다. "작가님, 갈수록 점점 더 유머러스해지는군요!"

제5장

시대의 불안 속에 갇힌 개인의 소통
오에 겐자부로의 『사육飼育』

어느 정도의 시간을 기다려보세요.
이제 돌이킬 수 없는 일을 해야만 한다고 번민하게 된다면, 그때 '어느 정도의
시간을 기다려 보는 힘'을 내어보세요! 그러려면 용기가 필요하고, 부단히 힘을
길러두지 않으면 안 됩니다. 하지만, 그 힘은 여러분한테 있습니다.

오에 겐자부로 『"나의 나무" 아래서』 중에서

가와바타 야스나리에 대한 불만

   가와바타 야스나리는 일본의 전통적
인 사상과 종교를 미의 차원으로 끌어
올린 작가로 일본적인 아름다움을 보편
적인 차원으로 승화시킨 공로를 인정받
아 일본인으로서는 첫 번째 노벨문학상
수상자의 영예를 안게 된다. 우리는 지
난 장에서 서정적인 문체와 감각적 표
현을 통해 가와바타가 그려내는 한 폭
의 그림 같은 낯선 세계를 마치 미지의
세계에 발을 들인 여행자가 된 듯 체험
했다. 그의 문학세계는 척박한 현실
세계와 이질적이고 동떨어진 하나의 대

그림 1. 오에 겐자부로 캐리커처. 그
의 장애인 아들은 오에의 문학적 지
평을 넓히는 계기가 되었다.

안 세계의 모습을 띠고 있다. 피안의 세계에 도착한 등장인물들은 고독

하거나 상처를 안고 있으며 낯선 세계의 풍광 속에서 새로운 인물들과 조우한다. 그러나 작품 전체에서 만남이 제공하는 서사보다는 낯선 공간의 묘사가 더 큰 부분을 차지하는데, 인간의 절대적 고독과 현실적 욕망에 대한 허무주의적인 주제의식으로 인해 인물들 간의 관계가 좀처럼 발전하지 못하기 때문이다. 문학과 예술이 파편화되고 사물화된 현실을 개선하고 발전시키기 위한 매개가 되기보다 그와 같은 척박한 현실 세계의 대안 세계를 문학예술을 통해 창조하려는 서구의 모더니즘적 예술관이 가와바타의 문학 세계가 그려내는 피안의 공간 개념과 잘 맞아 떨어진다. 다르게 표현하자면 그것은 자신이 창조한 세계로의 도피를 의미하는 낭만주의의 세계관과도 일맥상통하는 것이라고 할 수 있다.

가와바타가 노벨상 수락 연설에서 일본의 고전 시가들을 인용하며 일본의 아름다움을 강조한 것을 상기해 본다면 그가 강조한 일본미라는 것이 도피적이고 추상적이며 비현실적인 관념에 기반한 것임을 이런 맥락에서 쉽게 파악할 수 있다. 그가 작가로서 활동하던 시기의 일본 사회는 아름다움과는 거리가 멀어도 너무 멀기 때문이다. 이 책에서 다루었던 『이즈의 무희』는 1926년에 출간되었고, 그에게 노벨상을 안겨준 『설국』은 1937년에 출간되었다. 한국인 독자에게 이 숫자들이 의미하는 바는 명백하다. 일본이 제국주의 국가로서 아시아 주변국들을 침략하여 식민화하고 경제적으로 수탈하고 피식민국의 국민들을 착취하고 핍박하던 시기. 1923년 관동대지진이 발생하고 이를 빌미로 수많은 조선인들을 학살한 것이 『이즈의 무희』가 출간되기 불과 3년 전이다. 경제 공황에 따른 근대화의 실패와 전통적 가치의 상실이 가와바타의 고독의 뿌리라고들 언급하지만, 정작 문제 삼아야 할 것은 식민시대의 인간성 상실과 윤리의 부재가 빚은 일본 사회의 정신의 몰락이다. 정신의 황폐화와 타락이 기인한 근본적 원인인 제국주의와 식민화 과정에 눈과 귀를 닫게 되면 남는 것은 고독한 개인뿐이다. 윤리가 사라진 곳에서 인간은 서로를 신뢰하지 못하고 서로를 대상화할 뿐이고 개인은 타인에 의해 도구화될 뿐이다. 도구화되지 않으려면 타인과의 관계 맺기에 나서지 않아야 되며, 관계 맺기가 불가능하다는 것을 알아버린 개인은 고독할 뿐이다. 가와바타가 강조하는 고독한 개인은 이와 같은 사회적 배경을 고려할 때 충분히 납득할 수 있는 문제의식이지만, 그가 현실 세계로부터 도피하는 순간 개인의 고독은 추상적이고 관념적인 것으로 전락한다. 추상성과 관념성을 보완하고 이를 미적인 것으로 포장하기 위해서는 제국주의에 의해 폐기되었던, 제국주의 이전의 전통 사회로부터 쓸만한 것을 빌려올 수밖에 없었던 것이다. 현실을 말하지 않는다는 조건에서 가와바타는 최선의 길을 찾은 것처럼 보이지만, 외면된 현실은 개선되지 않으며, 현실 세계의 개선과 발전은 후대 작가의 힘겨운 몫으로 남게 된다.

오에 겐자부로, 가와바타 야스나리를 호출하다.

1994년 노벨 문학상이 오에 겐자부로(大江 健三郎)에게 돌아가면서 일본은 두 번째 노벨문학상 수상자를 보유하게 된다. 스웨덴 한림원은 "시적인 힘으로 생명과 신화가 밀접하게 응축된 상상의 세계를 창조하

그림 2. 가와바타 야스나리와 오에 겐자부로의 일러스트. 문학적 특징이 잘 드러나 있다.

161

여 현대에서 인간이 살아가는 고통스러운 양상을 극명하게 그려냈다"(who with poetic force creates an imagined world, where life and myth condense to form a disconcerting picture of the human predicament today)고 선정 이유를 밝혔다. 오에의 문학세계를 짧은 문장으로 응축한 이 선정 이유 중 눈에 띄는 것은 "현대에서 인간이 살아가는 고통스러운 양상"이라는 표현이다. 오에에 대한 일반적인 평가들 중 공통적인 것은 감금, 재앙 등의 한계상황에 처한 인간의 허무와 무기력이라는 주제의식이 보편적 공감을 획득한다는 점이다. 그리고 이와 같은 한계상황은 일본의 근대사를 관통하는 전쟁, 피폭, 패전, 경제성장 등의 역사적 배경과 무관하지 않다.

오에는 수락 연설에서 자신보다 먼저 노벨상을 수상한 가와바타를 언급한다. 가와바타는 노벨상 수락 연설에서 현대를 살아가는 자신의 심경을 말하기 위해 선(禪)과 같은 동양적 사상을 언급하며 "일본적인, 그리고 동양적인 범위로까지 확대한 독자적 신비주의"를 자기 문학의 고유성으로 특징짓고 있지만, 중세선승의 와카(和歌)적인 세계관, 즉 언어로는 진리를 표현할 수 없다는 초월적이고 불가지론적인 세계관에 의존하고 있는 가와바타의 문학관은 오에가 모범으로 삼을만큼 바람직한 것이 아니다. 그는 가와바타보다 아일랜드 민족 시인인 예이츠(William Butler Yeats)에게 영혼의 친밀감을 더욱 강하게 느끼고 있다고 말하는데, 예이츠는 아일랜드의 민족해방과 문예부흥운동을 이끌었던 시인으로 "고도의 예술적인 양식으로 전체 나라의 영혼을 표현한(in a highly artistic form gives expression to the spirit of a whole nation)" 시인으로 평가받고 있다. 오에는 예이츠의 문학적 업적을 높이 평가하며, "문학이나 철학에 의해서가 아니라 전자공학이나 자동차 생산기술에 의해 그 힘을 세계에 알리고 있는 저의 조국의 문명을 위해, 또 가까운 과거에 그 파괴의 광신이 국내와 주변 여러 나라의 인간의 바른 정신을 짓밟았던 역사를 가진 나라의 한 사람으로서" '아름다운 일본의 나'라는 말을 차마 할 수 없으며, 자신이 문학가로서 하고 싶은 일은 예이츠와 같은 일을 하는 것이라고 말한다.

파괴 지향적이었던 과거와 개발 지향적인 현재의 일본의 모습에서 '아름다움'을 발견할 수 없었던 오에는 문학, 철학 등의 정신적 문화 자산을 통해 인본주의를 바로 세워야 할 것을 인식하고 있었던 것이다. 근대화를 곧바로 식민주의와 등치시켰던 수치스러운 과거에 대한 냉철한 인식과 반성을 통해 주변국으로부터 존중받고 화해와 공영의 길로 나아가기 위한 첫걸음은 이와 같은 냉철한 역사의식과 현실인식에서 비롯된다. "일본의 근대화는 오로지 서구를 배운다, 모방한다는 것이었습니다. 그러나 일본은 아시아에 위치하고 있고, 일본인은 전통적인 문화를 확고히 지켜오기도 했습니다. 그 애매한 진행은, 아시아에 있어 침략자 역할로 일본을 몰고 갔습니다. 또 서구를 향해 전면적으로 개방되어 있었던 근대의 일본 문화는, 그러면서도 서구 측에게는 언제나 이해가 불가한, 혹은 적어도 이해를 지체시키는 어두운 부분을 온존시켜 왔습니다. 게다가 아시아에 있어서, 일본은 정치적으로 뿐만 아니라 사회적, 문화적으로도 고립되게 되었던 것입니다." 일본이 자초한 고립과 소외의 역사를 외면하고 일본의 아름다움을 운운했던 가와바타의 현실 인식을 비판하고, 오에는 자국의 '전후 문학가'(post-war writers)들을 높이 평가한 후 자신을 그들의 뒤를 잇는 전후문학 후세대로 규정한다.

"일본의 근대문학에 있어 가장 자각적이고 동시에 성실했던 '전후 문학가', 즉 세계대전 직후의 폐허에 상처 입으면서도 새로운 삶에로의 희망을 짊어지고 나타난 작가들의 노력은, 서구 선진국뿐만 아니라 아프리카, 라틴 아메리카와의 깊은 골을 메웠으며, 아시아에서 일본 군대가 저지른 비인간적인 행위에 함께 고통을 느끼며 배상하고, 그 위에서의 화해를 조촐(humility reconciliation)하게 바라는 것이었습니다. 그 작가들로부터 물려받은 문학 전통의 바로 끝 부분에 매달리는 것이 언제나 나의 열망이었습니다." 오에는 이처럼 자신을 전후 문학가들의 전통을 잇는 후세대가 되는 것이 자신의 열망이었다고 고백하고 있는데, 오에가 높이 평가하는 전후 문학가들은 과거에 자신들이 저질렀던 과오를 반성하고, 피해자들에게 사과와 배상을 통한 화해를 추구함으로써 "커다란 비참함과 고통 속에서 재출발"을 다짐하고, '민주주의와 부전(不戰)'이라는 새로운 일본인의 '근본적 모랄'을 미래 사회의 비전으로 삼고 새로운 삶을 지향하고자 한다.

일본 사회가 처한 과거와 현재의 잘못과 모순을 민주주의와 평화라는 새로운 윤리를 통해 교정함으로써 문화적으로 존중받는 사회를 만드는 데 기여하려는 그의 문학적 의지는 다양한 사회적 문제를 다각적으로 다루는 광범위한 문학 스펙트럼을 만들었다. 오에의 심오하고 다층적인 문학적 성취는 그를 이해하기 어렵게 만들뿐만 아니라 그에 대한 정당한 평가도 힘들게 만든다. 가와시마의 말처럼, "오에 겐자부로는 일본에서 정당한 평가를 받지 못한 작가 중 한 명이다. 현재 일본에서 살아 있는 유일한 노벨문학상 수상작가임에도 불구하고 비평계로부터의 주목도는 한 세대 아래인 무라카미 하루키(村上春樹) 등과 비교하면, 그만큼 고평을 받는다고는 할 수 없다. 오에의 문학이 정당한 평가를 받지 못한 이유에는 몇몇 짚이는 것이 있다. 관계대명사로 수식구를 늘리는 영문과 같이 끝없이 구두점이 오는 것을 유예한 난삽한 문체, 수전 손태그(Susan

164

Sontag)나 에드워드 사이드(Edward Said)와 교유하고 또한 알리기에리 단테(Alighieri Dante), 블레이크, 예이츠, 엘리엇, 위스턴 휴 오든(Wys-tanHugh Auden) 등의 시 해석을 시도하는 폭넓고 풍부한 지식인 본연의 자세, 이와나미(岩波) 지식인의 한 명으로 주목받아 전후 민주주의의 존재 방식을 진지하게 사유하는 자세, 이러한 모든 것이 오에 겐자부로를 쉽게 말하려 하는 시도를 좌절시킨다. 오에의 작품을 말할 때, 거기에 대항하는 충분한 학식과 폭넓은 사회적 시야가 필요하기 때문이다."[1] 이 장에서는 오에의 초기 작품 『사육』을 함께 읽어봄으로써 전후 일본의 정신적 원형을 이해하는 한편 그의 전후 문학가로서의 면모를 살펴보고자 한다.

전후 일본의 무기력으로부터

오에는 1957년 8월 「죽은자의 사치(死者の奢り)」를 통해 등단한 후, 1958년 『사육(飼育)』(『文学界』 1958.1)으로 일본 최고 권위의 아쿠타가와상(芥川賞)을 수상하며 본격적인 작가의 길로 들어설 뿐만 아니라 전후 신세대 작가로서의 확고한 지위를 지니게 된다. 전후 신세대 작가로서 오에는 그 세대들이 공유하고 있었던 전쟁 패배에 대한 참담함과 전후 사회 재건에 대한 책임 의식이라는 복잡한 감정을 지니고 있었으며, 초창기 그의 작품은 대체로 전쟁에 대한 자의식을 표현하고 있다. 심수경의 지적처럼, "이들 초기작품의 "대부분은 '허무'와 '무기력'으로 가득

---

1) 가와시마 다케시(川島健), 「오에 겐자부로와 예이츠」, 권정희 역, 『개념과 소통』 14, 2014, 139-140.

차 있는데, 이 허무와 무기력이라는 작품의 분위기는 패전한 일본과 연합군(미국)에 의해 점령당한 일본이라는 상황을 나타낸 것으로, 오에는 소년 시절 경험했던 패전의 기억을 '해방과 굴욕'의 모순된 감정을 체험한 날로 회상한다. 전쟁의 공포로부터 해방되었지만 동시에 패했다는 굴욕감, 이 양가적 감정과 연합군 점령기의 상황은 오에의 초기 작품의 내재적 동기와 출발점이 된다. 그리고 연합군에 의해 점령된 전후 일본의 상황을 젊은 청년 오에는 자신의 작품에 '무기력'과 '허무'로 표현해 낸다."[2] 『사육』의 경우, 무기력과 허무를 통해 전쟁의 인간성을 깨닫게 되고 이러한 깨달음을 통해 순수의 자족

그림 3. 영화 〈웰컴 투 동막골〉은 6.25 전쟁을 배경으로 원래는 서로가 적인 국군, 인민군, 연합군들이 만나 화합해가는 이야기이다. 시골 마을에 비행기가 추락한다는 모티브가 『사육』과 유사하다.

---

2) 심수경, 「『오에 겐자부로 자선단편』에서 본 '다시 쓰기'와 시대정신—미군 등장의 초기단편을 중심으로」, 『日本言語文化』 40, 2017, 258. 이재성과 박승애는 『사육』이 집필되던 시기 일본의 상황을 다음과 같이 정리한다. 즉 "이 소설이 쓰인 1950년대 후반의 일본사회는 한국전쟁으로 인한 특수에 힘입어 전후의 정치적 경제적 파탄에서 벗어나 비약적인 발전을 이룩한 시기이기도 하다. 일본 정부는 1956년 7월 「경제백서(經濟白書)」를 통해 '전후는 지나갔다.(もはや戰後ではない)'라는 공식선언을 했고, 일본사회에서 마치 전쟁은 없었던 일처럼 여겨지고, 경제발전이 가져다준 물질적인 풍요 속에서 소비사회의 향락을 추구하는 분위기가 팽배하기 시작했다. 소년기의 혼란과 방황 속에서 전후문학자들을 만나고, 그들의 정신을 잇겠다는 꿈을 가진 오에로서는 그러한 동시대에 깊은 절망과 분노를 느끼며, 전쟁비판과 동시대를 향한 메시지를 발하는 작품을 발표하게 된다." 이재성·박승애, 「오에 겐자부로의 『사육』 일고찰」, 『일본문화연구』 43, 2012, 475.

적 세계에 갇혀있던 소년은 내적 성장을 하게 된다.

이 작품은 태평양 전쟁이 끝나갈 무렵 일본의 한 시골 마을에 비행기가 추락하면서 사건이 시작된다. 비행기에서 살아남은 흑인 병사를 마을 사람들이 포로로 잡게 되고, 마을 아이들에게 흑인 병사를 사육하는 일이 맡겨진다. 아이들은 처음에는 공포와 호기심을 지녔으나, 점차 흑인 병사와 친해지게 된다. 그러던 중 읍내로부터 흑인 병사의 호송 명령이 떨어지게 되고 이 소식을 알려주려던 주인공 소년은 흑인 병사의 인질이 되고 만다. 소년의 아버지가 흑인 병사를 도끼로 머리를 내리쳐 소년은 구출되고 흑인 병사는 죽게 된다는 내용이다. 조용하던 마을에 비행기가 추락하는 것은 <웰컴 투 동막골>과 모티브가 같지만, 백인 병사와 국군, 그리고 인민군이 마을 사람들과 친구가 되어 마을에 대한 폭격에 맞서 함께 싸우게 된다는 영화의 내용은 『사육』에 비해서 훨씬 동화적이며, 많은 부분 코미디적 요소도 안고 있어서 덜 진지하다. 이에 비해 『사육』은 소년의 시점에서 사실적이고 담담하게 그 시절의 이야기를 회고하고 있다.

> 나와 동생은 골짜기 아래쪽 우거진 덤불을 베어 내고 땅을 살짝 파서 만든 임시 화장터에서, 기름 냄새와 연기 냄새가 나는 보드라운 재를 나뭇가지로 헤쳤다. 골짜기 아래는 벌써 석양빛에 물들었고 숲에서 솟아오르는 샘물처럼 차가운 안개에 푹 싸여 있었지만, 골짜기로 기운 산 중턱의 자갈 깔린 길 양옆에 위치한 조그만 우리 마을에는 포도색 햇빛이 비스듬히 쏟아지고 있었다. (……) 우리는 '채집'을 포기하고 여름풀이 우거진 풀밭으로 나뭇가지를 던져 버린 다음, 어깨동무를 하고 좁다란 마을길을 걸어 올라갔다. 우리는 타다 남은 시체의 뼈 중에서 모양이 괜찮은 걸 주워다 가슴에 걸 메달 장식을 만들 생각으로 화장장까지 온 것이었다. (90-91)

일인칭 주인공 시점에서 서술하고 있는 이 작품은 시작부터가 좀 섬뜩한 면이 있다. 도회지에서는 상상도 할 수 없을 것인데, 나와 동생은 임시 화장터에서 가슴에 달기 위한 메달 장식을 만들기 위해 타다 남은 시체의 뼈를 뒤적이면서 놀고 있는 것이다. 우리 마을은 산 아래 읍내로부터 동떨어진 산 중턱에 위치한 자급형 개척 마을이다. 읍내까지 가는 다리가 홍수로 인해 끊어져 요즘은 반드시 읍내까지 가야 할 일이 아니라면 구태여 읍내로 나갈 필요가 없을 뿐만 아니라 읍내를 다녀오는데 꼬박 하루를 다 잡아먹을 만큼 험하고 멀기도 하다. 거의 자급자족을 해야 하니 어른들은 그때그때의 먹을 것을 구하러 다니기 바쁘고, 아이들을 돌보거나 교육에 신경을 쓸 여력도 없다. 이곳 분교에는 읍내에서 출퇴근하는 선생님이 계시지만, 홍수로 인해 지금은 방학이나 다름없이 지내고 있다.

> '읍내'와의 왕래가 완전히 끊어지고 말았지만 오랜 세월 동안 여전히 원시적인 형태에서 거의 벗어날 게 없는 생활을 이어 왔던 개척촌인 우리 마을로서는 특별히 문제 될 건 아무것도 없었다. '읍내' 사람들은 우리 마을 사람들이 더러운 동물이나 되는 양 싫어했고, 우리 역시 좁은 골짜기가 내려다보이는 비탈에 옹기종기 붙은 작은 마을 안에 일상의 모든 것을 다 갖추고 있었다. (91)

산 중턱에서 자급적 생활을 하면서 일상을 꾸려가는 데 불편함 없이 살아가고 있지만, 이 공동체를 외부의 시선으로 바라보면 '환멸'스럽기 그지없다. 읍내 사람들만 하더라도 우리를 '더러운 동물'처럼 취급하며 회피하려고 든다. 오에의 문학작품이 지니는 중요한 주제의식들 중 하나가 바로 '고립'에 대한 공포인데, 읍내 사람들과 개척촌 사람들 사이에 형성된 적대적인 심리구조가 이러한 주제의식을 잘 드러내 보여준다.

아버지를 따라 읍내에 갔을 때, 나는 읍내 아이들의 적의에 찬 시선을 의식하지 않을 수 없었으며, 나 또한 그들에게 노골적인 적대감을 지니지 않을 수 없었다.

> '읍내'에 들어서자 나는 길가 아이들의 도발에는 눈길도 돌리지 않고 아버지의 높다란 허리에 어깨를 딱 붙이고 걸었다. 아버지만 없었다면, 그 놈들은 분명 나에게 야유를 보내며 돌을 던졌을 거다. 나는 '읍내'의 아이들을 도무지 귀여운 데라고는 없는 땅벌레처럼 싫어했고, 또한 경멸했다. '읍내'의 거리에 넘쳐흐르는 정오의 햇빛 속에서 바짝 마르고 음침한 눈을 한 아이들. 어두운 가게 안쪽에서 우리를 지켜보고 있는 어른들의 눈만 없었다면, 나는 저 애들 중 누구라도 때려눕힐 자신이 있었다. (108)

개척촌의 아이들은 읍내의 아이들보다 생김새나 행색이 초라하고 볼품이 없었다. 하루 벌어 하루 먹고 살아가는 자립적인 공동체의 아이들에게 변변한 옷이나 신발이 있을 리 만무했을 것이며, 외모에서 주는 이와 같은 차이로 인해 읍내의 아이들은 단번에 개척촌 아이들을 구별할 수 있었을 것이다. 그들은 자신들보다 낡고 더러운 행색을 한 열등한 존재들에게 차별적인 경멸과 혐오감을 드러냈을 것이다. 그리고 그런 읍내의 아이들이 노골적으로 표현하는 적대감을 느낀 소년이 그들을 호의적으로 받아들이지는 않았을 것이다. 읍내의 아이들 또한 전쟁 중에 풍요롭게 살고 있지는 않았을 것이고, 그런 그들의 바짝 마른 얼굴과 공격적인 눈빛에 소년 또한 심한 경멸감을 느끼고 있는 것이다.

그런데 소년은 읍내의 지나가는 한 여자아이를 보게 된다. 막연히 소년은 그 아이에게 잘 보이고 싶어진다. 읍내와 개척촌의 적대감을 초월하는 기본적인 욕망, 여자아이에게 잘 보이고 싶은 근원적인 욕망은 어쩔 수 없다.

> 우리가 식사를 마쳐 갈 무렵, 어떤 여자아이가 새처럼 목을 간들거리며 다리 위로 걸어왔다. 얼른 내 옷차림과 용모를 살피니 '읍내'의 누구보다도 괜찮은 차림새라는 생각이 들었다. 나는 운동화를 신은 양발을 앞으로 쭉 뻗고 여자아이가 지나가기를 기다렸다. 뜨거운 피가 귓속에서 윙윙거렸다. 여자아이는 아주 잠깐 나를 쳐다보더니 눈살을 찌푸리고 뛰어가 버렸다. 갑자기 밥맛이 싹 사라진 나는 물이나 마셔야겠다 하고 다리 옆의 좁은 계단을 타고 개울가로 내려갔다. 개울가에는 키가 큰 쑥대가 우거져 있었다. 발로 쑥대를 아무렇게나 밟아 눕히면서 물가로 달려갔지만, 물은 암갈색으로 더럽게 흐려져 있었다. 나는 내가 얼마나 가난하고 초라한가를 깨달아야만 했다. (111)

읍내 아이들만큼 차림새가 괜찮다는 생각이 들 만큼 자신감이 있었지만, 여자아이는 아주 잠깐 소년을 보고도 눈살을 찌푸리고 도망가 버린다. 차림새에 대한 소년의 자신감은 근거가 없는 것이었고, 여자아이는 소년이 읍내 아이가 아닌 걸 단번에 알아차렸다. 소년은 거부감을 드러낸 여자아이의 반응에서 자신의 가난과 초라함을 비로소 깨닫게 된다.

소년이 이와 같은 배타적 혐오의 희생자인 것 같지만, 실제로 '다름'에서 기인하는 혐오와 경멸과 무시는 개척촌 인근에 불시착한 비행기에서 살아남은 미군 흑인 병사를 대하는 개척촌 사람들의 모습을 보면 그들 또한 배타적이고 차별적인 시선에서 자유롭지 않음을 알 수 있다. 소년은 이 시커멓고 덩치 큰 낯선 이방인을 '사냥감'이라고 부르며 공포와 기쁨이 교차하는 묘한 감정을 느끼게 된다. 흑인 병사의 이색적인 생김새는 공포의 감정을 불러일으키지만, 낯선 이방인을 직접 볼 수 있다는 색다른 체험이 가져올 묘한 기쁨을 함께 느끼는 것이다.

> "비행기는?" 동생이 머뭇거리며 말했다. "어떻게 됐어?"
> "타 버렸어. 산불이 날 뻔했지."
> "전부 다 탔단 말이야?" 동생이 한숨을 쉬며 말했다.
> "꼬리만 남았다."
> "아, 꼬리………" 동생이 황홀하다는 듯이 중얼거렸다.
> "그 군인 말고 다른 사람들은 어떻게 됐어?" 내가 물었다. "혼자서 타고 온 거야?"
> "두 놈이 죽었어. 그 놈은 낙하산을 타고 떨어졌지."
> "아, 낙하산………" 동생이 더욱 황홀한 목소리로 말을 받았다.
> "어떻게 할 거야? 저놈." 내가 용기를 내서 물어보았다.
> "읍내의 지시가 올 때까지 우리가 기른다."
> "길러?" 나는 깜짝 놀라서 되물었다. "동물처럼?"
> "저놈은 짐승이나 마찬가지야."하고 아버지는 낮은 목소리로 말했다. "온몸에서 소 냄새가 진동을 한다." (104)

아버지는 흑인 병사를 어떻게 할 것인가를 묻는 소년에게 자신들이 "기른다"라고 대답한다. 소년이 동물처럼 기르는 것이냐고 다시 묻자 그는 흑인 병사를 "짐승"이나 마찬가지이며 "소 냄새"가 난다고 대답한다. 소 냄새가 나기 때문에 길러야 하는 짐승이나 마찬가지라는 아버지의 대답은 논리적으로 맞지 않는 대답이다. 냄새가 난다는 이유로 짐승 취급을 받는 것이 정당하다면 개척촌 아이들을 짐승 취급하는 읍내 아이들의 태도 또한 정당하다고 할 수 있을 것이다. 차이를 인정하지 않고 낯설고 다른 타자에 대해 배타적인 적의를 지니는 이와 같은 인식은 폐쇄적 세계 속에서 고립되어 살아가는 근대 이후의 일본 사회를 투영하고 있다고 볼 수 있다. 앞서 언급한 것처럼 일본에게 있어서 근대화는 자국의 산업화와 경제성장을 위한 미래지향적 프로젝트라는 긍정적인 측면이 존재하지만, 그와 동시에 주변국들과의 협력과 상생을 통해 그와 같은 기획을 성취하려고 하기보다 침략주의적이고 패권주의적인 제국주의의 길을 걸음으로써 스스로를 고립시키고 주변국으로부터 원망과 혐오의 따가운 시선을 감내해야만 했다. 일본이 국제적으로 자초한 고립과 소외라는 상황은 전후 세대들이 성장과 번영을 위해서 반드시 극복해야 할 상황인데, 일본은 "패전을 극복한 경제성장"이라는 물질적, 표면적 성공으로 인해 자신들의 정신적, 문화적 고착상태를 인식하지 못한다. 오에가 비판적으로 지적하고 있는 것이 바로 이와 같은 유아적 상태에 머물러 있는 자기만족적인 영혼의 공황상태인 것이다.

> 나와 동생은, 딱딱한 껍질과 두꺼운 과육으로 단단히 싸인 조그만 씨앗이었다. 너무 연하고 물러서, 조금이라도 바깥바람에 노출되면 금방 벗겨져 나갈 얇은 속껍질에 감싸인 푸른 씨앗이었다. 그리고 딱딱한 껍질의 바깥세상, 지붕에 올라가면 보이는 멀리 좁다랗게 반짝이는 바닷가, 굽이굽이 물결치는 산맥 너머의 도시에서는 오랫동안 계속되어 전설처럼 거대하고 약간은 머쓱해진 전쟁이 답답한 숨을 토해내고 있었다. 그러나 우리에게 있어서 전쟁이란, 마을 젊은이들의 부재와 가끔씩 집배원이 가져다주는 전사 통지서에 지나지 않았다. 전쟁은 딱딱한 껍질과 두꺼운 과육까지는 침투하지 못했다. 요즘 들어 가끔 마을 위를 지나가기 시작한 '적'의 비행기도 우리에게는 특이하게 생긴 새의 한 종류에 불과했다. (95)

전후 일본인들은 그들이 침략적으로 도발한 전쟁으로부터 그 어떤 교훈도 얻지 못했다. 그들은 민족주의라는 껍질에 둘러쌓여 주변국의 상처와 고통에 대해 알지 못했고, 그들이 일으킨 만행에 대한 진정한 사과와 배상, 반성과 성찰을 통해서만 미래로 나아갈 수 있음을 깨닫지 못한 것이다. 진실을 은폐하고 거짓을 통용시킴으로써 자신의 잘못을 덮고 물질적 풍요 속에서 우월감을 느끼는 동안 스스로가 국제 사회에서 고립되고 혐오의 대상이 되고 있다는 사실을 애써 외면하고 있는 것이다. 이 작품에서 묘사된 가난한 개척촌의 모습은 정신적 빈곤 상태에 처한 일본을 압축적으로 보여주고 있는 것인지도 모른다. 이곳의 아이들은 고립된 채 자신들의 빈곤을 깨닫지 못하고 자신들에게 주어진 삶에 만족하며 바깥 세계로 나가려는 욕망도 없이 살아가고 있다. 그들은 더 큰 세상이나 다른 세상을 꿈꾸지 않고, 그들에게 향해진 혐오를 되받아치며 스스로의 세계에 더욱 강하게 침잠한다. 그러던 와중에 비행기 추락 사건이 발생한 것이다. 그리고 이 사건은 소년에게 씻을 수 없는 상처를 남기게 된다.

지루하고 가난한 일상에 찾아온 뜻밖의 선물

개척촌의 아이들은 여느 농촌 드라마에서 볼 수 있는 평범한 아이들이다. 가난하고 남루하며 세상 물정을 잘 모르는 순박한 존재들이다. 그들은 제대로 교육받지 못했으며, 폐쇄적이지만 결속력 강한 또래 집단으로부터 사회성을 배우게 된다.

샘가 제일 넓은 비탈 바위에서는 언청이가 알몸으로 누워 여자애들에게 자신의 장밋빛 섹스를 작은 인형처럼 만지작거리게 하고 있었다. 언청이는 얼굴이 상기되어 새소리 같은 웃음소리를 내며 가끔씩 역시 알몸인 여자아이의 엉덩이를 손바닥으로 세게 때렸다.
동생은 언청이의 허리 옆에 쭈그리고 앉아 그 이상한 의식을 열중해서 들여다보았다. 나는 샘의 가장자리에서 멍청하게 햇빛과 물을 뒤집어쓰고

> 있는 아이들에게 물보라를 한차례 날리고 물도 닦지 않은 채 셔츠를 입고
> 는, 돌길에 젖은 발자국을 남기며 창고 앞쪽의 돌계단으로 돌아와 다시
> 긴 시간을 두 무릎을 싸안고 앉아 있었다. 광기와 같은 기대, 취기와 같은
> 뜨거운 감정이 살갗 밑을 지글지글 태웠다. 나는 언청이가 집착하는 기묘
> 한 놀이에 빠진 자신을 상상했다. 그러나 미역을 감고 돌아오는 벌거벗은
> 아이들 중에 섞여서 걸을 때마다 허리가 흔들리는 여자아이, 터진 복숭아
> 처럼 불안정한 색깔이 들여다보이는 주름진 보잘것없는 섹스를 그대로 드
> 러낸 여자아이가 내게 쭈뼛거리면서 미소를 보낼 때면 나는 큰 소리로 욕
> 을 하며 작은 돌멩이를 던져 위협하곤 했다. (99-100)

언청이는 아마 또래 집단 내에서 최고 권력자의 위상을 지니고 있는
것 같다. 언청이는 이 마을에서 가장 조숙한 아이이다. 성의 쾌락을 이미
알아버렸지만 성의 의미에 대해서는 아직 알지 못한다. 마을의 여자애들
도 그 의미를 알지 못한 채 언청이의 지시에 따라 '기묘한 놀이'에 동참
한다. 일견 음란해 보일 수도 있는 이 장면은 아직 성적 지향이 정립되지
않은 아이들 사이에서 행해지는 일탈적인 모습이다. 아이들은 샘에서 물
놀이를 할 때 남녀에 상관없이 아무렇지도 않게 옷을 모두 벗어던지고
함께 어울려 놀만큼 성에 대한 인식이 없다. 언청이는 여자 아이에게
다른 아이들이 다들 보고 있는 상태에서 자신의 성기를 만지작거리게
하는데, 이는 언청이 자신도 여자 아이도, 그 장면을 보고 있는 다른 아
이들도 아직 성에 대해서 정확한 인식이 없다는 것을 나타낸다.

아이들은 자신들의 놀이에 대해서 어른들에게 말하지 못한다. '기묘한
놀이'에 대해 누구 한 명이라도 자신의 부모에게 이야기했다면, 언청이
에게는 불벼락 같은 꾸중과 체벌이 내려졌을 것이고, 놀이는 즉시 금지
되었을 것이다. 생계를 위해 하루살이처럼 내일도 없이 일해야 하는 어
른들이 아이들의 놀이에 관심을 둘 여력이 없다. 하물며 성교육 같은

것이 제대로 될 리가 있겠는가. 또래 집단의 관행 속에서 아이들은 가능한 것과 불가능한 것, 해야 되는 것과 해서는 안 되는 것을 습득하게된다. 아직 성의 의미를 제대로 알지 못하는 소년에게 성의 의미를 제대로 알지 못하는 여자 아이가 기묘한 방식으로 호감을 표하고, 소년은돌멩이를 던지며 화를 내면서 그녀를 쫓아내는 장면은 아직 미숙한 상태에 머물러 있는, 성숙과 성장의 과정을 겪어야 하는 존재들이라는 사실을 보여준다. 그러나 고립된 마을에서 제한된 체험과 제한된 관계 안에속박된 존재들에게 성장은 요원한 것처럼 보인다. 성장을 위해서는 바깥세계로부터 자극이 필요하다. 그리고 그 역할을 마을 근처에 우연히 불시착한 흑인 병사가 맡게 된다.

마을 인근 산에 비행기가 추락했고, 마을 어른들이 총을 들고 혹시나위협이 될지 모르는 적병을 잡기 위해 산에 올라간 동안 소년은 한시도추락한 비행기에 대해서 관심의 끈을 놓지 못한다. "광기와 같은 기대,취기와 같은 뜨거운 감정"이 다른 아이들과 놀면서도 떠나지 않는다.

평온한 마을에 발생한 뜻밖의 사건은 마을 사람들에게 평온한 일상을위협하는 계기가 되지 않을까 불안감을 갖게 만든다. 반면에 아이들은반복되는 지루한 일상으로부터 일탈을 가능하게 만들어 줄 기회가 되지않을까 하는 기대감을 가지게 된다. 불안과 기대가 온 마을을 감싸고있는 가운데 어른들이 붙잡아 온 것은 몸이 시커멓고 덩치가 큰 흑인병사였다. 시골 마을에 고립된 채 살아온 소년에게 전쟁이나 적군 등은실감하기 어려운 추상적인 용어일 뿐이었다. 그런 소년에게 실체로 다가온, 그것도 백인일 거라는 짐작과는 달리 뜻밖의 흑인 병사의 모습은'충격과 공포'로 다가올 수밖에 없었다.

그런데 포로로 잡아 온 흑인 병사를 읍내에서 데려가기 전까지 기거할 장소가 마침 우리집이었다. 우리는 마을 중앙에 있는 공동 창고 2층의, 옛날에 누에를 치던 좁은 방에서 살고 있었는데, 그 창고의 지하에 가두어 두기로 했기 때문이다. 이와 같은 사실은 소년에게 또 다른 기대감과 기쁨을 느끼게 만든다.

> 우리는 '사냥감'과 같은 집에 살게 되는 것이다. 지붕 밑 방에서 아무리 귀를 기울인다 해도 지하 창고의 고함 소리가 들려오지는 않을 터였지만, 검둥이 군인이 끌려들어 가 있는 지하 창고 위 침대에 앉아 있다는 것만으로도, 얼마나 흥분이 되고 짜릿짜릿한지 믿을 수 없을 지경이었다. 공포와 기쁨이 뒤섞인 기묘한 흥분에 내 이는 딱딱 소리를 내며 부딪치기 시작했고, 동생은 열병에라도 걸린 양 부들부들 떨었다. 그리고 우리는 아버지가 무거운 사냥총과 함께 피곤에 전 모습으로 돌아올 것을 기다리며 우리에게 닥친 느닷없는 행운에 대해 기쁨의 미소를 나누었다. (103)

같은 창고 건물이지만 이층과 지하로 나뉘어져 있어서 같은 집에 사는 것이라고 할 수도 없지만 소년과 동생은 한껏 들떠있다. 소리도 들리지 않고 지하는 잠겨 있으니 자유롭게 왕래할 수도 없지만 한편으로는 무섭기도 하고 다른 한편으로는 흥분되기도 한다. 가까운 곳, 같은 건물 안에 낯선 이방인이 함께 기거하고 있다는 사실만으로도 짜릿짜릿한 느낌이 들고, 무엇인지 알 수 없지만 평소와는 다른 일이 발생할 것만 같다.

어른들에게는 귀찮고 성가신 흑인 병사가 하루라도 빨리 읍내에서 데려가 주기를 바라는 존재이겠지만, 아이들에게는 조금이라도 더 마을에 머물러 있기를 바라는 존재인 셈이다.

> 읍사무소와 주재소에서는 검둥이 군인 포로를 처리할 방법이 없다, 현청에 보고하고 지시가 내려올 때까지 검둥이 군인을 보호할 책임은 마을에

있는 것이라는 게 서기의 주장이었다. 이장은 마을은 검둥이 군인을 수용할 능력이 없다고 펄쩍 뛰었다. 그렇다고 마을 사람들로서는 머나먼 산길을 돌아 저 위험한 검둥이 군인을 '읍내'까지 호송한다는 것도 어려운 일이었다. 기나긴 우기와 홍수가 모든 것을 엉망진창으로 만들어 놓았다. (119)

아이들에게는 다행스럽게도 흑인 병사가 조만간 이송될 것 같지는 않다. 읍사무소는 현청의 지시가 있어야 한다며, 지시가 내려올 때까지 마을에서 포로를 보호하고 있으라고 주장한다. 홍수로 인해 다리가 끊어진 상황에서 마을 사람들만으로 흑인 병사를 읍내까지 호송하는 것도 위험해 보인다. 우기와 홍수로 인해 흑인 병사는 어쩔 수 없이 마을에 더 머물러야 하는 것이다.

흑인 병사가 오래 머물 수밖에 없게 되고, 시간이 지나도 아무런 일이 발생하지 않게 되자 마을 어른들은 점차 흑인 병사에 대한 관심을 거두게 된다. 흑인 병사는 소년이 아이들을 대표하여 건네주는 음식을 저항 없이 받아먹으며 점차 건강을 회복하게 되고 얌전하게 창고 지하에서 지내게 된다. 아이들은 그러나 흑인 병사에 대해 지속적으로 관심을 가지고 있는데, 흡사 아이들이 흑인 병사의 포로가 된 것 마냥 아이들의 모든 생활은 흑인 병사에 대한 관심으로 채워지게 된다. 마치 매일 동물원에 구경 가는 아이들처럼, 동물원에 다녀와서도 자신들이 본 동물에 대해 계속해서 이야기를 나누고 관심을 가지는 것처럼 아이들의 일상과 정신은 온통 흑인 병사들로 가득 차게 된 것이다.

우리 마을 아이들은 완전히 검둥이 군인의 포로가 되어 모든 생활의 구석구석을 검둥이 군인으로 채웠다. 검둥이 군인은 전염병처럼 아이들 사이에 퍼지고 침투했다. 그러나 어른들은 자기들 일로 바빴다. 어른들은 아이들의 전염병에 걸리지 않았다. 좀처럼 오지 않는 읍사무소의 지시만 기다리고 앉아 있을 수는 없었다. 검둥이 군인의 감시 역할을 맡은 아버지조차 다시 사냥을 나가기 시작하자, 지하 창고에서 생활하는 검둥이 군인은 거의 아무 보류 조건 없이 아이들의 일상을 차지하게 되었다. (123)

흑인 병사의 영향력이 '전염병'처럼 아이들 사이에 퍼진 데에는 그가 이제 더 이상 위험한 존재가 아니라는 확신이 아이들 사이에 공유되어 있기 때문이기도 하다. 아이들은 자신들의 확신을 확인하기 위해서 조심스럽게 한발자국씩 나아간다. 먼저 아이들은 흑인 병사의 다리에 묶어 놓은 멧돼지용 덫을 풀어준다. 실제로 상당히 위험할 수도 있는 이 행동은 아이들의 확신이 틀리지 않았다는 것을 증명해 준다. 흑인병사는 다리가 자유로워졌음에도 불구하고 도주를 한다거나 아이들을 위협한다거나 하는 평소와는 다른 행동을 하지 않는다. 물론 흑인 병사 입장에서는 낯선 이국땅의 외딴 산간벽지에서 생존하기 위해서는 이 마을에서 지내는 것이 더욱 안전할 것이며 자신에게 가해지는 위협이 없는 한 자신이 위험한 존재로 비춰져서도 안 될 것이라는 판단이 있었겠지만, 아이들에게는 얌전한 흑인 병사의 모습에서 야생동물이 이제 애완동물이 된 것마냥 친근함을 느끼게 된다.

아침을 먹고 돌아와 보니 흑인 병사는 자신을 묶었던 고장난 멧돼지용 덫을 고치기 위해 창고에 있던 연장들을 꺼내 놓고 있었다. 소년이 옆에 앉자 흑인 병사는 자신이 있다는 듯이 이를 드러내면서 웃는다. 소년은 "검둥이 군인이 웃을 줄 안다는 데 적지 않은 충격을 받았다. 우리는 불현듯 검둥이 군인과 깊고도 격렬한 '인간적'인 정서로 묶여 있다는 걸 깨달았다."(126)라고 회상하는데, 이와 같은 깨달음이 오히려 아이들이 흑인 병사를 그동안 인간으로 간주하고 있지 않았다는 사실을 역설적으로 드러낸다. 불현듯 느낀 인간적인 정서는 순간적인 것일 뿐 그러한 느낌이 지속되지는 않는다. 이제야 경계심을 풀었을 뿐 여전히 아이들에게 흑인 병사는 동물로 여겨진다.

> 철커덕하고 이가 맞아 들어가는 소리가 나고 덫이 굵은 밧줄을 물었다. 검둥이 군인은 덫을 조심스럽게 바닥에 내려놓으며 뿌연 액체 같은 눈에 미소를 띠고 나와 동생을 바라보았다. 검게 빛나는 그의 뺨으로 땀방울이 구슬처럼 흘러내렸다. 나와 동생도 검둥이 군인을 바라보며 마주 웃었다. 우리는 정말 오랫동안 염소 혹은 사냥개를 쳐다보는 것처럼 미소를 띠고 검둥이 군인의 순한 눈을 들여다보았다. 더웠다. 우리는 더위가 우리와 검둥이 군인을 묶어 주는 공통의 쾌락이라도 되는 듯이 더위에 푹 잠겨 서로 바라보며 웃음을 나누었다……… (127)

흑인 병사는 솜씨가 좋은 모양이다. 덫이 마침내 성공적으로 수리되자 소년과 동생과 흑인 병사는 함께 마주보고 웃는다. 그런데 아이들이 흑인 병사를 바라보는 눈빛은 순한 눈을 가진 염소나 사냥개를 쳐다보는 그것과 다르지 않다. 더운 여름날 지하 창고에서 땀을 흘려가며 덫을 고치는 흑인 병사와 수리가 성공하기를 바라면서 그 모습을 바라보고 있던 아이들의 모습은 서정적이고 낭만적인 장면처럼 보이지만, 아직 그들 사이에는 '사육'의 관계가 놓여있다. 아이들은 여전히 흑인 병사를 동물로 바라보고 있으며, 흑인 병사는 제공되는 밥을 얻어먹으며 창고에 갇혀 있는 포로 신세인 것이다.

덫을 수리한 후 흑인 병사는 읍사무소 서기의 고장 난 의족을 수리하게 된다. 심심하게 갇혀 있던 흑인 병사는 신이 난 듯 의족을 수리하기 시작했고 아이들은 환호하게 된다. 이 일을 계기로 아이들은 흑인 병사를 창고에서 데리고 나와 본다.

179

그때부터 우리는 가끔씩 검둥이 군인을 창고에서 데리고 나와 마을 가운데 돌길을 함께 산책하기 시작했다. 어른들도 별로 거기에 대해 나무라지 않았다. 어른들은 마을 공유의 씨받이 소가 다가오면 길옆 풀숲으로 피하던 것처럼, 우리 아이들에 둘러싸인 검둥이 군인과 만나면 얼굴을 돌리고 옆으로 피했다. (129)

그림 4. 흑인 병사와 아이들은 친하게 지낸다.

비행기 추락 후 처음에는 긴장했던 어른들도 오랜 시간의 평화로 인해 흑인 병사를 더 이상 위험한 존재로 간주하지 않는다. 흑인 병사와 아이들이 마을을 함께 산책하고 돌아다녀도 어른들은 아이들을 혼내지 않고 길에서 멀찌감치 물러날 뿐이다. 어른들의 암묵적 허락 하에 아이들은 흑인 병사와 함께 산책도 하고 샘가에 가서 수영도 함께 하면서 친구처럼 친밀하고 즐거운 시간들을 보낸다. 말이 통하지 않아서였을까, 아이들은 여전히 흑인 병사를 "진귀한 가축"이나 "머리가 기막히게 좋은 동물"로만 여겼다. 함께 지내는 시간이 충만한 기쁨을 주고, 그 해 여름을 그 어느 때보다 빛나게 보내면서도 그를 그들과 다를 바 없는 인간이라고 여기지는 못했던 것이다. 아무튼 아이들은 선물처럼 내려진 흑인 병사와 즐거운 시간을 함께 보내면서 "그 눈부시게 빛나는 억센 근육을 드러내 주었던 여름이, 갑자기 솟아오른 유정(油井)과 같이 기쁨을 흩뿌리며 그 원유와 같은 흥분으로 우리를 뒤집어씌워 주던 여름이, 영원히 계속되고, 이 축제가 끝나는 일은 결코 없으리라 생각했다."(133)

소년의 상처와 성장

아이들의 바람과는 달리 영원한 축제라는 것은 이 세상에 없다. 마침내 현청에서 흑인 병사를 인도하겠다는 지시가 내려왔고, 읍내까지 마을 사람들이 군대를 대신하여 호송해 달라는 부탁을 하러 서기가 찾아온 것이다. 마을 어른들에게는 귀찮은

그림 5. 소년은 흑인 병사의 인질이 되어 죽을 고비를 넘기며 정신적인 성장을 하게 된다.

일이 생긴 정도였겠지만, 아이들에게는 흑인 병사와 갑작스럽게 이별할 수밖에 없게 된 것에 여간 실망스러운 것이 아닐 수 없다. 찬란하게 빛나던 여름날의 축제가 이제 막을 내려야 한다니. 소년은 이 결정을 흑인 병사에게 알려줘야 한다는 생각이 문득 들었다. 갑작스럽게 끌려가게 해서는 안 되며, 이별을 함께 슬퍼하면서 마음의 준비를 하게 하기 위함인지, 아니면 현청으로 끌려가면 위험할 수 있으니 빨리 도망이라도 가라고 말하기 위함인지는 알 수 없으나, 소년은 아무튼 이 사실을 누구보다 빨리 흑인 병사에게 알려줘야 한다는 의무감에 흑인 병사에게도 달려간다. 그러나 흑인 병사와 소년은 말이 통하지 않는다. 소년은 헐레벌떡 달려오긴 했지만 "초조하고 슬픈 마음"에 흑인 병사를 바라보기만 할 뿐 이 상황을 흑인 병사에게 설명할 방도가 없다. 숨을 헐떡이는 소년의 모습에서 모종의 위험과 다급함을 느낀 흑인 병사는 순간 소년을 낚아채 광장에서 지하 창고로 숨어들어 간다. 졸지에 소년은 흑인 병사의 인질

181

이 되어 버린 것이다.

> 검둥이 군인은 민첩한 동물처럼 나를 잡아채어 자기 몸으로 바짝 껴안
> 고 총구로부터 자신을 지키려 했다. 나는 검둥이 군인의 품에 감금되어
> 고통스러운 절규와 몸부림 속에서 이 잔혹한 상황의 의미를 모두 깨달았
> 다. 나는 포로였다. 그리고 인질이었다. 검둥이 군인은 '적'으로 변해 있었
> 고 나의 아군은 뚜껑의 저편에서 허둥거리고 있었다. 분노와 굴욕감, 배신
> 당했다는 슬픔이 내 몸 속으로 뜨거운 불길로 번져 나갔다. 그리고 무엇보
> 다도 공포가 부풀어 올라 나의 목구멍을 막으며 오열을 불러일으켰다. 나
> 는 억센 검둥이 군인의 품속에 갇힌 채 불타는 분노에 사로잡혀 눈물을
> 흘렸다. 검둥이 군인이 나를 인질로 삼다니…… (137)

흑인 병사의 인질이 되어 그의 품에 감금되자 소년은 비로소 현실을
직시하게 된다. 흑인 병사를 친구처럼 믿었던 자신에 대한 책망과 흑인
병사에 대한 배신감, 그리고 힘으로 제압당한 채 무기력하게 인질이 되
어버린 상황에 대한 무서움과 굴욕감 등 다양한 감정이 교차한다.

자신이 매일 먹을 것을 챙겨 창고에 가져다주었을 뿐만 아니라, 다리
에 묶인 족쇄를 풀어주고 함께 마을을 다니며 즐거운 시간을 보냈던 흑
인 병사가 자신을 인질로 삼은 것에 분노, 공포, 배신감이 들지 않을 수
없다. 또 한 가지 수치스러운 것은 자신이 인질이 되었다는 사실을 온
마을 사람들이, 특히 자신과 또래인 아이들이 알게 되었다는 사실이다.
흑인 병사와 가장 가까운 사이인 것에 자부심을 느끼고 있었고, 다른
아이들은 내심 그런 그를 부러워하고 있었으며, 흑인 병사에게 가까이
가기 위해서 소년에게 잘 보이려고 하던 일들을 생각하면, 자신의 자부
심이라는 것이 얼마나 헛된 것인가가 만천하에 드러난 셈이 된 것이다.
게다가 자신을 지켜줄 것이라고 믿었던 마을 어른들이 허둥대며 이 상황

을 지켜만 보고 있는 것에서도 실망감을 금할 수 없다. 나의 세상에 대한 적의는 흑인 병사에게 뿐만 아니라 마을 어른들에게도 향하게 된다. 마치 "교미하다가 갑자기 들킨 고양이처럼" 나의 굴욕은 세상에 공개되고, 나의 적의는 세상을 향해 확대된다.

> 어른들 무리에서 도끼를 든 아버지가 성큼 앞으로 나섰다. 분노로 이글거리는 아버지의 눈은 마치 개의 눈처럼 뜨거운 열기를 내뿜었다. 검둥이 군인의 손아귀에 더욱 힘이 들어가고 나는 신음을 흘렸다. 아버지가 우리에게 달려들었다. 나는 머리 위로 높이 들리는 번뜩이는 도끼날을 보고 눈을 감았다. 검둥이 군인이 내 왼손을 끌어 올려 자기의 머리를 감쌌다. 지하 창고에 있던 모든 인간들이 아악 하고 비명을 질렀다. 나는 나의 왼손과 검둥이 군인의 머리통이 박살나는 소리를 들었다. 나의 턱 아래 검둥이 군인의 윤기 나는 피부 위로 뭉글뭉글한 피가 구슬이 되어 튀었다. 어른들이 일제히 달려들었다. 검둥이 군인의 손아귀가 풀리는 것과 동시에 타는 듯한 통증이 온몸을 엄습했다. (141-142)

대치 상황에서 용감하게 나선 것은 소년의 아버지였다. 아버지는 도끼를 들어 단번에 흑인 병사의 머리를 가격했고, 이를 막기 위해 흑인 병사는 소년의 팔을 들어 자신의 머리를 감쌌지만 결국 머리가 박살나며 그 자리에서 죽게 된다. 나는 아버지 덕분에 비로소 인질에서 풀려나게 되었지만, 그 과정에 왼손에 심한 부상을 입고 고통스러워한다. 이쯤이면 사건은 잘 해결된 것 같다. 아무런 부상도 입지 않고 구조될 수 있었다면 더할 나위 없이 좋았겠지만, 목숨을 보장할 수 없는 긴박한 상황에서 무사히 구출될 수 있었으니 다행으로 여겨야 할 것이다. 하지만 소년에게 왼팔의 부상보다 더 큰 상처가 마음에 자리 잡게 된다. 상식적으로 말이 되지 않지만, 소년의 심리적 트라우마가 증오가 되어 향한 것은 아버지와 마을 어른들이다. 소년은 아버지와 마을 어른들이 도끼를 휘두르며 자신에게 달려들었다고 생각한다. 논리적 이해를 거부한 소년은 구역질을 하고 악을 쓰면서 자신의 증오심을 발산하게 된다.

흑인 병사와 마을 사람들로부터 받은 배신감과 증오는 소년으로 하여금 자기 자신, 전쟁, 그리고 세상을 새롭게 돌아보는 계기로 작용한다. 자칫 목숨이 달아날 뻔 했던 심각한 사건을 겪은 후 소년은 이제 더 이상 예전의 자신으로 돌아갈 수 없음을 깨닫게 된다.

> "으, 냄새." 언청이가 말했다. "으깨진 네 손에서 지독한 냄새가 난다."
> 나는 투쟁심으로 번뜩이는 언청이의 눈을 흘겨보았다. 언청이는 내가 바로 덤벼들 것으로 생각했는지 다리를 벌리고 싸울 태세를 취했다. 그러나 나는 그것을 무시, 그의 목을 향해 덤벼드는 짓은 하지 않았다.
> "그건 나한테서 나는 냄새가 아니야." 나는 힘없이 갈라진 소리로 말했다. "검둥이 냄새지."
> 언청이는 어처구니없다는 듯이 나를 쳐다보았다. 나는 입술을 깨물고 언청이에게서 시선을 돌려 언청이의 맨발을 감싸고 있는 자잘한 풀 이파리를 내려다보았다. 언청이는 노골적으로 경멸을 나타내며 어깨를 으쓱하더니 침을 탁 뱉고 소리를 지르면서 썰매를 타는 아이들이 있는 곳으로 달려갔다.
> 나는 이제 아이가 아니다, 라는 생각이 계시처럼 내면에서 솟아오르는 것을 느꼈다. 언청이와의 피 튀기는 주먹질, 달밤의 새 후리기, 썰매 타기, 새끼 들개, 그 모든 것들은 아이들을 위한 거다. 그런 세계는 더 이상 나와는 아무 상관이 없는 세계가 되어 버렸다. (145-146)

부상이 어느 정도 회복된 후 언청이는 예전부터 그랬던 것처럼 소년을 놀리지만 소년은 아이처럼 반응하지 않는다. 장난인 듯 시비를 걸어보지만 소년은 시비를 비켜감으로써 이전과 달라진 자신의 모습을 보여준다.

"나는 이제 아이가 아니다"라는 자의식은 자신이 그 사건을 계기로 한 단계 성숙했음을 스스로에게 다짐하는 것이다. 아이들의 싸움과 놀이가 이제 소년에게는 즐거움을 주지도 못할 뿐만 아니라 관심의 대상이 되지도 못한다. 마을에까지 들이닥친 전쟁의 잔인함을 몸소 실감한 소년에게 아이들 사이의 놀이와 싸움이 얼마나 하찮은 것으로 여겨졌을지는 짐작하고도 남음이 있다. 흑인 병사의 인질이 됨으로써 전쟁의 공포와 잔인함을 직접적으로 체험했던 소년은 자신이 속해 있던 마을 공동체의 자립적, 자족적 세계에 함몰되어 살아갈 수 없게 된 것이다. 송인선의 지적처럼 흑인 병사로 인해 마을 공동체는 국가의 말단 행정 기관이 됨으로써 자율적으로 유지되던 평안이 깨어지게 되고, 국가 기관의 역할을 수행하게 됨으로써 전쟁이라는 엄청난 사건에 연루되게 된다.

　　전쟁 말기, 포로가 된 흑인병사의 신병 처리에 대해 국가의 구체적인 지시가 산골짝 마을에 도달하기까지의 과정은, 야마네 겐(山根 献)이 지적했듯이 '국가→도청 (県庁)→읍내(町)→마을(村)'로 체계화해 관리되는 근대국가의 조직적인 지역관리 시스템을 그대로 보여준다. 흑인 포로 한 명의 신병 처리는 조직의 맨 꼭대기부터 차례대로 계통과 순서를 밟아, 맨 아래 산골짝 마을에까지 전달되는 것이다. 마을 아이들과 흑인 병사 사이의 친밀감은, 바로 그 계통화한 권력이 마을에 닿기 이전인 유예 기간 중에 싹튼다. 유예 기간 중의 마을은, 비록 행정단위로서의 '마을(村)'이라는 이름이 부여되어 있어도, 그 내실에 있어서는, 국가 및 상위의 행정 조직과는 무관하게 자율적으로 운영되던 재래공동체의 모습이 잔존하고 있는 상태라 할 수 있다.3)

---

3) 송인선, 「변전(変転)하는 공동체」, 『일본문화학보』 48, 2011, 188.

  소년이 겪은 참담한 사건은 그로 하여금 재래공동체의 가치와 질서에 머무는 것이 더 이상 불가능하다는 사실을 깨닫게 하는 것으로 소년으로 하여금 현실을 직시하도록 하는 매개 역할을 한다. 그리고 소년의 각성은 전후 세대로 하여금 전전 세대의 가치관과 사회 발전의 로드맵을 비판적으로 조망하라는 상징적 전언의 역할을 하고 있다. 소년은 이제 아이의 천진난만하던 순수성과 작별하고 "갑작스러운 죽음, 죽은 자의 표정, 때론 슬픈 표정이고 때론 웃는 표정인 그런 것들에 급속하게 익숙해져"(149) 버린 성숙함을 지니게 되었다.

> 나는 숨을 깊이 들이마시곤 잠자코 있었다. 전쟁, 피투성이로 뒤엉키는 거대하고 긴 싸움, 지금도 그것이 계속되고 있는 거다. 먼 나라의 양 떼나, 잘 다듬어 놓은 목초지를 휩쓸어 가는 홍수처럼, 그것은 우리 마을하고는 아무런 상관이 없는 것인 줄로만 알았다. 그런데 바로 그것이 여기까지 와서 나의 손을 이렇게 짓이겨 놓았다. 그것은 아버지로 하여금 온몸을 피로 적시며 도끼를 휘두르게 만들었다. 그리고 마을은 급작스럽게 전쟁의 소용돌이 속으로 빨려 들어갔다. 그 엄청난 소용돌이 속에서 나는 숨조차 제대로 쉴 수가 없다. (147)

  자신과는 아무런 상관이 없을 것 같던 전쟁이 일상 한가운데로 엄습하고, 마을 속에서 고립된 채 자신들은 안전할 것이라는 생각이 착각으로 밝혀졌을 때, 국가적 차원의 격랑 속에 휩쓸린 개인은 무기력할 수밖에 없고 그 때서야 개인은 바깥세상에서 일어난 일에 무지했던 자신의 무관심과 무시를 후회하게 된다.

세상 바깥에서 연대와 소통을 꿈꾸다

『사육』을 포함한 오에의 초기 작품들은 감금, 고립을 모티브로 삼아 전후에도 여전히 폐쇄된 상태로 살아가는 일본인과 일본 사회를 그리고 있다. 전후 작가의 특징이라고 할 수 있는 현실 세계에 대한 끊임없는 부정의 자세를 견지함으로써 오에는 "전흔세대의 정신적 혼란과 전쟁의 참혹함을 표현"하고 있다.[4] 오에의 부정성은 일본 사회에 대한 그의 현실주의적 태도에서 기인하는 것으로, 강요되고 강제된 진리와 타협하지 않고 회의 없이는 절대로 받아들이지 않는 그의 집요한 거리두기에서 비롯된 것이다.

오에의 비타협적인 실사구시의 정신은 그의 성장 배경과도 관련이 있는데, 1935년에 태어난 그는 어린 시절 사회 체제가 완전히 뒤바뀌는 경험을 하게 되고 이와 같은 혼란스러운 경험이 그에게 어떤 체제와 사상에도 예민하게 반응하게 만든다. 특히 그는 전후 민주주의 교육에 깊은 인상을 받게 되는데, 이는 그의 사회에 대한 태도에 많은 영향을 주게 된다.

민주주의 교육은 작가로서의 오에로 하여금 부단히 사회적인 것에 관심을 지니게 하는데, "그가 취하는 여러 가지 실험적 소설 양식과 돌발적인 상상력에도 불구하고, 기본적으로 '현실'에 기반한 '허구'를 그리며 '현실'에 대해 발언하는 작가로 알려져 있다. 따라서 오에가 그리는 '개인'들은 어떤 형태로든 그 개인을 둘러싸고 형태지우고 있는 '공동체'와의 관계에서 파악할 필요가 있으며, 그런 만큼 오에가 그의 문학 속에

---

4) 홍진희, 「전흔세대(燒け跡世代) 소년의 전쟁」, 『일본문화학보』 79, 2018, 256.

서 변주를 거듭하고 있는 공동체 표상은 오에 문학을 이해하는 데 있어 빼놓을 수 없는 핵심 요소이다."5) 그는 장애가 있는 아들 히카리의 영향을 받아 인권 문제를 다루는가 하면, 미일상호방위조약 체결에 반대하여 일어난 1959년의 안보투쟁을 주제로 삼기도 하고, 천황제를 비판하거나 핵 문제, SF, 종교 등 다양한 주제를 다루면서 일본 사회에 깊이 침윤해 들어간다. 그는 민주주의를 기반으로 평화, 인권, 반전의 사상을 자신의 작품에 반영하여 이를 다양한 문체와 실험적 양식의 소설로 그려내고 있다. 이처럼 다양하게 변주되는 오에의 문학세계는 폭과 깊이에 있어서 접근하기 까다롭다는 평을 받고 있지만, 초기 작품들은 비교적 쉽게 읽히며 상대적으로 덜 난해하여 쉽게 이해할 수 있다. 오에의 문학세계로 들어가고 싶은 독자라면 초기의 작품들을 교두보로 삼아 볼 수도 있을 것이다. 초기 작품으로 독서를 시작하는 것은 오에의 문학세계로 들어가는 가장 빠르고 손쉬운 우회로를 선택하는 것이다.

---

5) 송인선, 「변전(変転)하는 공동체」, 185.

제6장

문학이라는 끝없는 질문
한강의 「내 아내의 열매」

사춘기 이후로 늘 질문이 많았어요. 나는 누구인가부터 왜 태어나서 왜 죽는 걸까, 고통은 왜 있나, 나는 뭐 할 수 있지, 인간이란 건 뭐지, 이런 질문들이 늘 괴로웠고요. 그걸 질문을 하는 방식이 글을 쓰는 것이겠다는 생각이 들어서 글을 쓰게 되었죠. 하나의 소설, 특히 장편소설은 그 시기에 저에게 중요한 질문을 끝까지 완성해 보는 그런 거예요. 질문의 끝에 어떻게든 도달을 하면 그 다음 질문이 생겨나고요. 그러면 다음 소설에서 그 질문을 이어가고 그래요. 질문을 완성한다고 해서 답이 나오는 건 아닌데요. 그 질문에 끝까지 가보는 것, 그 자체가 답인 것 같아요.

– 2019년 오은 시인과의 인터뷰 중에서

이미 문단은 그녀를 주목하고 있었다.

2016년 5월 『채식주의자』로 맨부커 국제상(Man Booker International Prize)을 수상하며 일약 유명해진 한강(韓江)은 한국 문단에서는 이미 촉망받는 작가였다. 1970년 광주광역시에서 출생한 그는 이채롭게도 소설가가 아니라 시인으로 먼저 등단했다. 1993년 문학과사회 겨울호에 「서울의 겨울」 등 4편의 시가 먼저 실리게 되었으며, 이듬해인 1994년 「붉은 닻」

그림 1. 한강 by Siegfried Woldhek

으로 서울신문이 주관하는 신춘문예에 당선되어 소설가로서 이름을 올리게 된다. 1999년에는 「아기 부처」로 제25회 한국소설문학상을 수상하였고, 2000년에는 문화관광부 오늘의 젊은 예술가상을 수상하였다. 새천년 이후 한강은 본격적으로 문단으로부터 인정받기 시작하는데, 2005년 (『채식주의자』 3연작 중 하나로 나중에 포함된) 「몽고반점」이 제29회 이상문학상 수상작으로 선정된 것이 그 출발점이다. 심사위원 전원일치 평결로 선정된 이 작품은 "이제는 퇴화되어 사라진, 태고의 '순수성'과 원초적 미를 되찾고 싶어하는 현대인의 정신적 집착과 탐색을 다룬" 작품으로 "신선한 감각과 세련된 문체"를 통해 "탐미와 관능의 세계를 고도의 미적 감각으로 정치하게 묘사"[1]한 점을 높이 평가받았다. 심사위원으로 참여한 이어령은 "기이한 소재와 특이한 인물 설정, 그리고 난(亂)한 이야기의 전개가 어색할 수도 있었지만, 차원 높은 상징성과 뛰어난 작법으로 또 다른 소설 읽기의 재미를 보여주고 있다"[2]라고 평하고 있으며, 권영민은 "육체와 성, 욕망과 일탈의 문제를 밀도 있게 그려내고" 있으며, "서사의 무게를 묘사적 기법으로 완화시키면서도 일종의 환상적인 소설 공간을 창조하고"[3] 있다고 평가한다.

한강은 이후 한국 문단의 대표적인 작가로 일약 부상하며, 2010년에는 『바람이 분다, 가라』로 제13회 김동리문학상을, 2014년에는 『소년이 온

---

1) 이상문학상 심사위원회, <제29회 이상문학상 대상 수상작 선정 이유서>, 『2005 제29회 이상문학상 작품집』, 문학사상사, 2005. 5.
2) 이어령, <차원 높은 상징성을 보여주는 새로운 소설: 제29회 이상문학상 심사평>, 『2005 제29회 이상문학상 작품집』, 330.
3) 권영민, <상과 육체의 근원적인 문제를 밀도 있게 그려낸 수작: 제29회 이상문학상 심사평>, 『2005 제29회 이상문학상 작품집』, 339.

다』로 만해문학상을, 2015년에는 「눈 한 송이가 녹는 동안」으로 황순원문학상을 수상한다. 흥미로운 점은 그의 아버지 한승원 또한 소설가로서 「해변의 길손」으로 1988년에 이상문학상을 수상했고, 2006년에는 『원효』로 김동리문학상을 수상한 바 있어, 부녀 2대가 이상문학상과 김동리문학상을 받는 특이한 기록을 남기기도 했다는 사실이다.

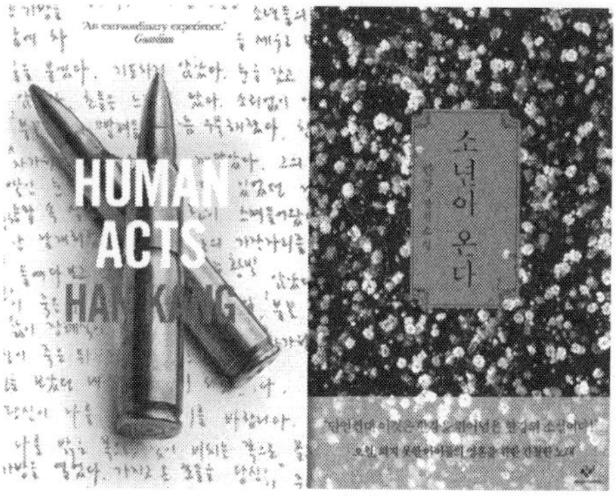

그림 2. 5·18 민주화운동을 다룬 『소년이 온다』는 영어와 이탈리아어 등으로 번역되었다.

위의 수상작들 중 『소년이 온다』는 2017년에 이탈리아에서 개최하는 제20회 말라파르테(Malaparte)문학상을 수상하기도 했는데, 이 상은 이탈리아 저널리스트이자 소설가인 쿠르치오 말라파르테(Curzio Malaparte)를 기리기 위해 1983년 제정된 것으로, 솔 벨로(Saul Bellow), 네이딘 고디머(Nadine Gordimer), 수전 손택(Susan Sontag) 등 유명한 작가들이 역대 수상자 명단에 포함되어 있다. 『소년이 온다』는 5·18 광주민주화운동을 소재로 당시 계엄군에 맞서다 희생된 인물들과 가족 등의 주변 인물들의 심리적 고통을 그리고 있는 작품으로 영어판으로는 Human Acts란 제목으로, 이탈리아어판으로는 인간의 행위라는 영어판과 같은 뜻을 가진 Atti Umani란 제목으로 출간되었다. 영국의 <가디언>지는 "상호 연결된 장, 각각의 영혼은 1980년의 잔학 행위에 의해 "갈라지고(sundered)" "흩어진(scattered)" 폭력의 끝을 향해"있으며, "불안할 정도로 몰입도가 높은 2인칭(unnervingly immersive second person)"으로 작성되어 독자들은 죽은 친구를 찾는 소년 동호에 감정이입"[4]된다고 소개하고 있다. 영국의 정신분석가이자 작가인 수지 오바크(Susie Orbach)는 "고통, 몸, 인간이 되기 위한 투쟁이 상처, 잔인함, 혼란에 직면하여 자신을 돌보기 위한 여러 이상한 방법을 수반하는 방법"(pain, the body and how the struggle to be human involves many strange ways of trying to look after oneself in the face of hurt, cruelty, confusion)을 보여주고 있다고 평가하고 있으며, 인권변호사이자 법학부 교수인 필립 샌즈(Philippe Sands)는 "강렬하고 마법 같은 성취 - 잔학 행위의 프리즘을 통해 볼 수 있는 불의의 보편적 유산에 대한 잔혹하면서도 서정적인 반성"[5](an intense and magical achievement – a brutal yet lyrical reflection on the universal legacy of injustice seen through the prism of one act of atrocity)을 성취하고 있다고 평가한다.

한강은 한 인터뷰에서 이 작품에 대한 집필 동기를 다음과 같이 설명하고 있다. 그는 "제가 광주 사진첩을 처음 본 게 12살, 13살 즈음이었는데, 그 사진첩에서 봤던 참혹한 시신들의 사진, 그리고 총상자들을 위해서 헌혈을 하려고 병원 앞에서 줄을 끝없이 서 있는 사람들의 모습, 이 2개가 풀 수 없는 수수께끼처럼 느껴졌거든요. 인간이란 것이 이토록 참혹하게 폭력적이기도 하고, 그리고 그렇게 위험한 상황에 집에 머물지 않고 나와서 피를 나누려고 하는 사람들이 있다는 것, 그게 너무 양립할

---

4) https://www.theguardian.com/books/2016/jan/17/human-acts-han-kang-review-south-korea

5) https://www.theguardian.com/books/2016/feb/05/han-kang-interview-writing-massacre

수 없는 숙제 같았어요. 그래서 긴 시간이 지난 후에 제 안에 아직도 이렇게 풀리지 않는 수수께끼가 있기 때문에, 제가 인간에 대해서 말하려고 할 때 '5월 광주를 결국은 뚫고 나아가야 되는 거구나, 언제나 그랬듯이 글쓰기 외에는 그것을 뚫고 나갈 수가 없구나' 하는 생각이 들어서 그래서 쓰게 됐던 거예요"[6]라며 80년 5월 광주 민주화운동이 작가로서 회피할 수 없는 중요한 사회적 사건임을 강조한다.

이듬해인 2018년에는 『작별』이라는 작품으로 김유정문학상을 수상하게 되고, 같은 해에 『흰』이라는 작품으로 다시 한번 맨부커상 최종후보에 오르게 되면서 작가로서의 국내외 명성을 이어간다. 2019년에는 『채식주의자』가 스페인에서 개최된 제24회 산클레멘테문학상(San Clemente Award) 수상작으로 선정되는데, 이 상은 독특하게도 스페인 갈리시아 지방의 중심지이자 유네스코 세계유산으로 선정된 도시인 산티아고데 콤포스텔라(Santiago de Compostela)의 고등학생들이 수상작을 선정한다.

그림 3. 한강의 최신작 『작별하지 않는다』는 제주 4.3 사건을 다루고 있다.

한강의 최근작으로는 제주 4.3 사건을 다룬 장편소설 『작별하지 않는다』(2021)가 발간되었는데, 이 작품에 대해 작가는 한 인터뷰에서 "이 소설을 쓰는 동안이나 쓰고 나서 어떤

---

6) https://news.kbs.co.kr/news/view.do?ncd=5313630

소설인지 질문을 받았을 때 몇 가지 대답을 했어요. 하나는 지극한 사랑에 대한 소설이라는 거였고요. 하나는 죽음에서 삶으로 건너오는 소설이라는 얘기였어요. 또 제주 4.3 이야기가 들어가는 소설이라고 답한 적도 있고, 바다 아래에서 촛불을 켜는 이야기라고 말한 적도 있어요. 그리고 또 한 번은 어떤 소설인지, 그걸 알고 싶어서 320페이지를 썼는데 잘 모르겠다고 답을 피한 적도 있는데요 아마 그 답을 다 합하면 이 소설이지 않을까 생각해요"[7]라고 소개한 바 있다.

장편소설들을 통해 광주 민주화운동과 제주 4.3 사건 등 한국 근대사의 의미 깊은 사건들을 다루면서도 역사적 질곡을 뚫고 살아가는 개인의 상처와 슬픔을 심도 있게 추적하는 한강은 한국 근대문학계에 독특한 위치를 점하고 있다. 가족, 젠더, 욕망 등의 미시 서사를 구성하는 감각적이고 섬세한 필치가 역사의 상처와 비극이 가하는 개인에 대한 다양한 폭력과 결합되어 보다 큰 울림으로 다가온다. 실존적 자아에 대한 성찰이 사회적 존재성이라는 끈을 놓지 않고 있어서 그의 작품 속에 등장하는 개인들의 의미는 복잡성을 띠게 되고 그들의 내면은 보다 심원한 사색과 고뇌를 보여준다. 한강에 대해서 이야기할 때 빼놓을 수 없는 그의 대표작이라 할 수 있는 『채식주의자』를 먼저 살펴보자.

문명의 폭력성에 대한 급진적 저항: 「채식주의자」

『채식주의자』를 꺼내 들면 표지의 그림이 심상치 않음을 알게 된다.

---

7) <책읽아웃 - 오은의 옹기종기 (206회) 『작별하지 않는다』>
   http://ch.yes24.com/Article/View/45918

표지의 그림은 인간의
공포와 불안, 고통과 성
적 욕망을 황폐한 육체
를 통해 표현한 작가로
잘 알려진 에곤 실레
(Egon Schiele)의 <네 그
루의 나무들>이라는 작
품이다. 네이버 지식백

그림 4. 『채식주의자』는 작가의 요청으로 에곤 실레의
<네 그루의 나무들>이라는 그림을 표지에 싣고 있다.

과에 따르면 "실레는 풍경화나 정물화를 그리면서 자연을 그대로 재현하
는 데 초점을 맞추지 않고 식물이나 사물들을 마치 인간을 닮은 형태로
여기며 주관적인 감수성을 가지고 표현해내는 데 전념했다. 이 작품에서
도 네 그루의 나무는 동일한 위치에 동일하게 줄지어 서 있는 듯 하지만,
생김새는 각각 다르며 한 나무는 잎이 다 떨어지게 표현되어, 이는 마치
헐벗은 영혼을 가진 사람을 나타낸 것처럼 보인다"고 이 작품에 대해서
설명하고 있다. 앙상하게 가지만 남은 채 위태롭게 서 있는 나무들이
어쩌면 현대인들의 자화상과도 맥이 닿아있는 듯한데, 유독 메마른 나무
한 그루가 어쩌면 작품 속 주인공인 영혜를 닮았을지도 모른다.

　영국 ≪가디언≫지의 리뷰에 따르면 이 작품은 "관능적이고 도발적이
며 폭력적이며 강력한 이미지, 놀라운 색상, 혼란스러운 질문(sensual,
provocative and violent, ripe with potent images, startling colours and
disturbing questions)"으로 가득하며, "거대한 열정과 오싹한 초연, 먹여
지는 욕망과 거부되는 욕망 사이의 마찰(the frictions between huge pa-
ssion and chilling detachment, between desires that are fed and those that
are denied)"8)을 반복적으로 보여주는 작품이다.

이 작품이 보여주는 강렬한 이미지와 도발적이고 낯선 질문들은 독자들을 곤란한 상황에 처하게 만든다. 꿈 때문에 고기를 먹지 않겠다고 선언하다가 급기야 모든 먹는 행위를 중단해버린 영혜나 그런 처제와 육체관계를 맺는 형부의 모습에 감정을 이입하기란 쉽지 않다.

『채식주의자』는 3개의 중단편을 하나로 묶은 장편소설이다. 「채식주의자」는 『창작과 비평』 2004년 여름호에, 「몽고반점」은 『문학과 사회』 2004년 가을호에, 「나무불꽃」은 『문학과 사회』 2005년 겨울호에 각각 수록된 작품들이다. 앞서 언급했듯이 「몽고반점」은 이상문학상을 수상할만큼 그 자체만으로 이미 작품의 우수성과 완결성이 증명된 작품이다.

「채식주의자」는 평범하게 주부로 살아가던 영혜가 갑자기 꿈을 꾸게 되면서 돌연 '채식'을 선언한 것에서 시작한다. 영혜의 남편 시점에서 서술되고 있는 이 작품은 선언 이전의 평범했던 그녀의 모습과 그런 그녀에게 만족하며 살아가던 남편의 담담한 이야기, 돌연 이상한 꿈을 꾼 뒤 낯선 모습으로 변하게 된 영혜에게 당황했던 이야기들이 관찰자의 시점으로 그려지고 있다. 무난한 성격에 소탈한 영혜는 돌연 이상한 꿈을 꾸게 된다.

> 어두운 숲이었어. 아무도 없었어. 뾰죽한 잎이 돋은 나무들을 헤치느라고 얼굴에, 팔에 상처가 났어. (……) 혼자 길을 잃었나 봐. 무서웠어. 추웠어. 얼어붙은 계곡을 하나 건너서, 헛간같은 밝은 건물을 발견했어. 거적때기를 걷고 들어간 순간 봤어. 수백 개의, 커다랗고 시뻘건 고깃덩어리들이

---

8) <The Vegetarian by Han Kang review ‑ an extraordinary story of family fallout> https://www.theguardian.com/books/2015/jan/24/the-vegetarian-by-han-kang-review-family-fallout

196

기다란 대막대들에 매달려 있는걸. 어떤 덩어리에선 아직 마르지 않은 붉은 피가 떨어져내리고 있었어. 끝없는 고깃덩어리들을 헤치고 나아갔지만 반대쪽 출구는 나타나지 않았어. 입고 있던 흰옷이 온통 피에 젖었어.

(……) 난 무서웠어. 아직 내 옷에 피가 묻어 있었어. 아무도 날 보지 못한 사이 나무 뒤에 웅크려 숨었어. 내 손에 피가 묻어 있었어. 내 입에 피가 묻어 있었어. 그 헛간에서, 나는 떨어진 고깃덩어리를 주워 먹었거든. 내 잇몸과 입천장에 물컹한 날고기를 문질러 붉은 피를 발랐거든. 헛간 바닥, 피웅덩이에 비친 내 눈이 번쩍였어.

그렇게 생생할 수 없어. 이빨에 씹히던 날고기의 감촉이. 내 얼굴이. 눈빛이. 처음 보는 얼굴 같은데, 분명 내 얼굴이었어. 아니야. 거꾸로 수없이 봤던 얼굴 같은데, 내 얼굴이 아니었어. 설명할 수 없어. 익숙하면서도 낯선…… 그 생생하고 이상한, 끔찍하게 이상한 느낌을. (18-19)

처음 볼 땐 분명 내 얼굴이었는데, 다시 보니 내 얼굴이 아닌, 설명할 수 없는 이상한 꿈, 끔찍하고 이상한 느낌을 주는 그 꿈은 날고기를 씹고 있던 생생한 감촉과 붉은 핏빛의 강렬한 느낌으로 인해 공포심을 자아낸다. 이 작품을 에코-페미니즘의 관점에서 바라보는 한 논문은 영혜의 채식 선언이 고기:채소=남성:여성의 등식에 대한 거부의 의미를 지닌다고 주장한다. 이들은 고기가 남성의 힘을 나타내는 명사이며, 채소는 여성과 관련이 있고 무의식적인 수준에서 채집가로서의 여성을 상기시킨다는 점에 주목한다. 고기를 제1의 음식으로 여기고 채소를 보조적인 음식으로 여기듯이 남성은 1등급 시민이며 여성은 2등급 시민이라는 상징화[9]에 저항하는 에코-페미니즘은 영혜의 채식 선언이 "자연과 여성은

9) Carol J. Adams, *The Sexual Politics of Meat: A Feminist-vegetarian Critical Theory*, 20th Anniversary Edition, 57.

그림 5. 『채식주의자』는 동명의 영화로
도 만들어져 2009년 부산영화제 '한국
영화의 오늘-파노라마' 부문에서 최초
공개되었으며, 2010년 제26회 선댄스
영화제 '월드시네마 드라마 경쟁' 부문
에 공식 초청을 받기도 했다.

지배와 착취의 대상이 된다는 점에서 밀접한 관련을 맺고 있으며, 이들이 인류의 '지배 논리'에서 벗어날 때 비로소 환경문제도 사회문제도 해결될 수 있다고 보는"10) 에코페미니즘의 기본적인 문제제기와 결이 같다고 주장한다.

보다 설득력 있는 주장은 육식/채식의 이분법을 넘어서 인류문명의 상징 질서 자체에 대한 거부, 시원의 원시성을 향한 상상계로의 회귀 욕망을 드러내고 있다고 이 작품을 분석하는 것이다.

제기랄. 그렇게 꾸물대고 있을 거야?
알지. 당신이 서두를 때면 나는 정신을 못 차리지. 다른 사람이 된 것처럼 허둥대고, 그래서 오히려 일들이 뒤엉키지. 빨리. 더 빨리. 칼을 쥔 손이 바빠서 목덜미가 뜨거워졌어. 갑자기 도마가 앞으로 밀렸지. 손가락을 벤 것, 식칼의 이가 나간 건 그 찰나야.
검지손가락을 들어올리자, 붉은 핏방울 하나가 빠르게 피어나고 있었어. 둥글게, 더 둥글게. 손가락을 입속에 넣자 마음이 편안해졌어. 선홍빛과 함께, 이상하게도 그 들큼한 맛이 나를 진정시키는 것 같았어.
두번째로 집은 불고기를 우물거리다가 당신은 입에 든 걸 뱉어냈지. 반

10) 이찬규·이은지, 「한강의 작품 속에 나타난 에코페미니즘 연구 『채식주의자』를 중심으로」, 『人文科學』 46, 2010, 45.

짝이는 걸 골라 들고 고함을 질렀지.

　뭐야, 이건! 칼조각 아냐!

　일그러진 얼굴로 날뛰는 당신을 나는 우두커니 바라보았어.

　그냥 삼켰으면 어쩔 뻔했어! 죽을 뻔했잖아!

　왜 나는 그때 놀라지 않았을까. 오히려 더욱 침착해졌어. 마치 서늘한 손이 내 이마를 짚어준 것 같았어. 문득 썰물처럼, 나를 둘러싼 모든 것이 미끄러지듯 밀려나갔어. 식탁이, 당신이, 부엌의 모든 가구들이. 나와, 내가 앉은 의자만 무한한 공간 속에 남은 것 같았어.

　다음날 새벽이었어. 헛간 속의 피웅덩이, 거기 비친 얼굴을 처음 본 건.
(26-27)

　외출을 서두르다가 영혜는 실수로 칼에 손을 베이게 된다. 보통의 경우라면 놀라고 당황하게 되겠지만, 피가 난 손가락을 입에 넣자 영혜는 오히려 마음이 편안해지고 진정된다. 불고기를 먹다가 남편이 칼조각을 뱉어내자 이번에도 영혜는 놀라지 않고 침착해지면서 무한한 공간 속에 홀로 남은 것 같은 느낌을 받게 되고 다음날 새벽 문제가 된 꿈을 꾸게 된다. 김명주에 따르면 그것은 영혜가 피에 굶주린 것이자 원시성, 야성성에 굶주려 있는 것, 즉 다시 말해 "규범과 금기가 없었던 아득한 시원, 경계가 없는 곳, 그래서 위반이 없는 원시적 순수성에 대한 갈망"[11]을 의미하는 것이다.

　　꿈에 누군가의 목을 자를 때, 끝까지 잘리지 않아 덜렁거리는 머리채를 잡고 마저 칼질을 할 때, 미끌미끌한 안구를 손바닥에 올려놓을 때, 그러다 깨어날 때. 생시에, 뒤뚱거리며 내 앞을 걸어가는 비둘기를 죽이고 싶어질

---

11) 김명주, 「한강의 『채식주의자』에서 피, 섹스, 나무 이미저리 다시 읽기」, 『인문학연구』 121, 2020, 35.

때, 오래 지켜보았던 이웃집 고양이를 목조르고 싶을 때, 다리가 후들거리고 식은땀이 맺힐 때, 내가 다른 사람이 된 것 같은 때, 다른 사람이 내 안에서 솟구쳐 올라와 나를 먹어버린 때, 그때……

입안에 침이 고여. 정육점 앞을 지날 때 나는 입을 막아. 혀뿌리부터 올라와 입술을 적시는 침 때문에. 입술 사이로 새어 나와 흘리는 침 때문에. (42)

온순하고 차분한 성격을 지닌 영혜는 자신도 알지 못한 내면의 잔혹성과 야수성에 스스로 놀란다. 마치 내 안에 다른 사람이 있는 것처럼, 내가 다른 사람이 되어버린 것처럼, 나는 꿈에서도 생시에도 문득 잔혹한 장면을 상상하며 다른 동물들을 이유 없이 죽이고 싶어한다. 폭력적이고 잔인한 면모를 누구나 지니고 있겠지만, 그런 면모가 자신의 내면에 존재한다는 사실에 불쾌해하거나 부끄러워하게 되고 숨기거나 반성하게 되는 것이 일반적인 반응일 것이다. 그런데 영혜는 그런 사실에서, 자신의 낯선 내면을 확인하면서 알 수 없는 쾌락과 안도감을 느낀다. 어쩌면 야수성과 잔혹성을 지닌 내면이 나 자신의 본질에 더 가까운 것은 아닐까 하는 걱정과 당혹스러움, 정육점에 걸린 빨간 고기를 보고 침을 흘리는 자신의 모습에서 영혜는 고기를 더 이상 먹지 않기로 결심한다.

그녀의 집안사람들을 떠올리면, 자욱한 연기와 마늘 타는 냄새가 자연스럽게 겹쳐졌다. 소주잔이 오가며 고깃기름이 타들어가는 동안 여자들은 부엌에서 소란스럽게 이야기를 나누었다. 모든 식구가—장인이 특히—육회를 즐겼고, 장모는 손수 활어회를 뜰 줄 알았으며, 처형과 아내는 커다랗고 네모진 정육점용 칼을 휘둘러 닭 한 마리를 잘게 토막낼 줄 아는 여자들이었다. 바퀴벌레 몇 마리쯤 손바닥으로 때려잡을 수 있는 아내의 생활력을 나는 좋아했다. 그녀는 내가 고르고 고른, 이 세상에서 가장 평범한 여자가 아니었던가. (25-26)

상징질서의 안정감이란 바로 이와 같은 느낌과 정서를 의미한다. 가부장제 사회에서 상징질서는 정확하게 역할이 분담된 '젠더 롤(gender role)'이 준수되는 상황, 그와 같은 상황에 안정감과 행복감을 느끼는 순간이다. 요리하는 아내들, 고기 굽는 냄새와 연기, 식탁에서의 즐거운 수다와 왁자지껄한 소음 등이 어우러진 저녁 식사 풍경은 상징질서가 원만하고 아름답게 작동되는 순간을 의미한다. 그런데, 영혜가 채식을 선언하게 되면서 이러한 질서는 순식간에 깨어지게 된다. 영혜는 자신의 음식에 대한 취향을 선언한 것이 아니라 이러한 가부장적 상징질서 자체를 거부하는 행위가 되는 것이다. 영혜의 아버지가 강제로 고기를 그녀의 입에 짓이겨 넣으려고 한 것이나 그녀의 뺨을 두 차례나 때리고 분노하는 것은 그녀가 '아버지의 이름으로' 상징화된 이 질서를 거부했기 때문이다.

상징질서의 안정감과 평화로움은 일단 그것을 거부하고 나면, 거부한 사람과 질서에 속한 모두를 불편하게 하고 폭력적으로 변하게 만든다. 상징질서를 거부하는 사람들도 그들이 상징질서를 더 이상 견딜 수 없는 폭력으로 받아들이기에 그것을 거부한다. 상징질서에 속한 사람들은 그것을 거부하는 행위를 자연스러운 관습이나 정의롭고 도덕적인 법과 윤리에 대한 침해라고 여긴다. 결혼한 아내가 봉건적인 악습이자 우상숭배라는 이유로 시댁에 제사를 지내지 않겠다고 선언하는 경우를 가정해보자. 그녀는 시댁에서 치르는 제사를 부당한 노동이라고 판단한다. 사랑하는 두 남녀의 결합에 불공평하게 부여되는 이 노동이 그녀에게는 일방적으로 부과되는 폭력으로 느껴진다. 그래서 그녀가 제사를 거부하게 되면 이제는 그녀가 근본 없고 교육받지 못한 폭력적인 이기주의자로 여겨진다.

영혜는 라캉이 강조하는 상징질서의 불가능성이라는 막다른 길에서 느끼게 되는 삶의 곤궁, 난처함, 당혹감을 현현하는 인물이라고 할 수 있다. 상징질서의 불가능성이란 상징질서 속에서의 삶이 개인으로 하여금 안정감과 의미의 충만함을 더 이상 느끼지 못하게 되는 순간, 상징질서가 부여하는 가치와 방향성에 공감하거나 의지할 수 없게 되어버린 상황을 말한다.

영혜에게 상징질서는 니체식으로 말하자면 신이 죽어버린 시대에 아직 삶의 원동력을 찾아내지 못한 상태, 루카치식으로 말하자면 별을 보고 길을 찾던 시대의 종언을 의미할 텐데, 이때 세계는 개인에게 환멸과 폭력의 대상으로 나타난다. 신샛별은 "한강의 소설들은 물리적인 강제와 압박뿐 아니라 언어, 시선, 인식, 사유의 차원에서 일어나는 다양한 종류의 폭력을 느끼고 생각하고 보여주는 일에 심혈을 기울여왔다"[12]라고 말하는데, 그가 말하는 폭력이 바로 소통, 의미, 환대의 부재를 의미하는 것이라고 할 수 있다. 오은영이 이 작품을 "'타자 지향적' 주체 혹은 타자에 대한 '환대'가 얼마나 어려운 일인지 환기시키는 소설"[13]로 독해하거나 강지희가 "의지 바깥에 있는 몸의 고통들 뒤에는 언제나 가까운 타인들을 비롯해 세상 전체와 소통되지 않는, 소통할 수 없는 인간의 근원적인 슬픔이 자리하고 있다"[14]고 말하는 것도 같은 맥락이라고 할 것이다.

---

12) 신샛별, 「식물적 주체성과 공동체적 상상력: 『채식주의자』에서 『소년이 온다』까지, 한강 소설의 궤적과 의의」, 『창작과 비평』 44(2), 2016, 358.

13) 오은영, 「한강의 『채식주의자』: '나'로부터의 탈출은 가능한가?」, 『세계문학비교연구』 59, 2017, 9.

14) 강지희, 「환상이 사라진 자리에서 동물성을 가진 '식물-되기'」, 2008년 조선일보 신춘문예 문학평론 당선작
https://www.chosun.com/site/data/html_dir/2007/12/31/2007123100950.html

이대로, 좀 이상한 여자와 산다 해도 나쁠 것 없겠다고 나는 가끔 생각했다. 그냥 남인 듯이. 아니, 밥을 차려주고 집을 청소해주는 누이, 혹은 파출부 같은 존재로서라도. 그러나 한창 나이에, 무덤덤했다곤 하나 결혼생활을 유지해온 남자에게 장기간의 금욕은 견디기 어려운 것이었다. 회식이 있어 늦게 들어온 밤이면 나는 술기운에 기대어 아내를 덮쳐보기도 했다. 저항하는 팔을 누르고 바지를 벗길 때는 뜻밖의 흥분을 느꼈다. 격렬하게 몸부림치는 아내에게 낮은 욕설을 뱉어가며, 세 번에 한번은 삽입에 성공했다. 그럴 때 아내는 마치 자신이 끌려온 종군위안부라도 되는 듯 멍한 얼굴로 어둠 속에 누워 천장을 올려다보고 있었다. 내 행위가 끝나는 즉시 그녀는 옆으로 돌아누워 이불 속에 얼굴을 숨겼다. 내가 샤워하러 나가 있는 동안 뒤처리를 하는 모양으로, 잠자리에 돌아와 보면 그녀는 아무 일 없었던 듯 바로 누워 눈을 감고 있었다.

그때마다 나를 사로잡는 것은 기이하고도 불길한 예감이었다. 예감이라는 것을 갖고 살아본 적 없는 둔감한 성격의 나였지만, 그 안방의 어둠과 정적은 오싹했다. 다음날 아침 식탁 앞에 앉은 아내의 단단히 다문 입술, 어떤 말도 귀담아듣지 않는 옆얼굴을 나는 염오감을 감추지 못한 채 건너다보았다. 마치 산전수전 다 겪은 듯한, 풍파에 깎인 것 같은 그 표정이 나는 꺼림칙하고 싫었다. (39-40)

영혜의 남편은 절절한 사랑을 느껴 그녀와 결혼한 것이 아니다. 그저 결혼생활을 함께 하기에 무난한 사람이라고 여겨 그녀를 선택했고, 결혼생활은 각자에게 맡겨진 역할을 충실하게 행하는 것으로 만족하며 유지해 왔다. 각별한 애정이 없으니 부부관계도 없고 이따금 술의 힘을 빌어 일방적으로 욕정을 해결하려 하면 그녀는 완강히 거부하고 완력으로 그녀를 제압하고 강제로 목적을 이룬다. 그 뒤에 찾아오는 것은 오싹한 거리감과 불길한 예감. 그들은 부부임에도 서로를 존중하지도 소통하지도 못한다. 부부임에도 강제로 행하는 부부관계는 폭력임을, 상대에게 모멸감과 수치심을 줄 수 있다는 사실을 그는 깨닫지 못한다. 영혜는 이렇게 매일매일을 폭력에 잠식당하며 상처를 안고 살아가다가 마침내 채식이라는 선언을 통해 상징질서 자체를 거부하게 되는 것이다.

영혜는 자신의 손목에 칼을 긋는 것으로 '채식'에 대한 자신의 의지를 표현하고서는 병원 응급실에 실려간다. 응급처치를 통해 목숨은 구했지만, 이번에는 모든 음식과 약을 거부한다. 병원 앞 분수대 옆 벤치에 앉아서 영혜는 "환자복 상의를 벗어 무릎에 올려놓은 채, 앙상한 쇄골과 여윈 젖가슴, 연갈색 유두를 고스란히 드러내고 있었다. 그녀는 왼쪽 손목의 붕대를 풀어버렸고, 피가 새어나오기라도 하는 듯 봉합부위를 천천히 핥고 있었"(63)으며, 움켜쥔 오른손을 펼치자 "아내의 손아귀에 목이 눌려 있던 새 한마리가 벤치로 떨어졌다. 깃털이 군데군데 떨어져나간 작은 동박새였다. 포식자에게 뜯긴 듯한 거친 이빨자국 아래로, 붉은 혈흔이 선명하게 번져 있었다."(65) 채식을 선언하고 겪게 된 아버지의 폭력과 가족들의 원망을 피해서 아내는 결국 상징질서 밖으로 탈주해버렸다. 주변의 시선을 아랑곳하지 않고 상의를 벗은 채 손목의 붕대를 풀고 상처난 부위를 핥고 있으며, 맞은편 손에는 물어뜯어 핏자국이 선명하게 번져 있는 동박새를 쥐고 앉아있는 영혜의 모습은 그로테스크하다. 채식은 그녀의 잔혹성과 야수성을 억제하는데 아무런 도움이 되지 못했다. 「채식주의자」의 결말은 이후의 연작에서 영혜의 변신을 예고하고 있다. 「몽고반점」에서 꽃이 되었다가 「나무 불꽃」에서 나무로 변신하는 첫 단추가 이제 꿰어졌을 뿐이다.

네가 미치지 않았다면 내가 미쳐버렸을 것 같아: 「나무 불꽃」

논의의 편의성을 위해 「나무 불꽃」에 대한 이야기를 먼저 해봐야 할 것 같다. 「나무 불꽃」은 영혜의 언니인 인혜에 관한 이야기이다. 영혜의 언니인 인혜 또한 상징질서에 안착하지 못한 인물이기는 마찬가지였다. 형부와 인혜의 부부관계도 영혜의 그것과 별반 다르지 않다. 형부가 인혜와 결혼한 것은 인혜의 "선량함, 안정감, 침착함, 살아간다는 게 조금도 부자연스럽지 않은 태도"(161), 말하자면 생활인으로서 그녀가 마음에 들었기 때문이다.

> 그렇게 무더웠던 여름이 아침저녁으로 서늘해지던 즈음이었다. 언제나 그랬듯 며칠 만에 새벽에 들어온 그가 도둑처럼 그녀를 안았을 때 그녀는 그를 밀쳐냈다.
> 피곤해요.
> 정말 피곤하다니까요.
> 그는 낮게 말했다.
> 잠깐만 참아.
> 그때 그녀는 기억했다. 그 말을 그녀가 잠결에 무수히 들었다는 것을. 잠결에, 이 순간만 넘기면 얼마간은 괜찮으리란 생각으로 견뎠다는 것을. 혼곤한 잠으로 고통을, 치욕마저 지우곤 했다는 것을. 그러고 난 아침식탁에서 무심코 젓가락으로 자신의 눈을 찌르고 싶어지거나, 찻주전자의 끓는 물을 머리에 붓고 싶어지곤 했다는 것을. (198-199)

피곤하다는 인혜의 거부 의사는 무시되고 부부관계는 그녀에게 참아야 하고 견뎌야 하는 행위가 된다. 그것은 사랑을 확인하는 충일한 행위가 아니라 고통과 치욕의 순간이었다. 인혜는 자신의 남편과 여동생이 끔찍한 일을 저질렀다는 사실을 알고서도 끝까지 동생 곁을 지켜주는 인물이다. 끔찍한 사건에도 불구하고 동생 곁을 지키는 이유는 그녀가 영혜의 고민과 고통을 공감하고 있기 때문인지도 모른다. "이 진창의 삶을 그녀에게 남겨두고 혼자서 경계 저편으로 건너간 동생의 정신을, 그 무책임을 용서할 수 없었"(173)음에도 그녀가 정신병원에 입원한 동생을 찾아가는 것은 영혜가 저지른 잇단 사건들이 어쩌면 삶에 지쳐 황폐해진 자신의 영혼에 대한 일종의 각성을 불러일으켰기 때문이다.

> 문득 그녀는 이 순간을 수없이 겪은 듯한 기시감을 느꼈다. 고통에 찬 확신이 마치 오래 준비된 것처럼, 이 순간만을 기다리고 있었던 것처럼 그녀의 앞에 놓여 있었다.
> 이 모든 것은 무의미하다.
> 더이상은 견딜 수 없다.
> 더 앞으로 갈 수 없다.
> 가고 싶지 않다.
> 그녀는 다시 한번 집 안의 물건들을 둘러보았다. 그것들은 그녀의 것이 아니었다. 그녀의 삶이 자신의 것이 아니었던 것과 꼭 같았다. (200)

누구보다 부지런하고 성실하게 살아왔지만 삶의 굴레는 끝이 없었고 일상은 어제와 다르지 않았다. 문득 돌아본 주변의 물건들은 내 삶만큼이나 나 자신의 것이 아닌 것 같았고, 내 삶에 의미가 없는 쓸모없는 것처럼 여겨졌다. 잘 견뎌왔다고 생각했는데 이제는 더 이상 견딜 수 없을 것 같았다. 아니, 견디고 싶지 않았다. 그녀는 "자신이 오래전부터 죽어 있었다는 것을. 그녀의 고단한 삶은 연극이나 유령 같은 것에 지나지 않았다는 것을"(201) 깨닫게 된다.

자신의 삶이 무가치하고 무의미하다고 깨닫게 되면서 인혜는 어쩌면 영혜의 탈주가 자신이 처한 곤궁과 유사한 종류의 것에서 비롯된 것일지도 모른다고 생각하게 된다. 그리고 비로소 육식을 거부하고, 섭식을 거부하고, 스스로 나무가 되고 싶어하는 영혜를 이해하려고 노력한다.

저 껍데기 같은 육체 너머, 영혜의 영혼은 어떤 시공간 안으로 들어가 있는 걸까. 그녀는 꼿꼿하게 물구나무서 있던 영혜의 모습을 떠올린다. 영혜는 그곳이 콘크리트 바닥이 아니라 숲 어디쯤이라고 생각했을까. 영혜의 몸에서 검질긴 줄기가 돋고, 흰 뿌리가 손에서 뻗어나와 검은 흙을 움켜쥐었을까. 다리는 허공으로, 손은 땅속의 핵으로 뻗어나갔을까. 팽팽히 늘어난 허리가 온힘으로 그 양쪽의 힘을 버텼을까. 하늘에서 빛이 내려와 영혜의 몸을 통과해 내려갈 때, 땅에서 솟아나온 물은 거꾸로 헤엄쳐 올라와 영혜의 살에서 꽃으로 피어났을까. 영혜가 거꾸로 서서 온몸을 활짝 펼쳤을 때, 그애의 영혼에서는 그런 일들이 일어나고 있었을까. (206)

점점 앙상해지고 메말라가는 영혜의 육체가 아니라 그녀의 영혼이 머물고 있는 거처에 대해서 비로소 인혜는 궁금해진다. 육체를 포기하거나 초월하는 일은 타인에게 보이는 나를 포기하는 일(남이 나에게 바라는 대로 살지 않겠다는 일)이며, 육체와 관계된 다양한 욕망들을 포기하는 일과 관련된다. 문명사회의 상징질서에 길들여진 욕망, 법과 제도가 제한하고 관리하는 욕망 너머에 대한 욕망, 태초의 시원적 야성성과 원시성마저도 포기하는 일과 관련된다. 백지연의 말처럼 "소설에 나타난 신체의 감각과 변화는 단순히 동물-남성-문명의 세계를 거부하는 것뿐만 아니라 근본적으로 인간과 비인간의 경계를 탐문하는 급진적인 물음"[15]이라고 볼 수 있다. 물구나무를 선 영혜의 모습은 나무의 모습이기도 하며, 거꾸로 선 것은 영혜가 아니라 우리 문명일수도 있다는 메시지이기도 하다. 인간으로서의 삶을 포기하고 나무의 삶을 사는 일은 하늘의 빛과 땅의 물이 영혜의 몸속에서 만나 찬란한 꽃을 피우게 만드는 자연

---

15) 백지연, 「포스트휴먼 시대의 젠더정치와 괴물-비체의 재현방식 - 김언희와 한강의 작품을 중심으로」, 『비교문화연구』 50, 2018, 97.

의 순리를 따르는 일일수도 있다는 생각에 이르게 되자 비로소 동생의 선택에 대해 어렴풋이 이해가 가는 것 같다. 이 작품에서 진정한 소통과 연민과 환대는 이 깨달음의 순간 유일하게 이루어진다.

> 그와 영혜가 그렇게 경계를 뚫고 달려 나가지 않았다면, 모든 것을 모래 산처럼 허물어뜨리지 않았다면, 무너졌을 사람은 바로 그녀였을지도 모른 다는 것을. 다시 무너졌다면 돌아오지 못했으리라는 것을. 그렇다면, 오늘 영혜가 토한 피는 그녀의 가슴에서 터져 나왔어야 할 피일까. (220)

영혜가 경계를 허물지 않았더라면, 자신이 먼저 경계를 허물어버렸을 지 모른다. 인혜가 볼 때 영혜는 정신을 놓음으로써 문명사회의 상징질 서가 원하는 주체로서 기능하기를 멈추고 스스로를 호모 사케르(homo sacer)의 자리에 위치시켰다. 영혜가 먼저 그렇게 하지 않았다면, 어쩌면 인혜는 자신에게 쏟아지는 기대와 마땅히 해야 할 일이라고 여겨지는 것들로부터 탈출하기 위해서 경계를 뚫고 달려나가 다시는 돌아오지 않 았을지도 모른다. 이제 영혜는 상징질서의 경계 밖에 홀로 서 있고, 인혜 는 여전히 경계의 안에 서 있다. 유일한 소통이 경계의 안과 밖에서 이루 어진다는 사실이야말로 상징질서의 불가능성을 의미하는 것이라고 할 수 있다. 인혜가 동생의 선택을 이해할 수는 있다고 하더라도 그것을 존중할 수는 없기 때문인데, 동생의 선택은 곧 삶의 포기를 의미하기 때문이다.

> ……언니도 똑같구나.
> 그게 무슨 소리야. 난……
> 아무도 날 이해 못해…… 의사도, 간호사도, 다 똑같아…… 이해하려고 하지도 않으면서…… 약만 주고, 주사를 찌르는 거지.

영혜의 음성은 느리고 낮았지만 단호했다. 더이상 냉정할 수 없을 것 같은 어조였다. 마침내 그녀는 참았던 고함을 지르고 말았다.

네가! 죽을까 봐 그러잖아!

영혜는 고개를 돌려, 낯선 여자를 바라보듯 그녀를 물끄러미 건너다보았다. 이윽고 흘러나온 질문을 마지막으로 영혜는 입을 다물었다.

……왜, 죽으면 안되는 거야? (190-191)

인혜는 섭식을 거부함으로써 죽음을 선택한 영혜를 내버려둘 수 없다. 비록 동생의 선택이 무엇때문이고 무엇을 위한 것인지 이해한다 하더라도 그 선택이 가져올 결말에 대해서 염려하는 것은 어쩌면 언니로서 당연한 것일지도 모른다. 죽으면 왜 안되냐고 묻는 동생과 죽을 것이 뻔한 동생을 내버려두지 못하는 언니 사이에 놓인 심연의 강을 어찌 건널 수 있겠는가.

포르노그라피 상상력으로 탈주하다: 「몽고반점」

영혜와 끔찍한 사건을 저지른 인혜의 남편이자 영혜의 형부 또한 세상은 그리 아름다운 곳이 아니라고 생각한다.

그는 자신이 마지막으로 마무리했던 작업을 떠올리고 있었다. 그것들이 견딜 수 없는 고통을 주는 것으로 기억된다는 데 그는 놀랐다. 그가 거짓이라 여겨 미워했던 것들, 숱한 광고와 드라마, 뉴스, 정치인의 얼굴들, 무너지는 다리와 백화점, 노숙자와 난치병에 걸린 아이들의 눈물 들을 인상적으로 편집해 음악과 그래픽 자막을 넣었던 작품이었다.

그는 문득 구역질이 났는데, 그 이미지들에 대한 미움과 환멸과 고통을 느꼈던, 동시에 그 감정들의 밑바닥을 직시해내기 위해 밤낮으로 씨름했던 작업의 순간들이 일종의 폭력으로 느껴졌기 때문이었다. (83)

"오월의 신부", "의식 있는 신부", "강직한 성직자"(135) 라는 별명을 얻을 만큼 형부는 우직하게 세상의 위선과 부조리, 물질주의와 불평등에 대해서 비판적인 사람이었다. 비디오 아티스트인 그는 예술가답게 아름다움을 추구해 왔지만, 세상은 온통 추함과 거짓된 아름다움으로 가득할 뿐이어서 환멸과 폭력을 느낄 뿐이다. 그는 아름다움에 대한 사회적 정의에 동의할 수 없을 뿐만 아니라 내면 깊숙이 "더 고요한 것, 더 은밀한 것, 더 매혹적이며 깊은 것"(70) 혹은 "본질적이고 어떤 영원한 것"(115)을 추구하고 있다.

나병철은 한강의 작품들을 에로스의 관점에서 분석하면서 "에로스란 내 안에 들어온 타자와 끝없이 교섭하며 미래에 와야 할 것과 관계하는 놀이이다. 후기자본주의의 감성의 분할은 동일성 체제에 동화된 나르시시즘적 인격을 주조하는 한편, 타자에 대한 공감을 약화시켜 에로스의 실현이 어려워지게 만든다"[16]고 비판한다. 자본주의에 의해서 분할된 감성이 동일성의 논리에 빠져 타자성의 존중에 이르지 못한다는 주장은 형부의 상징질서 내 감성과 미의식에 대한 환멸을 적절하게 설명하고 있는 부분이라고 할 수 있다. 형부는 후기자본주의 혹은 근대의 감성 분할에 대해 환멸과 불만을 지닌 존재이며, 사회적으로 용인되는 방식이 아닌 아름다움, 달리 말해서 예술 영역에서 경계 밖으로 달려나가고 싶어하는 반사회적인 예술가인 것이다. 전용숙은 "'사회적 이슈'에 대한 비판적 시각이나 '음란물'은 모두 주류적 시각에서 벗어난 이념적, 미적 가치를 추구하기 때문이다. 형부가 주어진 일에 만족하지 못하고 '관능'

---

16) 나병철, 「한강 소설에 나타난 포스트모던 환상과 에로스의 회생 - 「내 여자의 열매」와 「몽고반점」을 중심으로」, 『청람어문교육』 61, 2017, 294.

의 새로운 차원을 창조하려 하는 것은 기존의 미적 대상의 상투적 보편성에 동의하지 않기 때문이다. 우연히 보게 된 처제의 몽고반점에 대한 집착 또한 이와 같은 맥락에서 해석이 가능하다. 몽고반점은 대체로 신체의 오점같은 감추고 싶은 부끄러운 부분일

그림 6. 『채식주의자』는 동명의 영화로 만들어졌다.

뿐 성적 자극을 환기시키지는 않는다. 이는 관념적이고 관행적인 미, 사회적인 관습이 정해놓은 미의식으로부터의 일탈, 변태적 성애관을 의미한다. 그러나 이와 별개로 그의 이러한 사회적 아웃사이더로서의 입장은 영혜의 일탈을 비교적 편견없이 이해하는 인물로 그려지게 만든다"[17]라고 형부의 예술가적 고뇌와 성적 일탈의 상관관계를 예리하게 포착한다.

여인의 엉덩이 가운데에서 푸른꽃이 열리는 장면은 바로 그 순간 그를 충격했다. 처제의 엉덩이에 몽고반점이 남아 있다는 사실과, 벌거벗은 남녀가 온몸을 꽃으로 칠하고 교합하는 장면은 불가해할 만큼 정확하고 뚜렷한 인과관계로 묶여 그의 뇌리에 각인되었다.

그의 스케치 속의 여자는 얼굴이 잘려 있을 뿐 처제였다. 아니, 처제여야 했다. 한번도 보지 못한 처제의 알몸을 상상해 처음 그리고, 작고 푸른 꽃잎 같은 점을 엉덩이 가운데 찍으며 그는 가벼운 전율과 함께 발기를 경험했었다. 그것은 결혼한 이후, 특히 삼십대 중반을 지나서는 거의 처음 느끼

17) 전용숙, 「경계를 넘어서는 욕망과 고통에 대한 소고 - 한강, 김윤영, 오수연 소설을 중심으로」, 『민족연구』 70, 2017, 132.

는, 대상이 분명한 강렬한 성욕이었다. 그렇다면, 여자의 목을 조르듯 껴안고 좌우로 삽입하고 있는 얼굴 없는 남자는 누구인가. 그것이 자신이라는 것을, 자신이어야만 한다는 것을 그는 알았다. 거기까지 생각이 이르렀을 때 그의 얼굴은 일그러졌다. (74)

우연히 아내로부터 처제의 엉덩이에 몽고반점이 남아있다는 말을 듣고 형부는 곧장 충격에 빠지면서 동시에 온몸을 꽃으로 그린 남녀의 교합장면을 연상하게 된다. 그리고 자신의 스케치 속의 그 남녀는 물론 처제와 형부 자신인데, 이 근친상간에 대한 상상은 한편으로는 금기에 대한 강력한 욕망으로 인해 흥분을, 다른 한편으로는 금기를 어긴 죄의식으로 인해 불쾌를 느끼게 한다.

금지된 정사에 대한 형부의 강력한 소망은 우여곡절 끝에 마침내 성취된다. 그와 처제 영혜는 온몸에 꽃을 그린 채 알몸으로 섹스를 하게 되고 그 장면은 몽고반점을 중심으로 고스란히 비디오에 담기게 된다.

그는 숨을 죽인 채 그녀의 엉덩이를 보았다. 토실토실한 두 개의 둔덕 위로 흔히 천사의 미소라고 불리는, 옴폭하게 찍힌 두 개의 보조개가 있었다. 반점은 과연 엄지손가락만 한 크기로 왼쪽 엉덩이 윗부분에 찍혀 있었다. 어떻게 저런 것이 저곳에 남아 있는 것일까. 그는 이해할 수 없었다. 약간 멍이든 듯한, 연한 초록빛의, 분명한 몽고반점이었다. 그것이 태고의 것, 진화 전의 것, 혹은 광합성의 흔적 같은 것을 연상시킨다는 것을, 뜻밖에도 성적인 느낌과는 무관하며 오히려 식물적인 무엇으로 느껴진다는 것을 그는 깨달았다. (101)

처제가 성인이 된 이후에도 몽고반점이 지워지지 않고 엉덩이에 남아 있다는 사실을 알게 되었을 때 형부는 강한 성적 자극을 받게 되고, 그 사실이 자신의 뇌리에서 떠나질 않았다. 그러나 그 몽고반점을 실제로 보게 되자 형부는 성적인 흥분을 전혀 느낄 수 없었다. 이상하게도 그것은 "태고의 것, 진화 전의 것, 혹은 광합성의 흔적 같은 것"을 연상시키는 식물처럼 느껴지게 된다. 상징질서를 초월하는 보다 본질적이고 내밀한 아름다움을 추구하던 형부에게 근친상간은 상징질서의 근본이 되는 인류의 가장 근원적인 금기에 대한 거부이자 문명 이전의 원시적 아름다움과 강렬한 야수성에 대한 갈망이기도 하다. 그러므로 몽고반점은 단순히 상징질서 내의 (성적) 욕망의 대상이 아니라 상징질서가 확립되기 훨씬 오래전부터 존재해 왔던 진화 이전의 원시성이 보존된 욕망의 대상이자 성행위가 암시하는 동물적인 이미지와는 동떨어진 식물적인 이미지와 관련된 은유라고 볼 수 있다.

그러나 금지의 대상이자 위반의 충동을 강력히 추동하는 대상인 처제의 육체는 육식뿐만 아니라 모든 섭식을 거부함으로써 생명력을 잃어가고 있는 육체이기도 하다. 그녀의 육체는 "모든 욕망이 배제된 육체, 그것이 젊은 여자의 아름다운 육체라는 모순, 그 모순에서 배어나오는 기이한 덧없음"(104)을 느끼게 한다.

후배 J와 처제의 성관계를 비디오에 담으려 했던 원래의 계획은 J의 거부로 실패로 돌아가고, 결국 형부가 몸소 J의 역할을 수행하게 된다. 온몸에 꽃을 그린 채 둘은 섹스를 하게 되는데, 첫 번째는 촬영도 잊은 채 부풀어오르는 충동을 억제하지 못하고 그녀에게 달려드는 섹스였고, 두 번째는 비로소 캠코더를 설치하고 육체의 아름다움을 탐닉하며 행하는 섹스였다.

마지막 체위는 그가 눕고 그녀가 그 위로 올라탔다. 역시 그녀의 몽고반점이 잡히도록 앵글을 잡았다.

영원히, 이 모든 것이 영원히…… 라고 그가 견딜 수 없는 만족감으로 몸을 떨었을 때 그녀는 울음을 터뜨렸다. 삼십분 가까이 신음 한번 내지 않고, 이따금 입술을 떨며, 줄곧 눈을 감은 채로 예민한 희열을 몸으로만 그에게 전해주던 그녀였다. 이제 끝내야 했다. 그는 상체를 일으켰다. 그녀를 안은 채 캠코더로 다가가, 더듬더듬 손을 뻗어 전원을 껐다.

이 이미지는 절정도 끝도 허락하지 않은 채 반복되어야 했다. 침묵 속에서, 그 열락 속에서, 영원히, 그러니까 촬영은 여기에서 마쳐야 하는 것이다. 그는 그녀의 울음이 잦아들기를 기다려 그녀를 눕혔다. 마지막 수분간의 섹스는 그녀의 이를 부딪치게 했고, 거칠고 새된 비명을 지르게 했고, "그만……" 이라는 헐떡임을 뱉게 했으며, 다시 눈물을 흘리게 했다.

그리고 모든 것이 잠잠해졌다.

검푸른 새벽빛 속에서 그는 그녀의 엉덩이를 오랫동안 핥았다.

"이걸 내 혀로 옮겨왔으면 좋겠어."

"……뭘요?"

"이 몽고반점." (140-141)

바타이유는 '욕망'을 금지에 대한 위반의 욕망이라고 말하며, 위반은 불연속적 존재들을 연속적이게 만들어 주는 의식의 한 종류, 즉 에로티즘(erotism)의 실현과 관련이 있다고 말한다. 에로티즘은 한 존재가 다른 존재와 맺고 있는 심연을 뛰어넘고자하는 의지적 인식으로 바타이유는 『에로티즘』의 서문 첫 문장에서 "에로티즘, 그것은 죽음까지 파고드는 삶"[18]이라는 말로써 그것을 요약하고 있다. 모든 행위가 끝난 뒤 처제의 몽고반점을 자신의 혀로 옮겨왔으면 좋겠다는 형부의 말은 불연속적 존재로서의 자신을 부정하고 이 부정을 통해 연속적 존재임을 확인하고자

---

18) 조르주 바타이유, 『에로티즘』, 조한경 역, 민음사, 1994, 9.

하는 에로티즘을 강력하게 시사한다. 에로티즘은 죽음에의 충동마저도 포함하는 위험한 추구로서 영혜는 이미 섭식을 포기하고 나무가 되기를 선택함으로써 죽음에 이르는 길을 수용하고 있으며, 형부는 근친상간의 욕망을 실현함으로써 상징질서 내의 주체의 죽음을 감수하고 있다. 에로티즘이 주체와 객체가 서로를 인정하는 평화로운 화합의 장이 아니라, 주·객체 모두가 자기를 끊임없이 거부함으로써 서로에게 인정받으려는 자기망각의 장이라고 할 때, 형부와 영혜는 모두 자신들의 몸에 꽃을 그려 넣음으로써 동물로서의 자신의 존재성을 거부하고 자기부정을 통해 욕망을 실현한다는 점에서 에로티즘을 추구하고 있는 인물이라고 할 수 있다.

아내인 인혜가 볼 때, 정신이 멀쩡하지 않은 처제를 꼬드겨 자신의 성적 욕망을 채우고, 예술 운운하며 변명을 하는 남편을 용서할 수 없다. 명시적이진 않더라도 처제도 동의했다는 형부의 주장은 설혹 사실이라 하더라도 처제의 정신상태를 볼 때 용납하기 힘들다. 그러나 이미 상징질서의 규율과 금지를 넘어선 영혜는 형부에게 그의 몸에 꽃을 그리고 오라고 하거나, 꽃을 그리고 온 형부에게 먼저 다가간 점, "그녀의 이미 흠뻑 젖은 몸"(138)과 두 번째 섹스에서 "불을 켜도 되겠어요?"(139)라고 물어보는 점 등을 볼 때 형부의 욕망에 희생된 수동적 존재로 바라보는 것은 문제가 있어 보인다. 영혜를 가부장적 상징질서의 희생자로 보기보다는 '식물 되기'로 나아가는 적극적이고 주체적인 행위자로 보는 것이 더 적합할 것이다. 양진영의 말처럼, "공간 비평의 관점에서 보면 주인공인 영혜는 단순히 육식을 거부하는 단계를 넘어 남성 중심적, 폭력적 질서에 맞서는 대안 공간으로 형부의 예술 작업실을 선택해 헤테로토피아를 만들어가는, 적극적인 인물"[19]로 볼 수도 있을 것이며, 조윤정의 주장처럼 영혜를 "가부장제 이데올로기의 폭력성을 넘어 인간의 섭생으로 인한 본질적 폭력성을 거부하는"[20] 의지적 인물로 볼 수도 있을 것이다. 그런 점에서 영혜의 변화를 '육식거부-꽃되기-나무되기'의 과정으로 설명하면서 최종적으로 죽음을 수용하는 그녀의 모습을 통해 "단순히 남성우위의 폭력성에 대한 거부로 보기"보다는 "자연계 안 먹이사슬 연쇄의 최상위에서 포식자로서 가해자로서 살아가는 인간에 대한 성찰과, 어떻게 하면 포식자로서의 경계를 벗어날 수 있는가에 대한 깊은 고민"[21]을 읽으려 하는 오정란의 분석도 귀 기울여볼 만하다.

들뢰즈를 연상시키는 '(나무, 소수자)-되기'는 주변과 중심, 비주류와 주류, 피지배와 지배와 관련이 있다고 볼 때, 남성/육식/동물/욕망/육체와 대비되는 여성/채식(금식)/식물/충동/기계의 은유를 강조하고 모든 형태, 기능, 의미작용으로부터의 해방을 강조한다. 무언가가 된다는 것은 생성의 적극적인 의미를 지니는 것으로, 일정한 목적에 따라 주어진 기능에서 벗어난 '기관 없는 신체(corps sans organes)'이자 기존의 지배 질서와 규율을 넘어서 경계를 끊임없이 횡단하는 '탈영토화(deterritorialization)'하는 신체를 의미하는데, 이는 회피하거나 도망가는 것이 아

---

19) 양진영, 「한강 『채식주의자』에 구현된 헤테로토피아 공간 연구」, 『한국문학이론과 비평』 86. 2020. 92. 헤테로토피아(heterotopia)는 푸코가 창안한 개념으로 공간이 눈에 보이는 것보다 더 많은 의미 층 또는 다른 장소와의 관계를 지니고 있다는 전제에서 출발한다. 이는 개인이나 사회구성원이 의도적으로 구성하는, 방해하는, 강렬한, 양립할 수 없는, 모순되고, 변형되는 현실의 이질적인 공간으로 특정 문화적, 제도적, 담론적 공간을 설명하기 위해 정교화한 개념이다.
20) 조윤정, 「한강의 『채식주의자』에 나타나는 인간의 섭생과 트라우마」, 『인문과학』 64, 2017, 8.
21) 오정란, 「한강 『채식주의자』의 언어기호론적 해석」, 『인문언어』 18, 2016, 191.

니라 긍정적이고 적극적인 생성이자 창조이다. 탈영토화는 최종적으로 "자기 자신을 지각할 수 없게 되기, 사랑할 수 있게 되기 위해 사랑을 해체해버리기, 마침내 홀로 되기 위해 그리고 선의 다른쪽 끝에서 참된 분신을 만나기 위해 자기 자신의 자아를 해체해버리기, 움직이지 않는 여행을 하는 은밀한 나그네. 모든 사람들처럼 되기, 하지만 그것은 바로 아무도 아닌 자가 되는 법을 아는 자, 더 이상 아무도 아닌 자를 위한 생성일 뿐"[22]임을 의미한다. 이는 상징질서의 관점에서 보면, 작동 중인 규범과 법, 관습과 도덕, 지배적인 이데올로기와 사회적인 체제를 위배 하는 위험하고 혁명적인 도전을 의미한다.

상징질서의 대주체의 호명을 거부함으로써 주체가 되기를 거부하고 생성되는 것은 결국 반사회적이거나 비사회적인 존재이다. 형부가 제작 한 근친상간의 포르노그라피는 사회적으로도 예술적으로도 받아들여지 기 힘들 것이며, 그의 행위는 예술이라기보다는 불륜 혹은 성폭행으로 매도되기 쉽다. 한편 나무가 되고자 갈망하는 영혜는 결국 정신병원에 갇히게 되는 신세로 전락하게 된다. 영혜에게 필요한 것은 음식도 약도 주사도 아니다. 식물이 되고자하는 영혜는 "나, 몸에 물을 맞아야 하는 데. 언니, 나 이런 음식 필요없어. 물이 필요한데."(180)라고 말하지만, 그런 그녀를 의사들도 언니인 인혜도 이해하지 못한다. 영혜의 나무되기 는 결국 아무에게도 인정받지 못하고 그녀는 정신병원에 갇힌 채 건강이 악화되다가 최종적으로는 쓸쓸하게 죽음을 맞이하게 될 것이다. 이러한 지극히 현실적인 결말은 삶의 굴레와 인생의 의미에 대해 사색하게 만들 고 처연한 비극미를 자아낸다. 나무가 되고자 하는 영혜에게 나무에 물

---

22) 질 들뢰즈·펠릭스 가타리, 『천개의 고원』, 김재인 역, 새물결, 2001, 377.

을 주듯 누군가 물을 준다면 어떻게 될까. 한강의 초기작 「내 여자의 열매」는 『채식주의자』의 또 다른 버전이라고 할 수 있는데, 이 작품의 주인공 아내는 실제로 나무로 변신해 버린다.

그림 7. 한강의 초기 소설집 『내 여자의 열매』에 수록된 「아기부처」는 〈흉터〉(2011)라는 제목으로 영화화되었다. 제59회 산세바스찬국제영화제 신인감독 경쟁부문에 공식 초청된 이 작품은 "강렬한 이미지와 신비로운 정서가 혼합된 수작"이라는 평을 받았다.

그녀가 나무가 되었다: 「내 여자의 열매」

결혼 4년차를 맞은 32살의 남편과 29살의 아내가 결혼 후 상계동 아파트에서 여느 서민들과 다를 것 없는 무난하고 순탄한 삶을 살아가다, 아내의 몸에 원인을 알 수 없는 멍이 생기면서 겪게 되는 황당하고 비현실적인 이야기를 담고 있다. 사건은 단순하다고 할 수 있다. 어느날 몸에 멍이 들었다가 멍이 점차 온몸으로 번지고 색깔도 짙게 변하다가 마침내 아내가 나무로 변해가는 과정이 이를 지켜보는 남편 화자의 관점에서 비교적 담담하게 그려지고 있다. 이야기는 봄에서 가을까지 나무의 한 생애주기에 맞게 구성되어 있으며, 영혜가 나무가 되려고 했다가 실패한 것과는 달리 아내는 나무로 변신에 성공한다.

늦은 오월 고단한 한 주를 보내고 늦잠을 자다 깬 어느 휴일에 아내는 갑자기 자신의 몸에 멍이 생겼다고 말하며 남편에게 한번 봐달라고 부탁한다. 아내의 등허리와 배에, 그리고 엉치뼈 있는 곳까지 "갓난아이의 손바닥만한 연푸른 피멍들이 마치 날염(捺染)한 듯 또렷이 얹혀"(217) 있었으며, "둔부뿐 아니라 옆구리며 정강이, 흰 허벅지의 안쪽 살에까지 연두색 피멍이"(219) 들어있었다. 아마도 부주의하게 부딪히거나 넘어진 자국일거라 대수롭지 않게 생각하며 남편은 다닐 때 조심해서 다니고 병원에도 가보라고 심드렁하게 반응한다. 증상은 영혜와 비슷하다. 결혼 전에는 미성년자로 보일만큼 어려 보였던 아내는 이제 피로의 흔적이 역력했으며, 나이보다 더 늙어보이기까지 했다. "붉은 물이 오르기 시작한 풋사과 같던 아내의 뺨은 주먹으로 꾹 누른 것처럼 깊이 패였다. 연한 고구마순처럼 낭창낭창하던 허리, 보기 좋게 유연한 곡선을 그리던 배는 안쓰러워 보일 만큼 깡말라 있었다."(218) 아내의 깡말라 가는 모습은 영혜를 연상시키는데, 유사한 점은 외모뿐만이 아니다.

> "내가 요즘 왜 이럴까. 자꾸만 밖으로 나가고 싶고, 밖에만 나가면⋯⋯ 햇빛만 보면 옷을 벗고 싶어져. 뭐랄까, 마치 몸이 옷을 벗기를 원하는 것 같아."
>
> (⋯⋯)
>
> "그저께는 발가벗고 베란다로 나가서 빨래건조대 옆에 시 있어보기도 했어. 창피한 줄도 모르고⋯⋯ 누구 볼지 모르는데⋯⋯ 영락없이 미친 여자처럼 말이야."
>
> (⋯⋯)
>
> "배도 고프지 않아. 물은 예전보다 많이 마시는데⋯⋯ 하루에 밥은 반공기도 못 먹어. 그렇게 안 먹으니까 위액이 잘 분비되지 않는 것 같아. 억지로 먹어도 소화가 안되고, 자꾸만 아무데서나 토악질을 해."
>
> (⋯⋯)

"하루에도 몇 번씩 토하는 기분이 어떤 건지 알아? 맨땅 위에서 멀미를 하는 사람처럼, 허리를 펴고 걸을 수가 없어. 머리가…… 오른쪽 눈이 후벼 파는 것같이 아파. 어깨가 나무토막처럼 딱딱해지고, 입에 단물이 고이고, 노란 위액이 보도블록에, 가로수 밑동에……"

(221-222)

햇빛을 좋아하고 마치 광합성을 하듯이 햇빛 좋은 날에는 옷을 벗고 베란다로 나가는 것과 음식을 먹으면 토악질을 하는 것은 영혜가 겪었던 것과 같은 증상이다. 아내의 증상에 남편인 나는 원인을 찾기 위해 아내와 함께 했던 과거의 일들을 떠올려본다. 아내는 울면서 상계동 아파트에 사는 것이 싫다고 말한 적이 있다. 아파트는 근대화 과정에서 도시로 몰려드는 인구를 수용하기 위한 가장 효과적인 고밀도 건축물이다. 콘크리트로 지은 아파트는 차가운 회색의 도시 문명을 상징하고 자연과는 대비되는 이미지를 가진다. 아파트는 똑같은 구조를 가진 집들이 위, 아래, 옆으로 모여 있는 몰개성의 공간이고, 직사각형의 공간에 촘촘하게 들어선 닭장 혹은 감옥을 연상시키는 공간이다. 게다가 상계동은 70만 명이 모여 사는 대단지 아파트 거주지역으로 "'강제 철거-대단지 아파트 건설'이라는 한국식 도시개발의 수순에 따라 1980년대 중반 이후 집중적으로 개발되었으며 한때, 서울에서 대기오염이 가장 심각한 곳이기도 했다. 따라서 이 공간은 태생적으로 자본주의나 산업화, 도시화와 유착 관계를 형성하고 있으며 '어버니즘(urbanism)'의 전형적인 모습을 드러"[23] 내는 곳이다.

---

23) 박윤영, 「[평론 부문 당선작] 그 삶을 기억하라-한강론」, 『실천문학』 123, 2016, 179-180.

아내가 자연친화적인 인물이고 도시문명과 산업화에 대한 거부나 반감을 지닌 에코주의자라서 상계동 아파트를 거부하는 것은 아니다. 아내는 자신이 나고 자란 바닷가 빈촌을 그리워하거나 미화하지 않는다. 뿐만 아니라 "일부러라도 나는 번화가가 가까운 곳에서만 자취방을 얻곤 했어. 인파가 득시글거리고, 시끄러운 음악이 거리를 쾅쾅 울리고, 혼잡하게 도로를 메운 차들이 경적을 뱉어대는 곳으로만 옮겨다녔어. 그러지 않고는 배겨낼 수가 없었어."(222)라는 말에서 알 수 있듯이 그녀는 번잡한 도시의 소음과 공해를 오히려 즐기기까지 했던 것이다. 부엌으로 달려가 어머니의 품에 안겼을 때 나던 맛있는 냄새들, 아버지가 모는 경운기를 타고 바닷가를 달리던 풍경 등 좋았던 기억들도 있지만, 어머니처럼 되기 싫어 아내는 열일곱의 나이에 무작정 집을 나오게 된다. 부산, 내구, 강릉의 도시들을 떠돌고 식당 아르바이트를 하며 독서실에서 새우잠을 자면서도 아내는 도시의 휘황한 불빛과 화려한 사람들을 좋아했었다. "고향에서도 불행했고 고향 아닌 곳에서도 불행했다면 나는 어디로 가야 했을까요. 나는 한번도 행복했던 적이 없었어요."(237)라는 아내의 독백은 시골에서도 도시에서도 안착할 수 없는 아내의 고뇌를 읽을 수 있게 한다.

아내의 불행은 시골이냐 도시냐의 문제가 아니라 '자유'로운 삶에 대한 욕망과 관련이 있다. 아내는 나와 결혼하기 전 다니던 출판사를 그만두고 가진 돈을 모두 털어서 이 나라를 뜨려고 했었다. 떠나서 피를 갈고 싶다면서 "혈관 구석구석에 낭종(囊腫)처럼 뭉쳐 있는 나쁜 피를 갈아내고 싶다고, 자유로운 공기로 낡은 폐를 씻고 싶다고 아내는 말했다. 자유롭게 살다가 자유롭게 죽는 것이 어릴 적부터의 꿈이었다고, (……) 그렇게 세상 끝까지 가보고 싶어. 가장 먼 곳으로, 지구 반대편까지 쉬엄쉬

221

엄."(224) 어느 한곳에 정착하지 않고 이곳저곳을 자유롭게 떠돌면서 무엇에도 구애받고 구속받지 않는 삶을 살고 싶어했던 아내는 그러나 자신의 꿈을 이루지 못한 채 나와 결혼하게 된다. 나와의 결혼을 위해 자신의 꿈을 포기한 아내에게 다소간 감동을 느끼기도 하는 한편 나는 그 자유라는 것의 실체가 그리 대단하지 않은 막연하고 추상적인 것이라고 생각하고 가벼이 넘기기도 했다. "나는 평생을 정착하지 않고 살고 싶어요"(227) 라는 꿈과는 달리 아내는 3년이 넘게 이곳 상계동 아파트에서 정착하여 살아가고 있다.

영혜와 인혜처럼 아내도 남편인 나의 훌륭한 조력자로서 성실하고 부족함 없이 아내의 역할을 충실히 수행해 주었고, 그것은 나에게 행복감과 만족감을 느끼며 직장에 충실할 수 있게 하는 요인이 되기도 했다. "힘에 버겁지도 못 미치지도 않는 직장일, 다행히도 무심하여 전세금을 올려 받지 않는 집주인, 만기가 가까워오는 아파트 청약금, 별다른 애교가 있는 것은 아니지만 나에게 충실한 아내까지, 모든 것이 적당히 데워진 욕조의 온수처럼 찰랑거리며 내 고단한 몸을 어루만져주고 있었다"(230) 라는 표현에서 알 수 있듯이 나의 결혼생활은 대체로 만족스럽게 흘러가고 있었다. 그러나 그것은 나만의 생각이었던지, 이따금씩 아내는 상계동에서의 생활에 불만을 표하곤 했었다.

> 차라리 먼데로 가, 우리.
> 잎사귀 가득 기운찬 빗줄기를 받아들이며 잠시나마 우쭐우쭐 되살아나는 채소들과는 달리 아내는 더욱 음울하게 시들어가는 것처럼 보였다.
> 여기서는 답답해서 살 수가 없어. 콧물도 가래침도 새까매.
> 아내는 상춧잎 위로 여윈 손바닥을 내밀어 비를 받았다가는 이내 베란다 밖으로 뿌렸다.

222

더러운 비야.

아내는 동의를 구하는 눈빛으로 나를 보았다.

잠깐 살아나는 것처럼 보일 뿐이야.

마치 '이 나라는 죄다 썩었어!'라고 술좌석에서 외치는 사람처럼 적의에 찬 목소리로 아내는 내뱉었다.

잘 자랄 리가 없잖아? 이렇게 시끄러운 곳에서…… 이렇게 답답한 곳에 저희들끼리 갇혀서!

그때 나는 더이상 견딜 수 없다고 느꼈다.

뭐가 답답하다는 거야?

내 짧고 아슬아슬한 행복을 함부로 깨뜨리는 아내의 예민함을, 자신이 말한 대로 낡은 우울질(憂鬱質)의 피가 흐르는 그녀의 깡마른 몸뚱이를 더이상 참을 수 없었다.

말을 해봐.

나는 두 손바닥 가득 받은 빗물을 아내의 얼굴에 끼얹었다.

뭐가 그렇게 시끄럽다는 거야?

소스라치며 얼굴을 씻는 아내의 입에서 나직한 신음이 새어나왔다.

(228-229)

이날은 아내와 좀 심하게 다툰 날이었다. 외관상으로도 시들어가는 것 같은 아내는 이곳 아파트가 시끄럽고 공해도 심하다고 먼 곳으로 가자고 채근한다. "답답한 곳에서 저희들끼리 갇혀서" 상추가 잘 자랄 수 없다는 아내의 말은 자신들에게 빗대서 한 말이 분명하다. 그러나 아파트 생활에 아무런 불만이 없던 나는 그런 아내의 투정을 더 이상 견디기 힘들어 뭐가 그렇게 시끄럽냐고 타박을 하면서 빗물을 손에 받아 아내의 얼굴에 끼얹는다. 다른 곳으로 이사를 가자는 아내의 소망은 나에 의해 제지되고 무시된다. 그리고 아내는 점차 말수가 적어진다. 이 장면에서 알 수 있듯이 "자신의 의견과 감정을 몇 번 밝히지만 번번이 거절을 당하는 모습에서 남편 중심으로 굳어진 담론 공간, 즉 가부장적인 공간에 아내의 감정과 사고가 진입하지 못"[24]하고 있다. 여성주의적 관점에서 도시/아파트/가부장제는 자연과 여성을 주변부로 밀어내고 개발과 착취의 대상으로 파악한다. 자연은 시멘트와 콘크리트로 질식하고, 소음과 공해로 오염된다. 남편인 내가 아파트로 상징되는 물질적 안정감에 행복을 느끼는 동안, 아내는 소음과 공해가 가득한 곳에 정주하면서 점차 생기를 잃어가고 불행해진다. 아무런 문제가 없는데도 투정을 부리는 아내의 의견을 묵살하고 현재의 삶의 방식을 유지하고 싶어하는 나의 독선과 무심함이 아내를 점차 무기력하게 만든 것이다. 직장 일로 짬을 낼 수 없어 아내에게 말로만 병원을 가보라는 나의 모습도 본말이 전도된 모습이다. 가정을 잘 건사하기 위해 일을 하는 것이 분명할진대 일을 핑계로 확연히 병색이 짙어가는 아내를 방치하고 있는 것도 부부 사이의 애정에 균열이 생겼다는 사실을 증명해준다. 오은엽은 「채식주의자」, 「나무불꽃」, 「내 여자의 열매」를 비교하면서 "세 작품에서 공통적으로 보이는 나무 이미지 속에는 인물들의 다양한 욕망과 꿈이 결집되어 일정한 지향성을 드러낸다. 세 작품은 모두 육식 거부, 채식, 거식, 식물성, 언어 상실, 관계 상실이라는 공통된 모티프로 연결될 뿐 아니라 (……) 친밀한 소통과 이해를 기반으로 구성된 진정한 가족의 모습은 이미 해체되어 있다"[25] 라고 공통점을 밝히고 있다. 부부간 소통과 애정이 부재하게 되면서 마침내 아내는 나무가 되어버린다.

---

24) 이현권·윤혜리, 「무의식적 관점에서 본 소설가 한강의 단편 소설 「내 여자의 열매」: 당시의 단편 소설들과 함께」, 『정신분석』 31(3), 2020, 56.

25) 오은엽, 「한강 소설에 나타난 '나무' 이미지와 식물적 상상력: 「채식주의자」, 「나무불꽃」, 「내 여자의 열매」를 중심으로」, 『한국문학이론과 비평』 72, 2016, 276.

6박7일 간의 해외출장을 마치고 집에 돌아온 나는 집이 엉망이 된 채 불러도 대답하지 않는 아내를 짜증을 내며 찾아다니다 베란다에서 그녀를 발견한다.

> 아내는 고통스러운 몸짓으로 낭창낭창한 허리를 좌우로 흔들었다. 새파란 입술 속에서 퇴화된 혀가 수초처럼 흔들렸다. 이빨은 이미 흔적도 남아 있지 않았다.
> ……물.
> 나는 홀린 듯이 싱크대로 달려갔다. 플라스틱 대야에 넘치도록 물을 받았다. 내 잰걸음에 맞추어 흔들리는 물을 왈칵왈칵 거실 바닥에 쏟으며 베란다로 돌아왔다. 그것을 아내의 가슴에 끼얹은 순간, 그녀의 몸이 거대한 식물의 잎사귀처럼 파들거리며 살아났다. 다시 한빈 물을 받아와 아내의 머리에 끼얹었다. 춤추듯이 아내의 머리카락이 솟구쳐올랐다. 아내의 번득이는 초록빛 몸이 내 물세례 속에서 청신하게 피어나는 것을 보며 나는 체머리를 떨었다.
> 내 아내가 저만큼 아름다웠던 적은 없었다. (233-234)

아내는 알몸으로 베란다에 있었다. 그녀는 햇볕이 좋아서 베란다에서 알몸으로 광합성을 하는 듯 서 있었다. 햇볕을 받아서인지 얼굴과 머리카락은 윤이 나고 반들거렸다. 몸은 이미 진초록색으로 변해 있었고, 눈은 희미하게 반짝였지만 혀와 이는 이미 퇴화되어 버렸다. 나무-되기가 그동안 많이 진척된 모양이었다. 다리도 나무로의 변신 때문인지 말을 듣지 않아 아내는 일어서고 싶어도 일어설 수 없었다. 나무가 잘 자라기 위해서는 햇볕뿐만 아니라 물도 필요할 것인데, 나무가 되어버린 다리로 물을 마시러 이동할 수가 없었던 아내는 나를 보자마자 물을 달라고 퇴화된 입술로 힘겹게 말한다. 싱크대에서 물을 가져와 아내에게 끼얹자

그림 8. 『내 여자의 열매』는 2018년 문학과 지성사에서 새롭게 재출간 되었다.

아내의 몸과 머리카락이 다시 생기를 찾아 꽃처럼 피어올랐다. 그 모습을 보고 나는 "내 아내가 저만큼 아름다웠던 적은 없었다"라고 느끼게 된다. 아내가 다시 생명력을 찾게 되는 이 장면은 작품에서 하이라이트라고 할 수 있는데, 아내의 몸에 뿌려지는 물과 그로인해 '파들거리는' 몸과 '솟구쳐오르는' 머리카락을 보고 나는 충격과 감동을 받게 된다. 시각적으로 강렬한 인상을 주는 이 장면은 아내의 불행했던 삶에 대한 각성과 아내의 재생에 대한 감동이라는 복합적인 감성을 자아내며 충격적으로 다가온다. 이 충격은 아내의 나무-되기에 대한 정서적 공감을 불러일으키고 그간 아내에게 무관심하고 냉담했던 자신과 단절하고 정성을 다해 아내를 돌보는 모습으로 변모하게 만든다.

한편 손과 발이 점차 없어지고, 입도 퇴화되어 아내는 말을 할 수도 글을 쓸 수도 없다. 소설은 이즈음에 어머니를 향한 아내의 독백을 싣고 있다. 독백을 통해 어릴 적 바닷가 빈촌에서 비록 가난했지만 행복했던 부모님과의 추억과 그럼에도 불구하고 고향을 떠나 도시로 떠돌아다닐 수밖에 없었던 아내의 과거가 반추된다. 어릴 적 어머니의 좋았던 냄새처럼 두고 간 자주색 털스웨터에 남은 어머니의 냄새가 좋아서 입고 잠들었던 이야기와 벌거벗은 살에 내리쬐는 햇빛이 어머니의 살냄새 같았다는 이야기는 아내와 어머니가 얼마나 강한 유대감을 형성하고 있었는지를 실감케 한다. 이 독백의 모녀간 유대감은 남편의 이야기에서 배제되어 있던 아내의 내면을 들여다보는 기제로 작동하며, 남편에 의해 대상화, 타자화된 존재가 아니라 자신의 목소리와 이야기를 지닌 주체적인 존재로 독자들에게 다가온다. 인간이었을 때 타자였던 아내가 나무가 되어 자신의 목소리를 드러낸다는 점에서 아내의 나무-되기는 공감과 치유의 가능성을 보여준다.

"오래 전부터 이렇게 바람과 햇빛과 물만으로 살 수 있게 되기를 꿈꿔왔고"(236), "손등에 흐르는 피를 게걸스럽게 핥아먹고 싶었"(237)던 아내는 지구 반대편으로 훌훌 떠나 이 지긋지긋한 피를 가는 대신에 나무가 되어 자신의 피를 갈게 된다. 피를 핥아먹고, 햇빛을 찾아 베란다로 나가며, 음식이 아니라 바람과 햇빛과 물만으로 살고 싶어 하는 아내의 모습은 영혜의 모습과 겹쳐진다. 영혜의 욕망과 꿈이 좌절된 것과는 달리 아내는 나무가 되는 것으로 자신의 꿈을 이루게 된다. 그리고 나무가 된 아내는 매일 밤 꿈을 꾼다. 인간이었을 적 지구 여기저기를 떠돌고 싶었던 아내의 수평적 이동성은 나무가 되어 "베란다 천장을 뚫고 윗집 베란다를 지나, 십오층, 십육층을 지나 옥상 위까지 콘크리트와 철근을 뚫고 막 뻗어 올라가는"(239) 상승의 수직적 이동성으로 대체된다. 남정애의 말처럼, "아내는 자신의 노마드적 본성을 다른 방식으로 실현시키는데, 그것은 공간을 이동하는 것이 아니라 자신의 자아를 이동하는 것, 즉 변화시키는 것"26)이다. 남편에 의해 공간 이동이 불가능해지자 아내

---

26) 남정애, 「들뢰즈/가타리의 사유를 토대로 살펴본 변신 모티프」, 『카프카연구』

는 자신의 자아의식과 정체성을 인간에서 나무로 이동시킴으로써 막다
른 길에 놓인 자신을 자유롭게 해방시킨다. 공간 이동에 대한 아내의
요구를 무시했던 남편은 이제 나무가 된 아내를 살뜰히 돌보는 존재로
변모한다. 아내의 변화는 자신에게서 그치는 것이 아니라 남편의 변화를
이끌어 낸다는 점에서 상호주체적인 특징을 지닌다.

  아내의 독백을 통해 남편이 나무가 된 아내를 정성껏 돌보고 있다는
사실을 알 수 있는데, 화분을 구해 와서 아내를 심어주고, 진딧물도 잡아
주고, 약수를 길어오고, 흙갈이를 해주고, 공기가 깨끗할 때 환기를 하는
등 남편은 진심을 다해 아내를 돌보고 있다. 사람이었던 아내에게는 무
심하고 무뚝뚝했으나 나무가 된 아내에게는 친절하고 다정하게 대하는
남편의 모습은 "이들 부부가 변신을 통해서야 비로소 서로의 존재를 이
해하고 사랑할 수 있게 되었음을 입증"[27]하고 있다. 노력의 결실인지
아내는 점차 생기를 되찾고 나무로 성장하게 된다. 뿌리가 돋고 검붉은
꽃이 피는가 싶더니 이내 열매를 맺는다.

> 석류알처럼 한꺼번에 쏟아져나온 자잘한 열매들을 한손에 받아들고 베
> 란다와 거실을 연결하는 새시 문턱에 걸터앉았다. 처음 보는 그 열매들은
> 연두색이었다. 맥줏집에서 팝콘과 함께 곁들여져 나오는 해바라기씨처럼
> 딱딱했다.
>   나는 그중 하나를 집어 입안에 머금어 보았다. 매끈한 껍질에서는 아무
> 런 맛도 냄새도 나지 않았다. 나는 그것을 힘주어 깨물었다. 내가 지상에서
> 가졌던 단 한 여자의 열매를. 그것의 첫맛은 쓰는 듯 시었으며, 혀뿌리에

  30, 2013, 71.
27) 심진경, 「산문적 현실을 비껴가는 시적 초월의 꿈-한강, 「내 여자의 열매」」, 『실
    천문학』 58, 2000, 380.

남은 뒷맛은 다소 씁쓸했다.

　다음날 나는 여남은 개의 조그맣고 동그란 화분을 사서 기름진 흙을 가득 채운 뒤 열매들을 심었다. 말라붙은 아내의 화분 옆에 작은 화분들을 가지런히 배열한 뒤 창문을 열었다. 창밖으로 상체를 내밀고 담배를 피우며, 아내의 아랫도리에서 와락 피어나던 싱그러운 풀냄새를 곰곰이 곱씹었다. 쌀쌀한 늦가을의 바람이 담배연기를, 내 길어난 머리카락을 헝클어뜨렸다.

　봄이 오면, 아내가 다시 돌아날까. 아내의 꽃이 붉게 피어날까. 나는 그것을 잘 알 수 없었다. (241-242)

소설은 이렇게 끝을 맺는다. 남편인 나는 열매를 맺은 아내의 열매를 따서 먹고 그 열매들을 여러 개의 화분에 옮겨 심는다. 나무가 된 아내는 독백에서 "어머니, 겨울이 오기 전에 나는 죽어요. 이제 다시는 이 세상에 피어나지 못하겠지요"(240) 라고 걱정을 하지만, 열매를 나눠 심은 화분에서 나무로 다시 살아날 것이다. 그것도 하나가 아니라 여러 개의 화분에서 살아나 붉은 꽃들을 피워낼 것이다. 열매는 생명의 씨앗이므로 아내가 뿌리내린 하나의 화분에서 시

그림 9. 한강은 문명사회에 대한 근원적인 질문을 던지는 작가이다.

들어 죽더라도 다른 화분에 심은 열매들을 통해 새로운 생명으로 부활할 것이다.

　한강은 강렬한 이미지와 독특한 상상력을 통해 현대인들의 소통 부재

와 외로움, 인간관계의 불가능성 등 현대의 산업사회와 물질문명에 대한 급진적이고 본질적인 물음을 던지고 있다. 한강은 사회적 병리 현상들이 개인의 내면에 침잠함으로써 상처받고 고통받는 과정들을 섬세하고 예리하게 포착하고 있다. 자본주의, 이성 중심적 합리주의, 가부장제, 물질주의, 일상성, 역사 등 다양하고 복합적인 사회문제를 개인들의 상처와 슬픔을 통해 드러내고, 이를 극복하거나 초월하는 과정을 느리고 차분한 어조로 그려내고 있는 한강은 분명 우리 시대를 대표하는 작가라 부를 수 있을 것이다. 그는 죽음을 통해 부활을, 변신을 통해 생성을 꿈꾸는 초월적인 희망을 그려내며, 그 과정에서 인간성의 복원을 꿈꾼다. 한강 문학의 강점은 내면의 상처에 주목하면서도 그것을 개인의 문제로 제한하지 않는다는 점이다. 우리의 고통이 연결되어 있으며, 그것이 타자의 고통에 우리가 연민을 느껴야 하는 이유이며, 상처를 치유하기 위해서는 애정 어린 소통이 필요하다는 지극히 인간적인 가치를 그의 소설은 조용히 역설하고 있다. "인간이라는 것은 아주 복잡하고 위태롭고 깨지기 쉬운 존재라고 생각해요. 특히 인간의 존엄함은 무척 연약한 것이고요. 유리가 거기 있는지도 몰랐지만 깨지고 나면 유리가 깨졌다는 걸 알게 되는 것처럼요. 되돌릴 수 없는 거라서 그만큼 조심스럽게 다뤄야 하고 인간의 존엄을 해칠 수 있는 것들을 끈질기게 응시하면서 그렇게 되지 않도록 해야 하는 것"[28]이라는 인터뷰 말은 한강 문학이 어디에 위치해 있는지, 앞으로 어디로 나아갈 것인지를 분명하게 보여준다.

---

28) <지금의 나를 만든 서재: 소설가 한강의 서재>
https://terms.naver.com/entry.naver?docId=3578332&cid=59153&categoryId=59153

제7장

짝만 찾으면 만사형통
위화의 「무더운 여름」

내가 소설을 쓰게 된 이유는 내게 있는 완전한 게으름 때문이었다. 이런 게으른 천성이 나를 작가의 길로 인도했다고 여긴다. 80년대 중국은 어떤 일에 종사하든 똑같은 월급을 받는 사회주의 경제체제였다. 같은 월급을 받는데, 하나는 힘든 일이고 다른 하나는 쉽고 자유로운 일이 있다면, 누구나 쉬운 일을 원하지 않겠나? 게으름을 좋아하는 나는 그래서 작가가 됐다.[1]

"사회주의처럼 밝게" 라고?

중국의 인기 소설가 위화(余華)에 관한 재미 있는 일화가 있다. 작가가 되기로 결심하고 이 곳저곳에 자신의 원고를 송부했지만, 자신의 원고를 출간해주겠다는 출판사가 없었다.

그림 1. 위화 일러스트

몇 년간의 '낙방' 끝에 드디어 잡지사 <베이 징문학>에서 결말 부분 수정을 전제로 등단 확정 연락을 받았다. 담당 편집자는 그에게 "사회주의는 원래 밝은 법인데 당신 소설은 자본주의처럼 결론이 어둡다" 며 '밝게' 고치라고 주문했다. 위화는 두말 않고 하루 만에 소설의 결론을 '사회주의처럼 밝게' 고쳤다. 다른 작가들은 보통 한두 달 걸리는 수정 작

---

1) <은행나무출판사, 위화-사람에게 가장 중요한 것은 사람이다> (≪Axt≫ 13)
https://m.post.naver.com/viewer/postView.nhn?volumeNo=8496783&memberNo
=1734867&vTyp=VERTICAL

업을 단 하루 만에 끝내는 걸 보고 편집자가 아주 놀라더라는 것. 스크린 속 위화는 이 대목에서 개구지고 능청맞은 표정으로 이렇게 말한다. "사회주의처럼 밝게 고치라며? 그게 뭐 힘든 일이라고."[2]

그림 2. 위화 캐리커처

경쾌하고 가볍게 편집자의 요구를 들어준 위화의 태도에 빙긋이 웃음이 났다. 독자들은 작가로서 자존심도 없고, 작품에 대한 고집도 없는 한심한 출세주의자의 태도라고 생각해서 실망할 수도 있겠다. 문득 이 일화에 겹쳐서 전설 같은 이야기가 떠오른다. 1973년에 발매된 양희은의 3집 앨범 수록곡 '이루어질 수 없는 사랑'이 당국으로부터 금지곡으로 지정되었는데, 그 이유가 황당하기 그지없다. "왜 사랑이 이루어

질 수 없느냐?"며 '현실 부정적'이란 것이 그 이유란다. '현실 부정적'이라는 말보다 '현실의 부정성'을 더 잘 보여주는 표현이 있을까. 현실에 대해 부정적이라는 이유로 특정 사상이나 표현을 금지하는 것이야말로 그 현실이 노정하고 있는 부정성을 가감 없이 보여주는 일일 것이다. 마찬가지로 "사회주의가 원래 밝은 법"이라는 표현은 세상을 칼라로 보지 못하고 흑백논리에 입각해서 파악하는 권위주의적, 관료주의적 색맹 정권의 '어두운' 민낯을 있는 그대로 드러내는 것일 뿐 사회주의와는 하등 관계가 없는 표현일 뿐이다. 사회주의는 밝고 자본주의는 어둡다는

---

2) 박현숙, <위화여, '사회주의 밝은 결말'은 무엇이오>, ≪한겨레21≫. https://h21.hani.co.kr/arti/world/world_general/51007.html

발상이야말로 사회주의가 처한 어두운 현실을 애써 외면하려 하거나 사회주의에 대해 무지하다는 사실을 (그것도 편집자가) 은연중에 드러낸다. 더 나아가 편집자는 문학에 대한 이해 능력도 떨어진다고 할 수 있는데, 밝은 결론이라고 해서 모두 해피엔딩으로 읽히는 것이 아니고, 어두운 결론이 꼭 절망으로 이어지지는 않는다. 이데올로기에 대해서도 인간에 대해서도 심지어 문학에 대해서도 편집자는 경직되고 속류적인 권위주의적, 관료주의적 사회를 상징적으로 보여준다. 그의 비위를 맞춰주고서라도 작가가 되어야 하는 이유가 이미 충분히 밝혀진 듯한데, 무슨 수를 써서라도 작가가 되어 이러한 사회에 대해 이야기를 써야하지 않겠는가.

그래서 인지는 모르겠지만 등단과 함께 초기에는 '선봉파(先鋒派)'라는 수식어가 항상 그를 따라다니게 된다. 단편소설 「첫 번째 기숙사」(1983)를 발표하면서 작가의 길에 들어선 위화는 「십팔 세에 집을 나서 먼 길을 가다」(1986), 「세상사는 연기와 같다」(1988) 등 실험성 강한 중단편소설을 잇달아 내놓으며 중국 제3세대 문학을 대표하는 작가로 주목받기 시작한다. 위화는 1980년대 장이모우 감독이 〈홍등〉으로 영화화한 「처첩성군」(妻妾成群)의 저자 쑤퉁(蘇童), 탐색적이고 신비로운 색채를 지닌 거페이(格非), 서구 모더니즘의 기교, 특히 구조주의의 영향을 받아 독특한 서술실험을 전개한 마위안(馬原) 등과 함께 신조(新潮·뉴웨이브) 소설가 혹은 선봉파(先鋒派)의 대표 작가로 이름을 알리게 되는데, 선봉파는 기존의 리얼리즘에 입각한 글쓰기 전통과 과감하게 결별하고 새로운 형식 실험과 주제 의식을 선보이는 전위주의 혹은 아방가르드적인 예술 경향을 의미한다.

이 시기 그의 작품은 중단편소설들로서 잔혹하고 부조리한 현실과 인

간 내면의 잔인하고 음험한 폭력성을 냉정하게 실험적으로 서사화하고
있다. 등단과 관련된 유화의 일화는 그가 어떻게 선봉파의 대표 작가가
되었는가를 암시한다. 선봉파의 특징에 대해 윤영도는 "이것은 당시 대
부분의 선봉파 작가들이 자신들의 청소년기에 겪었던 문화대혁명 속의
수많은 폭력과 모순들, 그리고 여전한 사상 문화적 억압 속에서 개혁개
방이 진행되면서 일으켰던 다양한 사회적 부조리와 혼란들을 다듬어지
지 않은 형태로 소설화하였기 때문이라 여겨진다. 또한 여기에 덧붙여
당시 사회 정치적인 주제를 다루기 힘든 억압적인 시대 상황, 개혁개방
이후 서구 모더니즘의 영향을 받은 다양한 형식적 실험의 수용, 그리고
중단편이라는 문학 형식의 편장(篇長)의 한계 등과 같은 요인들이 복합
적으로 작용하여, 이 시기 위화의 중 단편들은 역사나 사회와는 괴리된
파편화된 분열적 자아와 분노를 표출하는 식의 특징을 보여주고 있다."3)
고 설명하고 있다. 서구에서 모더니즘과 아방가르드 운동이 세계대전에
따른 과학기술과 인간 이성에 대한 불신, 인간의 이기적 욕망과 잔혹함,
자본주의 상품화와 계급 불평등, 세계와 존재의 부조리, 진화론, 정신분
석, 실존주의 등의 역사적, 사회적, 철학적 배경 속에서 등장한 문예 운동
이듯이, 선봉파 또한 문화대혁명에서 개혁개방, 관료주의 독재정권과 민
주의식의 미성숙 등 중국 격변의 근대사를 기술하는 청년 세대의 새로운
실험 정신이 반영된 작가들의 의지를 표출한 것이라고 볼 수 있다.

경제적 변화와 발전, 물질적 부를 향한 욕망이라는 경제적 요인과 권
력의 부패와 인권 문제 등의 정치적 요인, 변화에 적응하지 못하는 영혼

---

3) 윤영도, 「물의 이미지를 통해 본 위화(余華)의 소설세계」, 『오늘의 문예비평』
67, 2007, 150.

의 좌초와 도덕적 타락 등의 정신
적 요인 등 중첩되고 가중되어 사
회적 문제들에 대한 분노와 반항
이 이른바 '앵그리 영맨'들인 선봉
파 작가들을 필두로 진행되었던
것이다. "1980년대 이후에 나타난
소위 '선봉파'라 불리는 작가들은
사회의 허위와 위선을 간과할 수
없었고, 이면으로 진행되는 국가

그림 3. 위화는 중국 뿐 아니라 한국에서도
인기있는 작가이다.

가 주관하고 이끌어가는 문학적 재건의 흐름에 부응할 수 없었다. 이들
은 용기를 내어 일상의 허위와 위선을 폭로하려 하였으며, 부패한 인성
의 가면을 벗겨내고, 사물의 본질을 알리려 하였다. 그래서 이들은 현실
에 대한 불만을 가장 효과적으로 나타낼 수 있는 방법을 찾게 되었고,
이는 기존가치에 대한 전도와 도전으로 귀결되었다"4). 청년 작가들의
새로운 서술 방식과 문제 제기는 신선하고 자극적인 것이긴 하였지만
문학적 완성도나 사상적 성숙도 면에서 거칠고 정제되지 않은 것이었다
는 점에서 한계가 있었다. 1990년대에 접어들면서 위화는 문학적으로
한 단계 성장을 보여주는데, 이 성장을 계기로 위화는 국내에서 가장
인기 있는 작가로 발돋움할 뿐 아니라 세계적으로도 명망 있는 작가의
반열에 오르게 되고 외국인들에게 그의 소설은 '중국을 들여다보는 창'
으로 인정받게 된다.

---

4) 신의연, 「1980년대 후반 위화(余華)소설 주제의식 탐구」, 『중국인문과학』 41,
   2009, 257-8.

분노에서 포용으로

1980년대에 발간한 위화의 초창기 작품들이 폭력, 죽음, 분노, 혼돈 등 거칠고 부정적인 이미지의 실험적인 형식들이 주를 이루었다면, 1990년대 이후의 작품들은 삶에 대한 철학적 통찰, 유머러스한 분위기, 포용적이고 사색적인 통찰력 있는 태도를 가볍고 절제된 방식을 통해 표현하고 있다. 이와 같은 확연히 달라진 작풍에 대해 대체적으로 "현실의 밑바닥을 돌아보는 것, 생명의 존재를 돌아보는 것, 가여움을 느끼는 감정을 돌아보는 것, 이것이 위화가 90년대에 창작한 소설에서 보이는 하나의 중요한 예술상의 전향"[5]이라고 긍정적으로 평가하고 있으며 이 시기의 작품들이 국내외적으로 많은 사랑을 받고 있다.[6]

---

5) "回到现实的底层, 回到生命的存在, 回到悲悯的情怀. 这是余华九十年代小说创作所显示出来的一个重要的艺术转变." 洪治纲. 『悲悯的力量 - 论余华的三部长篇小说及其精神走向』, 当代作家评论, 2004, 37. 배주애, 「한·중 양국의 도서 시장에서 성공을 거둔 위화 소설의 특징」, 『한국중어중문학회 학술대회 자료집』, 2020, 222에서 재인용.

6) 그는 90년대 이후의 작품들의 예술성을 인정받아 해외에서 많은 문학상을 수상하게 된다. 1998년 이탈리아 그린차네 카보우르 문학상(Premio Grinzane Cavour), 2002년 제임스 조이스 문학상(James Joyce Foundation Award), 2004년 프랑스 문화 훈장(Chevalier de l'Ordre des Arts et des Lettres), 2004년 반즈앤노블 신인작가상(Barnes & Noble Discovery Great New Writers Award), 2005년 중화도서특별공로상(Special Book Award of China), 2008년 쿠리에 앵테르나시오날 해외도서상(Prix Courrier International), 2014년 주세페 아체르비 국제문학상(Giuseppe Acerbi International Literary Prize), 2017년 이보 안드리치 문학상(The Grand Prize Ivo Andric), 그리고 2018년 보타리 라테스 그린차네 문학상(Premio Bottari Lattes Grinzane) 등 해외에서 받은 많은 문학상은 그가 전 세계적으로 얼마나 많은 사랑을 받고 있는지 알 수 있게 한다. 물론 그의 인기는 해외에서 뿐만 아니라 중국 내에서도 굉장히 높다. 배주애에 따르면,

지극히 당연한 말이겠지만, 위화가 보여주는 작품의 변화는 세상을 바라보는 그의 세계관의 변화를 반영하고 있다. 그는 이와 같은 작품과 세계관의 변화에 대해서 다음과 같이 말한다.

> 앞에서도 말했듯이 나는 현실과 긴장관계에 있다. 좀더 심각하게 말하자면, 나는 줄곧 현실을 적대적인 태도로 대했다. 시간이 흐르면서 마음속의 분노가 점차 사그라지자, 나는 진정한 작가가 찾으려는 것은 진리, 즉 도덕적인 판단을 배격하는 진리라는 걸 깨달았다. 작가의 사명은 발설이나 고발 혹은 폭로가 아니다. 작가는 독자에게 고상함을 보여줘야 한다. 여기서 말하는 고상함이란 단순한 아름다움이 아니라, 일체의 사물을 이해한 뒤에 오는 초연함, 선과 악을 차별하지 않는 마음, 그리고 동정의 눈으로 세상을 대하는 태도다.[7]

현실에 대해 적대적인 태도를 지녔고 세상에 대한 분노를 표출하던 젊은 작가는 점차 세계에 대한 성찰의 필요성을 느끼게 된다. 작가의 주관적 판단에 입각한 도덕과 정의가 세상을 살아가는 유일한 진리가

"중국의 서안신문왕(西安新聞网)의 기사에 따르면 2019년도 중국의 '제13회 작가 순위 차트'에서 위화가 1550만원의 인세 수입으로 차트 순위 1위를 차지했다. 이에 앞서 2018년도 신화왕(新华网)에 중국 "작가출판사(作家出版社) 오의근 사장은 2008년 5월부터 위화가 『인생』을 포함하여 13종의 작품을 작가출판사에 수권했다고 밝혔다. 지금까지(2018년 1월13일) 총 866만 8000부가 팔렸고, 그중 대표작인 『인생』은 놀랍게도 586만 9000부가 팔려 당대 순수문학 판매의 기적을 이루었다."라는 기사가 실렸다." 배주애, 「한·중 양국의 도서 시장에서 성공을 거둔 위화 소설의 특징」, 222.

7) 위화, 『인생』, 백원담 역, 푸른숲, 2007, 12-3. 2000년 이 책이 처음 번역되었을 때는 『살아간다는 것』이라는 제목을 달았으나 이후 개정판에서는 『인생』으로 바뀌었다. 아마 영화 <인생>의 인기와 관련이 있는 것 같다.

아니라는 사실을 깨닫게 된 것이다. 작가는 자신의 주관성을 극도로 자제한 상태에서 세상에서 일어나는 다양한 삶의 모습에 대해 이해를 할 필요가 있는데, 이때 이해란 "연민과 공감의 눈"이 있어야만 가능한 것이다. 선과 악은 단순히 이분법적으로 나눌 수 있는 것이 아니고, 저마다 살아가는 방식이 존재하는 것이며, 그 모든 삶은 가치 있고 존중받아야 한다는 사실을 작가는 깨닫게 된다. 김순진의 말처럼 이 시기 위화는 "세계를 풍자하고 폭로하는 것뿐만 아니라 모든 것을 이해한 후 동정심을 가지고 이 세계를 대하"게 되었으며, "초기의 단편과 중편을 통해 보여주었던 무자비한 폭력의 세계는 1990년대 이후의 장편소설을 통해 이해의 대상으로 변화"[8]하게 된다.

이와 같은 깨달음 속에서 탄생한 위화의 첫 장편소설 『가랑비 속의 외침(在細雨中呼喊)』

그림 4. 장이머우(張藝謀)가 연출한 영화 〈인생〉은 1994년 칸 영화제에서 심사위원 대상을 수상했지만, 중국에서는 상영이 금지됐다.

(1992)은 시간의 유한성이라는 한계상황 속에 무기력하고 무방비인 채로 살아갈 수밖에 없는 인간 존재의 가치를 '기억'이라는 내면적인 창조적 경험이 주는 위안과 안식처로서의 의미를 통해 추적해 간다. 한국어판 서문

8) 김순진, 「『제7일』의 사후세계가 지닌 의미와 창조성」, 『중국학연구』 제82집, 2017, 74-5, 73-92

에 기술된 것처럼 기억은 "삶에 부여하는 '생기(生氣)'"이며, 관계를 형성하는 기본적인 요소이다. 관계라는 것이 결국 관계에 대한 기억에 의존하는 것인데, 기억은 관계에 대한 과거의 기억을 통해 관계의 현재 정체성을 형성하며, 이를 통해 미래의 관계성을 기획하고 전망한다.

두 번째 장편소설 『살아간다는 것(活着)』(1993)은 삶의 상처와 아픔을 타자에 대한 연민과 생명에 대한 긍정으로 승화시켜가는 복귀의 이야기를 그리고 있는데, 위화는 이 작품을 통해 작가로서 확실한 기반을 다졌을 뿐 아니라, 이 작품을 원작으로 장예모 감독이 영화로 만든 <인생>이 칸 영화제에서 황금종려상을 수상하게 되자 세계적으로 '위화 현상'이 일어나기도 했다. 이 작품은 중국 국어 교과서에 실리기도 했으며, 지금까지도 중국에서 매년 40만 부씩 판매되며 베스트셀러 순위를 굳건히 지키고 있다.

『허삼관 매혈기(许三观卖血记)』(1995)는 출간되자마자 세계 문단의 극찬을 받았는데, 허삼관이 보여주는 평범한 보통 사람의 양심과 선함, 의붓아들 일락이를 자신의 친아들로 받아들이는 스스로 선택한 삶의 무게 등을 통해 '평등'에 관한 이야기를 전하고 있다. "당연히 다른 이들처럼 그에게도 가정이 있고, 처와 아들이 있다. 역시나 그는 다른 이들과 마찬가지로 남들 앞에서는 다소 비굴해 보이지만, 자식과 마누라 앞에서는 자신만만해 집에서 늘 잔소리가 많은 사람"9)인 허삼관은 주위에서 흔히 볼 수 있는 평범한 사람이다. 그와 같은 평범한 사람들을 위한 평등의 문제를 다루고 있는 이 작품으로 위화는 명실상부한 중국 대표 작가로 자리를 굳히게 된다.

---

9) 위화, 『허삼관 매혈기』, 최용만 역, 푸른숲, 2007, 9.

그림 5. 『허삼관 매혈기』는 그를 일약 유명작가의 반열에 올려놓았다.

사회적 정치적으로 뿐만 아니라 경제적으로도 소외되어 살아가는 인민대중의 부조리하고 불합리한 삶에 대한 고발을 죽음이라는 모티브를 통해 들려주는 『제7일(第七天)』(2013)은 주인공 양페이가 죽은 뒤 7일간 이승을 떠돌며 겪는 사건을 통해, 중국사회의 구조적 불평등과 출구를 찾지 못하고 죽음에 내몰리고 죽은 후에도 불평등을 겪어야만 하는 인민대중의 삶을 그리고 있다. 한 인터뷰에서 위화는 "소설의 배경은 사후 세계이나, 『제7일(第七天)』(2013)은 현실에서 일어나는 일을 다뤘다. 사망한 후를 시점으로 택한 이유는 객관적으로 사회를 그릴 수 있어서다. 주인공이 살아 있는 시점에서 썼다면, 단면만 묘사하는 데 그쳤겠으나 망자의 눈으로 묘사함으로써 사건을 좀 더 입체적으로 그릴 수 있었다. 현재 중국에서는 급속한 경제 발전의 부작용으로 불평등이 드러나고 있다. 불평등을 소설로써 다루고 싶었다."[10]라고 집필동기를 설명하고 있다.

문화대혁명에서부터 개혁개방 시대, 사회주의 시장경제 시대까지 파란만장한 40년간의 중국 현대사를 관통하고 있는 『형제(兄弟)』(2005)는

---

10) <예스24> 채널예스와의 인터뷰. http://ch.yes24.com/Article/View/23217

시대의 광기 속에 모두가 병자로 살아갈 수밖에 없는 현실을 병자의 입장에서 그리고 있는 작품이다. 한국어판 서문에서 그는 "이십여 년 전 이제 막 이야기를 하는 직업에 종사하기 시작했을 때 읽었던 노르웨이의 작가 입센이 한 "모든 이는 자신이 속한 사회에 책임이 있고, 그 사회의 온갖 폐해에 대해 일말의 책임이 있다."라는 말이 생각납니다. 그의 말에 전적으로 동의하면서 내가 왜 『형제』를 쓰게 되었는지 답을 얻었습니다. 그것은 바로 제가 병자이기 때문입니다."[11]라고 적고 있다. 시대의 간극, 사람들 사이의 간극을 그리고자 하는 그는 선과 악의 구별보다는 모두가 병자로 살아가야 하는 시대에 대한 동정의 눈길을 드리운다. 이 외에도 단편집 『내게는 이름이 없다(我沒有自己的名字)』(1986년-1998), 『무더운 여름(炎熱的夏天)』(1989-1995), 중편집 『세상사는 연기와 같다(世事如烟)』(1988) 등의 작품집이 있으며, 『사람의 목소리는 빛보다 멀리 간다(十個詞彙中的中國)』(2011), 『우리는 거대한 차이 속에 살고 있다(我們生活在巨大的差距里)』(2015), 『문학의 선율, 음악의 서술(文學或者音樂)』(2019) 등의 에세이집을 집필

그림 6. 2007년에 총3권으로 처음 번역된 『형제』는 2017년 출판사를 〈푸른숲〉으로 바꾸고 총2권으로 재출간되었다.

---

11) 위화, 『형제』, 최용만 역, 푸른숲, 2017, 10.

하였고, 2021년에 장편소설 『문성(文城)』을 출간하는 등 최근까지도 왕성한 활동을 이어가고 있다.

1990년대 이후로 예술적 전향을 이룬 후 위화가 일관성 있게 추구하는 그의 예술 세계에 대해서 심혜영은 다음과 같이 평가한다.

> 위화의 소설 역시 물질적·계량적 현실관과 계산적 합리주의로 인간과 삶을 해석하고 기획하고 재단하는 근대적 관점에 대한 강한 반문과 비판을 담고 있다. 그리고 이것은 곧 삶의 조건의 기계적인 평등과 인위적 합리성을 추구하고, 인간성의 보편적 본질과 인간에 내재한 종교적·초월적 지향을 부정하며, 인간성을 물질적·사회적·계급적 속성으로 환원하려 했던 사회주의 중국의 역사, 근대기획으로서의 극단적인 사회주의적 실험의 역사에 대한 반문과 비판이기도 하다. 위화의 소설이 주인공을 통해 억울함을 감수하는 넉넉한 인내와, 눈물과 해학의 관용이 삶을 살아갈 만한 것으로 만들어 주는 윤활유임을 보여주면서, 삶은 본질적으로 불평등 속에서 이루어지는 것이며, 이 불평등을 기꺼이 감수하는 태도가 바로 현실의 냉혹함을 감싸고 녹이면서 삶의 고상함을 일구어내는 삶의 가능성임을 보여주면서 이야기하고자 하는 것은 바로 인간적인 삶의 가치나 원리가 기계적 타산적 합리성만으로 설명되고 재단될 수 있는 것이 아니라는 점이다.[12]

중국은 우리나라와 마찬가지로 근대화 과정에서 외세의 침략으로 인해 국가 시스템이 붕괴될 정도로 고난과 좌절을 겪었다. 봉건주의 왕조가 몰락하고 근대적 체제로 이행되는 과정에서 외세가 개입하게 됨에 따라 내재적 모순과 필연성의 성숙 단계를 거치지 못하게 되고 근대적 질서와 세계관은 국민들의 마음속에 착근되지 못한 채 근대를 맞이하게

---

12) 심혜영, 「1990년대 위화(余華) 소설의 휴머니즘과 미학」, 『中國現代文學』 39, 2006, 382.

된다. 그 결과 봉건 잔재가 여전히 청산되지 못한 상태에서 물질주의, 기계적 합리주의가 혼재하게 되고 사상적 이념적 혼란이 가중되게 된다. 중국 근대화 과정의 상흔이 고스란히 중국인들의 정신과 심리에 잔존하게 되는 것이다. 설상가상으로 중국은 근대화의 두 번째 단계라고 할 수 있는 공산화 과정을 겪게 된다. 공산주의 이념이 서구로부터 유래된 것이면서 근대와 동전의 양면이라고 할 수 있는 자본주의의 모순을 극복하고 건설되는 사회 체제에 관한 이데올로기라고 보면 공산화 과정 또한 근대화 과정의 일부라고 할 수 있을 것이다. 이후 진행된 사회적 운동으로서 대약진운동(1958-1962)이나 문화대혁명(1966-1977) 등은 오랫동안 누적되어 온 계급 간, 계층 간 갈등이 극단적인 형태로 표출되는 계기가 되었으며, 1970년대 말부터 진행된 시장경제 이행과 1992년부터 시작된 사회주의 시장경제 등 급진적으로 진행된 사회 개조의 과정은 국민들에게 다시 한번 혼란과 상처의 기억으로 남게 된다.

격변의 소용돌이를 겪는 과정에서 혁명과 이데올로기, 개혁과 경제 건설 등의 구호만 난무할 뿐 정작 누구를 위한 혁명이고 누구를 위한 개혁개방인지에 대한 근본적인 질문은 제시되지 않았다. 뜻있는 지식인들과 시민들이 체제의 방향성에 의문을 제기하자 정치적 보복과 탄압이 자행되었고, 이후 이와 같은 문제제기는 사실상 불가능에 가까운 일이 되어 버렸다. 경제 발전의 속도를 따라가지 못하는 민주주의 의식의 미성숙과 기계적 합리주의와 물질주의의 만연 속에서 인간에 대한 따뜻한 이해와 배려, 공동체적 가치에 대한 숙고가 점차 퇴색되어버렸다.

위화는 소설을 통해 인생은 본질적으로 불공평하지만 모든 인간의 삶은 가치가 있고 존중받을 자격이 있다는 점에서 공평하다고 말하고 있다. 돈과 권력, 사회적 지위 등의 세속적 불평등을 희생적, 수용적인 태도

243

로 받아들임으로써 불평등함을 사소하게 만들고, 인내, 유머, 희생 등을 통해 인간의 고매함과 삶의 위대함이라는 내면적 평등을 불평등이 위치했던 자리에 대치시킨다. 그렇기 때문에 소설 속에서 삶의 불평등에 대해서 언급할 때에도 위화는 그것을 너무 무겁지 않게 다루며, 유머[13] 와 풍자를 통해 승화시킨다. 냉혹하고 냉담한 현실을 너무 진지하지 않게, 하지만 외면하지도 않으면서 그와 같은 현실을 수용하고 이겨내는 주인공들의 모습에 독자들은 따뜻함과 친근함을 느끼게 되는 것이다. 참담하고 무거운 현실을 때론 가볍게, 때론 유머러스하게, 때론 담담하고 낙관적으로 그려내고 있는 위화의 문학 세계는 독자들로 하여금 그의 작품에 쉽게 다가갈 수 있게 만들며, 기꺼이 다가온 독자들에게 위로와 위안, 성찰과 웃음의 시간을 제공한다.

남자는 여자의 미래다 - 「무더운 여름」

지금부터 살펴볼 작품은 위화의 중단편선 중 하나인 『무더운 여름』에

---

13) 위화의 유머감각은 그가 인터뷰를 할 때 종종 드러나기도 하는데, 그는 자신의 책이 왜 잘 팔린다고 생각하느냐는 질문에 "그 책이 왜 이렇게 잘 팔리고 있는지를 [어떤 문화평론가가] 분석을 해봤는데 첫째 둘째 셋째 넷째 이렇게 나열을 했는데 저는 굉장히 힘들게 끝까지 참고 들었는데 제가 보기에는 다 헛소리인 것 같습니다. 제가 중국에서 이렇게 인기작가가 된 것은 결국은 운이 좋아서였습니다."라고 대답하거나 "저도 사실 어리둥절합니다. 그냥 출판사만 바꿨을 뿐인데 갑자기 어느 날에 슈퍼마켓 갔더니 슈퍼마켓까지도 『인생』이라는 책을 떡하니 팔고 있었더라는 거죠. 저는 『형제』도 한국에서 크게 성공할 것 같다는 예감이 듭니다. 왜냐하면 출판사를 바꿨기 때문에"라고 대답하기도 했다. TBS <김어준의 뉴스공장>과의 인터뷰
http://tbs.seoul.kr/news/newsView.do?idx_800=2250514&seq_800=10221547

실린 표제작 「무더운 여름」이라는 단편이다. 인터넷 서점 <YES24>에 소개된 출판사 리뷰를 통해 이 작품에서 주의 깊게 봐야할 점과 감상 포인트 등을 참조할 수 있을 것이다. 리뷰에 따르면, "『무더운 여름』에 실린 여섯 작품은 위화가 1989년부터 1995년 사이에 쓴 소설들로, 초기 위화 작품에서 보이는 실험적인 경향과 그의 장편소설에서 드러나는 익살스럽고 서사 중심적인 경향이 절묘하게 만나는 지점에 있다고 할 수 있다. 여전히 형식적인 실험성을 보여주면서도 대화가 주를 이루고, 등장인물들의 면면에서 유머러스함이 배어나올 뿐만 아니라 그 소재가 일상에 밀착해 있기 때문이다. 그래서 이 책에 실린 작품들은 평범한 인물들이 일상에서 겪을 법한 일들을 풍자적이면서도 세밀하게, 실험적이면서도 자연스럽게 그려낸 '일상의 소묘'와도 같다."[14]라고 적고 있다.

함께 보게 될 「무더운 여름」과 관련하여 리뷰에서 언급된 내용 중에 특히 흥미로운 부분은 '대화'가 주를 이룬다는 부분이다. 이 작품은 특히 대화가 작품 전체를 구성하고 있다고 볼 수 있는데, 대화는 주로 여자 주인공들인 원훙(溫紅)과 리핑(黎萍) 간의 대화와 여자 주인공들과 남자 주인공 리치강(李期剛) 간의 대화로 구분된다. 또한 대화는 크게 두 부분으로 나뉠 수 있는데, 뒤에서 다시 설명하겠지만, 두 번째 부분에서 보이는 반전이 압권이라고 할 수 있다. 리뷰에서도 언급하고 있듯이 또하나 놓치지 말아야 할 것은 대화를 통해 드러나는 유머러스함과 핍진성(逼眞性, verisimilitude)이다. 이 작품에서 위화는 대화를 통해 각 등장인물들이 드러내는 욕망과 감추고 있는 욕망 사이의 괴리, 인물들 간의 묘한 긴장 관계와 질투, 견제 심리 등을 유머러스하면서도 매우 있음직

---

14) http://www.yes24.com/Product/Goods/3502779

하게 그려내고 있다. 마지막으로 이 작품은 일상의 보통 사람들이 겪을 만한 사건과 그 사건을 접했을 때 겪게 되는 심리를 탁월하게 묘사하고 있는데, 특히 섬세한 심리 묘사와 자연스러운 사건 전개를 보여주고 있어 미소와 함께 고개가 끄덕여지는 유쾌한 풍속화를 감상하는 재미를 전해 준다.

『무더운 여름』은 작가로서의 문학적 여정에 대한 위화의 진솔한 이야기를 담은 「나의 문학의 길」이라는 에세이를 부록으로 수록하고 있는데,

그림 7. "위화가 직접 가려 뽑아 국내에 처음 소개하는 보석 같은 소설 여섯 편! 젊은 날의 열정과 반짝이는 상상력, 가감 없는 실험성으로 그려낸 범상치 않은 일상의 소묘!"라고 출판사 리뷰는 소개하고 있다.

이 글은 작가의 문학세계를 이해하는 데 큰 도움을 준다. 그에 따르면, "지금은 많은 이들이 상상력의 중요성에 대해 말한다. 그러나 상상력은 통찰력이 뒷받침되어야 한다. 그렇지 않으면 현실에 근거하지 않고 엉터리로 만들어낸 공상이 될 뿐이다. …… 내 생각에, 대화는 인물의 발언일 뿐 아니라 작가가 인물이나 사건에 대한 통찰력을 표현하는 수단이기도 하다."15)라고 말하며 그의 작품에서 대화가 얼마나 중요한 문학적 장치인지를 잘 설명하고 있다. 이 글의 다른 부분에서 그는 "1980년대에 나는 선봉파(先鋒派) 작가였다.

---

15) 위화, 「나의 문학의 길」, 『무더운 여름』, 조성웅 역, 문학동네, 2016, 239-243.

그때 나는 인물이 자기 목소리를 내서는 안 된다고 생각했다. 인물은 하나의 기호일 뿐, 서술자는 작가인 나였다. 인물에게 어떤 말을 하라고 요구하면 그는 그 말을 해야 했다. 그런데 1990년대에 들어 첫 장편 『가랑비 속의 외침』을 쓰면서 문득 인물이 스스로 말하고 싶어한다는 사실을 깨달았다. 그리고 그것이 글쓰기 수련의 결과라고 생각했다."[16]라고 말하고 있다. 선봉파였을 때 위화는 인물들을 통해 실제로는 작가 자신이 하고 싶었던 말을 하고자 했다는 것인데, 리얼리즘 문학 이론가인 게오르그 루카치(Georg Lukacs)에 따르면 이러한 특징을 지닌 소설들은 '경향소설'로서 문학적으로는 바람직하지 않은 창작 방법이다. 작가의 주관이나 주장이 과도하게 작품에 개입되게 되면, 작품의 자기 완결성은 떨어지게 되고, 그 결과 독자의 작품에 대한 감정이입과 공감이 현저하게 방해받게 되어 대중성을 획득하기 힘들다는 것이 그의 주장이다. 핍진성이라는 단어를 굳이 쓴 이유가 바로 이것인데, 루카치가 강조하는 위대한 리얼리즘 작품들은 작가의 주관이 최대한 배제되고 사건과 인물이 개연성을 지녀야 하며, 인물들이 스스로 말할 수 있도록 함으로써 누구나 공감할 수 있는 그럴듯한 세계를 보여주는 작품들을 의미하는데, 리얼리즘 작품들의 이와 같은 특징을 루카치는 핍진성이라고 불렀던 것이다. 선봉파 시기 위화의 작품들은 강한 실험정신을 바탕으로 한 형식과 주제의 파격적 선정과 전개로 인해 문단의 주목을 받았으나, 대중성 면에서는 그다지 성공적이지 못했다. 이후 문학적 수련을 거듭한 끝에 인물들에게 스스로 말할 수 있도록 목소리를 되돌려 주고서야 인기 작가의 반열에 올랐다는 사실은 리얼리즘과 관련된 루카치의 주장이 일리가

---

16) 위화, 「나의 문학의 길」, 243.

있었음을 증명하고 있다. 지금까지 언급한 위화 단편들의 주요 특징들을 확인해 가며 「무더운 여름」을 함께 읽어보자.

　남자들이 흔히 그렇듯이 여자들도 친구들끼리 있으면 남자 이야기로 시간을 보내기 마련이다. 「무더운 여름」에 등장하는 여자 주인공인 원훙(溫紅)과 리핑(黎萍)은 오늘도 남자 이야기로 수다를 떨고 있다. "남자친구가 있으면 얼마나 편할까. 영화 보고 싶을 때 대신 표도 사주고, 며칠을 먹어도 다 못 먹을 만큼 말린 자두며 올리브도 준비해주고 교외로 나가고 싶으면 더욱 없어선 안 될 존재지. 필요한 모든 비용을 다 댈 테고 짐도 들어주고…… 요즘 유행하는 말로 스폰서인가."(177) 자신이 원하는 것을 언제든지 제공해 줄 수 있고 그럴 마음의 준비가 되어 있는 남자친구가 있다면 얼마나 좋을까에 대해 말하다 보니 자신이 진짜 원하는 것이 남자친구가 아니라 스폰서인 것 같다며 수다를 늘어놓는다. 친구인 리핑은 무료한 여름밤 샤워를 마치고 잠옷만 입은 채 더위를 피해 문밖 거리에 내놓은 평상에 누워 선풍기 바람을 맞으며 무신경하게 그녀의 이야기를 듣고 있다. 필경 그런 옷차림이라면 지나가는 사람들이 눈길을 주고 있었을 텐데 그녀들은 수다를 떠느라 주위의 시선에 무신경하다. 그때 두 여인 모두와 알고 지내는 리치강(李期剛)이라는 남자가 다가온다.

> "스폰서 하나 발견했다."
> "누군데?"
> 리핑이 두 팔을 머리 위로 쭉 뻗으면서 머리칼을 흔들었다.
> "리치강(李期剛)." 원훙이 말했다. "이리 오라고 할까?"
> 리핑이 갑자기 큭큭거리더니 말했다."그 멍청이?"
> "그가 우리를 보고 있어."

"이쪽으로 오고 있어?"

원홍이 고개를 끄덕였다. "다가오고 있어."

"저 멍청이 나한테 오는 거야." 리핑이 말했다.

원홍이 낮은 목소리로 말했다. "나한테 오는 거지."

두 여자는 동시에 높은 소리로 웃어 젖혔다. 리치강이라 불린 남자가 미소를 지으며 그녀들 앞으로 다가왔다.

"뭐가 그렇게 재밌어?"

두 여자는 더 크게 웃었다. 하나는 허리를 굽히고 다른 하나는 등나무 평상에서 두 다리를 끌어안으며. 리치강은 품위 있게 한 쪽에 선 채 계속 미소를 지었다. 그는 짧은 와이셔츠에 긴 바지를 입고, 반짝반짝 닦은 가죽구두를 신고 있었다. (178-179)

원홍과 리핑은 멀리서부터 자신들에게 다가오는 리치강을 발견한다. 스폰서 이야기를 하고 있던 터라 원홍은 그를 스폰서라고 부르고 한편 리핑은 그를 멍청이라고 부른다. 그들은 리치강을 무시하는 듯한 말투로 지칭하지만 다른 한편으로는 그가 자신에게 오는 것이라고 말함으로써 묘한 신경전을 벌인다. 짧은 대화를 통해 위화는 남성을 대하는 여성의 모순적인 태도와 친구 사이임에도 존재하는 자존심 대결을 선명하게 보여준다. 그들은 리치강을 한껏 낮춰 부르며 비하하는 것 같지만 속으로는 자신과 그가 더 친밀한 관계를 맺고 있다고 믿고 있는 것이다. 리치강에게 관심 있는 것처럼 보이기는 싫고 그러면서도 그의 관심은 나에게 있다고 생각하는 엉큼한 여성의 심리가 코믹하게 그려져 있다.

그런데 "짧은 와이셔츠에 긴 바지를 입고, 반짝반짝 닦은 가죽구두를 신고"(179) 있는 리치강은 단정하면서도 멋있는 외양을 갖추고 있다. 그의 외모로 보건대 그는 그렇게 허술하거나 얕잡아 봐도 될 만한 인물이 아닌 것 같다. 더 나아가 그는 그녀들의 환심을 사기 위해 아부를 한다거나 말도 제대로 못하는 숙맥이거나 한 것도 아니어서 그녀들이 그를 호구처럼 취급해도 되는가 하는 의구심이 든다. 그는 대뜸 그녀들에게 "남자아이 머리가 보기 좋아. 정신도 맑아 보이고 날씨도 이렇게 더운데"라고 말하며 남자아이 헤어스타일로 머리를 자르라고 말한다. 그녀들은 자신의 긴 머리가 마음에 들 뿐만 아니라 이 머리가 최신 유행이라고 말하며 그의 요청을 거부하면서 서로의 머리가 얼굴이랑 잘 어울린다고 추켜세워주기까지 한다. 그녀들은 도리어 이 더운 날 긴바지를 입은 리치강을 힐난하며 킥킥거리는데, 이와 같은 반응에 리치강은 "기관에서 일하는 우리 같은 국가 간부는 지위가 있으니 단정하고 깔끔하게 입어야지."(182)라고 말하며 우쭐댄다. 말투로 봐서 리치강은 국가 간부라는 자신의 직업에 대단한 자부심을 느끼는 것 같다. 그의 자부심은 그가 입고 있는 긴 바지를 봐도 알 수 있는데, 말하자면 공무원 신분인 걸 티내기 위해 무더운 여름에도 모직으로 된 두꺼운 긴 바지를 입고 있으며, 바지에 줄을 멋지게 내기 위해 모직 100%가 아닌 90%의 바지를 입고 있었던 것이다. 허세와 자만으로 우쭐대기를 좋아하는 리치강이 두꺼운 바지를 입고 땀을 흘리는 모습에 원홍과 리핑은 비웃음을 교환한다.

> "너네 문화국은 지금 어디로 옮겼어?" 원홍이 그에게 물었다.
> "톈닝사(天寧寺) 있는 데로." 리치강이 대답했다.
> 원홍이 소리를 질렀다. "톈닝사 있는 데로 옮겼다고?"
> 리치강이 고개를 끄덕였다. "거기 여름에 되게 시원하다."
> "겨울에는?" 리핑이 물었다.
> "겨울…… 겨울에는 무척 춥지."
> 원홍이 말했다. "문화국은 왜 건물을 안 지어? 재세국(財稅局)이나 공상국(工商局) 같은 데는 건물도 크고 있어 보이잖아."
> "돈이 없어." 리치강이 말했다. "문화국이 제일 가난하거든."

"그럼 너는 기관에서 제일 가난한 국가 간부겠네?" 원흥이 그에게 물었다.
"꼭 그렇게 말하긴 어렵지." 리치강이 웃으면서 대꾸했다.
리핑이 원흥에게 말했다. "아무리 가난해도 국가 간부야. 그러니 우리보다는 당연히 지위가 높지." 그리고 리치강을 보며 물었다. "그렇지 않아?"
리치강은 겸손하게 웃고는 두 여자에게 말했다. "너희보다 신분이 높다고는 할 수 없지. 일반 노동자와 비교하면 기관에서 일하는 게 좀더 체면이 서긴 하지만." (182-183)

대화를 통해 알 수 있듯이 리치강은 문화국 직원이다. 문화국은 잘나가는 재세국이나 공상국처럼 자체 건물이 없이 건물을 이리저리 옮겨 다닌다. 문화국이 제일 가난하다는 말에 그럼 제일 가난한 국가 간부냐고 원흥이 묻자 꼭 그런 건 아니라고 그는 대답한다. 문화 대국 중국의 문화국이 제일 가난하다는 현실, 사회주의 국가임에도 자본주의 국가처럼 돈과 권력이 부서의 파워를 나타내는 기준이 되어 있는 현실이 씁쓸하다. 리치강은 자신이 제일 가난한 국가 간부는 아니라고 애써 변명하지만, 그가 세우려고 하는 자존심의 속물성이 드러나는 것 같아 안쓰럽게 느껴진다. 리핑이 가난해도 국가 간부는 일반 노동자보다 지위가 높은 것 아니냐고 그의 자존심을 추켜 세워주고, 리치강은 신분이 높다기보다는 체면은 선다고 답함으로써 그의 신분에 대한 허영심을 다시 한번 확인하게 된다. 그의 대답에 킥킥 웃기 시작하는 두 여성의 모습을 볼 때, 그녀들은 리치강이 국가 간부라는 신분에 대해 자부심을 느끼는 것을 실제로는 조롱하고 있다는 것을 알 수 있다.
한편 리치강은 두 여인에게 다시 한번 머리를 짧게 자르라고 말한다.

"머리를 좀 짧게 자르는 게 좋겠어."
두 여자는 더욱 소리 높여 웃었다. 리치강은 그녀들의 웃음에도 개의치 않고 계속 말했다. "홍화(紅花) 머리처럼 잘라."

"누구?" 원홍이 물었다.

"홍화. 인기 가수 말이야."

두 여자는 동시에 아, 하고 감탄사를 흘렸다. 이때 리펑이 말을 꺼냈다. "나는 홍화 헤어스타일이 예쁜지 잘 모르겠던데."

"그 여잔 얼굴이 너무 뾰족해." 원홍이 말했다.

리치강이 미소를 지으며 말했다. "한 달 뒤에 상하이에 가서 그녀를 여기로 데려올 거야."

두 여자는 깜짝 놀랐다. 잠시 후 원홍이 겨우 말을 꺼냈다. "홍화가 온다고?" (183)

리치강이 두 여인에게 머리를 자르라고 한 것은 결국 홍화에 대한 이야기를 꺼내기 위한 구실이었던 셈이다. 자신이 홍화의 콘서트를 이곳으로 유치하게 되었다는 자랑을 하기 위해 그녀처럼 머리를 자르라고 말한 것인데, 흔히 볼 수 있듯이 두 여인은 유명 가수에 대한 험담부터 늘어놓는다. 그러나 그녀의 콘서트가 이곳에서 열릴 것이라는 말에 그녀들은 리치강에게 가장 비싼 좌석을 구해달라고 앞 다투어 요구한다. 너 정도의 지위라면 가장 비싼 표 두 장 정도 구해서 그냥 주는 것이 쉬울 거라는 아부 섞인 말에 리치강은 심각하게 고민하다 승낙을 해버린다. 그가 승낙하자 두 여인은 기쁨의 괴성을 지르는데, 이는 그녀들이 홍화를 얼마나 좋아하고 그녀의 콘서트에 가고 싶어 했는지를 알 수 있게 하는 장면이다. 그럼에도 불구하고 홍화의 이름이 처음 언급되었을 때 그녀들이 보였던 시큰둥한 반응을 기억해 보면 이중적인 태도가 하나의 정서이자 전략이자 루틴이 되었다고 봐도 무방할 지경이다. 쉽게 속내를 드러내지 않고, 쉽게 동의해주지 않으며, 비판에 굴복하지 않고, 대화를 주도하며, 원하는 것이 있을 때는 수단과 방법을 가리지 않고 쟁취하고야 마는 그녀들의 능수능란한 밀당에 리치강은 완전히 휘둘리고 만다. 리치강이 떠나자마자 두 여인은 그를 다시 멍청이라고 부르며 그를 조롱한다.

리치강이 떠나고 그녀들은 다시 그에 대한 대화를 이어가는데, 이 대목에서 리치강이 어쩌면 단순히 그녀들의 호구가 아닐 수도 있다는 생각을 하게 된다.

두 여자는 다시 깔깔 소리 내어 웃었다. 그러고는 원홍이 리핑에게 가볍게 물었다. "쟤가 언제 널 쫓아다녔어?"

"작년에." 리핑이 대답했다. "너는?"

"나도 작년인데."

두 사람은 한바탕 웃었다.

"어떻게 쫓아다녔는데?" 원홍이 물었다.

"전화가 왔어." 리핑이 말했다. "무슨 이벤트가 있다고. 상하이에서 사교댄스 선생이 와서 우리한테 춤을 가르쳐준다고 문화국 앞에서 만나자고 하더라구. 그래서 갔지………"

"사교댄스 강사 못 봤지?" 원홍이 말했다.

"네가 그걸 어떻게 알아?"

"나한테도 그랬거든."

"걔가 너랑 산책하자고 했지?"

"어." 원홍이 말했다. "너도 걔랑 산책했어?"

리핑이 말했다. "잠깐 걷다 춤 배우러 가야 하는 거 아니냐고 물었더니 춤 강습은 없다고 하더라. 나를 꼬셔서 함께 걸으려고 그런 거라나. 그래서 물었지. 함께 걷는 게 무슨 의미가 있냐고."

"서로에 대해 알아보자고 하지 않았어?" 원홍이 끼어들었다.

리핑이 고개를 끄덕이며 원홍에게 물었다. "너한테도 그랬니?"

"응." 원홍이 말했다. "나는 왜 우리가 서로를 알아봐야 하나 물었지."

"나도 그렇게 물었는데."

"걔는 친구로 사귀고 싶다고 말했고 나는 왜 친구로 사귀어야 하냐고

물었어." 리핑이 이어서 말했다. "그랬더니 걔가 우물쭈물하면서 제대로
말을 못하더라."

"맞아." 윈훙이 말했다.

"손을 뻗어서 자기 입술을 한참 만지작거리더니 이렇게 말하는 거야."
리핑이 리치강의 어조를 흉내 내어 말했다. "우리가 서로 사랑할 수 있는가
보려고."

두 여자는 허리를 펴지 못할 정도로 크게 웃었다. 족히 오륙 분은 웃고
나서야 천천히 몸을 폈다.

"걔가 무슨 사랑 얘기를 꺼내는데 온몸에 털이 죄다 곤두서더라니까."
리핑이 말했다.

"난 그때 고양이 발톱에 붙잡힌 쥐처럼 난감했어." 윈훙이 말했다.

그녀들은 다시 크게 웃었다. 한참을 웃고는 윈훙이 리핑에게 물었다.
"너는 뭐라고 대답했어?"

"집에 간다고 했지."

"그 정도면 넌 양반이다, 얘." 윈훙이 말했다. "나는 이렇게 말했는데.
'뱁새가 황새랑 사귀려 하다니.'" (185-187)

이 대화에는 진실 하나와 거짓 하나가 있다. 먼저 진실에 대해 접근해
보자. 그녀들의 대화로 알 수 있는 사실은 리치강은 두 여인 모두에게
소위 작업을 걸고 있었다는 것이다. 있지도 않은 사교댄스 강습에 같이
가자고 꼬셔서 산책을 하고, 친구가 되어 서로에 대해 더 많이 알고 싶다
고 말하면서, 더 많이 알게 된 후 서로 사랑할 수 있는 사이가 될 수
있는가를 알고 싶다고 말했다는 것이다. 놀라운 것은 리치강이 두 여자
에게, 그것도 친구인 두 여자에게 동시에 사귀자는 말을 했다는 사실이
다. 리치강은 어리숙한 숙맥(菽麥)이 아니라 실제로는 바람둥이였던 것
이다. 친구 사이인 두 여인에게 동시에 작업을 걸면 분명 그 사실이 탄로
날 수도 있을텐데, 그는 그러한 사태를 개의치 않을 만큼 자신감이 있었

254

거나, 그녀들이 그 사실을 서로에게 함구할 것이라고 추측할 만큼 그녀들의 우정을 가볍게 판단했을 것이다. 아무튼 그는 여자들에게 휘둘릴 만큼 순진하거나 여자들에게 당하고 사는 무능한 남자가 아니었던 것이다. 심지어는 리치강은 그녀들을 꼬시기 위해 심혈을 기울여 노력하는 것이 아니라 똑같은 수법을 사용하였는데, 그 결과 그녀들은 같은 드라마를 보고 기억해내듯 일 년 전 그날의 일에 대해 대화를 주고받게 된다.

이제 거짓에 대해 이야기해 보자. 이 대화문에서 명백하게 드러나는 거짓된 행위는 그녀들의 '웃음'이다. 두 여자는 같은 시간대에 같은 방식으로 한 남자로부터 애정 공세를 받게 되었다는 사실을 알고 "허리를 펴지 못할 정도로" "오륙분" 동안 과장되게 웃는다. 이것이 과연 가능한 일일까. 리치강이 그들에게 정말 아무런 존재감이 없는 남자라면 그것은 한낱 의미 없는 해프닝 정도로 치부하여 비웃음과 조롱의 대상으로 삼을 수 있을 것이다. 그러나 그들의 대화에 줄곧 그의 이름이 오르내리고, 잦은 만남을 갖고, 약속을 잡는 것으로 보아 리치강은 이미 그녀들의 인생에 그들의 생각보다 더 깊이 들어온 것 같아 보인다. 만약 그렇다면 그녀들은 이와 같은 대화를 나누며 함께 웃을 수 없다. 그럼에도 불구하고 그녀들이 과장된 웃음을 나눈다는 것은 자신의 심리상태를 웃음을 통해 철저하게 은폐하고 있는 것이라고 볼 수 있다. 불쾌하고 긴장되지만 그런 감정을 먼저 드러내게 되면 자신이 그를 좋아한다는 사실을 인정하는 셈이 되며, 그러한 인정은 그녀들 사이에 형성된 '리치강은 멍청이' 동맹의 와해를 의미하게 된다. 흔히 인간관계는 상호 간의 의미 없는 칭찬과 공동의 관심사에 의해 형성되며, 그러한 인간관계는 사상누각 같아서 공동의 관심사에 대한 호불호의 동맹이 깨어지는 순간 함께 깨어지기 쉬운 법이다. 그래서 그녀들은 끝까지 이 대화를 웃음으로 끌고 가야 한다. 먼저 속내를 드러내는 것은 지금껏 리치강에 대해 함께 비웃고 흉봤던 시간들을 배신하는 일이 되며, 그것은 그녀들 사이의 우정에 대해서도 심각한 배신이 되는 것이다. 그래서 그녀들은 리치강의 구애에 털이 곤두선다느니, 난감했다느니, 뱁새가 황새랑 사귀려 한다는 등 부정적인 답변을 했다고 말하지만, 이제 독자들은 그녀들의 말을 곧이곧대로 믿을 수가 없다. 여자들의 언어는 이처럼 훨씬 섬세하며 복잡하다. 대화에 감추어진 톤과 매너를 모두 이해하지 못하면 그녀들의 본심에 조금도 다가갈 수 없다.

이제 사태는 또 다른 국면에 접어들게 되고, 독자들의 호기심을 한껏 자극시킨다. 아, 둘 다 리치강에게 호감이 있구나. 둘 중 누구랑 리치강은 사귀게 될까, 아님 둘 다와 사귀게 될까, 아님 제3의 여인이 그를 차지하게 될까 등등의 즐거운 상상을 하며 독자들은 다음 이야기를 기대하게 된다.

한 달쯤 지나고 어느 날 밤에 또 원홍이 리핑의 집에 찾아오게 되는데, 리핑은 마침 외출을 준비하느라 거울 앞에서 단장을 하고 있다. 외모에 한껏 신경 쓰는 모습에 남자친구가 생겼냐, 누구냐 묻다가 다시 이야기는 리치강에게로 향한다. 리치강의 이야기를 먼저 꺼낸 것은 원홍인데, 그녀는 아마도 리핑이 오늘 밤 그와 외출 약속을 잡은 것이 아닐까 하고 직감하고 있었는지도 모른다. 원홍은 홍화가 리치강에게 외제 혁대를 선물로 줬다는 사실을 리핑에게 말하는데, 리핑도 그 사실을 이미 알고 있었다고 대답한다. 원홍은 리핑의 대답에 예민한 반응을 보이는데, 그 이유는 원홍이 그 사실을 혼자만 알고 있었다고 생각했기 때문이다. 원홍은 홍화가 리치강을 좋아한다는 사실을 리핑에게 알려주는데, 이번에도 리핑은 알고 있었다고 대답한다. 리치강은 이번에도 원홍과 리핑 둘

다에게 홍화가 자신을 좋아한다고 이야기한 모양이다. 아무에게도 말하지 말라고 해 놓고 자신이 떠벌이고 다녔다는 사실에 원홍은 불쾌해 하는데, 리치강과 그녀가 둘만의 비밀을 공유한 사이가 아니었다는 사실이 못내 못마땅한 것이다. 만약에 리핑이 오늘 밤 리치강과 외출을 할 예정이라고 원홍이 판단했다면, 홍화와 그의 관계에 대해 언급하는 것은 의도적으로 리핑의 기분을 상하게 하기 위한 것이었을 수도 있다. 그런데, 리핑이 그녀가 알고 있는 일들을 모두 알고 있을 뿐만 아니라 그에 대해 감정적 동요를 전혀 일으키지 않는 것을 보고 자신의 계획이 수포로 돌아가게 되어 기분이 나빠졌을 수도 있을 것이다. 하지만 명심해야 할 것은 두 여인은 이번에도 계속해서 웃으며 대화를 주고받고 있다는 사실이다. 대화는 자연스럽게 리치강과 홍화의 관계에 대한 주제로 넘어간다.

> 리핑이 일어나서 침대 위에 올려두었던 치마를 입었다. 원홍이 지켜보고 있자 리핑이 물었다. "어때?"
>
> "예쁘다." 원홍이 그렇게 평하고는 질문을 던졌다. "그 사람이랑 어디까지 얘기했어?"
>
> "뭘?"
>
> "홍화가 그 사람을 쫓아다닌 거 말이야."
>
> "별 얘기 없었는데." 리핑이 대답했다.
>
> 원홍은 리핑이 거울 앞에서 이리저리 돌아보는 모습을 보고는 다시 물었다. "너, 걔가 홍화랑 호텔 방에서 하룻밤 같이 지낸 거 알아?"
>
> 그 얘기를 들은 리핑이 휙 돌아서더니 원홍을 보고 말했다.
>
> "그것도 다 얘기했어?"
>
> "응." 다소 득의양양한 표정을 짓던 원홍이 뭔가를 발견하고는 바로 리핑에게 물었다. "너한테도 말했니?"
>
> 리핑은 원홍의 돌변한 표정을 확인하고는 뒤돌아서서 태연하게 말했다. "내가 걔한테 물어봤어." (189-190)

어리석은 겉똑똑이 원홍과 리핑은 이제 경쟁적으로 둘 중 누가 리치강이랑 홍화에 대해서 더 많은 정보를 리치강으로부터 들었는지 확인하고 있다. 리치강의 2단계 전략에 완전히 말려든 모양새다. 인기 가수 홍화를 이용해 두 여인의 질투심을 자극하는 작전. 이것은 남녀 사이에 흔한 계책으로 그다지 높은 수준의 전략이라고 보기는 어렵다. 게다가 인기 가수 홍화가 리치강을 좋아한다는 것은 순전히 그의 입을 통해서 들은 이야기로 신빙성이 제로에 가까운 이야기라고 볼 수 있다. 그럼에도 두 여인은 리치강의 말을 철썩 같이 믿고서는 누가 그들의 관계에 대해서 더 많은 정보를 들었는지 경쟁하고 있는 것이다. 더 많은 이야기를 알고 있는 것이 마치 리치강으로부터 더 많은 관심을 받고 있다는 듯이 말이다.

치마를 입고 어떠냐는 리핑의 질문에 원홍은 정해진 대답, 예쁘다 라는 말을 하고서는 홍화와 그가 호텔 방에서 하룻밤을 같이 지냈다는 사실도 알고 있느냐고 초강수를 둔다. 그러나 돌아온 반응은 역시 너도 알고 있었냐는 대답. 원홍만큼이나 리핑도 모르는 것이 없었다. 리치강은 언제나 그렇듯 이번에도 그녀들에게 똑같은 방식으로 작업을 걸었다는 사실을 알 수 있다.

원홍은 리치강이 풍격이 있기 때문에 홍화 같은 예쁘고 유명한 여자가 좋아하는 것이라고 말하자 리핑은 이에 동의한다. 멍청이라고 불렀던 그녀들이, 무더운 여름 두꺼운 긴 바지를 입고 있다고 놀렸던 그녀들이 이제 그가 풍격이 있다고 인정하는 것을 보니 리치강의 '홍화 작전'은 성공한 것처럼 보인다.

그러나 질투 작전은 과하면 부작용이 생기기 마련이다. 리치강은 노련하게 수위를 조절하면서 홍화를 이용해 그녀들의 환심을 사는데 성공한다.

원홍이 신이 나서 말했다. "나보고 홍화도 나만큼은 안 예쁘다던데."
"너만큼은 안 예쁘다고?"
"우리만큼은 안 예쁘대." 원홍이 덧붙였다.
"우리?"
"너랑 나."
"걔가 내 얘기도 했어?"
"했지."
"처음엔 그런 얘기 안 했잖아."
원홍은 조금 놀란 듯한 표정으로 리핑을 보면서 말했다. "기분 나빠?"
"아냐." 리핑은 바로 웃음을 터뜨리고는 뒤돌아서서 거울을 보며 왼손
으로 눈가를 문질렀다.
"그 두 사람이 호텔에서 하룻밤 지내는 동안 뭘 했을 것 같아?" 원홍이
물었다.
"나도 모르지." 리핑이 말했다. "걔가 얘기해주지 않았어?"
"안 해줬는데." 원홍이 떠보듯 대답했다.
리핑이 바로 말했다. "그럼 아무 일도 없었나보네."
"아니야." 원홍이 말했다. "포옹했대."
리핑이 바로 말했다. "홍화가 걔를 껴안았대." (190-191)

리치강의 작전에 완전히 말려든 그녀들의 순박함이 이제는 애처롭게
느껴질 정도이다. 아마도 연인 사이에 한번쯤은 해봤다는 클리셰(cliché)
중의 하나 '김태희가 예뻐? 내가 예뻐?'에 대한 모범 답안일 수 있는
대답. "멀리서 보면 예쁜데, 가까이서 보면 별로", "너만큼은 안 예쁘다"
는 말로써 리치강은 완전히 그녀들의 환심을 산다. 외모로 유명 가수와
동급 혹은 그 이상의 반열에 오른 그녀들을 위해 마련해 둔 안전장치.
리치강은 '너'라고 말하지 않고 '너희들'이라고 말함으로써 두 여인 사이
에서 절묘한 등거리를 유지하고 있다.
　그리고 하나 더. 리치강이 홍화에게 관심을 보여서는 안 된다. 홍화가

일방적으로 리치강을 좋아해야 한다. 리치강은 홍화의 호감을 물리치고 두 여인을 선택한 것이 되어야만 한다. 그러니 그녀의 호텔방에서 아무런 일도 일어나지 않았으며, 홍화가 그에게 먼저 포옹을 해야 한다. 미루어 짐작컨대 공연을 위해 멀리까지 온 가수의 숙소에 리치강은 인사차 들른 것일 테고, 그런 그에게 감사의 인사를 위해 가벼운 포옹을 했을 수도 있을 것이다. 왜 그렇지 않은가. 연예계에서 포옹은 보다 일상화된 친교의 수단일 텐데 리치강은 그런 행위를 자신에 대한 호감이라고 오해했을 수도 있을 것이고, 이를 부풀려 그녀들에게 과시하듯이 자랑했을 수 있을 것이다. 아무튼 가난한 문화국 간부는 일약 유명 가수로부터 외제 혁대를 선물 받고 그녀로부터 구애를 받기까지 한 대단한 존재가 되어버린 것이다. 홍화는 자신도 모르게 리치강이 자신의 몸값을 높이는 데 이용당한 꼴이 되어버렸는데, 이 작전은 훌륭하게 맞아떨어져 두 여인이 이제 리치강에게 매달리는 형국이 되어버렸다.

예상했던 대로 리핑이 오늘 밤 만나기로 한 사람은 리치강이었다. 원홍이 함께 있는 것을 보고 잠시 놀랐던 리치강은 태연히 안으로 들어가 리핑에게 정말 예쁘다고 공치사를 한다. 한껏 치장한 리핑만큼이나 말끔하게 차려입은 그의 모습에서 오늘 밤의 만남은 데이트가 분명해 보였다.

세 사람은 거리로 나왔다. 리핑이 리치강의 팔짱을 끼자 리치강이 원홍에게 물었다. "영화표 있어?"

"없어." 원홍이 고개를 저으며 말했다.

그러자 리핑이 리치강과 팔짱을 낀 채 돌아서서 걸어갔다. 두 걸음쯤 내딛은 리핑이 고개를 돌려 원홍에게 말했다. "원홍, 우리 갈게. 너는 자주 와서 노니까."

원홍은 고개를 끄덕였다. 멀어지는 그들의 뒷모습을 보다 이십여 걸음쯤 걸어간 뒤 자기도 뒤돌아서서 다른 방향으로 발걸음을 내딛었다. 잠시 걷던 그녀는 낮은 소리로 내쏘았다. "흥!" (192)

그들은 영화를 함께 보러가기로 했던 것이다. 거리로 나오자마자 리핑은 리치강의 팔짱을 끼고 걸으며 원홍과 작별인사를 한다. 그들의 데이트를 지켜볼 수밖에 없던 원홍은 "흥!"이라는 짧은 소리로 자신의 불쾌한 심기를 드러내며 작품은 끝을 맺는다.

평범한 일상의 소묘와 세태소설 속 인간 심리

작품은 이렇게 무더운 여름밤의 젊은 남녀의 애정 행각에 관한 짧은 소묘로 끝을 맺고 있다. 평범한 젊은 남녀의 이성에 대한 관심과 연애로 나아가는 과정에 대한 일상적 소묘를 통해 연애에 대한 남녀의 심리와 인간관계에 대한 유머러스한 통찰력을 보여주고 있다.

이 작품은 원홍과 리핑의 관계, 그리고 그녀들과 리치강의 관계라는 두 가지의 관계축이 상호 관련을 맺고 있다. 먼저 원홍과 리핑의 관계에 대해서 말해 보자. 친구 관계였던 원홍과 리핑은 리치강이라는 남자를 사이에 두고 묘한 신경전을 벌이며 긴장관계를 유지한다. 겉으로는 리치강에 대해서 관심이 없는 척, 심각하게 생각해 본 적이 없는 척, 남자로 느껴지지 않는 척 하지만 실제로는 둘 다 그에게 지대한 관심을 가지고 있다. 그러나 그녀들은 자신들의 속마음을 절대로 밖으로 드러내지 않는데, 그것은 여성으로서의 자존감과 관련되는 것일 뿐만 아니라 그들 사이의 우정을 유지하는 방식이기도 한다. 전반부에 펼쳐지는 그들의 대화는 리치강에 대한 험담과 비하로 가득하고, 리치강과 함께 3명이서 대화를 할 때 대화를 주도하는 쪽도 여성들이다. 3명이 함께 있을 때 그녀들은 리치강에 대한 호감을 감추어 두고 그에 대한 냉담함과 거리두기를 통해 보다 공격적이고 적극적으로 여성 연대의 강력함을 드러낸다. 그러나 다른 한편으로 알 수 있는 것은 그녀들이 그로부터 들은 비밀 이야기를 누가 더 많이 알고 있는가, 혹은 그에 대해 누가 더 많은 사실을 알고 있는가에 대해 묘한 경쟁관계에 있으며, 이를 감추기 위해 그녀들의 대화는 웃음으로 포장된다는 사실이다. 도도하고 자존심 강한 초반의 모습과는 달리 후반부로 갈수록 그녀들은 리치강에 대한 강한 집착을 보이며 긴장 관계를 표면 위로 드러내고 있다. 결국 리핑은 그와 데이트를 약속하고 외출을 준비하던 중 원홍에게 그 사실을 들키고 마는데, 리핑은 이제 보란 듯이 리치강의 팔짱을 끼고, 원홍을 내버려두고 둘만 영화를 보러 감으로써 그녀들 사이의 우정을 헌신짝처럼 내던지게 된다.

다음으로 두 여성들과 리치강 사이의 관계를 살펴보면, 리치강은 작품이 진행될수록 관계의 주도권을 잡아가는 모습을 보여주고 두 여성들이 끌려가는 양상을 보인다. 자신을 '국가 간부'라고 표현하는 것에서 자신의 신분에 대한 상당한 자부심을 보여주고 있으며, 문화국 사업을 핑계로 자신의 역량과 이미지를 포장하고 여성들로 하여금 호감을 느끼게 하는 수완을 보여준다. 콘서트 티켓을 공짜로 구해주는 등 여성들에게 이용당하는 모습을 보여주기도 하지만, 댄스강습을 구실로 그녀들을 꾀어내어 만남을 가지는 용의주도함도 보여준다. 인기 가수 홍화가 자신을 좋아한다는 말을 퍼뜨리는 것은 행사 주최 측 임원에 대한 호의를 착각한 남성 특유의 허세일 수도 있지만, 이를 이용하여 두 여인으로부터 질투를 유발하고 자신에게 더욱 강한 애착을 보이도록 만드는 데 활용하는 잔꾀를 발휘하기도 한다. 결국 원홍과 리핑은 자신들이 멍청이라고

불렀던 리치강에게 마음을 빼앗기고 리핑은 원훙을 배신하고 그와 데이
트를 하러 나서게 된다.

두 여성 사이에서는 리핑의 승리, 삼각관계에서는 리치강의 완승으로
소설이 끝나는 것처럼 보이지만 이야기가 이렇게 마무리될 것이라고 생
각하는 사람은 아무도 없다. 독자의 상상력이 발휘되는 것은 작품이 끝나
는 지금부터이다. 원훙은 리핑에게 리치강을 순순히 내어주지 않을 것이
며, 그에게 더욱 매달리며 그녀로부터 그를 빼앗으려 할 것이다. 외형상
그녀들의 친구 관계가 유지될지 어떨지는 모르겠지만, 유지된다 하더라
도 그녀들 사이의 팽팽한 긴장 관계는 더욱 강화될 것 같다. 한편 리치강
또한 리핑에게 만족하고 그녀에게 안착하지는 않을 것 같다. 그는 원훙과
리핑을 저울질하며 두 여인 모두에게 관심을 보였던 만큼 원훙의 리핑을
향한 질투심을 적절히 활용하여 그녀를 꼬시려 들 것이기 때문이다.

위화는 이처럼 우리 시대의 젊은 청춘 남녀들이 지닌 평범한 욕망과
동성 및 이성 간의 긴장과 갈등을 흥미진진한 언어로 포착하고 있다.
여성과 남성이 서로 다르게 작동하는 심리 구조를 지니고 있으며, 이와
같은 차이가 이성 간의 밀당과 유혹의 계기가 되며, 오해와 착각이 난무
하는 자기중심적인 연애관에 빠져 허우적대는 모습을 유머러스한 필치
와 예리한 통찰력으로 표현하고 있다. 단순한 대화에서도 묘한 긴장감을
만들어내지만 그것은 그리 진지하지 않아서 가볍고 유쾌하며, 속마음과
다르게 표출되는 위선적인 대화들의 감추어진 진의를 파악해 가는 일은
이 작품을 읽는 가장 큰 재미들 중의 하나이다.

청춘 남녀가 연애에 이르기 위해서는 오해와 착각이 필수이듯이 어쩌
면 모든 인간관계가 오해와 착각을 기반으로 하여 이루어져 있는지도
모른다. '네가 그럴 줄은 몰랐다'는 말은 어쩌면 몰랐기 때문에 친구 혹

은 연인관계가 가능했다는 말일지도 모른다. 그럴 줄 몰랐던 나의 착각이 만들어 낸 허상의 이미지를 부여안고 그 이미지에 희노애락을 투영하는 것이 인간관계의 핵심이라고 작가는 말하고 있는 것이 아닐까.

작품을 읽는 내내 홍상수의 영화가 오버랩되는 것도 그 때문일 것이다. <오! 수정>에서 재훈과 수정은 마침내 섹스를 하게 되고 서로에 대한 사랑을 확인한다. 그러나 재훈의 기억 속에 수정과 자신의 모습은 수정의 기억 속 재훈과 수정의 모습과는 상당히 다르다. 그들은 둘 다 다른 여자와 다른 남자를 곁눈질하고 서로를 자신의 애인이 될 자격이 있는지를 테스트한다. 재훈의 기억이 만들어낸 수정의 순수하고 순박한 모습은 실재 수정과 상당한 거리가 있으며, 수정의 기억 속에 재훈의 순애보는 자신에 유일하게 느껴지는 감정이 아니었다. 재훈은 자신이 만들어 놓은 이미지를 수정에게 투영하고, 수정은 보다 현실적인 이유로

그림 8. 위화의 「무더운 여름」은 홍상수의 〈오! 수정〉을 연상시킨다.

이 연애에 한 발을 내딛는다. 그들은 운명적이고 절대적인 사랑을 다짐하지만, 그 다짐이 기반하고 있는 것은 재훈의 환상과 수정의 계략이었다. 이 영화의 결말은 해피엔딩이지만 각기 다른 기억과 의도를 숨기고 있다는 점에서 새드엔딩이기도 하다.

홍상수 감독 대부분의 영화에 그렇듯이 이 영화에 등장하는 여성인물은 성적으로 대상화되어 있다. 여성주의자들이 여성인물에 대한 왜곡된 인식을 내포하고 있다고 그의 영화를 비판

하기도 하지만 이는 핀트를 잘못 맞춘 비판이다. 왜냐하면 여성을 성적 대상화하는 남성인물들 또한 자기 환상과 자기 연민에 빠진 병리적인 인간들로 그려지고 있기 때문이다. 홍상수에게 여자는 남자의 미래지만, 이 남자들에게는 아무런 미래가 없다.

「무더운 여름」에 등장하는 여성 인물들도 리치강에 의해 성적으로 대상화된다. 성적 대상화란 타인을 성적 쾌락을 충족하기 위한 수단으로써 인격이나 감정이 없는 물건처럼 취급하는 행위이다. 대상화는 한 개인을 그 사람의 품성이나 존엄성에 상관없이 물건처럼 취급하는 행위를 뜻한다.(위키 참조) 리치강에게 사랑이란 감정은 결여되어 있으며, 원홍과 리핑에게 똑같이 접근하여 그녀들에게 환심을 사고 유혹하려 든다. 그런데 원홍과 리핑은 리치강의 그와 같은 면모를 대화를 통해 익히 알고 있으며 그럼에도 불구하고 기꺼이 리치강과 더 가까워지려고 경쟁하는 그녀들의 모습을 보면 리치강 또한 그녀들에 의해 성적으로 대상화된 존재라는 사실을 알 수 있다. 여성들 사이의 질투와 경쟁 때문이든, 리치강의 국가 간부라는 사회적 지위 때문이든, 이 작품의 남녀들 사이에선 사랑은 부재하며 연애에 대한 열정만 가득할 뿐이다. <오! 수정>의 마지막 소제목처럼 '짝만 찾으면 만사형통'인 것이다. 어느 시대건 어떤 사회건 청춘남녀의 상열지사는 시대를 초월하여 늘 같은 방식으로 진행되는 것 같다. 그러니 내 젊은 날의 비루한 욕망과 초라한 연애에 대해 너무 부끄러워하지 말기를. 상상의 끝자락에 이르러 엉뚱한 곳에서 위로를 받게 된다.

제8장 마이너리티 기억하기

무라카미 하루키의 「위드 더 비틀스 with the Beatles」

> 난 어렸을 때, 10대에도 일본 작가들의 작품을 거의 읽지 않았다. 난 이 문화에서 벗어나고 싶었다. 난 일본 문화가 지루하고 끈끈하다고 느꼈다. … 난 서구문화: 재즈, 도스토예프스키, 카프카, 레이몬드 챈들러에 바로 빠졌다. 그것이 나의 세계, 판타지 랜드였다. 내가 원하면 생 페테르부르크나 웨스트 할리우드에 갈 수 있었다. 그것이 소설의 위력이다. 어디든지 갈 수 있다. 지금은 미국에 가는 것도 쉽지만, 그리고 모두가 세상 어디든지 가지만, 1960년대엔 거의 불가능했다. 그래서 난 단지 읽고, 음악을 들으면서, 그곳에 갈 수 있었다. 그건 마음의 상태, 꿈과도 같았다.
>
> 2004년 The Paris Review의 John Wray와의 인터뷰 중에서

하루키 현상

아마도 일본뿐 아니라 세계에서 가장 인지도가 높은 일본 소설가를 꼽으라고 한다면 가장 먼저 떠오르는 이름은 무라카미 하루키(村上春樹)일 것이다. 대부분의 작품이 50개국 이상의 언어로 번역되고, 세계적으로 몇백만 부 이상의 판매고를 올린 베스트셀러 작가이자, 화제성에 있어서도 단연 돋보이는 그의 문학세계는 일본 문단에서는 이단에 가까운 것이었고, 세계 문단에서는 신성한 충격으로 다가왔다. 여러 차례 후보에 올랐으면서도 유독 국내에서는

그림 1. 안자이 미즈마루(安西水丸)가 그린 하루키

266

아쿠타가와상, 해외에서는 노벨문학상과 인연이 없었던 특이한 이력도 이채로운데, 이 두 문학상을 제외하고 하루키는 국내외에서 각종 문학상을 휩쓸다시피한 작가이기 때문이다.

먼저 일본 국내 수상을 살펴보면, 일본 3대 출판사중 하나인 강담사(講談社, 코단샤)가 출간하는 문예지 『군상(群像)』에서 주간하는 '군상신인문학상'(群像新人文学賞)을 자신의 첫 작품인 『바람의 노래를 들어라』(風の歌を聴け, Hear the Wind Sing)로 1979년에 수상하는 것을 시작으로, 강담사(講談社) 초대 사장인 노마 세이지(野間清治)가 설립한 노마문화 재단에서 주최하는 권위 있는 문학상인 '노마문예신인상'(野間文芸新人賞)을 1982년에 『양을 쫓는 모험』(羊をめぐる冒険)으로 수상하게 된다. 1985년에 『세계의 끝과 하드보일드 원더랜드』(Hard-Boiled Wonderland and the End of the World)로 '다니자키 준이치로상'(谷崎潤一郎賞), 1996년에는 『태엽 감는 새 연대기』(The Wind-Up Bird Chronicle)로 '요미우리 문학상'(読売文学賞) (1996년), 그리고 1999년에는 『언더그라운드. 2: 약속된 장소에서』(約束された場所で—underground 2)로 '구와바라 다케오 학예상'(桑原武夫学芸賞)을 수상하였다. "세계 각국에서 번역되어 젊은 독자를 중심으로 동시대의 공감을 불러온 문학적 공적"(世界各国で翻訳され、若い読者を中心に同時代の共感を呼んだ文学的功績)을 높게 평가받아 2006년에는 '아사히상'(朝日賞)을 수상했고, 2007년에는 자신의 모교인 와세다대학으로부터 제1회 '와세다대학 쓰보우치소요대상'(早稲田大学坪内逍遙大賞)을 받기도 했다. 캘리포니아 대학교 버클리(University of California, Berkeley) 대학의 <동아시아연구소>(Institute of East Asian Studies) 산하 <일본연구센터>(Center for Japanese Studies)가 창립 50주년을 기념해 2008년에 시작한 '버클리 일본

그림 2. 2016년부터 사용하는 조각가 빈센트 빌라프란카(Vincent Villafranca)가 디자인한 보름달과 나무를 묘사한 World Fantasy Award 트로피

상'(Berkeley Japan Prize)의 초대 수상자가 되었을 뿐만 아니라, 2009년에는 『1Q84』로 문학·예술부문에서 '마이니치 출판 문화상'(毎日出版文化賞)을, 2012년에는 『오자와 세이지 씨와 음악을 이야기하다』(小澤征爾さんと、音楽について話をする)로 '고바야시 히데오상'(小林秀雄賞)을 수상했다.

　해외에서도 그의 문학세계에 대한 높은 평가가 이어졌는데, "휴머니즘과 문화, 민족, 언어, 종교적 관용, 실존성과 보편성, 인간적 합당함, 우리 시대를 증언하는 힘"을 작품 활동을 통해 보여주는 작가에게 수상하는 '프란츠 카프카 문학상'(Franz-Kafka-Literaturpreis)을 2006년에 수상하였고, 같은 해에 『해변의 카프카』(Kafka on the Shore)로 '세계환상 문학상'(The World Fantasy Awards)과 단편 소설집 『장님 버드나무와, 잠자는 여자』(Blind Willow, Sleeping Woman)로 '프랭크 오코너 국제 단편 소설상'(Frank O'Connor International Short Story Award)을 받았다. 이 단편 소설집은 환태평양과 남아시아 지역 출신 작가에게 수여하는 '키리야마상'(Kiriyama Prize)을 이듬해에 안기기도 했다. "미니멀하고 명쾌한 산문 스타일"과 "문학 세계의 복잡성"을 통해 "인간애와 인본주의"를 표현한 작품세계에 대해 예루살렘 국제 북 포럼(Jerusalem International Book Forum) 위원회는 만장일치로 '예루살렘상'(Jerusalem Prize)을 수여했고, 같은 해 '스페인 예술 문학 훈장'(Order of Arts and

Letters of Spain)을 받고 '각하'(Excelentísimo Señor, 영어로 Your Ex-cellency)라는 호칭을 부여받았다.

2011년에는 "문화, 과학 또는 경제의 발전에 기여했을 뿐만 아니라 높은 윤리적, 인본주의적 헌신으로 자신의 일을 완수한 사람들의 업적"을 기리기 위해 마련된 '카탈로니아 국제상'(Catalonia International Prize)을 수상하면서 행한 수락연설에서 같은 해 벌어졌던 후쿠시마 참상을 언급해 눈길을 끌었다. 그는 후쿠시마 참상을 언급하면서 '윤리와 규범'을 강조하였는데, 그는 "우리들은 꿈꾸는 것을 두려워해서는 안 됩니다. 그리고 우리의 발걸음이 '효율'이나 '편의'라는 이름을 가진 재앙의 앞잡이들을 따라가게 해서는 안 됩니다. 우리는 힘찬 발걸음으로 앞으로 나가가는 '비현실적인 몽상가'가 되지 않으면 안 됩니다. 인간은 언젠가 죽고, 사라져 갑니다. 그러나 '인간성(Humanity)'은 살아남습니다. 그것은 언제까지나 계승되어 가는 것입니다. 우리는 먼저, 인간성의 힘을 믿는 존재가 되어야 합니다."라는 메시지를 전 세계인에게 전했다. 2011년에는 도서추천 미국 최대 인터넷 사이트인 '굿리즈'(Goodreads)로부터 '최고 픽션상'(Goodreads Choice Awards Best Fiction)을 『1Q84』로 수상했으며, 2014년에는 독일 유력 일간지 <디 벨트>(Die Welt)가 수여하는 '벨트 문학상'(Welt Literaturpreis)을 수상했다. 수락연설에서 홍콩 민주화 운동을 지지하는 발언을 함으로써 다시 한번 세계로부터 주목을 받았다. 2016년에는 "고전적인 화법과 대중문화, 일본의 전통과 철학적 논의를 대담하게 엮는 능력"을 높이 평가받아 '안데르센 문학상'(Hans Christian Andersen Literature Award)을 수상하기도 했으며, 가장 최근에는 2019년 이탈리아 보타리 라테스 재단(fondazione bottari lattes)에서 수여하는 라테스 그린자네 문학상(Lattes Grinzane Literary Prize)의 La

269

그림 3. 하루키에 대한 소식을 전하는 국내 사이트가 있을 만큼 그는 인기 있는 작가이다.

Quercia 섹션의 역대 9번째 수상자로 선정되었다. 이 상은 비평가와 독자 모두로부터 칭송받는 해외 작가에게 수여되는 상이다. 이처럼 일일이 열거하기도 힘들만큼 많은 문학상을 수상한 하루키의 이력을 보면 그가 전 세계로부터 얼마나 많은 사랑을 받고 있는가를 알 수 있다.

김영옥은 "무라카미 하루키는 일본 문단의 흐름을 바꾼 작가였다. 또 무라카미 류(村上龍)와 함께 "문단이라는 제도, 문예 잡지라는 제도에 종지부를 찍은" 작가로도 기억될 것이다. 그의 대표작 『노르웨이의 숲』(1987)은 곧 발매되자마자 400만부 이상 팔리고 '무라카미 현상', '무라카미 붐'이라는 용어를 만들어 내었다. 그 당시 1000만부에 도달하는 것도 시간문제일 것이라는 말이 나왔고, 세계적으로 번역 출판되었다. 한편 국내에서도 1989년 문학사상사에서 원제목 『노르웨이의 숲』을 『상실의 시대』로 번역 출판하면서 일본소설의 번역 붐이 일어 일본 현대 작가들의 소설이 활발하게 번역되기에 이르렀고, 한국의 현대 작가들이 무라카미 하루키의 영향을 받아 '하루키즘'이라는 신드롬을 만들어낸 것도 기억에 새롭다."[1]라고 하루키에 대해서 평하고 있다.

---

1) 김영옥, 「무라카미 하루키(村上春樹) 소설의 시대성」, 『외국문학연구』 20, 2005, 32.

'피터 캣'이라는 커피점(저녁에는 재즈바)을 운영하고 생계를 위해 번역 일을 한 이력과 소설의 주제와 이름은 대개 서양 고전 음악이나, 재즈 음악에서 참고한 사실 등 하루키를 둘러싼 많은 이야기들이 그에 대한 호기심과 관심을 촉발시키기 충분하다. 국내에서도 하루키에 대한

그림 4. 하루키 도서관은 유명건축가 구마 겐고(隈硏吾)가 무라카미 문학의 이미지에 맞춰 리모델링한 지상 5층, 지하 1층 규모의 건축물이다.

팬덤이 형성되어 있으며 하루키에 관한 소식을 전하는 사이트가 개설되어 운영되고 있기도 하다.

가장 최근인 2021년 10월 1일에는 그의 모교인 와세다 대학에서 '와세다대학 국제문학관'(Waseda International House of Literature)이 개관했는데, 그 별칭이 바로 '무라카미 하루키 도서관'(Murakami Haruki Library)이다. 하루키는 자신이 소장한 레코드와 원고, 세계 50여 개 국가에서 번역된 자신의 작품 및 미출판 자료 1만여 점을 이 도서관에 기부 및 보관토록 하였고, 도서관 측은 해외 학생 및 연구자 교류의 장으로 활용하면서 세계 문학의 연구 거점으로 키운다는 목표를 가지고 있다.

명실상부 최고의 화제를 몰고 다니는 하루키의 국내외 명성과 인기의 근원에 대해서 좀더 깊숙이 들어가 보기로 하자.

포스트모던한 새로움인가 심미적 개인주의의 아류인가

한국뿐만 아니라 전 세계적으로 문학예술을 둘러싼 다양한 논쟁들이 있었고, 이와 같은 논쟁들은 문학예술의 사회적 기능과 역할에 관련된 것이었다. 1980년대와 90년대를 걸쳐 한국에서는 민주주의와 노동운동의 열기가 뜨거웠으며, 이러한 사회 현상을 반영하여 민족, 민주, 민중, 노동을 화두로 한 다양한 문학 논쟁이 펼쳐졌다. 대체로 진보 진영은 사회구성체의 주요 모순에 대한 입장의 차이에 따라 진영이 나뉘었는데, 외세로부터의 자주권과 조국 통일의 문제에 집중한 '민족 문학' 진영, 민중의 입장을 대변하려는 '민중문학' 진영, 계급 갈등과 노동 문제에 집중적인 문제의식을 드러낸 '노동 문학' 진영 등이 논쟁의 주축을 이루었고, 문학예술의 (정치로부터의) 자율성과 (문학예술적 실천의) 고유성을 강조하는 이른바 자유주의 진영이 함께 어우러지며 첨예한 논쟁을 이어나갔다. 민족문학논쟁은 창작방법에 있어서는 리얼리즘과 모더니즘을 둘러싼 논쟁으로 진행되었으며, 서구와 중국의 문학 논쟁을 참조하고 우리의 현실에 맞게 적용하면서 문학예술 사조의 전 영역에 걸친 지혜와 통찰력을 경쟁적으로 제시하였다.

그러던 와중에 '포스트모더니즘'이라는 낯선 용어가 등장하게 되고 그간의 논쟁은 새로운 국면으로 접어들게 된다. "이러한 지형의 변동이 민주주의를 향한 운동의 과정에서 내적 필연성에 의해 도출된 것이라고 보기는 힘들다. 포스트주의는 민족, 민중, 노동 문학이 비로소 활발하게 논의되기 시작하던 80년대의 막바지에, 이러한 논의와 생산적으로 대화하기 위해서라기보다는 이러한 논의의 외부에서 이와 무관하게 혹은 논의의 비판을 위해서 소개되었다. 구조주의, 기호학, 해체론, 정신분석학

등이 포스트주의의 외투를 걸치고 국내에 유입되었을 때, 그것은 민주주의를 위한 투쟁과 불편하게 마주칠 수밖에 없었다. 일례로 근대의 덕목이라고도 할 수 있는 합리적인 의사소통이 아직도 요원한 우리사회에서, 합리성 자체를 부르주아적 권력과 등치시키는 포스트주의는 원시적 폭력정권에 대항하여 스스로의 권리를 항변하려 하는 정당한 주장에 찬물을 끼얹는 것과 다름없는 것이었다. 변혁운동에 있어서의 문학의 올바른 역할을 고민하던 토론자들이 모더니즘의 세계관과 창작 원리에 맞서 리얼리즘적 세계관과 창작원리를 효과적으로 결합시키기 위한 이론적 작업을 진행하고 있을 때, 윤리와 책임의식으로부터 자유로운 포스트모더니즘 문예론의 유입은 이들을 당혹스럽게 하기에 충분했다."2) 포스트모더니즘은 리얼리즘과 모더니즘을 싸잡아 근대주의의 산물이자 근대주의가 기대고 있는 로고스중심주의에 매몰된 엘리트주의라고 비판하며, 로고스중심주의의 이분법적 사고방식을 반영하고 있는 고급예술과 대중예술의 구분이 근거가 없는 것이라고 주장한다. 문학예술은 리얼리스트와 모더니스트들이 주장하듯이 고결한 사회적 실천이 아니며, 문학예술이 사회에 어떤 통찰력이나 영감을 줄 것으로 기대해서는 안 되며, 일종의 게임일 뿐 사회적 역할과 책임의식을 강요해서는 안 된다고 포스트모더니스트들은 주장한다. 역사와 계급 같은 거대담론에 의해 억압된 인종, 젠더, 환경, 욕망, 육체 등의 미시담론에 주목해야 하며, 전통적인 장르, 구조, 문법 등을 파괴함으로써 새로운 문학의 가능성을 열어야 한다는 것이다.

포스트모더니즘 논의와 관련하여 1990년대 초반 한국 문단에서는 새

---

2) 졸고, 「포스트주의의 허와 실」, 『문예미학』 9, 2002, 313-314.

로운 서사의 가능성을 제시했다는 평가와 함께 박일문과 이인화 같은
신진 작가들이 주목을 받기 시작했다. 그런데 이들의 작품이 일본 작가
하루키의 작품을 표절한 것이라는 지적이 나오기 시작했다. 박일문의 『살
아남은 자의 슬픔』은 문체, 수사법, 등장인물의 성격 등이 하루키를 모방
한 것으로, 이인화의 『내가 누구인지 말할 수 있는 자는 누구인가』는
줄거리와 주제 등을 차용했다는 혐의를 받은 것이다. 이들 외에도 90년
대의 신진 작가들은 유독 하루키 표절의 시비에 휘말리곤 했었는데 그만
큼 이 시기 하루키의 문학적 파급력은 대단한 것이었다. 조현구에 따르
면 "1990년대 한국 문단에서는 박일문의 『살아남은 자의 슬픔』(1992)과
이인화의 『내가 누구인지 말할 수 있는 자는 누구인가』(1992)가 하루키
의 작품을 표절했다고 하는 것으로부터 촉발된 포스트모더니즘 논쟁이
거대담론을 형성하였다. 신세대 작가들 사이에는 '하루키적 창작 기법'
이라는 표현이 유행하였고, 이러한 현상에 대해 시시한 모방이라고 보는
부정적 견해와, 반대로 건전한 창작 기법의 인용이라고 보는 긍정적 견
해가 나뉘어져 문학평론가들 사이에 이항대립적인 구조가 형성되었다.
그러한 담론들 속에서 하루키의 작품은 기성세대의 안티테제로서, 혹은
포스트모더니즘을 대표하는 '세계문학'으로서 문학사적 권위를 얻게 된
것이다."3) 포스트모던 현상은 냉전시대의 종식과 자본주의의 전 지구적
인 승리, 노동 운동을 포함한 진보적인 사회운동의 동반 쇠퇴, 공동체와
사회보다 개인의 삶과 욕망에 대한 천착, 보편적 공감과 대중성에 무관
심한 개별적이고 단자화 된 개인주의적 세계관의 추구를 배경으로 유행

---

3) 조현구, 「일본문학의 수용: 상실의 시대가 재구축한 노르웨이의 숲」, 『대한일어
    일문학회 학술대회 발표논문 요지집』, 2018, 289.

하게 된다. 그리고 그와 같은 시대적 분위기와 절묘하게 조우하고 있는 것이 하루키의 작품들이라고 할 수 있다.

조영일은 하루키를 읽는다는 것은 즐겁지만, 그에 대해서 이야기하는 것은 고통스러운 일이 되는 독서와 분석 사이의 괴리에 대해 언급하면서 다음과 같이 그 이유를 진단한다. 즉 "한국문학인들이 하루키를 당혹스러워 하는 이유는 크게 두 가지다. 첫째는 너무나도 압도적인 독자들의 지지이다. 이는 단순히 많이 팔렸다는 것에 그치지 않는데, 왜냐하면 조금만 더 나아가면 그것은 '비평가의 무용성'에까지 도달하고 있기 때문이다. 하루키 소설이 여타 베스트셀러와 다른 점은 독자들로 하여금 사실상 '비평가 역할'을 하도록 한다는 데 있다. 즉 많은 독자들은 단순히 작품을 감상하는 수준을 넘어서 텍스트 구조를 분석하고 또 그것이 가진 의미를 찾는 데에도 매우 열심이다. 지금까지 일본에서 나온 하루키 관련 단행본만 해도 70종이 넘는데,(2009년 기준임, 인용자) 그중에서 적어도 절반 이상은 아마추어 독자들의 참여에 의해서 이루어졌다는 사실은 매우 의미심장하다."[4] 오츠카 에이지(大塚英志)의 논의를 빌어 조영일은 하루키의 세계적 성공은 "의미(내용)가 부재하는 '텅빈 기호'(맥거핀) 또는 '구조밖에 없는 서사구조'"[5] 때문이라고 진단한다. '소설적 구성력의 결여'와 '역사의식 결여'라는 비평가들의 비판에 쉽게 동의하지 않고, 독자들은 자발적으로 비어 있는 기호를 채우고, 논쟁을 통해 개입함으로써 작품에 의미를 부여할 뿐만 아니라 작품에 대한 애정을 쌓아간다.

---

4) 조영일, 「무라카미 하루키와 한국문화」, 『황해문화』 65, 2009, 378.

5) 大塚英志. 『物語論で讀む'むs村上春樹と宮崎駿』, 角川書店, 2009 참조. 조영일 위의 논문 379에서 재인용.

이와 같은 적극적 독서는 비평가와 문학계의 권위를 인정하지 않고 전문가와 비전문가 사이의 경계를 허물어 버리는 포스트모던 독서 행위의 전형을 보여준다.

『노르웨이의 숲』 혹은 『상실의 시대』

하루키를 전 세계에 알린 대표작을 꼽으라면 무엇보다도 『노르웨이의 숲』(ノルウェイの森, Noreian Wood)을 고를 수 있을 것이다. 흥미로운 것은 이 작품이 한국에서 처음에는 주목받지 못하다가 『상실의 시대』로 번역되고 나서 폭발적인 인기를 얻게 되었

그림 5. 『노르웨이의 숲』은 『상실의 시대』로 제목을 바꾸어 번역되어 큰 인기를 끌었다.

다는 점이다. 외국 영화의 경우에도 한국에 소개될 때 어떤 제목을 붙이는가가 흥행의 주요 변수가 된다고 하는 것처럼 이 소설의 경우에도 변경된 제목이 주는 유인 요소가 있었을 것이다. 민주화 운동이라는 격동의 80년대를 보내고 맞이한 90년대는 지난시기의 열망과 꿈이 온전히 충족된 사회가 아니었으며, 그 결과 저마다의 마음속에는 이러저러한 박탈감과 상실감을 간직하고 있었을 것이다. 그와 같은 허탈하고 허전한 마음에 『상실의 시대』의 '상실'이라는 단어는 강렬한 인상을 주기에 충분했을 것이다. 상실감을 안겼던 투쟁과 논쟁, 대의와 명분을 중요시했

던 공적 자아와 단절하고 잔치는 끝났으니 이제 돌아가서 너 자신이나
돌아보라고 등을 떠미는 내면의 목소리에 가만히 귀를 기울인다. 내 감
정과 개성과 내밀한 욕망에 대해서 이야기하는 것도 괜찮지 않냐고, 그
렇게 서로 온전히 이해할 수 없는 개인들이 모인 곳이 사회 아니냐고,
그런데도 우리는 같은 목표와 꿈을 꾸고 있었던 것으로 착각하고 살고
있지는 않았냐고 항변하는 목소리들이 울려 퍼진다. 대동 단결은 원래부
터 불가능한 구호였으며 우리는 각기 다른 자신의 삶에 좀더 집중할 필
요가 있다고, 그러니 제발 이제는 정치 얘기 좀 그만 하라고 진저리를
치는 정치적인 목소리가 대세가 되어간다.

예를 들면 이런 식이다. 고오노 에이지는 『노르웨이의 숲』으로 영화를
만든 트란 안 홍(陳英雄) 감독의 말을 인용하여 하루키 문학이 보여주는
섬세한 '마음의 움직임'이나 '혼의 매커니즘'을 설명하고 있는데, 트란
안 홍에 따르면, "레이꼬에 있어서 와타나베와의 섹스는 확실히 그녀가
앞으로 밖의 세상으로 나가기 위해 필요한 유일하게 레이꼬를 구제하는
섹스입니다. 그리고 그 섹스로 레이꼬를 구하는 일은 와타나베에게도 구
제가 됩니다. 그런데 중요한 것은 그것은 왜라는 것입니다. 그것을 이해
하지 못하면 왜 와타나베는 레이꼬와 자고 난 후 곧 미도리에게 사랑한
다고 고백했는지 잘 모르는 채 끝나 버립니다. 저것은 말입니다. 나오꼬
를 구하지 못하고 잃게 된 것에 대한 그의 죄의식과 상실감이 나오꼬와
같이 밖으로 나가기 힘들었던 레이꼬를 구한 사실로 가벼워졌다. 그런
작용이 있었던 섹스인 것입니다. 그리고 그는 거기서 속죄의식에게서 해
방이 되어 처음으로 마음속으로는 이미 사랑하기 시작한 미도리에게 확
실히 사랑한다고 고백할 수 있는 것입니다. 이것은 참 아름답지요!"6)
사랑하는 미도리에게 사랑을 고백하기 위해 사랑하지도 않는 레이꼬와

섹스를 한다. 내 사랑을 향해 한 발짝 더 나가기 위해 사랑하지도 않는 다른 여인과 섹스를 한다. 레이꼬의 육체는 내 사랑을 위한 도구로 이용 되고, 나의 육체는 레이꼬를 세상 밖으로 나오게 하기 위한 도구로 이용 된다. 사랑 없는 섹스는 그렇게 합리화되고 정당화 된다. 섹스가 지니는 소통과 힐링의 강력한 능력을 부정하는 것은 아니지만, 섹스가 소통과 힐링이 되기 위해서는 사랑이 전제되어야 한다는 전통적인 믿음은 부정 된다. 와타나베와 레이꼬의 섹스는 트란 안 홍의 말처럼 아름답지 않다. 하지만 사랑했던 친구를 잃은 상실감과 세상을 떠난 친구의 여자 친구를 사랑했지만 그녀마저도 자살로 생을 마감한 황망함에 세상과 단절하고 자신 속에 갇혀 살아가던 와타나베가 그런 식으로라도 세상 밖으로 나올 수 있다면 다행이라고 생각할 수는 있겠다. 성을 도구화한다고 비난하기 보다 그의 상실감에 공감하면서 독자는 보다 너그럽고 이해심 있는 태도 로 등장인물들을 연민할 수 있게 되고, 그와 같은 연민을 자신에게 투영 하게 된다. 어쩌면 세상과 단절되어 살아가고 있는 것은 나 자신일지도 몰라, 나에게도 저와 같은 상실의 아픔이 있었는데, 사랑이 없는 섹스라 도 위로와 격려가 될 수 있다면 굳이 비난할 필요까진 없잖아 등등 독자 들은 하루키의 문학세계에 흠뻑 젖어 든 자신을 어느새 발견하게 된다. 어쨌든 구원을 받았다니 다행인 것 아닌가.

　이혜인과 윤혜영은 이 작품에 묘사된 시대적 상실감은 제스처와 분위 기로만 제시되어 있을 뿐이라고 비판한다. 그들에 따르면, "이 작품에서 그 시대를 휩쓸었던 전공투 운동은 그저 단순한 배경의 일부에 불과하

---

6) 고오노 에이지, 「[일본 현대문학의 흐름과 동향] 무라카미 하루키의 노르웨이 의 숲」, 『문예운동』, 2011, 158.

다. 오히려 주인공들은 단카이 세대와 동시대의 인물임에도 불구하고 대학운동에 대해 무심하거나 비판적인 모습마저 보인다. 따라서 『노르웨이의 숲』의 인물들에게 내재되어 있는 상실감을 … 시대적 요인에서 비롯된 것으로 보기에는 한계가 있으며 이는 다른 형태의 상실감이라 할 수 있다. 즉 다케다의 언급처럼 『노르웨이의 숲』에 등장하는 인물들 역시 서로 간에 진정한 교류가 이루어지지 못한 채 '타인이나 세계에 대하여 쿨하고 내폐적인 태도'를 취하고 있음에는 분명하나, 그들의 쿨하고 내폐적인 태도의 원인은 시대적 배경과 같은 외부적인 요소에 의한 것이 아니라는 것이다."[7] 그러나 작중 등장인물들이 외부 세계와의 소통을 단절하고 자신만의 내면의 세계로 침잠하는 것, 내폐적인 인간관계에 함몰되어 더 넓은 인간관계로 나아가지 않는 것, 삶의 이면이라고 할 수 있는 '죽음'이라는 한계 상황에 집착하는 것이야말로 시대적 상실이 반영된 결과라고 할 수 있다. 역사와 사회적 진보에 대한 믿음, 공동체적 삶을 통한 자아실현과 공동체의 더 나은 발전에 대한 비전이 사라진 곳에 남는 것은 인생의 공허함과 삶의 무의미함에 대한 실감이다. 누구나 외부 세계와의 소통은 힘들고 많은 노력이 필요한 작업이다. 그러나 그와 같은 소통이 힘들 뿐만 아니라 무의미한 것이라고 느끼게 된다면 애써 소통을 위해 노력할 이유가 없다. 이 경우 개인은 자신의 내면세계에 정주하게 되고 최소한의 타인과 '그들만의 세상'을 구축하려고 하게 된다. 그러나 그들만의 완전한 세상 또한 균열을 일으키고 붕괴되기 쉬운데, 타인은 언제나 타인일 뿐이기 때문이다. 하루키 작품의 매력은 사회

---

7) 李惠仁·尹惠暎, 「『노르웨이의 숲(ノルウェイの森)』론」, 『일본문화학보』 64, 2015, 326.

그림 6. 전학공투회의(全学共鬪会議), 약칭 전공투(全共鬪)는 1968년에서 1969년 사이 일본의 각 대학에서 학생운동이 바리케이드 스트라이크 등 무력투쟁으로 행해지던 시절, 학부와 정파를 초월한 운동으로서 조직한 대학 내 연합체들이다. 현재의 대학은 "제국주의적 관리에 짜넣어진 「교육공장」에 지나지 않으며, 교수회는 그 관리질서를 담당하는 「권력의 말단기구」"인바, 이런 상황에서 「대학의 자치」는 이제 환상에 지나지 않고, 그러한 관리질서 총체를 해체하는 것이야말로 과제임을 칭하고 전학 바리케이드 봉쇄 등 폭력에 의한 대학 해체를 주장했다. 전공투의 몰락으로 일본 사회는 급격히 우경화된다.

적 열정과 역사적 전망을 상실한 시대의 분위기를 예리하게 포착하고 그러한 시대를 살아가는 소시민적인 젊은이들의 모습을 담담하고 담백하게 그려내고 있다는 점이다. 김영옥의 말처럼, "실은 여기에 무라카미 소설의 특징 혹은 인기의 비결이 담겨있다고 할 수 있는데, 그는 대사회적 영향력이 없는 소시민적인 삶을 사는 사람들의 소외감을 구제하는 장치로서 커뮤니케이션 문제를 방법화 하는 데에 성공하고 있다고 할 수 있다. 적당히 지식을 지니고 적당히 물질적 풍요를 누리고 적당히 개인에 침잠하는 삶이야말로 고도성장기 일본 대중의 알레고리"8)로 볼 수 있을 것이다.

---

8) 김영옥, 「무라카미 하루키(村上春樹) 소설의 시대성」, 40.

 하루키 작품에서는 일본 기생들 대신에 청바지를 입은 대학생이, 일본 전통 음악 대신에 재즈와 클래식이, 벚꽃이나 정원 대신에 재즈바나 카페가 등장한다. 일본 전통 이미지의 재현은 그의 관심사가 아니다. 그는 철저히 도시적이며, 서구적이고, 소비적이며, 자유주의적이다. 그의 작품에 등장하는 인물들은 평범한 현대인들이 그렇듯 비장하지도 엄숙하지도 않으며, 사변적이고 사색적이다. 대화보다는 독백이 주를 이루며, 일인칭 화자가 더 많이 등장한다. 대화는 암시적일 뿐 사건을 진행시키지 않으며, 객관적 사실보다 주관적 정서와 심리가 더욱 섬세하게 묘사된다. 이와 같은 작풍의 변화는 이전 시대의 대표 작가였던 오에 겐자부로의 작품세계와 비교하면 극명한 대조를 이룬다는 사실을 알 수 있다. 일본 '전후' 문학의 대표 작가였던 오에가 패전의 상흔을 딛고 민주주의적 사회 재건이라는 사회적 전언을 제시했다면, 하루키는 실패한 민주주의와 물질적 풍요라는 사회적 분위기 속에 분열된 개인의 욕망에 초점을 맞춘 작가였다.

 '패전 후' 출생한 무라카미 하루키 세대는 전후의 고도 성장기를 거쳐 포스트모던 시대로 진입하는 '현대' 문학 세대라 할 수 있다. 일본 열도의 경제성장이 급속도로 진행되는 와중에 베트남 전쟁이 끝나자 반전운동도 시들고 1960년대에서 1970년에 걸친 격렬한 안보반대투쟁도 조약의 자동 연장으로 인하여 그 이상의 에너지를 기대할 수 없게 되었다. 전공투의 학생운동이 일본 열도를 뜨겁게 달구었지만 일본의 대중이 정치적 에너지를 발휘했던 것도 거기까지였다. 일본인들은 고도 경제성장으로 미국에 이은 경제대국이라는 자부심을 얻는 대신에 사상을 포기하고 '사고'하는 대신 소비와 오락을 추구하였다. 무라카미 하루키는 바로 이와 같은 정치적 에너지가 소멸된 허무한 주체의 심리적 갈등을 현대인에게 어필하면서 등장한 것이다.9)

　물질적 풍요와 정신의 빈곤은 서구를 비롯한 현대사회와 현대인들의 보편적인 화두이다. 급속하게 변화하고 바쁘게 돌아가는 사회 속에서 개인의 자기표현은 억압될 수밖에 없고 타인과의 소통은 기능적으로만 작동할 뿐 서로의 내면세계에까지 닿지 못한다. 하루키 세대의 체험은 현대인 일반의 공통적인 감수성과 정서에 호소하며 세대와 지역을 불문하고 높은 공감과 지지를 얻고 있다. 이제 하루키의 작품 속으로 좀더 들어가 보자.

글쓰기, 꿈을 기억하는 방법

　하루키의 최신 단편집 『일인칭단수(一人稱單數)』(2020)는 헤밍웨이의 소설집과 같은 제목을 지닌 『여자 없는 남자들(女のいない男たち)』(2014) 이후 6년 만에 선보이는 소설집으로 일인칭 주인공 '나'의 시점으로 진행되는 단편 8작품이 수록된

그림 7. 『일인칭단수』에는 일인칭 화자가 주인공인 8개의 단편이 수록되어 있다.

모음집이다. 앞에서도 설명했듯이 하루키의 소설들 중 다수가 일인칭 화자를 채택하고 있는데, 이러한 형식은 사회적 존재로서의 '나'보다 고립된 개인이자 내폐된 존재로서의 '나'에 대한 성찰을 용이하게 한다. 출판

---

9) 김영옥, 「무라카미 하루키(村上春樹) 소설의 시대성」, 36-37.

사 책 소개는, "무라카미 하루키의 작품세계를 논할 때 빼놓을 수 없는 것이 일인칭 화자의 정체성과 그 역할이다. 일정한 세계관을 공유하는 하루키 월드 속의 '나'는 평범한 일상을 영위하며 다양한 인간관계를 맺는 한편으로 비현실적인 매개체를 통해 저도 모르는 사이 미지의 세계에 발을 들이고, 그와 함께 읽는 이들을 깊은 우물과도 같은 내면으로 끌어들인다. 학생운동의 소용돌이 속에서 대학 생활을 보내고 재즈와 클래식을 영감의 원천으로 삼아온 작가의 라이프스타일을 익히 알고 있는 독자들에게 몇몇 작품은 자전적인 이야기로 보이기도 하고, 취미생활에 대한 애정을 담담하게 서술하는 글은 단편소설이라기보다 에세이에 가깝게 읽힌다"[10]라고 본 작품집을 소개하고 있다. 평범한 일상을 살아가는 주인공 '나'의 일인칭 시점에서 전개되는 이야기는 체험의 주관성을 전제하고 있기 때문에 체험된 사건에 대한 주인공의 주관적 수용을 암묵적으로 인정한다. 같은 사건이라도 우리는 개인에 따라 다르게 받아들일 수 있다는 사실을 알고 있으며, 작가는 일인칭 주인공을 통해 심리적 자유연상을 마음껏 펼칠 수 있다. 한편 일인칭 시점은 타인에 대해 제한된 정보만을 가질 수밖에 없을 뿐만 아니라 타인의 심리상태나 속마음 등을 제한적으로만 알 수 있다. 바쁘게 살아가는 현대인들이 타인이나 사건에 대해서 알 수 있는 정보 또한 지극히 제한적일 수밖에 없다는 점에서 일인칭 시점은 현대 독자들에게 그 시점과 자연스럽게 동화될 수 있게 한다는 점에서 친숙함을 준다. 이채원의 말처럼 "회고와 재인식은 일인칭 서사의 핵심이다. 여기서 '체험적 자아'와 '서술적 자아' 사이에 긴장

---

10) ≪문학동네≫ 편집자 리뷰 중에서.
　　https://www.munhak.com/book/view.php?dtype=brand&id=12810

이 일어나며 시간의 경과를 전제로 한 깨달음과 성장의 서사가 이루어진
다. 또한 일인칭 인물 서술자는 과거의 자신에 대해서만 재인식하는 것
이 아니라 과거 자신의 경험 속에 있었던 다른 인물들에 대해서도 재인
식하며 평가적 진술을 하게 된다. … 일인칭 서술은 분명 일인칭만의
독특한 시학을 가지고 있다. 우선 '나'라는 일인칭 대명사를 전면에 내세
움으로 인해서 자신이 경험한 사건과 다른 인물들에 대한 서술이 제한적
인 것일 수 있음을, 즉 자신이 모든 것을 이해하고 알고 있는 것이 아님
을 드러낼 수 있으며 이는 독자로 하여금 의미 구성에 적극적으로 참여
하게 한다. 즉 독자는 전지적 서술자가 논평하고 판단하는 대로 수용하
는 것이 아니라 일인칭 서술자가 의문을 제기하는 것들에 함께 질문을
던지며 답을 찾아가고 유추하고 해석한다."11) 출판사 리뷰에서 하루키
의 특징적인 문학적 장치로 언급하고 있는 "비현실적인 매개체" 또한
같은 맥락에서 이해할 수 있다. 일상을 살아가다 보면 비현실적인 것처
럼 느껴지는 순간이 예상보다 자주 발생한다. 분명 실제로 일어난 일이
지만 실제 같지 않은 일, 상식적으로 도무지 이해가 되지 않는 일, 헛것
을 본 것 같기도 하고 초자연적인 현상 같기도 하고 외계인이나 신의
장난 같기도 한 일들이 주변에는 무수히 많이 일어난다. "비현실적인
매개체"는 그것이 비현실적이어서 오히려 현실 같은 일들이고 일상의
일부일 뿐이다. 그것을 보편적인 체험이라고 말할 수는 없지만, 유사한
체험을 겪은 적이 있는 독자들은 그럴듯한 일이라고 쉽게 동의해주면서
기꺼이 미스터리의 심연으로 빨려 들어간다.

『일인칭 단수』에 수록된 「위드 더 비틀스 With the Beatles」에도 비현

---

11) 이채원, 「소설의 미학과 영화의 미학」, 『문학과영상』 14(4), 2013, 1100.

실적이지만 있을법한 신기한 체험이 등장한다.

> 그녀는 아름다운 소녀였다. 적어도 그때 내 눈에, 그녀는 무척 근사하고 아름다운 소녀로 비쳤다. 키는 그리 크지 않다. 새카만 긴 머리에, 다리가 가늘고, 근사한 냄새가 났다(아니, 그건 그저 내 착각인지도 모른다. 사실은 아무 냄새도 나지 않았을지 모른다. 어쨌든 내 느낌에는 그랬다. 스쳐지나갈 때 무척 근사한 냄새가 났다고). 나는 그때 그녀에게 강렬하게 이끌렸다 - <위드 더 비틀스> LP판을 소중히 품에 안은, 이름도 모르는 아름다운 소녀에게.
> 심장이 딱딱해지면서 빠르게 뛰고, 숨이 가빠지고, 수영장 바닥까지 가라앉을 때처럼 주위의 소음이 사라지더니, 귓속에서 작게 종이 울리는 소리만 들렸다. 누군가 내게 중요한 의미를 가진 무언가를 서둘러 알려주려는 것처럼. 하지만 그 모든 것은 십초 내지 십오 초 정도의 짧은 시간이었다. 느닷없이 일어났다가, 정신을 차리자 이미 끝나버린 일이었다. 그리하여 그곳에 있었을 중요한 메시지는, 모든 꿈의 핵심들과 마찬가지로 미로 속으로 사라졌다. 인생에서 중요한 사건들이 대개 그러하듯이.
> 고등학교 건물의 어둑한 복도, 아름다운 소녀, 흔들리는 치맛자락, 그리고 <위드 더 비틀스>. (77)

사랑은 대체로 이처럼 강력한 인상을 동반하고 예상치 못한 순간에 갑자기 다가온다. 사랑이 아니라고 하더라도 이 순간의 경험은 나에게 적어도 사랑은 이와 같은 강렬한 감각적 충격을 동반하는 것이어야 한다는 모종의 확신을 심어주게 된다. "심장이 딱딱해지면서 빠르게 뛰고, 숨이 가빠지고, 수영장 바닥까지 가라앉을 때처럼 주위의 소음이 사라지더니, 귓속에서 작게 종이 울리는 소리만 들"리는 오감의 무질서와 일시적 기능장애 현상은 비정상적인 몸의 반응이지만 독자들은 이것이 사랑의 감정과 관련이 있다는 것을 알고 있다. 누구나 사랑에 빠져본 적이 있는 사람이라면 그와 유사한 경험을 했을 것이니까. 심장이 멎을 것 같고, 심장이 쿵 하고 내려앉는 것 같은 순간, 호흡이 빨라지고 가슴이 두근거리고 말은 제대로 나오지 않고 얼굴이 화끈 달아오르는 열병 같은 순간, 그녀를 제외한 배경들은 포커스를 잃어버리고 그녀의 동작은 마치 슬로비디오처럼 느리게 재생되는 순간, 귓속에서는 종소리가 들리고 그녀 뒤에서 후광이 비치는 순간, 그 순간을 우리는 '운명'이라고 부르며 그 미친 사랑의 호명에 무기력하게 끌려간 적이 있지 않은가.

주인공 나는 그녀가 스쳐지나갈 때 근사한 냄새(보통 이럴 땐 향기라고 한다)가 난 것인지 확신할 수 없지만 자신의 느낌에는 냄새가 났었다고 우겨본다. 아무도 본 사람이 없고 옆에 있은 적도 없으니 그렇게 우겨도 할 말이 없다. 게다가 그녀는 당연히 예뻤을 것이다. 그렇지 않다면 그처럼 강렬하게 이끌리지 않았을 것이다. 특이한 것은 그녀가 비틀스의

그림 8. 소녀가 품에 안고 있었다는 비틀스의 〈with the beatles〉(1963) 음반의 재킷 사진. 흑백의 반쯤 드러난 4명의 얼굴이 인상적이다.

LP판을 품에 안고 있었다는 사실인데, 1964년 어둑한 학교 복도에서 당시 전 세계를 강타한 비틀스의 음반을 들고 서 있는 소녀의 모습은 꽤나 인상적이었을 것 같다. 이 찰나의 순간이 더욱 비현실적인 이유는 이후 학교에서 그녀를 단 한 번도 본 적이 없었기 때문이다. 강렬한 인상을 준 그 소녀를 알아보지 못했을 리가 없을 텐데 나는 그 이후로 그녀를 마

주친 적이 없다. 남아있는 것은 그 날의 강렬한 인상 뿐. 그리고 그 짧은 순간이 이후 나의 연애와 사랑에 하나의 기준이 된다. 소설의 첫 장면은 다음과 같이 시작된다.

> 나이 먹으면서 기묘하게 느끼는 게 있다면 내가 나이를 먹었다는 사실이 아니다. 한때 소년이었던 내가 어느새 고령자 소리를 듣는 나이 대에 접어들었다는 사실이 아니다. 그보다 놀라운 것은 나와 동년배였던 사람들이 이제 완전히 노인이 되어버렸다⋯⋯, 특히 아름답고 발랄했던 여자애들이 지금은 아마 손주가 두셋 있을 나이가 되었다는 사실이다. 그런 생각을 하면 몹시 신기할뿐더러 때로 서글퍼지기도 한다. 내 나이를 떠올리고 서글퍼지는 일은 거의 없지만.
> 한때 소녀였던 이들이 나이를 먹어버린 것이 서글프게 다가오는 까닭은 아마도 내가 소년 시절 품었던 꿈 같은 것이 이제 효력을 잃었음을 새삼 인정해야 해서일 것이다. 꿈이 죽는다는 것은 어찌 보면 실제 생명이 소멸하는 것보다 슬픈 일인지도 모른다. 그것은 때로 매우 공정하지 못한 일처럼 느껴지기까지 한다. (75-76)

내가 나이를 먹었다는 사실을 깨달을 때 서글픔을 느끼지 않는 사람은 없을 것이다. 그러나 내 나이보다 나를 더욱 서글퍼지게 만드는 것은 어릴 적 알고 지내던 동년배 소녀들이 이제 손주 손녀가 있는 할머니가 되었다는 사실이다. 매일 그 모양이고 매일 그 생각이 그 생각인 나 자신, 매일 거울로 마주치는 그 모습과 내 사고의 연속성 속 주인공인 나 자신의 변화에 대한 자각은 언제나 미네르바의 올빼미처럼 한 발 느리고 자신이 늙어간다는 사실에 대해서도 구체적으로 실감하지 못한다. 시간은 언제나 어긋나 있다(The time is out of joint.). 세월에 대한 실감은 어릴 적 좋아했던 하이틴 스타가 아저씨나 아줌마가 되어 나타났을 때처럼 좋아하던 사람의 갑작스런 변신에서 더욱 강해진다. 하이틴 스타에 자신을 투사하여 영화나 드라마의 주인공이 되기도 하고, 아름다운 여배우와 사랑에 빠지기도 하는 자신만의 소중한 꿈이 아저씨와 아줌마의 모습과 함께 소멸한다. 주인공 나의 말처럼 "내가 소년 시절 품었던 꿈" 속에 같이 등장했던 소녀들의 늙어버린 모습에 내 꿈도 그 모습처럼 퇴색해 버린 채 효력을 잃은 것처럼 느껴지는 것이다.

그러나 1964년 가을 학교 복도에서 만났던 그녀는 나의 기억에 그때 그 모습 그대로 간직되어 있다. 나는 초로의 아저씨가 되어 버렸지만 내 기억 속의 그녀는 아직도 '소녀'의 모습을 하고 있다. 그리고 하이틴 스타와의 동화 같은 사랑을 꿈꾸던 소년처럼 나는 그 소녀를 만났을 때의 그 느낌과 감각을 이후의 연애에서 경험하게 되기를 꿈꾸게 된다.

> 그 후로 몇 명의 여자를 만나고, 가까운 사이가 되기도 했다. 그리고 새로운 상대를 만날 때마다 나는 그때의 감각을 - 그 1964년 가을 어둑한 학교 복도에서 맞닥뜨린 빛나는 한순간을 - 다시 한번 내 안에 되살리기를 무의식적으로 희구했던 것 같다. 조용하게 뛰는 딱딱한 심장, 가쁜 숨, 귓속에서 들려오는 작은 종소리를.
>
> (······)
>
> 그리고 현실세계에서 그런 감각을 쉽사리 얻지 못할 때는 과거에 느꼈던 그 기억을 내 안에 조용히 소환했다. 그렇게 기억이란 때때로 내게 가장 귀중한 감정적 자산 중 하나가 되었고, 살아가기 위한 실마리가 되기도 했다. 큼직한 외투 주머니에 가만히 잠재워둔 따뜻한 새끼고양이처럼.
> (78-79)

주인공 나는 이후 몇 차례의 이성교제를 하게 되는데, 그때마다 그때의 감각이 되살아나기를 기대한다. 그러나 그런 경험은 그렇게 쉽게 자주 찾아오지 않는다. 그럴 때에는 그 때의 기억을 떠올리며 감상에 젖곤 하는데, 회고된 추억은 따뜻한 감성에 젖어들게 할 뿐만 아니라 삶에의 의지를 북돋운다. 가슴 떨리는 순간이 다시 찾아오리라는 기대감은 희망을 가지고 살아가는 이유가 되며, 운명 같은 인연을 기대하는 것은 내일을 기다리는 이유가 된다. "큼직한 외투 주머니에 가만히 잠재워둔 따뜻한 새끼고양이처럼" 가끔씩 꺼내어 쓰다듬을 수 있는 기억이 있다는 것은 나의 마음을 위로하고 나의 자존감을 높여주는 매개를 지니고 있다는 뜻이며, 이러한 기억은 무엇보다 값진 마음의 보석이라고 할 수 있을 것이다.

그런데 1964년 소녀에 대한 기억은 단순히 한 여성에 대해서 품은 사춘기 소년의 연정이 아니다. 그것은 연정 이상의 의미가 있다. 소녀에 대한 기억이 그토록 강렬했던 것은 아마도 그녀가 품에 소중히 안고 있었던 비틀스 앨범 때문일 텐데, 비틀스가 상징하는 시대정신을 그녀가 오롯이 받아 안고 있는 것 같았기 때문이다. 비틀스는 새로운 음악에 대한 갈증을 해소해준 사막의 오아시스 같은 존재였고, 새로움, 신선함, 도전정신의 아이콘 같은 존재였다. 비틀스는 이 작품에서 갑갑한 기성세대의 문화로부터 탈주하던 60년대 청년세대의 공감대이자 함께 과거로 떠나는 추억여행의 티켓 같은 역할을 수행한다. 다시 말해 논리나 이론으로는 온전히 설명할 수 없는 감성적 공감을 유도함으로써 주인공 나의 주관적 판단과 경험적 평가에 독자들이 쉽게 동의할 수 있도록 만드는 문학적 장치로 (비틀스의) 음악이 활용되는 것이다.

실제로 내 마음을 단숨에 사로잡은 것도 그 재킷을 소중하게 품에 안은 한 소녀의 모습이었다. 만약 비틀스의 재킷 사진이 없었더라면 내가 느낀

매혹도 그토록 강렬하진 않았을 것이다. 그곳에는 음악이 있었다. 하지만 정말로 그곳에 있었던 것은 음악을 포함하면서도 음악을 넘어선, 더욱 커다란 무언가였다. 그리고 그 전경은 순식간에 내 마음속 인화지에 선명히 아로새겨졌다. 아로새겨진 것은 한 시대 한 장소 한 순간의, 오직 그곳에만 있는 정신의 풍경이었다. (83)

비틀스의 음악은 단순한 음악 이상의 의미를 지닌다. 그것은 그 시대, 그 장소, 그 순간의 일회성과 대체불가능성을 의미하는 "오직 그 곳에만 있는 정신의 풍경"의 상징이다. 우리에게는 저마다 자신의 추억과 관련된 특정한 음악이 있다. 길을 걷다 문득 들려오는 음악 소리가 즉각 그 음악을 함께 듣던 사람, 장소, 시간으로 우리를 소환하던 경험을 누구나 가지고 있을 것이다. 그때 그 음악은 단순한 음악을 넘어서 나를 시간여행자로 만들어 과거 그때, 그곳, 그 사람에게 데려다 주는 친절한 추억여행의 전도사가 된다. 간절하지만 이루어질 수 없어 안타까운 짝사랑의 순간이거나, 운명과도 같은 그(녀)와 처음 만났던 순간이거나, 설레던 첫 키스의 순간이거나, 나를 떠나가던 뒷모습을 눈물로 보내야 하던 순간이거나, 추억여행은 내 정신이 내 마음 속 깊이 갈무리해 놓은 어떤 의미심장한 순간에 대한 기억으로 나를 안내한다. 그 순간은 지나치게 미화되거나 과장되게 의미가 부여되며, 그 순간이 내 삶을 결정적으로 변화시켰다고 여길 만큼 남다르며 소중하다.

그 이듬해인 1965년 나에게 중요한 사건이 벌어지는데 그것은 바로 여자친구가 생긴 일이었다. 세계대전보다 나를 더 아프게 하는 것이 내 입 속의 치통이라는 말이 있듯이, 그 해에 어떤 중요한 정치적, 사회적 사건이 발생했는지는 나에게 별로 중요하지 않다. 여자친구가 생긴 일에 비해서는 말이다. 사요코와 나는 일주일에 한 번 데이트를 하면서 키스

도 하고 브래지어 위로 가슴도 만지
는 등 가벼운 스킨십으로 즐거운 시
간을 보냈다. 그녀는 비틀스나 재즈
에는 관심이 없고, 이지 리스닝 계열
의 음악을 좋아했다. 그녀의 집에서
데이트를 할 때면 퍼시 페이스 오케
스트라(Percy Faith & His Orchestra)
의 <피서지에서 생긴 일(A Summer
Place)>을 들으며 거실 소파에서 키
스를 하곤 했다. 하루키는 비틀스와
대비되는 이미지로 퍼시 페이스 오

그림 9. 퍼시 페이스 오케스트라(Percy
Faith & His Orchestra)의 음반. 그의 음
악은 하루키의 『여자 없는 남자들』에도
언급된다.

케스트라를 언급하고 있는데, 그는 "시대적 분위기를 표현하기 위해 또
한 음악 그 자체의 분위기를 정경과 겹쳐 효과적으로 보이려는 BGM
발상으로 곡명을 써놓은 것이 아니다. 작중인물의 심경과 다음 행동의
심리적인 요인으로써 그 곡이 작용하고 있는 것이다. (……) 무라카미
하루키는 곡명으로 주인공의 의지나 생각과 같은 내면을 대변하고 있는
것이다. 곡명은 작품의 심층구조에 유기적으로 작용하고 있다."[12] 비틀
스에 대한 강력한 정신적 풍경을 희구하던 나에게 퍼시 페이스 오케스트
라의 이지 리스닝 음악은 전혀 강력한 인상을 주지 못한다. 음악적 대비
가 상징하는 바, 사요코와의 관계는 강력한 이끌림에 의해서 시작된 것

---

12) 松田良一, 「作家と音樂 - 音樂小說という夢」, 『国文学』, 学灯社, 1999, 76.
    김화영, 「무라카미 하루키의 작품에 나타난 음악의 수용: 『노르웨이 숲』을 중심
    으로」, 『일본연구』 17, 2002, 120에서 재인용

이 아니고, 여름 해변에서 만난 인연처럼 가볍게 여기고 있다는 것을 암시한다. 문득 그녀와의 데이트를 떠올리다 보니 그녀와 같은 반이었을 때 담임선생님의 일이 생각난다.

> 참고로 우리가 같은 반이었을 때의 담임선생님은 몇 년 후 (1968년이었지 싶다. 로버트 케네디가 암살당한 시기와 비슷했으니까) 자택 문틀에 목을 매어 죽었다. 사회 과목 선생님이었다. 사상적 막다름이 자살의 원인이었다고 한다.
> 사상적 막다름?
> 그렇다. 1960년대 후반에는 사상적 막다름으로 사람이 스스로 목숨을 끊는 일도 있었더랬다. 그렇게 자주 일어나진 않았을지라도.
> 나와 여자친구가, 퍼시 페이스 오케스트라의 로맨틱하고 유려한 음악을 배경으로 여름날 오후 소파 위에서 서툴게 끌어안고 있던 순간에도, 그 사회 선생님은 죽음으로 이어질 사상의 막다른 골목을 향해, 다시 말해 침묵하는 단단한 밧줄의 매듭을 향해 한 발짝 한 발짝 나아가고 있었다고 생각하면 왠지 기분이 이상해진다. 불현듯 죄송하다는 마음마저 든다.
> (85-86)

한창 이성에 대한 호기심이 생겨나고 서툰 연애에 몰입하는 사춘기를 주인공 나가 보내고 있을 시기는 사회적으로 진보의 물결이 소멸해 가던 시기였다. 전공투 세대, 즉 단카이 세대는 고도경제성장이 가져 온 기업 사회에 잠식되고 물질주의, 소비주비 사회에 흡수되어 새로운 사회를 건설하는 데 실패하게 된다. 이른바 정치의 썰물 현상은 사상적 치열함을 추구했던 당시의 지식인들에게 좌절과 절망을 안겨주게 된 것이다. 주인공 나와 사요코의 담임선생님은 그렇게 '사상적 막다름'이라는 절망 앞에서 자살로 생을 마감하게 된다. 그의 자살은 상징적인데, 진보를 향한 이 세대의 사회적 비전과 분투는 결국 좌초하게 되고, 일본은 경제성장

과 물질적 풍요의 달콤한 열매에 유혹되어 급격히 우경화되고 물질주의
에 사로잡히게 되기 때문이다. "안도 데쓰유키(安藤哲行)에 의하면 "학
생들의 당연한 패배, 안보반대라는 말이 만든 한 상징의 소멸, 69년 우드
스톡음악예술축제(Woodstock Art and Music Fair)의 성황과, 70년 4월
비틀즈 해산, 그 결과 정치적, 문화적인 소용돌이에 휩싸였던 젊은 세대
에게는 막연한 공허함"만을 남겼다."13)는 김영옥의 인용은 주인공의 학
창시절에 대한 정확한 묘사라고 할 수 있으며, 주인공 나의 상대주의적,
허무주의적 정신세계는 정신적 좌절과 물질적 풍요라는 모순적인 상황
에 처한 당대의 집단 무의식을 반영하고 있다고 볼 수 있을 것이다.

오에가 패전 후 산업성장기 사회의 정신적 인프라로서 민주주의적인
가치와 문화를 일본 사회에 착근하고자 노력했다면, 이후 세대인 하루키
세대는 정신의 빈곤을 물질의 풍요로 은폐한 초라한 평화를 소비하게
되고, 정신과 물질 사이의 엄청난 괴리가 가져온 영혼의 공허함과 허무
함을 상품의 소비를 통해 해소하려 한다. 하루키가 개입하고 있는 지점
이 바로 이와 같은 균열과 갈등의 대중적 정서에 대한 호소이다. "팝송이
가장 깊숙이, 착실하고 자연스럽게 마음에 스미는 시절이 인생에서 가장
행복한 시기라고 주장하는 사람도 있다. 정말로 그런지도 모른다. 혹은
그렇지 않은지도 모른다. 팝송은 그래봐야 그저 팝송일 뿐인지도 모른다.
그리고 우리의 인생은 결국, 그저 요란하게 꾸민 소모품일 뿐인지도 모
른다."(87)라는 주인공 나의 생각은 팝송으로 대변되는 일본의 문화는

---

13) 安藤哲行,「像が平原に還る日を待って」,『國文學 解釋と敎材の硏究』43-3
   臨增, 學灯社, 1998, 47. 김영옥,「무라카미 하루키(村上春樹) 소설의 시대성」,
   41에서 재인용

결국 삶의 의미를 잃어버린 공허함을 달래기 위해 꾸며낸 장식품에 불과하며, 더 나아가 인생이라는 것 자체가 팝송처럼 외관만 화려한 '소모품'일지도 모른다는 일본 현대인들의 정서를 잘 대변하고 있다.

다시 주인공 나와 사요코의 데이트로 돌아와 보자. 소파에 나란히 앉아 이지 리스닝 음악을 들으며 키스와 스킨십을 나누던 중에 사요코는 문득 다음과 같이 말한다.

> "있지, 그거 알아?" 그녀가 소파 위에서 나에게 털어놓듯이 작은 목소리로 말했다. "나는 질투심이 엄청 많아."
> "그렇구나." 내가 말했다.
> "그거 하나는 알아뒀으면 해서."
> "알았어."
> "질투심이 많으면 가끔은 무척 힘들어."
> 나는 말없이 그녀의 머리칼을 쓰다듬었다. 그렇지만 질투심이 많다는 게 무슨 뜻인지, 그것이 어디서 찾아와 어떤 결과를 낳는지 당시 나로서는 잘 상상되지 않았다. 그보다는 내 기분과 관련된 것이 우선적으로 머릿속에 가득했던 것이다. (88-89)

사요코는 자신이 질투심이 많다고 말하며, 그것이 자신을 무척 힘들게 한다고 고백한다. 그러나 주인공 나는 그 말의 뜻을 제대로 이해하지 못한다. 실제로 그 말은 그렇게 특별한 것도 아니다. 연인 사이의 흔한 투정이거나 귀여운 경고 정도 외에 무슨 특별한 뜻이 있을 것이라고 생각하기 힘들었을 것이다. 오로지 자신의 욕망에만 가장 충실한 순간인 한창 스킨십 중인 청년의 귀에 그 말이 들어올 리 만무하며, 머릿속에 그 말뜻이 제대로 각인될 리 없다. 그녀의 말이 나중에 알게 될 충격적인 사실에 대한 암시였다는 것을 그 때의 주인공 나는 짐작조차 할 수 없는 것이 당연하다.

　사요코와의 만남보다 이 작품에서 더 많이 할애된 장면은 그녀의 오빠와의 두 차례 만남이다. 1965년 가을이 끝나갈 무렵 어느날 주인공 나는 데이트를 나가기 위해 사요코의 집에서 그녀를 만나기로 했지만 어찌된 일인지 그녀는 집에 없었고 뜻밖에 그녀의 오빠를 만나게 된다. 그녀를 기다리기 위해 집 안으로 들어가게 된 주인공 나는 어색한 시간을 견디기 위해 가방 안에서 '현대국어' 교과서 부독본을 읽기 시작한다.

　　각 작품 – 짧은 것을 제외하고는 태반이 발췌문이었지만 – 마지막에 몇 가지 질문이 달려 있었다. 대부분은 으레 그렇듯 이렇다 할 의미가 없는 질문들이다. '의미 없는 질문'이란, 답의 옳고 그름을 논리적으로 판정하기 힘든(혹은 판정할 수 없는) 질문을 말한다. 작품을 쓴 작가 본인조차 과연 판정할 수 있을지 의심스러운 것들이다.
　　이를테면 '이 글에 드러난 작가의 전쟁에 대한 시각은 어떠한가?'라든가, '달의 참과 이지러짐에 대한 작가의 이 같은 묘사는 어떤 상징 효과를 만들어내는가?' 같은 것이다. 이런 건 대답하려고 들면 어떻게든 대답할 수 있다. 달의 참과 이지러짐에 대한 묘사는 어디까지나 달이 차고 이지러지는 것에 대한 묘사일 뿐 아무런 상징 효과도 만들어내지 않는다, 라는 답이 틀렸다고는 아무도 단언할 수 없을 것이다. 물론 '비교적 이치에 맞는 답' 같은 것이 최대공약수처럼 존재하겠지만, 문학에서 비교적 이치에 맞는다는 것이 과연 미덕인지는 의문의 여지가 있다. (97-98)

　이 짧은 인용문에서 하루키의 문학에 대한 입장이 간단하지만 명확하게 정리되어 있다. 우리가 문학시간에 학교에서 배우는 방식의 문학 수업은 대체로 쓸모가 없다는 것이다. 작품에 대한 교과서의 질문들은 작품에 대해 보다 구체적이고 정확한 이해를 돕기 위한 것이다. 그러나 주인공 나가 보기에 그런 질문들에 대한 정확한 정답이란 존재할 수 없으며, 심지어 작가 자신도 답의 옳고 그름을 판단하기 힘들 것이다. 그런 의미에서 이 질문들은 "의미 없는 질문"이 될 것이고, 비교적 이치에 맞고 다수가 공감할 수 있는 답이 있을 수도 있겠지만, 문학에서 그런 답이 무슨 의미가 있겠는가 라는 것이 주인공 나의 생각이자 아마도 하루키 자신의 생각일 것이다.

그런 생각에 빠져 있는 동안 그녀의 오빠는 주인공 나에게 부독본의 한 구절을 읽어달라고 요청한다. 어색하고 기묘하지만 부탁을 거절하기 힘들어 아쿠타가와 류노스케(芥川龍之介)의 「톱니바퀴」 마지막 구절을 소리내어 읽어준다. "나는 이제 이 뒤를 이어 써갈 힘이 없다. 이런 기분 속에서 살아 있는 것은 뭐라 말할 수 없는 고통이다. 누구 내가 잠든 사이 가만히 목을 졸라 죽여줄 사람은 없는가?"(102) 미래에 대한 막연한 불안, 죽음에 대한 낯선 두려움, 어둡고, 암울한 인간 내면의 이기심과 모순된 심리를 염세주의적으로 묘사했다고 평가받는 자살로 생을 마감한 아쿠타가와의 말년 작 「톱니바퀴」의 이 구절은 마치 작가의 자살을 암시하고 있는 것 같다. 살아간다는 것은 죽음보다 더 지옥 같은 고통을 겪는 것이고, 차마 스스로 목숨을 끊기에는 두렵다. 내가 잠든 사이에 나도 모르게 나를 죽여주면 좋겠다는 생각은 삶이 힘들고 고단할 때 누구나 문득 드는 생각일지도 모르겠다. 불행한 가족사, 질병 등의 개인사적 불행과 전통적 일본사회와 근대적 일본사회 그 어느 쪽으로부터도 사상의 거처를 발견할 수 없었던 정신사적 불행이 겹쳐져 스스로 생을 마감한 아쿠타가와의 작품이 이 단편에서 소개된 것은 우연이 아니다. "일본사회는 19세기말 근대화가 시작되고 곧이어 20세기에 들어 전쟁, 자연재해, 정치변동으로 인해 가치관의 혼란이 정점에 이르렀다. 아쿠타가와에게 이러한 일본사회는 자명한 의미를 상실하고 문명의 진보가 정지된 장소임을 나타내는 기호였다."[14]
70년대가 막을 내리고 맞이하게 된 80
년대의 일본사회와 20세기 초 일본사
회는 문명의 진보가 정지되었다는 점
에서 대비가 된다고 할 수 있으며, 하
루키는 아쿠타가와를 의도적으로 끌어
들여 일본사회를 비판하고 있다고 볼
수 있다.

　이러한 사실은 사요코 오빠가 "기억
의 배열이 흐트러지는" 자신의 질환에
대해서 이야기할 때 더욱 분명해진다.
몇 시간 동안 기억이 통째로 사라지는
경험에 대해서 이야기하면서 기억이
사라지는 동안에 자신이 무슨 짓을 저
지를지 몰라 불안하다고 그녀의 오빠
는 "사실 나한테도 맘에 안 드는 놈이

그림 10. 아쿠타가와 류노스케(芥川龍之介)는 합리주의와 예술지상주의를 표방하였고, 자살로 인해 문단에 큰 충격을 안겼다. 그의 문학적 성취를 기리기 위해 1935년에 아쿠타가와상이 제정되었으며, 지금도 나오키상과 함께 일본에서 가장 권위있는 두 개의 문학상 중 하나로 손꼽힌다.

몇 명은 있거든. 짜증나는 인간 말이야. 아버지도 뭐 그중에 한 사람이지.
그래도 제정신일 때는 아버지 머리를 쇠망치로 때릴 생각을 하진 않잖
아. 아무래도 억제하기 마련이니까. 하지만 기억이 끊겼을 때 과연 무슨
짓을 할지는 본인도 잘 모르는 법이거든."(107)이라고 말한다. 하루키는
한 인터뷰에서 자신은 일본문학에 흥미가 없었으며 그것은 아버지 세대

---

14) 변찬복, 「아쿠타가와(芥川) 소설에 나타난 모더니티와 멜랑콜리 −『갓파(河童)』
　와 『톱니바퀴』를 중심으로」, 『일본근대학연구』 46, 2014, 207.

에 대한 반감에서 기인한 것이라고 밝힌 바 있다. 이때 아버지를 생물학
적 아버지로 이해하기보다 라캉이 말하는 상징질서의 대표적 기표인 '아
버지의 이름(Le nom du Père)'15)으로 이해하는 것이 더 적합할 것 같다.
즉 하루키는 아버지라는 이름의 기성세대 문화 혹은 일본문화 전반에
대한 비판적인 시각을 사요코의 오빠를 빌어 드러내고 있다. 프로이트가
적절하게 설명하고 있듯이 아버지의 상징적인 살해야 말로 자아의 성장
과 성숙의 출발점이라고 한다면, 하루키는 아버지를 부정함으로써 일본
문화의 성장과 성숙을 기대하고 있는 것인지도 모른다.

사요코와의 약속은 결국 어긋나고 기다리던 그녀는 나타나지 않는다.
결국 홀로 그녀의 집을 나오는 것으로 사요코 오빠와의 첫 번째 만남은
끝이 난다. 도쿄에서 대학을 다니게 되면서 사요코와는 자연스럽게 이별
하게 되었으며 생활터전도 도쿄에 잡게 되면서 고향인 고베에는 거의
내려간 적이 없었다. 그리고 시간은 흘러 나는 이제 서른다섯 살이 되었
고 결혼도 해서 도쿄에 가정을 꾸렸다. 10월 중순의 어느 날 길을 걷고
있는데, 주인공 나를 아는 척 하는 사람이 있어 돌아보니 사요코의 오빠
였다. 사요코 오빠와의 두 번째 만남은 그렇게 예기치 않게 우연히 만들
어졌다. 그리고 그로부터 충격적인 소식을 듣게 된다.

"사요코는 떠났어." 그가 조용히 말을 꺼냈다. 우리는 가까운 커피숍에,
플라스틱 테이블을 사이에 두고 앉아 있었다.

---

15) 상징질서 내의 대타자의 욕망을 의미하는 대표적인 라캉의 용어인 아버지의
이름 Le nom du Père은 아버지의 안 돼 Le Non du Père, 즉 아버지의 금지와
발음이 같다. 라캉은 상징질서 내의 욕망에 머물러서는 안 된다고 경고하고 있
는데, 하루키 또한 아버지의 이름, 그의 금지로부터 벗어나 아버지의 부재를
문학적으로 추구하고 있다.

"떠나요?"

"죽었어. 삼 년 전에."

(……)

"그게 말이지, 아무도 이유를 몰라. 당시에 특별히 고민하거나 우울해하
는 기색도 없었거든. 건강에도 문제없고, 부부 사이도 나쁘지 않았던 것
같고, 아이들도 예뻐했어. 그리고 유서 같은 것도 전혀 남기지 않았어. 의사
한테서 처방받은 수면제를 모아뒀다가 한꺼번에 먹었어. 그러니까 자살은
계획적이었던 셈이지. 처음부터 죽을 요량으로, 한 반년 동안 조금씩 약을
모았더라고. 울컥해서 충동적으로 저지른 일이 아니야." (113-115)

스물여섯에 결혼하여 아들과 딸을 낳고 단란하게 살아가던 그녀가 남
편이나 건강 등 별다른 문제도 없었는데 수면제를 먹고 3년 전에 자살을
했다는 것이다. 그것도 충동적으로 저지른 것이 아니라 계획적으로 반년
동안 조금씩 약을 모아서. 주인공 나는 그 소식을 듣자마자 마치 그것이
자신 때문인 양 그녀와 헤어지던 과거의 순간을 회상한다. 대학에 들어
간 후 거기서 만난 여자애를 좋아하게 된 이야기를 털어놓자 아무 말
없이 자리를 떠났던 옛 기억이 되살아난 것이다. 그리고 예전에 그녀가
자신에게 했던 이야기, "나는 질투심이 엄청 많아. … 질투심이 많으면
가끔은 무척 힘들어."라는 말이 그녀의 자살을 암시한 것이라는 것을
독자들은 알게 된다. 죄책감 때문일까. 그는 마음속으로 다음과 같이 스
스로에게 변명을 늘어놓는다.

늦건 빠르건 그녀와는 아마 헤어졌을 거라고 생각한다. 그렇지만 그녀와
함께 보낸 몇 년을 나는 좋은 추억처럼 떠올릴 수 있다. 그녀는 나에게
첫 여자친구였고, 나는 그녀를 좋아했다. 여자의 몸이 어떤 식으로 이루어져
있는지 (대체적으로) 가르쳐준 것도 그녀였다. 우리는 함께 여러 가지 새로
운 체험을 했다. 아마 십대일 때밖에 누릴 수 없을 근사한 시간을 공유했다.

하지만 이제 와서 이런 말 하기는 괴롭지만, 결국 그녀는 내 귓속에 있는 특별한 종을 울려주지는 못했다. 아무리 귀기울여도, 종소리는 끝까지 들리지 않았다. 유감스럽게도 그렇지만 내가 도쿄에서 만났던 한 여자는 그 종을 확실히 울려주었다. 그것은 논리나 이론을 따라 자유롭게 조정할 수 있는 일이 아니다. 그것은 의식 혹은 영혼의 훨씬 깊은 곳에서 멋대로 일어나거나 일어나지 않을 뿐, 개인의 힘으로는 바꿀 수 없는 종류의 일이다. (116-117)

주인공 나의 첫 여자친구이자 진심으로 좋아했던 소녀, 여성의 육체와 성에 대해 눈을 뜨게 해준 상대로 새로운 체험과 근사한 시간을 공유한 사이였지만 사요코와는 결국에 이별을 할 수 밖에 없었다. 이별을 할 수밖에 없는 이유는 비틀스의 LP판을 들어있던 소녀를 마주쳤을 때의 감정적 동요와 흥분, 즉 귓속에 종소리가 들리지 않았기 때문이다. 주인공 나는 심장이 딱딱해지고 숨이 가빠지며 종소리가 귓속에서 들리는 감각적인 순간을 다시 한번 체험하고 싶어 했었다. 무의미하고 공허한 삶의 순간에 내 안에서 되살아나는 생의 환희와 열정을 일깨우는 체험이 자신의 인생에 다시 한번 찾아오기를 주인공 나는 갈망했었다.

한편으로는 경제발전의 역군으로 살아남기 위해 경쟁의 틈바구니를 견뎌야 하고 다른 한편으로는 물질적 풍요가 안겨주는 안락함에 안주하는 삶을 살아갈 수밖에 없는 현대인들의 영혼은 고독하고 황폐해지기 쉽다. 사회적 도구가 되어 약육강식과 승자독식의 치열한 경쟁과 눈치싸움에 도태되지 않기 위해 언제나 긴장하며 살아가야 되는 영혼은 초라하고 나약해질 수밖에 없다. 사랑은 그와 같은 영혼에 한 줄기 빛이자 강인한 생명력을 전해주고 삶에 대한 긍정과 의지를 심어줄 수 있는 유일한 가능성일지도 모른다. 귓속에서 들리는 작은 종소리는 어쩌면 충만한 삶에 대한 환희의 송가이자 천사의 속삭임일 수도 있다. 종소리는 단순한 연애감정이 아니라 삶을 견디고 내일을 이어갈 수 있게 해주는 실낱같은 희망이자 막연한 바람일 것이다. 그 종소리는 내가 원한다고 들을 수 있는 것도 예측 가능한 것도 논리적으로 설명할 수 있는 것도 아니다. 종소리는 나의 통제와 권한을 넘어서 뜻밖의 순간에 예상치 못한 상대에게서 울리는 것으로 나도 어쩔 수가 없으며, 그 소리가 이끄는 대로 따를 수밖에 없는 폭군과도 같은 것이다.

변심에 대한 구차한 변명 같을 수도 있지만 주인공 나는 대학에서 만난 여자애에게서 그토록 기다리던 종소리를 듣게 되고 사요코를 떠나게 된다. 사귀던 남녀의 이별과 새로운 만남은 그 나이의 청춘남녀들에게는 흔히 있는 대수롭지 않은 일인 것이다. 그런데 사요코에게는 그렇지 않았던 것 같다. 어쩌면 주인공 나를 만났을 때 사요코의 귓속에서 종소리가 울려 퍼졌던 것은 아닐지 모르겠다. 그리고 주인공 나와의 이별 후 결혼까지 하게 되었지만 그녀는 그 후로 종소리를 듣지 못했고 삶의 공허함과 무의미함을 견딜 수 없었던 것인지도 모른다. "그리고 이런 말은 어쩌면 부담스러울지 모르지만, 굳이 내 의견을 말하자면, 사요코는 자네를 제일 좋아했지 싶어"(119) 라는 그녀 오빠의 말은 이러한 유추가 어느 정도 근거가 있음을 방증해 준다.

안타까운 점은 그들이 육체와 성에 몰입한 만큼이나 자신들의 관계에 대한 성찰을 나누고 소통하지 못했다는 사실이다. 서로의 몸이 어떤 식으로 이루어져 있는지 알아가면서 동시에 사랑의 의미가 무엇인지, 너의 귀에 종소리가 들린 적이 있는지, 있다면 그건 너에게 어떤 의미가 있다고 생각하는 지 등등. 이런 점에서 그들은 서로의 육체를 탐하고 사랑을 나누고 있을 때도 여전히 외로울 수밖에 없다. 연인관계일 때조차도 그들은 각자의 고독과 외로움을 견디고 있을 뿐 외로움의 껍질을 깨지 못한다. 아마도 주인공 나는 자신의 귓속에 종소리를 울리게 해준 여성(그녀가 현재의 아내인지는 알 수 없다)의 귓속에도 종소리가 들렸는지 물어보지 못했을 것이다. 그토록 간절하고 중요한 체험을 개인 속에 묻어두고 함께 나누고 확인할 수 없다면, 그녀 또한 언제든지 주인공 나를 예고 없이 떠날 수도 있다. 그녀가 종소리를 듣지 못했다면 나의 여자친구이든 아내든 내가 그녀를 붙잡을 수 있는 명분은 어디에도 없을 것이다. 이처럼 하루키는 인간관계라는 것이 본질적으로 불완전하며, 일방적이고, 소통 불가능한 것이라고 말하고 있다. 그리하여 고독이 인간의 본질적인 존재성이며 홀로 살아가는 인생에서 만남은 필연이나 운명 같은 말로 포장된 우연일 뿐이라고 말하고 있다.

> 우리는 우연의 이끌림에 따라 두 번 마주했다. 이십 년 가까운 세월을 사이에 두고, 600킬로미터쯤 떨어진 두 도시에서. 그리고 테이블에 마주앉아, 커피를 마시고, 몇 가지 이야기를 나누었다. 평범한 담소 같은 것이 아니었다. 그것은 무언가를 – 우리가 살아간다는 행위에 포함된 의미 비슷한 것을 – 시사하고 있었다. 하지만 결국에는 우연에 의해 어쩌다 실현된 단순한 시사에 지나지 않는다. 그것을 뛰어넘어 우리 두 사람을 유기적으로 이어주는 요소는 없었다.
> [질문 : 두 번에 걸친 두 사람의 만남과 대화는 그들 인생의 어떤 요소를 상징적으로 시사하는가?] (120)

사요코의 오빠와 헤어지고 난 후 주인공 나는 그와의 두 차례 만남이 자신의 인생에 어떤 의미가 있는지를 자문한다. 그 만남을 문학작품 속 상황이라고 가정하고, 그 만남의 의미에 대해 질문을 던진다. 앞서 주인공 나는 문학에 대한 일반론적인 정답이 의미가 없다고 말했었다. 주인공 나는 사요코의 오빠와 만나서 나눈 대화에 과도한 의미를 부여하지 않으려 한다. 그들의 만남은 우연일 뿐이며, 유기적으로 연결된 요소, 즉 필연적 요인이나 의미란 없다는 것이다. 그렇다면 그들이 나눈 대화도 자신의 인생에 유기적으로 연결되어 있지 않다는 결론이 가능해지는데, 이는 사요코의 죽음이 자신의 인생에 별다른 의미를 지니지 않는다는 뜻으로 해석할 수 있을 것이다.

주인공 나는 사요코의 자살에 충격을 받기는 하지만 그녀의 죽음을 진심으로 애도하지 않는다. 살아가는 일이 축복이 아니라면 죽음 또한 애도의 대상이 아닌 것이다. "살아있는 것은 뭐라 말할 수 없는 고통"이라던 그녀의 오빠에게 읽어준 아쿠타가와의 한 구절이 자연스럽게 떠올려진다. 기억의 한 부분이 통째로 사라지는 사요코 오빠의 질병이 주인공 나와의 만남 이후 치유된 것도 같은 맥락이 아닐까. 개인의 정체성이 기억에 의존하고 기억이 고통스러워 스스로 기억의 일부를 지운 것이라면, '삶의 본질이 고통'이라는 각성이 그를 더 이상 기억하는 일의 고통에 시달리지 않게 한 것이 아닐까. 어쩌면 그가 앓았던 "기억의 배열이 흐트러지는 질환"이 기억의 본질은 아닐까. 우리는 특정 기억의 망각을 통해서 기억하기의 고통을 회피하고 선택된 기억에 의지해서 살아가는 것일지도 모른다.

작품은 다음과 같이 마무리된다.

<위드 더 비틀스> LP판을 안고 있던 아름다운 소녀도 그때 이후로 보지 못했다. 그녀는 아직도 1964년의 그 어둑한 학교 복도를, 치맛자락을 펄럭이며 걷고 있을까? 여전히 열여섯 살인 채, 존과 폴과 조지와 링고의 흑백 사진이 실린 멋진 재킷을 소중하게 가슴에 꼭 품고서. (121)

　주인공 나는 <위드 더 비틀스> LP판을 안고 있던 아름다운 소녀를 그때 이후로 보지 못했지만, 여전히 열여섯 살인 채로 어두운 학교 복도를 걷고 있기를 바란다. 그녀가 아직도 소녀로 남아있기를 바라고 비틀스 재킷을 안고 있기를 바라고 그녀를 다시 한번 만날 수 있기를 바란다. 여전히 자신의 귓속에 종소리를 들려줄 존재를 꿈꾸고 있다는 뜻이다. 감각의 충격에 관한 한 그 소녀처럼 주인공 나도 전혀 성장하지 않았다. 우발적인 마주침의 떨림과 흥분을 감각의 교류와 소통의 계기로 삼는 것이 아니라 자신이 만들어낸 환영 속에 내밀한 욕망으로 감추고 있는 것이다. 이러한 결론은 고독과 공허함을 삶의 본질적인 규정력으로 파악하는 포스트모던 세계관을 잘 보여주는데, 고독과 공허함을 횡단하여 타인과의 소통을 통해 자아를 확장하고 생의 의미를 찾아가는 가능성을 원천적으로 차단하고 있다. 그 비극적 정서와 고독한 감성이 어둑한 복도를 걷는 것 같은 삶을 살아가는 현대인들의 일상적 영혼을 대변하고 있다. 이러한 친연성과 친밀감이 바로 하루키 문학의 인기 비결이다.

제9장

발랄한 상상과 경쾌한 유머 속에 감춘 우울한 인식
김애란의 「성탄특선」

- 나는 행복해요.
- 덕분에 저도 행복해지는 것 같아요.
- 아니에요. 슬퍼요.
- 제가 이해하는 삶이란 슬픔과 아름다움 사이의 모든 것이랍니다.
- 인간에 대해 어떻게 생각해요?
- 뭐라 드릴 말씀이 없네요.

「어디로 가고 싶으신가요」 중에서

한국문학의 샛별에서 주요 작가로 우뚝 서다

김애란(金愛爛)은 1980년생으로 단편 「노크하지 않는 집」으로 2002년 제1회 대산대학문학상(소설부문)을 수상하였고, 이듬해 『창작과비평』 봄호에 해당 작품을 수록하여 문단에 등단했다. 심사평에 따르면, "「노크하지 않는 집」은 매우 참신한 작품이다. 단편소설로서 단점도 거의 없다. 한집의 똑같은 방에 세 들어 사는 사람들은 이름이 없는 사람들. 1호 2호 3호…. 여자들로 지칭되는 사람들. 그들은 변별점이 없이 기호화되어 있는데 그것이 현대인의 위치를 상징적으로 암시하는데 중요한 장치가 되어주었다. 가장 가까이 살지만 서로를 알지 못하는 익명성으로 인해 저질러지는 일들은 시시하게

그림 1. 김애란 by 안병현(무슨)

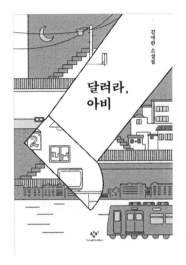

그림 2. 김애란은 첫 번째 단편 소설집 『달려라, 아비』(2005)로 문단의 샛별이라는 평가를 받았다.

떨어져버릴 수도 있는 이 작품에 에너지를 발사한다. 똑같아 보이는 것을 시시각각 다르게 묘사해나가는 속도감 있는 문장은 이 작품의 후광 노릇을 톡톡히 해냈다. 그 추진력에 의해 단숨에 읽게 되는데 다름을 구분해냈다고 느끼는 순간 다시 똑같이 만들어버리는 대목이 압권이다"[1]라고 선정 이유를 밝히고 있다.

2005년에는 아버지의 부재와 가난의 상처를 다룬 단편소설 「달려라, 아비」로 제38회 한국일보 문학상을 받아 역대 최연소 수상자가 되었다. 심사평은 "이 단편소설은 가난에 대한 한국문학의 상상력에 작지만 중요한 전환점을 마련해주는 듯하다. 그동안의 한국문학, 가난한 자를 대상으로 등장시키든 주체로 등장시키든, 사회비판을 기조로 삼아 연민이나 연대의식을 확산시키는 모종의 도식을 크게 벗어나지 못했었다. 그러나 이 소설에서 가난의 주체가 펼쳐 보이는 것은 자기 밖의 그 어디에도 핑계를 대지 않는 철저한 자존(自存)의 상상력이다. 요컨대 자신만의 독자적 언어 세계를 구축하는 방식으로 가난한 자의 진정한 주체성과 자율성을 예시하고 있는 것이다. 말과 말 사이에 가난처럼 비어 있는 여백을 상상적 도약의 공간으로 탄력 있게 살려내는 이 작품의 언어 체계는 그

---

1) http://daesan.or.kr/business.html?d_code=3123&uid_h=35&view=history#

자체가 이미 새로운 삶의 에너지를 생성해내는 발전기라 할 수 있다"2) 라며 이 작품의 새로움에 대해서 평가하고 있다. '자존의 상상력'이라는 말로 심사평에서 적절하게 표현하고 있듯이, 이 작품의 가난한 주인공은 아버지의 부재와 가난을 상처나 고통의 원인으로 여기지 않는다. 주어진 열악한 존재 조건을 담담하게 받아들이고 농담처럼 유쾌하게 다룸으로써 그와 같은 조건이 자존감에 상처를 입히지 못하도록 만든다.

그림 3. 김애란의 두 번째 소설집 『침이 고인다』(2007)는 이효석문학상과 신동엽창작상을 받았다.

　2007년에는 두 번째 소설집 『침이 고인다』를 발표하였는데, 이 작품에 수록된 「칼자국」으로 2008년 제9회 이효석 문학상을 받았다. "이 소설은 작가의 전작들을 대표한다고도 할 수 있는 「달려라, 아비」의 계보를 잇는 작품이라고 해도 무방할 듯하다. 「달려라, 아비」가 '아비'에 초점을 맞추고 있다면 이 소설에서 그것은 '어미'인 까닭이다. 어머니에 대한 딸의 이야기라는 흔한 이야기를 이 작가는 특유의 감각과 표현으로 전혀 새로운 차원에 펼쳐놓고 있다. 어머니에 대해 느끼는 딸의 감정을 그저 솔직, 소박하게 표현하고 있는 것처럼 보이지만 이 소설이 현실의 변화 방향에 대한 분명한 태도를 가지고 있다는 것이 여러 대목에서 드러난다. 게다가 이 소설은 그것을

---

2) https://www.hankookilbo.com/News/Read/200511060038546465

젊은 작가답지 않게 대담하면서도 능청스럽게 표현하고 있다. 그러한 윤리와 그것을 표현하는 방식 모두 새로우면서도 거부감이 없는, 남다른 능력의 소산인 듯했다. 이 진전은 김애란 개인에게도 큰 의미가 있는 것이겠지만 한국 소설계에도 소중한 성과라고 생각했다"3)라는 심사평을 받았다. 한편 2008년 문화체육관광부가 선정한 '오늘의 젊은 예술가상(문학부문)'을 수상하기도 했다.

『침이 고인다』는 2009년 제27회 신동엽창작상의 수상작이기도 한데, 나희덕은 "김애란의 첫 소설집에 등장하던 당돌한 '아이'는 이제 성인식을 치르고 '여성'이 되었다. 단편들에서 변주되는 '방'은 좁고 내밀한 존재의 공간이자 타인과의 연대를 발견하는 터전이다. 그 방에서 이루어지는 여성들의 동거는 불안과 균열을 동반하지만, '칼자국'으로 대변되는 모성성은 존재의 상처를 치유하는 힘이 되어준다. 개인의 서사에 충실하면서도 그의 소설은 현실에 대한 사회학적 보고서로서 뛰어난 관찰력과 실감을 발휘하고 있다. 그런데 김애란의 진정한 매력은 재현능력 자체보다 아무리 누추한 현실도 유쾌하거나 감미로운 고통으로 다시 태어나게 한다는 데 있다. 유별난 장치 없이 담백한 단문으로 삶의 맛을 이렇게 되살려내는 걸 보면, 그는 타고난 이야기꾼이라는 생각이 든다"4)라고 심사평을 적고 있으며, 성석제는 "딛고 있는 땅이 단단하고 그려내는 세상은 허술한 데가 별로 없으며 방심하고 쓴 흔적도 없다. 김애란의 소설을 통해 이 땅 젊은 개인들의 역시를 읽을 수 있다. 그의 소설은

---

3) 손정수, 『2008 이효석 문학상 수상작품집』, 해토, 2008.

4) 나희덕, 「제27회 신동엽창작상 발표 - 김애란 소설집 『침이 고인다』」, 『창작과 비평』 37(3), 482.

생활의 역사다. 좌절하는 청춘, 참고 살아가다 폭발하고 또 인종하며 살아가는 인생의 역사다. 김애란을 거쳐 태어나는 삶의 역사에는 절실함이 있다. (……) 경험에서 나온 허구는 진실한 힘이 있다. 또한 김애란 작품의 힘은 삶의 세부에 지나치게 탐닉하거나 함몰되지 않고 객관적 거리를 유지하는 데서, 품위를 잃지 않는 덕성에서 나온다. 김애란은 자신이 잘 아는 이야기를 잘 아는 틀 속에 집어넣고 꿰맨 자국도 보이지 않게 잘 봉합하여 또 하나의 세상을 세상에 보여줄 줄 아는 작가다"5)라고 평가하고 있다.

한기욱은 "젊은 주체의 목소리와 어법으로 2000년대 한국 현실을 그 미세한 결에 이르기까지 섬세하게 포착하는 데 성공한다. 청년실업과 비정규직의 수렁에 앞날이 가로막힌 젊은이들의 고단한 삶과 가족사를 핍진하게 들려주는 한편, 적확한 이미지와 풍부한 상징이 이야기의 흐름 속에 자연스럽게 배어들게 만드는 솜씨가 특히 주목할 만하다. 동시대 젊은이들의 고단한 삶을 어떤 관념과 위안에 기대지 않고 비정하게 다루되 그들에 대한 공감과 연민을 잃지 않는 성숙한 자세, 상대적 빈곤과 상실감에 시달리는 삶에 호흡을 맞추면서도 그 암담한 전망에 주저앉지 않고 생동하는 상상력을 발동시키는 예술가적 근성"6)을 높게 평가하고 있다.

꾸준한 창작 활동을 이어가는 김애란은 단편 「너의 여름은 어떠니」(2009)로 2010년 제4회 김유정문학상을 수상한다. 심사위원들에 따르면 이 작품은 "삶의 다양한 순간을 재치 있는 언어로 포착하여 젊은 날의

---

5) 성석제, 「제27회 신동엽창작상 발표 - 김애란 소설집 『침이 고인다』」, 482-483.
6) 한기욱, 「제27회 신동엽창작상 발표 - 김애란 소설집 『침이 고인다』」, 484.

고뇌와 환희의 정체를 밝혀나가는 소설적 구성으로 이 젊은 작가의 삶에 대한 깊고 예리한 통찰력을 인정하게 하는 작품이다. 자기 의지와 상관 없이 타인으로부터 받게 되는 정신적 트라우마를 표면으로는 잔잔하게, 그러나 내면 심리의 격랑을 독자에게 설득력 있게 요구하는 이 작가 특 유의 재기발랄한 서술 디테일은 80년대 젊은 작가다운 면모를 보임으로 써 한국 소설사에 주요한 자리를 차지할 것으로 믿어 수상작으로 결정하 게 되었다"[7]고 선정 이유를 밝히고 있다. 김애란의 작풍에 대한 윤지관 은 "풍속화로 치면 김홍도의 풍속화 같은 그런 느낌도 좀 주고 또 작가 로 친다면 김유정 같은, 물론 다루는 대상은 다르지만 그런 어떤 유머스 러우면서도 동시에 삶에 대한 애환을 통찰해내는, 또 아이러니를 집어내

는 그런 역량을 갖춘"[8] 작 가로 한 인터뷰에서 평하고 있는데, 김애란과 김유정의 작품 세계가 유사성을 띤다 는 설명은 그가 김유정문학 상을 수상하기에 손색이 없 다는 점을 잘 보여준다.

2011년에는 철거 예정인 아파트에서 빈민으로 살아 가다 수재로 인해 물에 잠긴 도시를 떠다니는 이야기를

그림 4. 김애란의 첫 번째 장편소설 『두근두근 내인 생』(2011)은 국내외에서 많은 인기를 끌었다. 왼쪽 은 프랑스어로 출간된 책 표지.

7) https://www.localnaeil.com/News/View/402742/11?pageidx=3233

8) https://news.kbs.co.kr/news/view.do?ncd=5267087

그린 「물속 골리앗」(2010)으로 제2회 문학동네 젊은작가상 대상을 수상한다. 심사위원인 김화영은 심사평에서 이 작품을 "대표적인 동시에 근원적인 재난소설"이라고 평하며 "가장 덧없이 붕괴되는 것에 가장 견고한 형태를 부여하는 기량으로 보아 이 작품은 과연 오늘의 '젊은 작가'를 표상하기에 충분하다"[9]고 평가한다. 서영채는 이 작품을 "재개발촌 빈민가 이야기로 시작하여 마음을 서늘하게 하는 종말의 묵시록으로 끝나는 설정이 흥미로웠고, 그런 서사를 끌어가는 작가의 장악력이 탁월"[10]하다고 평가하였다. 성석제는 "이 작가는 언제나 골리앗 크레인처럼 바탕에 단단하게 뿌리박고 정확하고 강력한 팔로 나름의 세계를 구축해내는데 이번 결과물은 그것이 같은 작가에게서 나온 것인가 의심하게 만들었다"[11]고 놀라움을 피력하였으며, 차미령은 "근거리로부터 원거리로 스케일을 넓혀가며 그 상처의 원인을 살피고, 수치와 절망으로 얼룩진 남은 자들의 고통을 헤아리는 두루 사려 깊다"[12]고 심사평에서 쓰고 있다.

2011년에는 첫 장편소설인 『두근두근 내인생』을 출간하여 많은 화제를 낳았는데, 출간 5개월 만에 16만부가 판매되었으며, 강동원과 송혜교 주연으로 동명의 영화가 제작되기도 했다. 2013년에는 『두근두근 내인생』이 'Ma Vie dans la Supérette'라는 제목으로 프랑스에서 출간되었으

9) 김화영, 「재난의 풍경을 바라보는 일곱 가지 시선」, 『2011 제2회 젊은 작가상 수상 작품집』, 문학동네, 2011, 324.
10) 서영채, 「서사적 감수성의 성찰」, 『2011 제2회 젊은 작가상 수상 작품집』, 329.
11) 성석제, 「멋대로 마음대로 춤추고 소리치고 놀고 뛰고 노래하고 떠내려가고」, 『2011 제2회 젊은 작가상 수상 작품집』, 333.
12) 차미령, 「세계의 끝에 선 소년의 전망은 어디를 향하고 있는가」, 『2011 제2회 젊은 작가상 수상 작품집』, 342.

그림 5. 『두근두근 내인생』은 2014년 영화로 제작되었고, 2015년 이탈리아 우디네(Udine)에서 개최되는 극동영화제(Far East Film Festival)에서 관객상을 수상하였다.

며, 2009년 신경숙의 수상에 이어 한국 작가로는 두 번째로 2014년 '주목받지 못한 작품상'(Prix de l'Inaperçu)을 수상하였다. 노벨문학상 수상작가인 프랑스 소설가 르 클레지오(Jean Marie Gustave Le Clezio)는 김애란에 대해 "넘치는 유머로 스스로의 운명에 대해 조롱할 줄 아는 자세를 가진 놀라운 작가다"라고 평하기도 했다.

2013년에는 세 번째 소설집 『비행운』(2012)으로 제18회 한무숙문학상을 수상하게 되는데, "김애란은 이미 많은 평론가가 지적했듯 사소한 것들에 관한 애정, 이야기는 가벼우나 가볍지 않은 주제의식을 고찰하고 있다는 점을 높이 사야 한다는 견해가 있었다. 수상자로 결정하게 한 것 역시 그 깊이 있는 주제의식"[13]에 있다는 평가를 받았다.

2013년에는 기존의 작품들과는 다소 이질적인 실험소설이라고 할 수 있는 「침묵의 미래」로 제37회 이상문학상을 수상하게 되는데, 심사위원인 김윤식은 서사적인 것과 심리묘사를 거부하고 새로운 소설의 가능성을 실험하고 있는 이 작품이 이상문학상 수상에 손색이 없다고 말하며

---

13) https://news.g-enews.com/article/Distribution/2013/01/201301071139080024281_1?md=20150227123739_S

"언어가 그 방도의 하나라는 것. 소설이란 없고 오직 글쓰기만 있다는 것. 글쓰기이되 목숨을 건 글쓰기라는 것. 이는 어쩌면 최후의 글쓰기에 대한 도전이 아닐 것인가"[14] 라고 평가하고 있다. 서영은은 이 작품이 "'소수언어박물관'에 대한 소름 끼치도록 공포스러운 스케치"라고 언급하면서 "이 박물관이 이 세상 어딘가에 있든, 아니면 작가의 순수한 상상의 산물이든 그것은 그다지 중요하지 않다. 종족과 함께 탄생하고, 종족의 소멸과 함께 사라지는 언어. 그리고 아득한 침묵 세계로의 환원과 우주 만물로의 회귀에 대한 깊은 통

그림 6. 세 번째 단편집 『비행운』(2012)은 유머에서 슬픔으로 넘어가는 과도기적 작품이라고 할 수 있다.

찰을 내용으로 하는 이 인류문화사적 소설은 기존의 서사를 무시했다 하더라도 그 다채로운 사유의 파노라마만으로도 서사를 대신하고도 남음이 있다"[15]고 극찬하고 있다. 한편 윤대녕은 이 작품의 낯섦이 "마치 묵시록의 세계를 엿보는 듯한 뜻밖의 행보"를 보여주고 있다면서 "말의 시작과 끝이 침묵이라는 것, 언어를 사용한다는 것은 끊임없이 의미를 지워가는 행위에 다름 아니라는 것, 그로 인해 자기 운명에 갇힌 채 각자 '마지막 화자'로 살아갈 수밖에 없다는 비감한 통찰을 드러내고 있다"[16]

---

14) 김윤식, 『2013 제37회 이상문학상 작품집』, 문학사상, 2013, 339-340.
15) 서영채, 『2013 제37회 이상문학상 작품집』, 341.

고 평가한다.

2016년에는 세월호 사건을 작품화한 애도에 관한 소설 「어디로 가고 싶으신가요」(2015)로 제8회 구상문학상 젊은작가상을 수상하였는데, 심사위원단은 "김애란 소설가의 「어디로 가고 싶으신가요」는 인간이 겪는 이별과 애도를 그야말로 실감나게 형상화한 작품으로 누군가에게는 시간으로도 해결될 수 없는 상실의 고통이 있을 수 있다는 것, 그리고 그 깊은 슬픔은 때로 공유마저 불가능하다는 것을 인상적인 문장을 통해 보여준다."라고 선정 이유를 밝혔다.

그림 7. 『바깥의 여름』(2017)은 타인의 고통과 슬픔에 대한 성숙한 공감과 연민을 그리고 있다.

2017년에는 단편 소설집 『바깥은 여름』(2017)으로 제48회 동인문학상을 수상하였다. 심사위원들은 "김애란씨의 특장(特長)은 마음의 풍경을 정갈하게 빚어내는 솜씨라 할 수 있으리. 그는 어둡고 힘겹고 서글픈 인생의 사건들을 언어 안에서 거르고 간종여 담백한 음미와 잔득한 성찰의 장소로 재탄생시킨다. 『바깥은 여름』에 와서 그는 한 걸음 더 나아갔다. 있었던 일들을 마냥 안으로 재우지만 않고 생생히 살아있게 하며 그 뜻을 긷고 기억하게 하며 더 나아가 그 사건을 되

---

16) 윤대녕, 『2013 제37회 이상문학상 작품집』, 347.

풀이 작동시켜 원래의 사태뿐만이 아니라 그것이 간직했던 가능한 여러 다른 삶들을 일으키고 체험케 한다. 이제 소설은 회억의 장소, 증언의 자리를 넘어 실존의 무대, 사태의 경계를 넘나드는 도전의 현장으로 보르르 달아오른다. 그의 소설은 그렇게 작가의 손을 떠나 자율 주행하며 저의 키를 독자에게 개방한다. 모든 독자가 저마다 언어로 삶을 움직여 누구나의 언어로 승화하기를 속삭이니, 진정 민주적인 장르로서의 소설이 여기에 있다 할 것이다"[17] 라고 선정 배경에 대해 적고 있다.

꽤나 많은 지면을 차지한 수상 경력과 심사평만으로도 김애란이 한국 문단에서 얼마나 주목받고 있는 작가인지를 알 수 있다. 1980년에 태어나서 새천년과 성인기를 동시에 맞이한 작가는 20년 남짓한 기간 동안 21세기 한국 문단의 샛별에서 주요 작가로 변모했다. 21세기 청년 세대의 실패, 고통, 좌절과 고뇌를 유머와 아이러니를 통해 낯설지만 호소력 있게 전달하는 김애란은 한국 근대 사회의 자화상을 다각적으로 성찰하면서 따뜻하고 성숙한 시선으로 그려내고 있다. 자기 세대의 문제에 천착하면서도 가족의 붕괴, 고용에 대한 불안, 가혹한 노동 환경, 혼자 사는 삶의 외로움, 어긋나는 사랑 등 근대 사회의 보편적인 문제들을 다루면서 김애란은 세대를 넘어서는 공감과 지지를 받고 있다. 백낙청의 표현대로 "김애란은 감수성이 참신하고 상상력이 풍부하고 어떨 때는 기발한데다 화법이 다양해서 그렇지, 실제로 서사문법은 오히려 고전적"[18]인 작가라고 할 수 있는데, 어떤 작품을 골라 책장을 펼치더라도 새로움

---

17) https://www.chosun.com/site/data/html_dir/2017/10/30/2017103000146.html

18) 황종연·백낙청, 「무엇이 한국문학의 보람인가」, 『창작과 비평』 34(1), 2006, 314.

과 익숙함을 적절하게 버무려내는 솜씨 좋은 장인의 면모를 확인할 수 있을 것이다.

새로운 가족 로맨스라고?

「달려라, 아비」가 한국일보 문학상에 당선되어 가진 인터뷰에서 김애란은 아버지의 부재나 가난을 다루는 방식이 독특하다는 말에 "아픔을 농담처럼 말하는 것 역시 극복하려는 의지가 개입된 거겠죠. 제가 작품에서 말하게 된 상처는 대결이나 화해의 정향성으로부터 자유로운, 어쩌면 처음부터 농담처럼 주어진 상처일 겁니다"라고 대답한다. 농담은 김애란의 문학에 대해서 논할 때 빠질 수 없는 키워드인데, 그는 농담이 일종의 '극복 의지'를 담고 있는 것이라고 대답한 것이다. 흔히 농담은 진지한 고민과 성찰에 이르지 못하고 사건이나 상황을 피상적으로 회피하기 위한 수단이라고 생각하기 쉽다. 그러나 아버지의 부재와 같은 어쩔 수 없는 상황에서 고민이 무슨 소용인가. 아버지를 원래의 자리로 되돌리려는 노력은 아버지의 삶에 대한 주제넘은 개입이 아닌가. 게다가 어머니가 아버지를 구태여 찾으려고 노력하지 않는 상황이라면 더더욱 그렇지 않겠는가. 이럴 때 할 수 있는 일은 우울한 음조로 체념을 늘어놓거나 아예 아버지라는 존재에 대해서 외면해 버리는 것 외에 무슨 방법이 있겠는가. 김애란의 농담은 체념이나 외면과는 다른 일종의 세상과 대면하는 전략이다. 농담이 극복 의지가 될 수 있는 것은 농담을 통해 주어진 현실과 거리를 두는 일이자 상상력을 통해 현실의 불안을 해소하고 자존감을 높이는 일이 될 수 있기 때문이다.

가난에 대해서도 마찬가지이다. 주어진 가난을 어찌해 볼 수 없다면,

초라하고 궁상맞지 않게 그것을 받아들여야 한다. 농담은 가난이 자신을 상처입히지 못하게 하는 방어 기제로서 작동하는 것이다. 라캉식으로 말하자면 농담은 대주체가 기대하는 방식과 어긋나게 반응함으로써 상징 질서에 균열을 가하는 방식을 의미하기도 한다. "현실을 다른 방식으로 치환하는 문학적 언어에 대한 감각"[19]을 통해 김애란의 작품들이 성취하고 있는 낯설게 하기 효과는 이처럼 유쾌한 방식으로 세상과 대면하는 일종의 태도로서의 윤리성을 보여주고 있다. 가난이 좋은 것만은 아니지만 유쾌하게 받아들이지 못할 이유는 무엇인가. 가난이 곧 실패를 의미하고 실패가 자존감을 떨어뜨려 비참하고 우울한 존재가 되는 것이야말로 성공지상주의, 황금만능주의의 주류적 이데올로기에 순응하는 일일 것이다. 가난해도 괜찮아. 가난이 나를 불편하게 만들 수는 있지만 상처 입히게 만들지는 않을 거야. 농담과 상상력은 외면과 회피를 거부하고 주어진 현실과 마주보려는 당당하고 주체적인 태도이자 무기를 의미한다. 같은 인터뷰에서 "99년 대학에 입학하면서 서울에 왔고, 지금껏 7년을 살았어요. 그 경험들이 저의 글 어디에든 묻어있겠죠. 곧 제 일상의, 동시대의 이야기를 한 겁니다. 제게는 세대적 공감보다는 계급적 공감이 컸어요"[20] 라고 계급에 대한 이야기를 당차게 할 수 있는 것도 이와 같은 김애란의 윤리적 태도를 보여주는 것이다.

「달려라, 아비」는 이렇게 시작한다.

어머니는 나를 어느 반지하방에서 혼자 낳았다. 여름날이었고, 사포처럼

---

19) 김연수, 「김애란 씨는 어떤 사람인가요?」, 『문학과 사회』 25(3), 2012, 281.
20) https://www.hankookilbo.com/News/Read/200511060038546465

반짝이는 햇빛이 **빳빳**하게 들어오고 있었다. 그때 윗도리만 입은 채 방안에서 버둥거리던 어머니는 잡을 손이 없어 가위를 쥐었다. 창밖으로는 어디론가 걸어가고 있는 사람들의 다리가 보였고, 죽고 싶다는 생각이 들 때마다 어머니는 가위로 방바닥을 내리찍었다. 한참 시간이 지난 뒤, 어머니는 가위로 자기 숨을 끊는 대신 내 탯줄을 잘라주었다. (……) 그때 아버지가 어디 계셨는지는 기억나지 않는다. 아버지는 항상 어딘가에 계셨지만 그곳이 여기는 아니었다. 아버지는 언제나 늦게 오거나 오지 않았다. 어머니와 나는 펄떡이는 심장을 맞댄 채 꼭 껴안고 있었다. 어머니는 발가벗은 채 심각한 얼굴을 하고 있는 내 얼굴을 큰 손으로 몇 번이나 쓸어주었다. 나는 어머니가 좋았지만 그것을 무어라 표현해야 할지 몰라 자꾸만 인상을 썼다. 나는 내가 얼굴 주름을 구길수록 어머니가 자주 웃는다는 것을 깨달았다. 그때 나는 사랑이란 어쩌면 함께 웃는 것이 아니라 한쪽이 우스워지는 것일지도 모른다고 생각했다. (「달려라 아비」 38-39)

이 작품의 화자는 은희경의 『새의 선물』에서 "내 삶이 시작부터 그다지 호의적이지 않다는 것을 알았기 때문에" "내 삶을 거리 밖에 두고 미심쩍은 눈으로 그 이면을 엿보게" 되었으며 "그러다보니 나는 삶의 비밀에 빨리 다가가게 되었다"[21]고 당차게 말하는 열두 살 소녀를 연상시킨다. 기억날 리 없는 갓난아기 때 주인공은 인상을 쓸수록 웃는 어머니를 보고 "사랑이란 어쩌면 함께 웃는 것이 아니라 한쪽이 우스워지는 것일지도 모른다고 생각했다"고 적고 있는데, 이는 아마도 작가의 상상력이 만들어낸 이야기일 것이다. 아버지의 부재로 인해 반지하방에서 혼자 아이를 낳으며 스스로 탯줄을 잘라야 하는 비참한 상황에 처한 어머니를 위로하는 조숙한 아이의 따뜻한 심성이 독자들로 하여금 이 상황을

---

21) 은희경, 『새의 선물』, 문학동네, 2010, 15.

더욱 처연하게 느끼도록 만든다.

　이 자존심 강한 주인공은 아버지를 원망하지도 않으며 아버지가 왜 집을 나가게 되었는지 알려고 하지도 않는다. 그는 자신의 상상 속에서 아버지는 늘 달리고 있는 사람으로 그려낸다. 김애란 작품 속 아버지들은 기존의 한국문학에서 그려온 아버지들과는 사뭇 다른 모습을 지니고 있다. '아버지의 이름'으로 행해지는 상징질서의 대표자도 아니고, 폭력적으로 어머니와 자식들을 학대하고 폭력을 행사하는 아버지의 모습도 아니다. 가장으로서는 무책임하고, 그렇기 때문에 탈권위적이며, 가정보다는 자신의 삶을 중요시하는 개인주의적인 인물로 그려진다.

> "아버지, 형은 공부도 못하고 눈이 나쁘니 티브이는 그냥 보는 걸로 하지요."
> 형은 엉겁결에 고개를 끄덕였다. 아버지는 말했다.
> "상관없다. 테레비를 없애야겠다."
> 그것은 우리의 미래를 위해서라기보다 가장으로서 뭔가 결정해야 되는 순간, 뭘 해야 할지는 모르겠지만, 여하튼 뭔가 하기는 해야 할 때 내리는 엉뚱한 결론이었다.(「스카이 콩콩」 17)

　형을 공군사관학교에 보내겠다고 아버지가 선언하자 형이 자신은 눈이 나빠서 안 될 것이라고 답한다. 아버지는 형이 공부를 못한다는 사실을 외면하고 눈이 나빠 공군사관학교에 못갈까 봐 텔레비전을 없애기로 결정한다. 공군사관학교 이야기도 뜬금없고 즉흥적인 결정이며, 형이 오래전부터 안경을 썼기 때문에 눈이 나쁘다는 사실을 이제 와서 호들갑을 떨며 수습하려는 아버지의 모습은 설득력도 없고 이해가 되지도 않는다. 그냥 가장으로서 권위를 부려보고 싶은 마음이 들었던 것뿐이며, 그때마다 엉뚱한 결정을 내리는 아버지의 모습에 권위를 찾아보기란 힘들다.

「달려라, 아비」에서의 아버지는 실제로는 달리기와는 거리가 먼 사람이고, 거절도 잘 못해서 오히려 주변사람들을 힘들게 하는 낙천적이고 느려터진 인물이다. 그런 아버지를 세계 곳곳을 돌아다니며 달리기를 하고 있다고 주인공이 상상하는 이유는 다음과 같은 이야기를 어머니로부터 들었기 때문이다.

> 아버지는 어머니를 위해 한번도 뛴 적이 없었다고 한다. 아버지는 어머니가 헤어지자고 했을 때도, 보고 싶다고 했을 때도, 나를 낳았을 때도 뛰어오지 않은 사람이었다. (……) 아무튼 중요한 건 그렇게 느렸던 아버지가 단 한번 세상에 온힘을 다해 뛴 적이 있었다는 점이다. (……) 아버지는 어머니가 올라온 그날부터 어머니에게 끝없는 구애를 하기 시작했다. 젊은 피에 좋아하는 처녀와 한방에서 떨어져 잤으니 그럴 법도 했다. 아버지의 애원과 짜증과 허세는 며칠 동안 반복되었다. 그러자 어머니도 아버지가 가여운 생각이 들었고, 어쩌면 그날만은 '평생 이 남자의 하중을 견디며 살아보고 싶다'는 생각을 했는지도 몰랐다. 결국 어머니는 아버지를 허락했다. 단, 지금 당장 피임약을 사와야만 한이불을 덮겠다는 단서를 달고. 아버지가 뛴 것은 그때부터였다. (「달려라, 아비」 41-43)

어머니와 아버지의 첫날밤은 이렇게 유머러스하게 어머니로부터 딸에게로 전해진다. 어머니는 아버지의 구애에 가여운 마음이 들었던 것뿐이고, 아버지는 육체적 욕망을 해소하는 것이 우선 급했던 것이다. 모든 첫날밤이 아름답기만 한 것은 아닐 것이며, 모두에게 같은 의미와 이미지로 기억되지도 않을 것이다. 열정적인 뜨거움과도 달콤한 낭만과도 거리가 먼 어머니와 아버지의 첫날밤은 유머러스하게 딸의 인상에 각인되어 아버지의 부재를 아버지의 달리기로 치환할 수 있는 소스로 활용된다. 「누가 해변에서 함부로 불꽃놀이를 하는가」의 아버지는 아들에게 곧 잘 거짓말을 하고 허풍과 허세를 떤다.

> "복어에는 말이다."
> 아버지가 입술에 침을 묻혔다.
> "사람을 죽이는 독이 들어 있다."
> "……"
> " 그 독은 굉장히 무서운데 가열하거나 햇볕을 쬐도 없어지지 않는다. 그래서 복어를 먹으면 짧게는 몇 초, 길게는 하루 만에 죽을 수 있다."
> 나는 후식으로 나온 야쿠르트 꽁무니를 빨며 아버지를 멀뚱 쳐다봤다.
> "그래서요?"
> 아버지가 말했다.
> "너는 오늘 밤 자면 안 된다. 자면 죽는다."
> (……)
> "근데 왜 나한테 이걸 먹었어요?"
> 아버지가 잠깐 고민하는 듯하더니 답했다.
> "네가…… 어른이 되어야 하기 때문이다. 아버지도 어릴 때 이걸 먹고 견뎌서 살아남았다." (「누가 해변에서 함부로 불꽃놀이를 하는가」 66-67)

짓궂은 아버지는 복어의 독이 퍼져 죽을 수도 있으니 밤에 자면 안 된다고 아들을 놀린다. 나는 평소에 아버지의 허풍을 잘 알고 있기 때문에 거짓말일 거라 생각하지만 혹시나 싶어 왜 그런 음식을 먹였는지 물어본다. 아버지는 천연덕스럽게 "견디고 살아남아야" 어른이 될 수 있다고 대답한다. 아버지가 의도한 것일 리는 없지만 독자들은 여기서 어른이 된다는 것은 나이를 먹으면 저절로 되는 것이 아니라 어쩌면 "견디고 살아남는" 일인지도 모른다는 생각을 하게 된다.

혹시나 독이 퍼져 죽게 될까 두려운 마음에 졸음을 참아 가며 아들은 아버지에게 자신이 어떻게 생겨나게 되었는지를 묻는다. 어머니가 죽었

기 때문에 아들은 아버지에게 물어볼 수밖에 없었는데 아버지는 이번에
도 농담과 허풍을 첨가해서 이야기를 들려준다. 더운 여름 어머니와 아
버지는 각각 친구들과 바닷가에 피서를 오게 되어 함께 어울리게 된다.
아버지는 모래에 묻히게 되고 친구들은 모래 언덕을 다듬어 유방과 성기
를 크게 만들어 아버지를 놀리고 있던 중이었다.

> 누군가 아버지의 성기에 기다란 불꽃놀이 막대를 꽂는다. 그러곤 그곳
> 에 라이터로 불을 붙인다. 아버지가 놀란 눈으로 자신의 아랫도리를 바라
> 보는 동안 친구들은 하나, 둘, 셋을 외친다. 심지를 타고 조급하게 타들어가
> 는 불꽃이 피유우웅- 하늘 높이 날아오른다. 아버지도, 그녀도, 친구들도
> 모두 고개를 들어 하늘을 바라본다. 아주 짧은 순간의 고요가 그들의 머리
> 위에 머문다. 펑! 펑! 불빛이 터져나온다. 아버지는 누운 채 불빛을 세례받
> 는다. 펑! 펑! 활짝 피는 불꽃들이 아름답다. 그리하여 아버지의 거대한
> 성기에서 나온 불꽃들이 민들레씨처럼 하늘로 퍼져나갔을 때, 아버지의 반
> 짝이는 씨앗들이 고독한 우주로 멀리멀리 방사(放赦) 되었을 때.
> "바로 그때 네가 태어난 거다."
> (「누가 해변에서 함부로 불꽃놀이를 하는가」 78-79)

모래로 과장되게 만든 거대한 성기에 불꽃놀이 막대를 꽂아 불을 붙인
다. 불이 붙은 막대는 이윽고 불꽃을 하늘에 쏟아내고 그 불꽃들이 민들
레씨처럼 하늘로 우주로 날아갈 때 아들이 태어났다고 아버지는 말한다.
아버지가 들려주는 이야기는 거짓말이지만 거짓말이 아니다. 아마도 그
여름 바닷가의 만남과 함께 하늘을 올려다보던 불꽃놀이의 추억이 어머
니와 아버지를 이어주는 소중한 인연으로 작용했을 것이기 때문이다. 모
래 성기에서 쏘아올린 불꽃이 아들을 만들었다는 이야기는 어른들이 듣
게 되면 아주 훌륭한 문학적 메타포라고 여길지도 모른다. 복어를 먹고

죽게 될지도 모른다는 공포 속에서 자신이 어떻게 생겨나게 되었는지를 죽기 전에 듣고 싶어 하는 아들과 그런 아들에게 성인동화 같은 허풍스러운 이야기를 천연덕스럽게 전하는 아버지의 모습이 유머러스하면서도 정겹다.

이처럼 김애란의 작품에 등장하는 아버지들은 전통적인 가부장의 모습과는 거리가 멀다. 어머니와 사이가 좋지 않거나 집을 떠나거나, 경제적으로 무능하다. 그렇기 때문에 자식들에게 특별한 애정이나 관심이 없고, 별달리 요구하는 것도 없다. 「도도한 생활」의 아버지는 "가게가 한창 바쁠 때 사라지는 일도 적지 않았는데, 그때마다 아빠는 배달 간 곳의 노름판에 끼어 있거나, 구멍가게 앞에서 인형 뽑기를 하고"(「도도한 생활」『침이 고인다』16), 고기 뷔페를 차린다는 친구와 노래방을 개업하는 선배에게 이중으로 보증을 서 어머니의 만둣가게까지 날려버린다.

상황이 이렇다 보니 가족을 책임지는 쪽은 대체로 어머니이다. 어머니는 생계를 유지하기 위해서 어쩔 수 없이 억척스러울 수밖에 없지만, 그런 어머니의 모습을 비장하고 진지하게 그린다거나 혹은 진부하고 전형적인 모성애로 미화하지 않는다.

> 어머니는 농담으로 나를 키웠다. 어머니는 우울에 빠진 내 뒷덜미를, 재치의 두 손가락을 이용해 가뿐히 잡아올리곤 했다. 그 재치라는 것이 가끔은 무지하게 상스럽기도 했는데, 내가 아버지에 대해 물을 때 그랬다. 아버지가 나에게 금기는 아니었다. 그것은 우리에게 중요한 문제가 아니기 때문에 자주 언급되지 않았을 뿐이다. 그래도 어머니는 가끔 지루한 내색을 보였다. 어머니는 "내가 느이 아버지 얘기 몇 번이나 해준 거 알아 몰라?"라고 물었다. 나는 주눅이 들어 "알지……"라고 대답했다. 그러면 어머니는 시큰둥하게 "알지는 털 없는 자지가 알지고"라고 대꾸한 뒤 혼자서 마구 웃어댔다. 그때부터 나는 무언가를 '안다'라고 말하는 것은 음란한 일이라

고 생각하게 되었다.

　어머니가 내게 물려준 가장 큰 유산은 자신을 연민하지 않는 법이었다. 어머니는 내게 미안해하지도, 나를 가여워하지도 않았다. 그래서 나는 어머니가 고마웠다. 나는 알고 있었다. 내게 '괜찮냐'고 물어보는 사람들이 정말로 물어오는 것은 자신의 안부라는 것을. 어머니와 나는 구원도 이해도 아니나 입석표처럼 당당한 관계였다. (「달려라, 아비」, 46-47)

아버지의 부재에 대해서건 가난에 대해서건 어머니는 푸념하거나 실의에 빠지는 일이 없다. 어머니는 아버지에 대한 원망의 말을 쏟아내며 자신을 연민하거나, 아버지에 대한 언급을 금기시하며 자식을 눈치보게 만들지 않는다. 아버지에 대해 물어볼 때도 어머니는 전혀 원망을 하거나 비난하는 일이 없다. 오히려 어머니는 상스러운 농담으로 나의 질문에 웃으면서 답하곤 하는데, 작가의 농담과 유머 감각은 이를테면 어머니로부터 물려받은 것이라고 할 수 있다. 어머니가 농담을 통해 아버지에 대한 원망의 마음을 드러내지 않듯이, 나는 아버지가 전 세계 각지를 달리고 있을 것이라는 상상을 통해 아버지에 대한 원망과 미움을 은폐하고 있는 것이다.

어머니는 아버지가 없는 것에 대해서도, 가난에 대해서도 딸에게 미안해하거나 불쌍해하지 않는다. 어머니는 자기 연민에 빠지지 않는 냉담한 방식으로 살아가고 있으며, 똑같은 방식으로 딸을 대한다. 어머니가 스스로를 불쌍해하지 않기 때문에 딸 또한 자신을 불쌍하다고 생각하지 않는다. 자기 연민에 빠지지 않고 덤덤하게 삶의 조건을 수용하고 있는 어머니로부터 딸은 자존감을 지니고 살아가는 방법을 일찌감치 체득하게 되었고, 자존감 있는 조숙한 딸은 그런 어머니가 고맙다. 김예림은 김애란 작품에서 볼 수 있는 농담과 유머, 상상력의 의미에 대해서 다음과 같이 적고 있다. 즉 그는 "김애란의 소설은 실은 쓸쓸한 '동네'에 살면서, 바로 그렇기 때문에 우주나 세계라는 상상의 공간을 가질 수밖에 없는 사람들의 아픔을 담담하고 따뜻하게 어루만지고 있다. 위트와 유머와 '놀이'의 기술은 이런 존재들의 "깊은 슬픔"을 아는 데서 비로소 가능한 것인바, 김애란의 소설이 갖는 미덕은 조금 윗세대로서는 어느 정도 익숙하지만 젊은 세대로서는 다소 낯선 선하고 조용한 '포용과 긍정'의 윤리에서, 담백한 '애착과 놀이'의 윤리에서 빚어지고 있다"[22]고 평가한다.

이와 같은 모녀 관계는 기존의 문학 작품들에서 흔히 볼 수 있는 모녀 관계의 전형과는 동떨어져 있다. 어머니는 구구절절 자신이 살아온 삶을 자식에게 이야기하며 자신의 삶에 대해 딸이 이해해 줄 것을 바라지 않는다. 왜 아버지를 만났고 결혼했으며, 자신은 잘못한 것이 없는데 왜 아버지가 떠나갔는지, 아버지로부터 버림받은 자신이 얼마나 불쌍하고 그럼에도 딸을 위해 열심히 생계를 꾸려가고 있는 자신이 얼마나 대견한지 등등에 대해 어머니는 일체 언급 하지 않는다. 아버지가 없는 마당에 이제 나에게는 딸인 너밖에 없으며 너는 내 삶의 존재 이유이자 내가 열심히 살아가는 이유이기도 하다. 이런 식으로 어머니는 딸의 인생을, 딸은 어머니의 인생을 서로 지켜주는 상호 구원의 관계라고 부담을 주지도 않는다. 입석표를 사서 열차에 올라 자신이 원하는 자리에 서서 당당하게 제 갈 길을 가면 되는 동행자 관계, 의지할 필요도 눈치 볼 필요도 없는 관계, 이 쿨한 모녀 관계는 모녀 관계에 대한 기존의 문법을 완전히 해체하고 지극히 현실적인 모녀 관계를 재현하고 있다. 서은경의 말처럼

---

22) 김예림, 「두 도시 이야기: 김애란과 편혜영 읽기」, 『오늘의 문예비평』 68, 2008, 37.

"현실에서 부재하되 상상 속에서 자유롭게 살아가는 아버지가 내 무의
식의 그림자라면, 어머니는 내 삶의 연속이자 나의 '언어'이다. (……) 무
능한 아버지를 죽이고 자아를 찾는 식의 성장 소설을 거부한 김애란 서
사 속에서 실재하지 않은 아버지는 상상의 힘으로 새롭게 부활하고, 나
는 아버지 대신 어머니를 자아확장의 근간으로 취한다."[23]

아버지의 빈 자리를 메우는 일은 쉽지 않은데, 특히 경제적인 면에서
더욱 그렇다. 딸은 어머니의 노동에 의존해서 살 수밖에 없고 대부분의
경우 경제적으로 궁핍하기 마련이다. 성격적으로나 심리적으로 독립적
이고 당당한 관계를 유지하고 있긴 하지만, 경제적으로 독립할 수 있을
때까지 집의 생계를 책임지는 것은 어머니이다.

> 어머니는 택시 운전을 힘들어했다. 박봉, 여자 기사에 대한 불신, 취객의
> 희롱. 그래도 나는 어머니에게 곧잘 돈을 달라고 졸랐다. 이렇게 어려운
> 상황에 새끼가 속도 깊고 예의까지 발라버리면 어머니가 더 쓸쓸해질 것
> 같아서였다. 어머니 역시 미안함에 내게 돈을 더 준다거나 하는 일 따윈
> 하지 않았다. 어머니는 내가 달라는 만큼만 돈을 줬지만, "벌면 다 새끼
> 밑구멍으로 들어가 내가 맨날 씨발, 씨발하면서 돈 번다"는 생색도 잊지
> 않았다. (「달려라, 아비」, 51-52)

보통의 경우 어머니는 딸이 걱정할까 봐 노동이 힘들다는 내색을 하지
않는다. 그리고 아무리 노동해도 더 나아지지 않는 살림에 대해서 딸에
게 미안해하기 마련이다. 그러나 「달려라, 아비」의 어머니는 미안해하기
는커녕 자식을 건사하기 위해서 어쩔 수 없이 힘들게 돈을 벌고 있으며,

---

23) 서은경, 「가족모티프의 측면에서 바라본 김애란 소설의 변모 과정」, 『돈암어문
학』 33, 2018, 76.

번 돈이 자식에게 다 들어간다는 푸념과 생색을 감추지 않는다. 한편 딸은 당당하게 돈을 달라고 어머니를 조르는데, 속 깊고 예의 바른 딸이 어머니의 눈치를 보게 되면 어머니가 더 쓸쓸해질까 봐 속 깊고 예의 바르게 돈을 요구한다.

「도도한 생활」의 어머니는 만둣가게를 하며 생계를 책임지고 있다. 어머니는 빠듯한 살림에도 딸에게 피아노를 사 주고 학원을 보내준다. 놓아둘 곳도 없어 가게 한 켠에 피아노를 놓아두어야 하는 형편이지만 어머니는 남들처럼 보통의 기준에 따라 자식을 양육하고 싶었던 것이다. 피곤하고 일손이 부족한데도 때가 되면 놀이공원, 엑스포, 박물관에 자식을 데리고 다녔던 어머니는 남들과 비교했을 때 최소한 보통은 되는 교육을 제공해주고 싶었던 것이다. "돌이켜보면 어릴 때 엑스포에 가고 박물관에 간 것이 그렇게 재밌었던 것 같지는 않다. 하지만 나를 엑스포에 보내주고, 놀이공원에 함께 가준 엄마에게 고마운 마음이 든다. (……) 이따금 내가 회전목마 위에서 비명을 지르는 동안, 한 손으로 얼굴을 가린 채 벤치에 누워 있던 엄마의 모습이 떠오르곤 한다."(「도도한 생활」 13) 라는 딸의 어린 시절에 대한 회고 장면에는 어머니와 딸이 서로를 배려하는 모습이 드러난다. 재미있지는 않지만 어머니의 마음을 헤아려 놀이공원에 따라나서는 딸의 모습과 그 당시 상황을 떠올리며 새삼 고마움을 느끼는 어른이 된 딸의 마음에서 따뜻하고 속 깊은 심성을 느낄 수 있으며, 딸이 노는 동안 벤치에 누워 휴식을 취하는 어머니의 모습에서 생계와 양육의 무거운 짐을 어깨에 짊어진 서민살이의 애잔함과 고역을 느낄 수 있다.

노동하는 어머니의 모습은 「칼자국」에서도 볼 수 있는데, 이 작품에서 딸의 기억 속 어머니는 국숫집을 운영하며 집에서나 가게에서나 한평생

칼을 손에 들고 있었다.

　　어머니의 칼끝에는 평생 누군가를 거둬 먹인 사람의 무심함이 서려 있
다. 어머니는 내게 우는 여자도, 화장하는 여자도, 순종하는 여자도 아닌
칼을 쥔 여자였다. 건강하고 아름답지만 정장을 입고도 어묵을 우적우적
먹는, 그러면서도 자신이 음식을 우적우적 씹고 있다는 사실을 모르는 촌
부. 어머니는 칼 하나를 25년 넘게 써왔다. 얼추 내 나이와 비슷한 세월이
다. 썰고, 가르고, 다지는 동안 칼은 종이처럼 얇아졌다. 씹고, 삼키고, 우물
거리는 동안 내 창자와 내 간, 심장과 콩팥은 무럭무럭 자라났다. 나는 어
머니가 해주는 음식과 함께 그 재료에 난 칼자국도 함께 삼켰다. 어두운
내 몸속에는 실로 무수한 칼자국이 새겨져 있다. 그것은 혈관을 타고 다니
며 나를 건드린다. 내게 어미가 아픈 것은 그 때문이다. 기관들이 다 아는
것이다. 나는 '가슴이 아프다'는 말을 물리적으로 이해한다. (……) 어머니
의 칼에서 사랑이나 희생을 보려 한 건 아니었다. 나는 거기서 그냥 '어미'
를 봤다. 그리고 그때 나는 자식이 아니라 새끼가 됐다. (「칼자국」 『침이
고인다』 151-153)

　　울거나 화장하거나 순종하는 모습은 통상적으로 여성적인 면모를 의
미할 터인데, 어머니는 여성으로서의 정체성보다 생계를 책임져야만 하
는 부모이자 생활인으로 살아가기에 급급했던 것이다. 어머니가 자식을
먹여 살리기 위해서 평생 해온 음식에는 어머니의 칼자국이 있으며 딸은
음식과 함께 어머니의 칼자국을 먹고 자란 것이다. 어머니의 삶과 딸의
삶을 이어주는 것은 바로 어머니의 노동이며 그것은 딸이 알아차리고
이해하기 전부터 이미 딸의 온몸에 온 신체 기관에 각인되어 있다. 어머
니와 늘 함께했던 식칼은 곧 어머니 자신이었고, 칼이 내는 소리는 어머
니의 목소리였다.

　　아버지의 외도와 빚이 몰고 온 위기의 순간에도 어머니는 묵묵히 식칼

을 들고 아버지를 위해 밥을 차리고 자신의 일을 계속했다. 급작스럽게 어머니가 뇌졸중으로 돌아가신 뒤 식당에서 홀로 식칼을 바라보며 여전히 "신랄하고 우아한 빛을 품은 채" "어둠 속에서 조용하게 번뜩이고" 있는 어머니의 칼을 보자 "갑자기 참을 수 없는 식욕"(「칼자국」 179)이 밀려와 그 칼로 사과 하나를 깎아서 먹게 된다. 임신 중이었지만 어머니의 사망 소식에 아무것도 먹을 수 없게 된 딸이 어머니의 칼을 보자 식욕이 생긴 것은 어머니가 자신에게 그러했던 것처럼 이제 자신도 뱃속 아이를 위해 칼자국을 먹일 의지가 생긴 것이다. 어머니의 칼이 어머니와 딸, 그리고 뱃속 아이를 이어주는 매개가 되는데, 세대를 하나로 연결시켜 주는 이 칼은 딸에게 어미로서의 삶을 살아가겠다는 책임감과 의지를 낳게 하는 원동력이 된다.

무능하거나 집을 떠난 아버지, 생계를 떠맡고 억척같이 노동하는 어머니, 삶을 너무 빨리 알아버린 조숙한 자식. 김애란의 가족 서사는 각 등장인물들에게 전통적으로 부여된 역할과 관계성을 거부함으로써 보다 현실적이고 핍진성 있는 현대의 가족 서사를 구축한다. 가족 내의 성 역할과 세대 역할에 대한 지배 이데올로기의 시선으로부터 비켜나 보면, 보다 실감 나고 그럴듯한 현실판 가족의 모습이 보이게 된다는 것을 김애란의 작품들은 증명하고 있다.

아버지의 외도나 무능은 긍정되지도 부정되지도 않는다. 아버지의 외도나 가출은 불륜으로 매도되지도 않으며, 그럴만한 이유가 있었을 것이라고 이해되지도 않는다. 돈 버는 일에 서투르고 보증을 잘못 서 가정을 위기에 내모는 경제적 무능은 가장으로서의 무능과 무책임으로 비난받지 않는다. 어머니는 어쩔 수 없이 떠맡게 된 생계 문제를 해결하기 위해 열심히 노동하지만, 자식들 앞에서 아버지를 원망하거나 험담을 늘어놓지 않는다. 지금 처한 가난에 대해서 미안해하지 않지만 가난을 대물림 하지 않으려 주어진 상황에서 최선을 다한다. 아버지의 부재 혹은 무능 그리고 어머니의 노동을 지켜보며 가난 속에서 성장하는 아이들은 부모들을 원망하지 않고 자신만의 상상 속에서 상실과 가난의 상처를 봉합하면서 성장한다. 부모 세대의 문제들은 그들에게 맡겨 두고 이해하려고 간섭하려고도 하지 않고 있는 그대로 인정한다. 부모 세대의 노고를 존중하며 고마움을 느끼지만 말로 표현하지 않고 자신의 방식대로 부모를 배려하며 살아간다.

그리고 그렇게 성장한 아이는 이제 청년이 된다. 이 청년들 앞에 놓인 현실의 벽은 넘어서기에 만만하지 않으며 새로운 삶을 꾸리는 일은 벅차다. "사회로 진출한 가족 로망스 밖 김애란 소설의 '나'들을 묶어주는 공통사항이 있다면, 그것은 「사랑의 인사」의 '나'와 같은 아르바이트, 비정규직, 그것도 아니라면 도저히 미래를 그리기 힘든 비전없는 처지"[24]이다. 1980년대 세대가 성인이 되면서 맞이하게 될 새천년은 희망이라기보다는 절망에 가까운데, 이들을 절망으로 내모는 것은 취업과 가난, 소외와 고독이다.

가난한 청춘들의 홀로서기

김애란의 두 번째 작품집 『침이 고인다』와 세 번째 작품집 『비행운』은 21세기를 성인이 되어 맞이하게 된 청년 세대의 모습을 그리고 있다.

---

24) 윤재민, 「[제19회 창비신인평론상 수상작] 너무 많이 아는 아이들을 위한 가족 로망스_김애란론」, 『창작과비평』 40(4), 2012, 420.

이 작품집들에 등장하는 인물들은 주로 "불합리한 사회적 외부조건에 의해 위축된 실존자의 양상이며, 열악하고 불우한 생활환경 속에서 분투하는 인물들의 모습은 소외되고 고립된 현대인들의 자화상"[25]을 보여주고 있다. 미래에 대한 비전도 낙관도 조심스러운 상황에서 취업난과 실업, 아르바이트, 공간의 문제, 사랑의 포기, 소외, 자존감의 상실 등 현재 청년들이 처한 실질적인 문제들을 현실적이고 생동감 있게 포착하고 있는 김애란은 그럼에도 불구하고 열심히 살아가고 있는 청년들의 분투기를 담담하지만 깊은 애정을 가지고 소개하고 있다.

『달려라, 아비』에 포함된 「나는 편의점에 간다」에서 주인공은 다음과 같이 말한다.

> 내가 편의점에 갈 때마다 어떤 안심이 드는 건, 편의점에서 물건이 아니라 일상을 구매한다는 실감 때문인지도 모르겠다. 비닐봉지를 흔들며 귀가할 때 나는 궁핍한 자취생도, 적적한 독거인도 무엇도 아닌 평범한 소비자이자 서울시민이 된다.(「나는 편의점에 간다」 222)

편의점은 후기 자본주의 시대 현대인들의 소비 유형을 특징적으로 보여주는 대표적인 공간이다. 편의점은 소비의 측면에서 자본주의의 '시공간 압축'(time-space compression)을 전형적으로 보여주는 공간이다. 자본주의의 확장과 교통, 통신의 발달이 가져온 '시공간 압축'은 공간적 장벽을 극복하고, 새로운 시장을 개척하고, 생산 주기를 단축하고, 자본 회전율을 단축해야 할 필요성에 의해 추진된다. 이 용어는 칼 마르크스

---

25) 황영경, 「김애란 소설집, 『비행운』 속의 고립 형성 양상」, 『인문사회21』 11(5), 2020, 1810.

가 『정치경제학 비판 요강』에서 처음 정교화한 '공간에 의한 시간의 소멸'(annihilation of time by space) 이론을 데이비드 하비(David Harvey)가 『포스트모더니티의 조건』에서 발전시킨 용어이다. 시간과 공간에 대한 감각의 변화는 현실 인식, 생활양식, 사회적 규범 등을 모두 변화시키는데, 특히 소비와 관련해서도 기존의 소비 패턴과는 구별되는 질적인 변화를 가져온다.

　도시 공간에 촘촘하게 자리 잡은 편의점은 이동 거리를 좁혀주고, 생필품에서 도시락과 삼각김밥 등 조리된 음식까지 좁은 공간에 전시된 갖가지 상품들은 쇼핑의 시간을 단축해 줄 뿐만 아니라, 늦은 밤 시간마저 소비의 시간으로 편입시킨다. 이처럼 편의점은 시간과 공간을 압축하는 자본주의 소비사회의 실핏줄 역할을 하고 있는데, "오늘날 편의점은 한국의 20~30대 젊은이들이 식사를 간단히 해결한 다음, 담배나 술 등으로 자신의 처지를 위로하는 장소로 정착"되어 있으며, "하류인생, 잉여인간, 찌질이 등으로 다양하게 불리는 우리 사회의 낙오자나 희생자들이 편의점에 의지하는 정도는 점점 더 커지고 있다."[26] 「나는 편의점에 간다」의 주인공 또한 자취생이자 독거녀이다. 편의점이 나의 편의를 가장 봐주는 부분은 내가 누구인지에 대해서 관심이 없다는 점이다. "편의점은 묻지 않는다. 참으로 거대한 관대다."(「나는 편의점에 간다」 213) 지나친 관심과 일방적으로 관계 맺기를 요구하지 않는 편의점의 익명성은 그다지 내세울 것 없는 나에게 편리함과 편안함을 준다. 그러나 다른 한편으로 세상과 단절되어 아무런 관심을 받지 못하면 낙오된 것 같은 불안감을 준다. 어떤 때에는 "무엇보다도 사람들과 관계 맺으며 '피로'나 '긴장'을

---

26) 전상인, 『편의점 사회학』, 민음사, 2014, 131-34.

느끼고"(「도도한 생활」 32) 싶은 것이다. 편의점에서의 소비가 '일상'을 구매하는 것이 되는 이유는 소비사회에 편입되어 나도 남들과 같은 일상을 살아가고 있다는 안도감을 주기 때문이다. 내가 되고 싶은 것은 남들과 다를 것 없는 '평범한 소비자'이자 '서울시민'이 되는 것이다.

김애란의 작품들은 이처럼 평범한 것이 가장 힘든, 남들처럼 사는 것이 잘되지 않는 청년들의 삶을 그리고 있다. 그런데 이 청년들은 우리 주위에서 흔히 볼 수 있는 이웃이자 친구, 연인, 형제자매, 그리고 나 자신과 다를 바 없는 인물들이다. 임경지는 "김애란의 소설에 등장하는 청년들의 삶은 내 삶과 비슷했다. 내가 좁은 창문에 기대어 코끝까지 퍼지는 습기를 느끼며 숨죽여 울 때 난 흔들리는 수많은 내 친구들의 초상이 떠올랐고 그 청춘들을 김애란의 글에서 다시 찾을 수 있었다"[27] 라는 말로 이 소외된 청년들의 삶이 지닌 보편성을 확인시켜준다.

「도도한 생활」에서 나와 언니는 반지하 방에서 같이 살고 있는데, 나는 인쇄소와 연결돼 학원 교재나 시험지를 만드는 일을 A4지 한 장당 1천 5백원을 받으며 하고 있고, 언니는 번화가에 있는 프렌차이즈 식당에서 계산대 보는 일을 하며 편입시험을 준비하고 있다. 「침이 고인다」의 나는 목동의 기업형 입시학원인 '뉴 엘리트 학원'의 강사이며, 갈 곳이 없는 후배랑 같이 살며 그녀에게 한 장에 천원, 일주일에 120장씩, 5백 자 원고지를 첨삭하는 일을 떼어준다. 「자오선을 지나갈 때」의 정아영도 스물여섯의 나이에 강사 경력 3년 차의 이력서를 들고 구직 활동을 하고 있지만 벌써 30번째 낙방의 고배를 마셨다. 「성탄특선」의 사내는

---

27) 임경지, 「더 나은 내일을 품을 수 있는 집을 위하여」, 『실천문학』 121, 2016, 177.

몇 년째 여동생과 방을 같이 쓰고 있고, 「물속 골리앗」의 사춘기 소년은 이제는 흉물이 된 강산아파트에서 전기가 끊긴 채 어머니랑 단둘이 살아간다. 「서른」의 강수인은 10년간 여섯 번의 이사와 열 몇 개의 아르바이트를 하고 휴학과 복학을 번갈아 하면서 학자금 대출과 함께 7년 만에 대학을 졸업한다. 서영인의 말처럼 "김애란 특유의 따뜻한 공감과 명랑한 긍정이 그 익숙함 너머로 한걸음 발을 디딜 때, 세계는 돌연 비정하고 막막하여 감당하기 힘든 곳이 된다."[28]

　사회 진출을 꿈꾸며 낮은 곳에서 웅크리고 있지만, 주어진 상황을 극복하고 보다 높은 곳을 향하기 위해 청년들은 열심히 주어진 일상을 살아간다. 하지만 "인생은 실전이다"라는 말이 있듯이 사회는 개인의 출세와 안정을 호락호락하게 허락하지 않는다. 어릴 때부터 준비된 부모 밑에서 차곡차곡 준비를 해야만 이른바 '경쟁력'(협력이 아니라 경쟁이라니!!!)을 갖출 수 있는데, "그즈음 내 친구들은 대부분 그렇게 대학에 갔다. 막연하게 국문과에 가고, 막연하게 사대에 가고, 막연한 열패감이나 우월감을 갖고 졸업을 하고 진학을 했다. '적성'이 아닌 '성적'에 맞춰 원서를 쓰는 일도 잦았지만, 대부분 잘 기획된 삶에 대해 무지했고, 자신이 뭘 하고 싶어 하는지 몰랐다."(「도도한 생활」 20-21) '잘 기획된 삶'은커녕 대학에 대한 정보도, 자신의 적성도 잘 모르는 상태에서 막연하게 성적에 따라 진학한 친구들은 대학을 졸업하고도 취업 시장에서 선택받지 못할 가능성이 크다.

　재수를 하던 시절에 "우리는 햇살을 받아 마른버짐처럼 하얗게 빛나

---

28) 서영인, 「발랄하게 상상하고 우울하게 인식하라」, 『창작과비평』 40(4), 2012, 458.

는 육교 위에 앉아 농담처럼 그랬다. 되고 싶은 것? 대학생. 존경하는 사람? 대학생. 네 꿈도, 내 꿈도 그러니까 대학생과 '좆나' 똑같은 대학생"(「자오선을 지나갈 때」 125)이었는데, 막상 대학은 생각보다 대단한 곳이 아니었고, 대학을 졸업하고도 취업을 못한 친구들로 넘쳐난다. 받아주지 않는 이력서를 정성스럽게 쓰느라 컴퓨터 앞에서 골머리를 앓고 있느라 "백년 전 사람들은 상상하지 못할 정도로 진보적인 기계 앞에서, 내 등은 네안데르탈인처럼 점점 굽어갔다."(「도도한 생활」 30) 그러나 취업의 문은 낙타가 바늘구멍으로 들어가기보다 좁아서 좀처럼 열리지 않는다. 나의 졸업장과 자격증, 토익 점수 등을 토대로 나름 안정적인 곳에 지원했다고 생각했지만 낙방은 계속된다.

> 한 스무 번쯤 떨어졌을 땐 '내가 너무 눈이 높은 것이 아닐까' 싶었다. 그래서 작지만 건실한 회사에 원서를 부지런히 넣었다. 결과는 마찬가지였다. 하여 서른번째 낙방을 했을 즈음, 나는 머리통을 감싸 안고 중얼거렸다. "정말 나는 괴물이 아닐까?" (「자오선을 지나갈 때」 『침이 고인다』 120)

계속 되는 기대와 좌절의 반복은 인간으로서 자신을 초라하게 만든다. 내가 무슨 '괴물'이라도 되는 양 이렇게 하나 같이 나를 거부하다니! 나를 필요로 하는 곳이 한 군데도 없다니. 사회에 대한 적의와 반감, 분노가 치밀어 오른다. 그러나 그것도 잠시, 나는 생계를 위해 계속 이력서를 작성해야 하고, 취직 원서를 넣어야 한다. 제대로 된 곳에 취직이 되기까지 어떻게든 먹고 사는 문제를 스스로 해결해야 하기에 청년들은 아르바이트를 해야 한다. 아르바이트는 취직 활동을 위한 시간과 체력을 앗아가고, 잠깐 동안이면 끝날 줄 알았던 아르바이트는 잇단 취업의 실패로 계속된다. "한 1년 묵묵히 공부한 뒤 공기업에 취직하는 후배들을 보며 질투가 날 때도 있지만, 경제적 독립이 주는 떳떳함과 함께 술자리에서 초조해하지 않아도 된다거나, 지인들의 경조사에서 사람 노릇 할 수 있다는 것 역시 그녀가 학원을 그만두지 못하는 이유 중 하나다. 아울러 '그만둘까' 하는 마음이 들 때마다, 월급날은 번번이 용서를 비는 애인처럼 돌아왔다."(「침이 고인다」 50)

김애란의 작품에서 주인공들은 아르바이트로 학원 강사를 선택한다. 대학생이나 대학 졸업자가 대부분인 이들은 학원이야말로 경쟁의 민낯을 보여주는 곳임을 실감한다. 문화제도, 체육대회도, 수학여행도 없는 학원은 오로지 성공 아니면 실패의 갈림길에 선 학생들에게 경쟁을 부추기고 승자가 되기를 독려한다. 그러나 성공적으로 대학에 들어가 봤자 그들을 기다리고 있는 것은 더욱 가혹한 취업 경쟁이라는 것을 잘 알고 있는 선생님은 경쟁에 내몰린 아이들이 과거의 자신을 보는 것 같아 안쓰럽다.

> 그런데 언니, 요즘 저는 하얗게 된 얼굴로 새벽부터 밤까지 학원가를 오가는 아이들을 보며 그런 생각을 해요.
> '너는 자라 내가 되겠지…… 겨우 내가 되겠지.'
>
> (「서른」 『비행운』 297)

학원 강사인 수인은 학원생들에게서 자신의 과거를 보고, 자신의 현재 모습에서 학원생들의 미래를 본다. 밤잠을 아껴가며 새벽부터 밤까지 학원가를 오가는 학생들은 지금처럼 열심히 공부하면 내일은 분명 오늘보다 나아질 것이라고 믿으면서 오늘의 고생을 참아낸다. 그러나 수인은 경험을 통해 알고 있다. 미래도 오늘과 별반 다르지 않을 것임을. 제대로 된 취업을 준비하기 위해 학원 면접을 본 아영이 노량진에서 재수하던 시절을 떠올리며 "가끔 힘든 일이 있을 때마다 '그때만큼만 하면 뭐든지 할 수 있을 것'이라 생각한다. 하지만 지금 내가 그때만큼 할 수 없다는 것을 알고 있다. 왜냐하면 그때보다- 아는 게 많아졌기 때문이다"(「자오선을 지나갈 때」 147) 라고 말할 때, 그가 더 많이 알게 된 것은 "현대사회의 보이지 않는 계급의 존재성"[29]이다.

청년 세대들은 자본주의가 공고해지고 신자유주의적 무한 경쟁이 진행되면서, '기울어진 운동장'의 경사가 심해질수록 사회적인 계급 이동이 점차 불가능해진다는 사실을 절감하게 된다. 윤재민의 말처럼 "이들의 '앎'은 그간 농담으로 애써 가려왔던 자신의 비참한 처지와 절망적 세계인식을 드러낸다. 그러나 이들은 자신의 상황과 인식을 결코 밖으로 완전히 드러내려 하지 않는다."[30] 정규 제도 사회에 진입하기 위해 안간힘을 쓰지만, 높은 진입 장벽을 절감하며 가난과 불안 속에서 살아가는 김애란의 등장인물들은 주어진 현실을 묵묵히 받아들인다. 보통의 삶에 대한 욕망이 좌절되고, 가난과 실업이 거듭되는 것을 자신의 무능 탓으로 여기면서 자존감에 상처를 입고 스스로를 못난 사람, 무능력자, 패배자로 치부해 버리는 것이다. 고통과 굴욕을 내면화하고 운명론적 순응주의에 빠지게 됨으로써 사회적 불평등이 어떻게 생겨났으며, 청년 문제를 포함한 사회 문제들을 어떻게 해결할 수 있는지에 대한 통찰로 넘어가지 못한다. "그런 의미에서 김애란의 소설들은 비정규직 젊은 세대의 일상을 통해 미래에 대한 전망의 부재, 희망의 상실을 매우 뚜렷하게 형상화

---

29) 홍용희·장주영, 「계급적 공감과 욕망의 기표에 관한 고찰: 김애란 소설을 중심으로」, 『한국문예창작』 13(1), 2014, 2.

30) 윤재민, 「[제19회 창비신인평론상 수상작] 너무 많이 아는 아이들을 위한 가족 로망스_김애란론」, 420.

하고 있다."[31] 전망과 희망이 부재하는 현실에 대한 비판적 분석과 통찰을 통해 불공정한 규칙에 대해서 분노하고 이를 바로잡으려는 노력을 해야 마땅하겠지만, 젊은 세대들은 이를 숙명으로 받아들이거나 이런저런 이유에서 경쟁력과 능력을 함양하지 못한 자신의 탓으로 돌릴 뿐이다. 이들은 사회적 불공정을 은폐하는 '능력주의(meritocracy)'의 함정을 알아차리지 못한다. 자기 소개서의 "모범 답안 작성자는 자기소개서를 잘 쓴 게 아니라 인생 자체가 잘 씌어 있었다"(「자오선을 지나갈 때」 121) 라는 말에서 알 수 있듯이 가난과 실업은 인생 자체를 잘 쓰지 못한 개인과 그의 환경 탓으로 돌려질 뿐이다.

　능력주의는 개인의 능력과 노력, 성과나 업적에 따라 부와 지위를 보상하는 시스템이라고 할 수 있다. 능력주의는 개인의 능력치를 극대화할 수 있는 동기부여를 제공할 뿐만 아니라 누구나 노력하면 그에 따른 보상을 받게 될 것이라는 공정성의 이미지를 제공함으로써 구성원으로 하여금 불평등에 대한 의심 없이 사회적 노동에 참여하도록 유도한다. 이런 점에서 능력주의는 구성원들이 사회 시스템에 안착하게 만드는 실질적, 심리적 기제로 작동한다. 근대 산업사회가 기반하고 있는 능력주의는 자유로운 개인들 간의 경쟁을 통해 그들이 가진 능력을 평가받게 되기 때문에 경쟁에서 실패하거나 경쟁으로부터 낙오한 사람들에게 주목하지 않는다. 실패 혹은 낙오는 개인의 무능 혹은 나태함에서 비롯된 것이기 때문에 그에 따른 결과도 전적으로 개인의 몫이라는 것이다. 이러한 주장이 설득력을 얻기 위해서는 경쟁이 공정하게 이루어져야 한다는 전제가 필요하다. 기울어진 운동장에서 상대적인 불리함을 안고 행한

---

31) 정윤희, 「'신빈곤'에 관한 문학적 서사」, 『세계문학비교연구』 44, 2013, 25-26.

경기에서 패배한 경우 능력주의는 그 자체가 불공정한 게임을 방관했다
는 비난으로부터 자유로울 수 없을 것이다.

『공정하다는 착각』에서는 마이클 샌델(Michael Sandel)은 신자유주의
시대의 윤리라고 할 수 있는 능력주의의 역설을 비판적으로 조망하고
있다. 책의 제목이 암시하듯이 우리가 공정하다고 여겨왔던 것이 진짜
공정한 것인지를 다시 질문하고 있는 이 책에서 샌델은 공정한 사회와
능력주의가 결합하면 정의로운 사회가 된다는 생각이 착각일 뿐이라는
점을 분명히 밝히고 있다. 능력 여하에 따라 사회는 승자와 패자를 나누
고 승자에게는 오만을, 패자에게는 굴욕감을 심어준다. 능력주의는 승자
의 승리를 노력이라는 인과응보의 결과라고 승인함으로써 도덕적 정당
성을 부여한다. 하지만 그 결과 경제적 양극화와 심리적 양극화는 심화
되고, 분노와 혐오의 반사회적 감정이 격화된다.

부모로부터 물려받은 재산, 양질의 교육, 남자인지 여자인지 여부, 심
지어 우월한 유전자까지 한 개인이 이룬 성공의 배경이 된다는 사실은
능력주의가 얼마나 다양한 종류의 차별을 은폐하고 있는가를 설명해 준
다. 한 개인이 지닌 특별한 능력은 그 능력을 키워줄 사회적 배경을 제대
로 만났을 때 꽃피울 수 있다는 점에서 그 개인의 성공을 오롯이 그의
재능이나 노력 때문만이라고 말하기 힘들다. 능력주의는 과정만 공정하
다면 능력에 따라 보상을 받는 것이 정의로운 것이 아니냐고 주장하고
있지만, 능력주의는 개인을 공평하게 대하는 것이 아니라 결국 사회적
효용과 효율성에 따라 차별적으로 다루는 것을 의미할 뿐이다. 효율성
여부로 인간을 구분하는 도구주의적 사고와 능력주의 이면에 가리어진
불공정에 대해서 패기 있게 문제를 제기하고 열정적으로 분노[32]하는 인
물들을 김애란은 아직 창조해내지는 못하고 있다.

고명철이 "하지만 안타깝게도 나는 김애란의 작품들에서 젊음을 확인했으되, 내가 그토록 만나고 싶었던 젊음 특유의 소설적 진실의 과정에서 발산되는 젊은 패기와, 그 패기에 의해 떳떳이 발견한 삶의 비의성을 마주치지는 못했다"[33] 라고 말할 때나, 서영인이 "안정적으로 구축된 단편의 울타리 바깥에 아직 탐색되지 않은 세계가 남겨져 있다. 그 세계를 이해하기 위해 안정된 구성은 깨어졌다가 봉합되기를 반복해야 할지 모른다. 이 과정에서 김애란 문학은 더욱 확장될 수 있을 것이다. 우리 시대의 가장 뛰어난 작가 중 하나인 김애란에게 너무 일찍 만족해서는 안 된다"[34]고 애정 어린 기대감을 나타내는 것은 이와 같은 아쉬움을 토로하는 것이라고 볼 수 있다. 김애란이 그리는 우리 시대 청년들의 자화상을 들여다볼 때이다.

'지금'이 아닌 '다음'을 향해: 「성탄특선」

이 이야기는 성탄절을 각기 다른 방식으로 보내는 오빠와 동생에 관한

---

32) 정윤희는 앞선 글에서 "분노란 현재에 대한 총체적인 의문을 제기하는 것을 의미한다. 하지만 오늘날의 사회는 분노가 일어날 여지를 없애버렸다는 것이다. 즉 시간적 지평을 용납하지 않는 오늘날의 사회에서는 현재 속에서 중단하고 잠시 멈춰서는 것을 전제로 하는 분노가 싹틀 여지가 없다. 분노가 어떤 상황을 중단시키고 새로운 상황이 시작되도록 만들 수 있는 능력이라면 김애란 소설 속 등장인물들에겐 이러한 능력이 결여되어 있다"고 지적한 바 있다. 정윤희, 「'신빈곤'에 관한 문학적 서사」, 23.

33) 고명철, 「김애란의 『달려라, 아비』: 삶의 진경을 파헤치는 '젊은 문학'을 위해」, 『출판저널』 365, 2006, 51.

34) 서영인, 「발랄하게 상상하고 우울하게 인식하라」, 460.

일화를 그리고 있다. 소설은 이렇게 시작한다.

> 오늘은 일 년 중 가장 고요한 도시를 만날 수 있는 날이다. 새벽 1시, 하나둘 꺼져가던 불빛도 보이지 않고 거리의 사람들이 사라질 때- 서울은 고장 난 멜로디 카드처럼 조용하기만 하다. 사내는 가짜 아디다스 추리닝을 입고 옆구리에 비빔면을 낀 채 하늘을 바라본다. 낮게 낀 구름 사이로 전신줄이 오선지처럼 뻗어 있다. 사내의 얼굴 위로 눈송이가 떨어지며 스륵 녹는다. 악보를 지나 가장 낮은음을 향해 내려가는 음표들. 가로등 불빛을 받아, 만지면 따뜻할 것 같은 노란 눈이다. (83)

오늘이 일 년 중 가장 고요한 이유는 성탄절을 기념하기 위해 모두들 누군가를 만나고 있기 때문이다. 성탄절의 축복이 눈송이처럼 내리는 날, 충만한 사랑을 만끽하기 위해 연인 혹은 가족과 함께 지내는 이 시간에 사내는 후줄그레한 복장으로 비빔면을 사서 집으로 돌아가는 길이다. 가로등 불빛을 받아 따뜻하게 노란빛을 띠는 눈과 대비되어 사내의 초라한 행색은 더욱 처량하게 느껴진다. 사내는 근처 편의점에서 담배 한 갑과 라면을 산 뒤 자취방으로 돌아가는 길이다. "사내의 씨앗같이 하얀 눈송이가 무수히 떨어지고"(84) 있어서 그런지 문득 전 여자친구가 생각났고, 그녀의 안부가 궁금한 자신이 못마땅해서 이렇게 중얼거린다. "나는 왜 이렇게 빤한가……"(84) 다 큰 여동생과 방을 같이 쓰고 있는 오빠는 동네 여관을 바라보며 문득 부러움을 느낀다. 자기만의 방 하나 없이 여동생과 함께 기거하는 일은 민망하고 불편한 상황을 자주 만들게 되는데, 특히 사랑에 빠졌을 때는 방이 있었으면 좋겠다는 생각을 한다. "꼭 섹스를 위해서가 아니더라도 소소한 잡담을 나누고, 온종일 함께 있을 수 있으며, 여관처럼 뒷문으로 나가지 않아도 되는, 그런 방"(85-86)을 오빠는 원하고 있다. 서울살이를 위해서 해결해야 할 가장 큰 문제 중의 하나가 바로 '주거'의 문제이다. 주거지의 문제는 우리 사회의 계급 불평등 문제를 시각적으로 증명하기 때문에, 청년 세대의 가난을 가장 명징하게 보여주는 상징물이다. 달동네, 반지하, 고시원, 독서실 등 열악한 주거 환경은 생활하기에 불편함을 주고 삶의 질을 저하시킬 뿐만 아니라 열등감을 느끼게 하고 자존감을 낮추는 등 그곳에 거주하는 이들을 무기력하게 만든다.

동생과 함께 방을 쓰는 좁은 자취방은 낭만적인 사랑을 나누기에도 그다지 적합한 곳이 아니다. 동생이 예고도 없이 불쑥 들어올까 작은 기척에도 놀랄 수밖에 없었고, 자취방으로 들어오는 각종 소음들은 달달한 분위기를 깨기 일쑤였다.

구름에 가려진 하늘, 어두운 도시, 비 닿는 소리가 두 사람의 가슴속, 저 서정의 밑바닥에 동심원을 그리며 천천히 엉겼다 풀어지길 반복하고 있을 때- 두 사람은 그 마음의 소리를 듣느라 아무 말도 못하고 있었다. 사내는 그녀를 안고 입 맞춘 뒤 그녀의 눈을 바라보았다. 그러자 갑자기 못 견디게 사랑한다는 말이 하고 싶어졌다. 마음은 사내에게 속삭였다. '지금이야. 지금이어야만 하는, 지금이 아니면 안 되는 그런 순간 있잖아.' 사내는 중요한 말을 하듯, 그리고 그 마음을 똑똑히 들어줬으면 좋겠다는 듯 힘주어 말했다.

"사랑해."

그녀가 한 손으로 사내의 얼굴을 만졌다. 사내는 기대에 찬 눈으로 그녀를 바라봤다. 이윽고 그녀의 입술이 천천히 열리며 마음의 답장이 전해지려는 순간, 창밖으로 한 떼의 아이들이 지나가는 기척과 함께 누군가 소리치는 게 들려왔다.

"씹탱아! 그게 아니잖아! 저 새낀 항상 저래."

방 안의 공기는 외계의 소음에 찢겨 초라하게 쪼그라들었다. 사내는 야

한 농담을 했는데 아무도 웃어주지 않았을 때처럼 죽고 싶어졌다. 사내는
소심하게 그녀의 거웃을 만지작거리며 '아, 그 새낀 항상 그러는구나' 생각
했고. '진짜 나쁜 새끼네' 하고. (86-87)

　김애란식 유머를 아주 잘 보여주는 위 인용문은 이른바 '웃픈' 미소를
짓게 하는 장면이다. 비 오는 날씨와 어우러지는 감성적인 분위기가 먼
저 만들어진다. 빗방울이 마음에 닿을 때 그려지는 동심원처럼 사랑의
감정이 가슴 속에서 울렁인다. 빗소리만 밖에서 들려오고 이제 막 키스
를 나눈 연인의 방은 침묵으로 고요하다. 주체할 수 없는 자신의 사랑을
짧은 말로 전하고 그녀의 대답을 흥분과 기대 속에서 기다리고 있는데
창밖에서 들려오는 아이들의 소리. "씹탱아! 그게 아니잖아! 저 새낀 항
상 저래." 순식간에 분위기는 깨어지고 방안은 어색한 공기만 감돌게
된다. 아이들의 욕설은 마치 사내에게 하는 것처럼 절묘하게 의미가 연
결된다. 키스를 하고, 음탕한 욕정을 사랑의 언어로 포장하고, 다음 단계
는 섹스로 넘어가고. 이 뻔한 레퍼토리. 그게 아니잖아! 섹스를 할 때
저 새낀 항상 저래. 진도를 못 나가서 뾰로퉁해진 사내가 자신의 섹스를
방해한 그 새끼를 원망한다. 저 새낀 항상 저러는구나. 이번에라도 안
그랬으면 저렇게 친구한데 욕을 먹지 않았을 테고, 그럼 우리 분위기도
안 깨졌을 텐데. 결과적으로 그 새낀 나쁜 새끼임에 틀림이 없다.

　시트콤의 한 장면처럼 가난한 청춘 남녀의 험난한 사랑의 여정이 유머
스럽게 표현되어 있지만, 마냥 웃을 수만은 없는 이유는 사랑을 나눌
때조차도 가난이 항상 이들을 지켜보고 그림자처럼 함께 하기 때문이다.
사랑을 나눌 때만이라도 그 누구의 눈치도 보지 않고 당당하고 즐겁게
오롯이 둘만의 시간을 가질 수 있기를 격려하는 마음이 이들을 애처롭게
바라볼 수밖에 없도록 만들기 때문이다.

　　서울살이 10여 년. 사내는 많은 방을 옮기며 살아왔다. 다른 이들과 욕실을 같이 쓰는 단칸방도 있었고, 장마 때마다 바지를 걷고 물을 퍼내야 하는 반지하도 있었다. (……) 사내가 가장 오래 살았던 방은 대학가 근처 5층 건물의 옥탑이었다. 1층에 있는 주인집을 반 바퀴 돌아 한참 계단을 올라가다 보면 나오는 조립식 건물이었다. 계단은 좁고 가팔랐지만 난간이 없었다. 계단을 오를 때마다 사내는 몸을 낮춘 채 곡예하듯 움직여야 했다. 그곳에선 모든 걸 조심해야 했다. 걷는 것도, 씻는 것도, 섹스도 조심스럽지 않으면 안 되었다. 사내와 그녀는 쉬지 않고 계단을 올랐다. 층층마다 얼음이 낀 날에도, 비바람이 몰아치는 장마철에도, 섹스를 하기 위해 계단을 기어오르는 그들의 모습은 마치 북극의 빙산에 매달린 조난객들처럼 보였다. 사내는 하늘 속으로 걸어가는 그녀의 뒷모습을 바라보며 그녀가 저대로 영영 사라져버리지 않을까 가슴 졸였다. 그리고 어느 날, 그녀가 정말로 사라졌을 때 사내는 혼자 까마득한 계단을 내려다보며 생각했다. 그녀가 떠난 건 마음이 변했기 때문이 아니라고. 단지 조금 다리가 아팠던 것뿐일 거라고. (87-88)

　　가난만이 원인은 아니었겠지만 이들의 사랑은 오래 가지 못했다. 다른 사람들과 욕실을 함께 써야 했던 단칸방에서부터 반지하, 옥탑방을 전전하던 오빠는 자신의 사랑을 지켜낼 자신이 없다. 5층 옥탑방을 위태롭게 오르는 여자친구를 바라보며 오빠는 그들의 사랑이 위태로워질까 불안해한다. 그리고 불안감은 마침내 현실이 되어 그녀는 떠났고, 떠나간 그녀를 그는 잡을 수 없다. 5층을 오르내리느라 다리가 아파서 떠났을거라고 스스로를 위로하며 그녀를 포기할 수밖에 도리가 없다. 결국 그녀를 떠나가게 한 건 그의 가난인 셈이다. 성탄절 새벽에 홀로 골목길을 걷고 있는 그는 텅 빈 거리에서 "일 년 중 가장 먹먹한 새벽을 만나는 날, 성탄절"을 외롭게 보내고 있다.

　　사내의 여동생은 같은 시각 남자친구와 함께 있다. 이들은 대학 때부터 사귄 교제 4년차 커플이다. 교제 4년 만에 첫 성탄절 데이트를 하게 된 이 커플의 속사정이 흥미롭다. 첫 번째 성탄절은 여자가 남자에게 아무 말도 하지 않고 시골집에 내려가 버려서 함께 할 수 없었다. 여자가 시골 집에 내려간 이유는 "옷이 없어서"였다. 여성 독자라면 쉽게 공감하겠지만, 여성들은 거의 언제나 옷이 없다. 이 말은 그녀들이 헐벗고 다닌다는 뜻이 아니라 이를테면 아무리 옷장을 뒤져도 외투와 블라우스와 치마와 구두와 스카프와 가방이 조화롭게 매칭이 되지 않아 입을 옷이 없다는 뜻이다. 빠듯한 돈으로 살아가고 있는 동생은 더더욱 그럴 여유가 없었던 것이다. "어느 순간 여자는 알게 되었다. 세련됨이란 한순간에 완성되는 것이 아니며, 오랜 소비 경험과 안목, 소품의 자연스러운 조화에서 나온다는 것을. 옷을 '잘' 입는 것이 아니라 '자연스럽게 잘' 입기 위해 감각만큼 필요한 것은 생활의 여유라는 것을."(91) 그렇게 속이 상한 여자는 홀연 자취를 감추었고, 남자친구는 아직도 그 이유를 모르고 있다.

두 번째 성탄절은 남자친구가 바람을 맞혔다. 어머님이 편찮아서 고향에 내려가야 한다고 말했지만 그것은 핑계였고, 실제로는 "돈이 없어서"였다. 남자는 졸업 후 일 년 동안 취업을 못한 상태였고, 여자는 호프집에서 아르바이트를 해서 데이트 비용을 감당해왔다. 취직에 매진하기 위해 아르바이트조차 하지 않고 있던 남자는 성탄절 데이트만큼은 자신이 준비해야겠다고 생각하며 계산을 해 봤지만 결국에는 돈을 구할 수 없었다.

> 남자에게 없는 것은 시간만이 아니었다. 기본적인 교통비나 식대에서부터, 예상치 못한 축의금까지 돈 들어가는 곳이 한두 군데가 아니었다. 게다가 면접용 양복이라도 한 벌 사는 날엔 두 달치 생활비가 금방 날아갔다. 면접에서 좋은 인상을 주기 위해선 양복도 싼 것만을 고집할 순 없었다. 그러나 양복을 사고 나면 구두를 사야 했고, 구두를 사고 나면 가방을 사야

했다. 그렇게 몇 차례 면접을 보고 나면 어느새 계절이 바뀌었고, 계절이 바뀌고 나면 또 다른 양복을 사야 했다. (⋯⋯) 하지만 남자를 가장 힘들게 한 것은, 자신이 시험 때마다 '붙을 듯 말 듯'한 성적으로 떨어진다는 사실이었다. 남자는 자신을 격려해주는 여자 앞에서 '속으로 이 여자 나를 견디고 있는 것은 아닐까' 자책했다. 그러다 온갖 연말 청구서가 몰아치는 12월이 되었고, 한 번 더 시험에 낙방하고, 생활비도 거의 바닥났을 즈음— 말하자면 역병처럼 크리스마스가 돌아온 것이었다. (92-93)

취업 준비로 궁색해진 남자친구에게 다가올 성탄절은 '역병' 같은 것이었다. 역병을 피하려면 '자가 격리' 외에는 방법이 없다. 결국 남자친구는 어쩔 수 없이 거짓 핑계를 대고 성탄절 데이트를 포기해야만 했다.

세 번째 성탄절도 그들은 함께 할 수 없었는데, 그때는 진짜로 헤어진 상태였기 때문이다. 다행히 남자친구는 취직을 했지만 야근과 과로로 여자에게 소홀했으며, 여자는 취업 준비로 힘들어하는 자신의 이야기를 귀담아 듣지 않는 남자친구 때문에 마음의 상처를 입었다. 몇 차례의 다툼이 반복되다가 성탄절이 오기 전에 그들은 헤어졌고, 성탄절이 지나서 다시 만났다. 세 번째 성탄절도 데이트 없이 지나갈 수밖에 없었다.

"바야흐로 4년 만에, 크리스마스 날, 드디어 우리도 '할 수 있게' 되었다는"(「성탄특선」 95) 마음에 커플은 한껏 들뜬 마음으로 데이트를 시작한다. 먼저 영화를 본다. 성탄절엔 역시 로맨틱 코미디가 제격이다. 영화가 재미있는지는 중요하지 않다. 그들은 지난 3번의 성탄절과는 달리 이번에는 뭔가를 하고 있지 않은가. 다음에는 근처 패밀리 레스토랑에서 근사한 식사를 한다. 익숙한 곳이 아니라 주문에 애를 먹고, 입맛에도 안 맞고, 돈도 꽤 지출되었지만, 그런 건 중요하지 않다. 이들은 뭔가를 하고 있으니까. 다음 코스는 고층빌딩 위의 고급 바에서 칵테일과 와인

한잔. 밥만 먹고 바로 '방'으로 가기엔 멋쩍으니까.

> 테이블 위론 촛불이 켜져 있고, 재즈풍의 크리스마스캐럴이 흘러나오고 있었다. 남자는 알코올이 들어가지 않은 칵테일을, 여자는 와인을 주문했다. 부드럽게 일렁이는 촛불 사이로 서로의 얼굴이 좀더 매력적으로 비쳤다. 그들은 서로 선물을 건넸다. 남자는 넥타이 색깔이 마음에 들지 않았지만 여자에게 고맙다고 말했다. 여자는 조심스럽게 선물을 펼쳐보았다. 빨강과 초록이 주를 이룬 크리스마스 팬티와 브래지어였다. 팬티의 밴드 중앙에는 앙증맞은 골든 벨이 달려 있었다. 남자는 여자의 몸에 감길 속옷을 상상하며, 팬티 위에 붙은 그 작은 종이 금방이라도 딸랑딸랑 소리를 낼 것 같아 미소 지었다. (98)

촛불과 재즈풍의 캐럴이 분위기를 돋우고, 선물을 주고받으며 성탄절의 분위기는 고조된다. 남자는 성탄절 느낌이 물씬 나는 속옷을 선물하며 야릇한 상상으로 마음이 들뜬다. 이제 모든 사전 분위기는 완벽하게 형성됐다. 둘만의 공간으로 직행하는 일만 남았다. 아뿔싸! 그런데 한 시간을 넘게 다녀도 빈방이 없다. 4년을 사귀고 처음 함께 하는 성탄절 데이트라서 남자는 미리 방을 예약해 두거나 저녁 일찍 방을 잡아야 한다는 사실을 알지 못했다. 이곳저곳을 헤매며 돌아다녀 보지만 빈방을 구하기란 '하늘의 별따기'였다. 고급 바에서 나올 때만 해도 좋았던 분위기가 갑자기 냉랭해진다.

> 여자는 성탄절에 모텔 하나 예약해두지 않고, 늦게까지 술집에 앉아 있던 남자의 주변머리에 화가 났다. 남자는 운전을 하면서 모텔을 찾느라 예민해져 있었다. 한 번 들어가기도 머쓱한 곳을 열 군데 넘게 들락거리다 보니 왠지 여자와의 동침에 목맨 인간처럼 느껴져 언짢기도 했다. 그리하여 여자의 얼굴이 점점 일그러지고, 남자의 말투가 짜증스러워진 것은 두

사람이 벌써 세 시간째 거리를 헤매고 있기 때문이다. 그들은 종로에서 시청으로, 서울역에서 영등포로 모텔을 찾아 내려갔다. 두 사람은 뚱한 표정으로 각기 다른 곳을 내다봤다. 하지만 눈으로는 끊임없이 모텔 간판을 찾고 있었다. 모텔만 찾는다면 쉽게 화해하고, 포옹하고, 잠들 수 있을 것 같았다. (99)

종로에서 시청으로, 서울역에서 영등포로, 그리고 이젠 신길에서 구로 공단 근처까지 내려왔다. 헤매고 헤매다 결국 둘은 여인숙이라도 들어가기로 했다. 대목이라 좀 비싸다며 이만 오천 원을 요구하는 주인아주머니의 말에 얼마나 허름한 곳인지를 가늠하게 되어 여자는 기분이 더욱 언짢아진다. 그때 동남아 출신으로 보이는 청년들이 들어선다.

> 검은 봉지를 든 청년이 난처한 표정을 짓자, 배낭을 멘 청년이 커다란 목소리로 더듬더듬 말대꾸를 했다.
> "나 안 자러 왔어요. 여기 친구 만나러 왔어요. 이거 술 먹고 가요. 나 집 있어요. 나 진짜 안 자고 가요. 사실로 안 자."
> 주인 여자가 말했다.
> "안 자긴 뭘 안 자? 안 자면 또, 뭐? 사람 하나 늘면 그게 다 물세고 똥센데."
> 봉지를 든 청년이 대꾸했다.
> "내 친구 이것만 먹고 갈습니다. 집 가졌습니다." (107-108)

아마도 함께 성탄절을 기념하기 위해 장기투숙을 하는 친구와 함께 들어오는 모양이다. 이 세상에 찾아온 예수님의 마음을 아는지 모르는지 여인숙주인은 찾아온 친구가 자고 가는 것이 아니라고 하는데도 야박하게 군다. 가난한 청춘남녀보다 더 가난한 이웃이 허름한 여인숙에서조차 환대받지 못하는 장면에 씁쓸한 마음이 든다. 모텔과는 달리 주인 여자가 수건과 주전자를 들고 안내한다. 나무문은 페인트칠이 벗겨졌고, 호수도 없고 열쇠도 없다. 벽지는 누런색이며 신발은 방 한구석에 놓인 라면상자에 놓아야 한다. 티브이도 없고 냉장고도 없는 방의 침대 스프링에서는 소리가 나고, 청소가 제대로 되지 않아 이불은 누렇게 얼룩져 있고, 음모와 머리카락도 보인다. 욕실은 비릿한 냄새가 나고, 바닥 타일은 깨져 있으며, 녹슨 세면대 위엔 머리카락이 뭉쳐져 있다. 도무지 누울 용기가 나지 않는 여자는 한쪽 구석에 웅크려 앉았다. 그 모습을 보고 남자는 나가자고 말하고, 둘은 함께 여인숙을 나선다. "시간은 어느새 5시를 넘어가고, 산타 모자를 쓴 외다리 청년의 머리 위로 소리 없이 눈이 내리고 있었다."(110) 이렇게 그들의 첫 번째 성탄절 데이트는 끝이 난다. 솔로인 오빠도, 남자친구가 있는 여동생도, 둘 다 하지 못하고.

여동생이 '방'을 찾아 서울에서 구로까지 전전하고 있던 그 시각 오빠는 편의점에서 사온 비빔면을 먹으며 티브이를 본다. 비빔면을 먹고 난 후 보리차를 마시며 오빠는 행복해한다. 비록 동생과 같은 방을 써야만 하는 원룸이지만 이곳에는 부엌이 따로 있어서 보리차를 끓여 마실 수 있다. 그들의 형편에 많이 무리를 해서 정한 이곳은 무리한 만큼 전에는 겪어보지 못한 소소한 행복을 안겨준다.

> 사내가 수없이 이사를 다녔지만 부엌이 따로 있는 방은 드물었다. 사내는 밥을 사 먹었고 목이 마를 때면 방에 있는 한 칸짜리 냉장고에서 생수통을 꺼내 병째 들이켜곤 했다. 그러다 처음, 밥을 지어 먹을 수 있는 곳으로 방을 옮겼을 때, 사내는 두 손 가득 보리차가 든 유리컵을 들고 아이처럼 외쳤다.
> "이야! 컵에다 물 마시니까 정말 맛있다!"
> 오래전부터 '소독한 델몬트 주스 유리병에 보리차를 담아, 냉장고에 넣

어두었다가 시원하게 마시는 것'은 사내의 로망 중에 하나였다. 그런 것 하나가 자기 삶을 어떤 보통의 기준에 가깝게 해주고 또 윤택하게 만들어 주는 것 같아서였다. 남자가 고집하는 생활 습관은 몇 개 더 있었다. 사내는 여동생에게 '아무리 돈이 없어도 화장실 세정제만은 반드시 사 넣어야 한다'고 말했다. 화장실 세정제는 둥근 모양의 고체로 변기 수조에 넣어두는 것이었다. 그러면 물을 내릴 때마다 변기 안으로 파란 수돗물이 쏟아져 나왔다. 사내는 흰 변기 안에 청신하게 고여 있는 푸른 물만 보면 이상하게 기분이 좋아진다고 했다. 심지어는 자신이 괜찮은 인간처럼 느껴진다고. (101-102)

델몬트 유리병에 든 보리차와 파란색 화장실 세정제가 사내에게는 소소한 행복감을 느끼게 한다. 보리차는 보통의 기준에 근접한 윤택한 삶을, 세정제는 자신에 대한 만족감을 느끼게 한다는 생각은 사내의 삶에 대한 기대치가 얼마나 낮은지를 알게 한다. 그나마 '소확행'을 누릴 수 있게 하는 이곳 원룸에서 생활도 얼마 지나지 않으면 끝나게 될 것이다. 남자친구가 있는 동생은 내년이면 결혼을 하게 될 것이고, 원룸의 보증금을 동생에게 나눠주고 나면 사내는 다시 욕실을 함께 쓰는 자취방이나 반지하나 옥탑방으로 돌아가게 될 것이다.

창밖에는 눈이 내리고 컴컴한 티브이 브라운관에선 몇 년째 성장하지 못한 '맥컬리 컬킨'이 홀로 비명을 지르고 있다. 사내는 티브이를 끄며 중얼거린다. 그가 소리 지르는 이유는 도둑 때문이 아니라 몇 년째 똑같이 맞는 크리스마스가 지겹기 때문일지도 모른다고. 컴퓨터가 앓는 소리를 내며 느리게 부팅된다. '좀 사는 것같이 살기 위해' 사내가 주먹으로 마우스를 쥔다. (104)

직장도 없고, 여자친구도 없는 사내는 몇 년째 똑같이 맞는 성탄절이 반갑지 않다. 취업 준비 기간에 동생의 남자친구가 그랬듯이 오빠에게도 성탄절은 역병같이 느껴질 것이다. 반갑지 않은 성탄절에 감상에만 빠져 있을 수는 없다. '남들처럼' '좀 사는 것같이' 살기 위해서는 우선 취직부터 해야 한다. 컴퓨터 앞에서 마우스를 쥐고 구인란을 돌아보고, 새로운 이력서를 작성해야 한다. 그러나 사내는 연예 기사를 열어보고 인터넷 서핑을 하면서 시간을 보낸다. 성인용 동영상이나 보면서 '혼자라도 할까' 하는 마음에 지퍼를 내리려는 순간 동생이 들어온다. 남자친구와 있다면 이 시간에 돌아올 리가 없는데, 괜한 심술이 들어 몇 차례 장난문자에 답장도 없던 동생이 뜨거운 시간을 보내고 있을 거라 생각했는데, 불쑥 돌아온 것이다. 오자마자 자리를 깔고 누워서 자려는 동생에게 오빠는 이런저런 시시한 이야기들을 건넨다. 혼자 있는 것보다 동생과 함께 있어서 사내는 왠지 신이 난 것이다. 작품은 이렇게 끝을 맺는다.

> "어릴 때 말이야"
> "⋯⋯응."
> "크리스마스가 되면 선물 받고 그랬잖아."
> "⋯⋯응."
> "그런데 난 참 이상했어."
> 동생이 등을 돌리며 졸음에 겨운 목소리로 묻는다.
> "뭐가?"
> 사내는 추억에 잠긴 목소리로 말한다.
> "그게, 티브이나 영화에서 보면 크리스마스 선물이 되게 예쁘게 포장돼 있었잖아. 그것도 꼭 장식된 전나무 밑에 놓여 있고 거기 나오는 선물들은 전부 커다랗고 근사한 박스 안에 들어 있었잖아. 정말 산타가 준 선물같이."
> 동생이 점점 흐려지는 목소리로 대답한다.
> "⋯⋯응."
> "근데 우리 머리 위에 있던 선물은 왜 항상 까만 봉다리 속에 들어 있나,

나는 그게 참 이상했었어."

"……"

"넌 안 그랬니?"

"……"

사내가 고개 돌려 동생을 바라본다. 소리 없이 잠든 모양이 꼭 죽은 것 같다. 사내는 말없이 누워 있다, 손가락으로 동생을 툭 건드리며 한마디 한다.

"야, 화장 지우고 자."

밤새 내린 눈이 어느새 추적추적 비로 변해 있다. 집 앞 가로등의 노란 불빛도 빗물과 함께 촛농처럼 뚝뚝 흘러내린다. 사내는 휴대전화를 열어 시간을 확인한다. 12월 25일이다. 사내의 얼굴 위로 12월 25일이 푸르게 먹지며 번졌다 사라진다. 사내가 휴대전화 폴더를 닫자 사방은 다시 어두워진다. 사내는 문득 안도감을 느낀다. 새벽의 어둠은 맑게 묽어져가고, 사내는 잠을 청하려 두 눈을 감는다. (113-114)

영화와 현실은 차이가 크다. 영화 속 인생이 마치 "커다랗고 근사한 박스" 같다면, 현실에서 인생은 "까만 봉다리" 같다. 아니 어쩌면 그것은 현실 속 보통 사람들의 삶과 자신들의 삶의 차이를 의미하는지도 모른다. 가난과 실업으로 인해 평균 이하의 삶을 살아가다 보면, 타인의 삶은 화려하고 값비싸 보이고, 반면에 자신은 초라하고 보잘것없게 여겨진다. 어쩌면 성탄절은 초라한 현실을 정면으로 바라볼 수 있는 날이 아닐까.

온 세상을 들뜨고 시끌벅적하게 했던 성탄절이 이렇게 지나가고 있다. "지구의 연인들이 최선을 다해 소리 지르고 있을 것만은 분명"(88)한 오늘 밤 오빠와 동생은 소리를 질러보지 못하고 성탄절을 흘려보낸다. 성탄절의 축복은 가난한 남매를 피해 이 땅 위에 흘러넘친다. 우리 시대 수많은 청년들도 아마도 이 남매와 별반 다를 바 없이 성탄절을 보내고 있지는 않은가. 취업을 준비하는 사람, 아르바이트를 하는 사람, 돈이 없이 이런저런 핑계를 대며 연인을 만나지 못하는 사람, 연인이 없어 홀로 보내야 하는 사람 등 수많은 청춘 남녀들이 이 작품의 오빠와 동생처럼 소리를 지르지 못하고 성탄절을 보냈을 것이다. 아무런 일도 일어나지 않는 오빠의 하루와 시시하고 별다른 사건 없이 진행되는 동생 커플의 해프닝은 우리 시대 가난한 청년들의 모습을 현실감 있고 설득력 있게 그리고 있다. 그리고 우리는 나와 다를 바 없이 살아가는 청년들의 이야기에 위로를 받는다.

> 김애란을 잊을 수 없는 이름으로 기억하는 독자들에게 그녀의 이야기들은 오히려 같은 세대의 삶을 더없이 정확하게 비춰주는 '현재'의 거울에 가까웠다. 우리는 기억한다. 김애란 덕분에 평범하고 초라한 내 삶도 소설이라는 형식으로 이야기될 수 있다는 사실에 신기해하던 지난 시간을. 우리는 알고 있었다. 편의점에서 생필품을 구입하며 삶을 이어가고, 방음조차 되지 않는 좁은 방에서 최소한의 자존감을 지키기 위해 애썼던 일상의 고단함을. 그리고 우리는 함께 느낄 수 있었다. 부모가 마련해준 안전한 가정의 울타리에서 벗어나 정체를 알 수 없는 타자들로 가득한 사회에 내던져졌을 때 가졌던 이십대 초년의 막연한 불안과 공포를. 분명한 이념이 창공의 별처럼 우리가 가야 할 길을 알려주지 못하던 시절, 그녀의 소설은 전망을 제시해주지는 않았지만 우리가 어디쯤 도착했는지 친절하게 알려주는 공감과 연대의 신호 같은 것이었다.[35]

청년 세대들의 혼인 기피 및 출산율 감소에 관한 한 기사에 대한 댓글이 많은 공감을 얻은 적이 있다. 지방에는 먹이가 없고, 서울에는 둥지가 없는데 어떤 정신 나간 새들이 짝짓기를 하고 알을 낳겠냐는 것이다. 먹이와 둥지는 청년 세대들이 당면한 최대 난제인 취업과 주거 문제를

---

35) 강동호, 「희망의 이름 ─김애란론」, 『문학과 사회』 32(4), 2019, 32-33.

의미한다. 제대로 된 일자리는 갈수록 얻기가 힘들고, 설령 취업을 했다 하더라도 내 집 마련은 요원하다. MZ세대의 비관적 정서를 대변하는 N포세대라는 자조적인 표현은 이들의 상실감과 무력감을 나타내는 말인데, 이들을 이해해주고 이들의 이야기를 대신해 준다면 크나큰 위로와 격려가 될 것이다. 김애란이 우리 문단에 소중한 이유가 바로 이것이다. 그는 같은 세대인 청년들의 고단함, 불안감, 외로움 등을 현실감 있게 전하며, 시대에 대한 이들의 생각과 감정, 욕망과 정서를 독특한 시각으로 그려내고 있다.

　김애란은 암울한 현실을 감상적으로 그리지 않는다. 그의 작품들에 등장하는 인물들은 경쾌하고 발랄하며, 유머러스하고 인간적이다. 체념과 무기력에 종종 빠지면서도 어떻게든 살아남기 위해 최선을 다한다. 최선이 더 나은 삶을 보장하지 않고, 주어진 삶의 수준을 유지하기에도 급급하지만, 절망과 좌절로 이어지지는 않는다. 김애란의 유머는 슬픈 현실과 결합되어 삶의 다면성을 드러내고, 삶에 대한 아이러니와 페이소스(pathos)를 느끼게 한다. 그의 유머 감각은 허무한 농담으로 끝나는 것이 아니라 삶에 대한 통찰력 혹은 현실을 다른 각도에서 삐딱하게 보게 만든다. 이른바 그의 작품이 성취하는 '낯설게 하기' 효과는 현실에 안주하지도 현실을 극복할 전망을 제공하지도 않지만, 현실을 살아가는 태도와 윤리라는 측면에서 현대인들에게 깊은 울림을 주고 있다. 소외된 청년 세대를 대변했던 청년 김애란도 이제 나이가 들었으며, 연륜 있는 작가로 성숙하고 있다. 동시대 청년들을 바라봤던 따뜻한 시선이 이제 세대를 아우를 수 있는 보다 넓은 지평으로 확장되기를 기대한다. 아픔을 돌아보고 진단하되 유머를 잃지 않는 김애란 특유의 미덕이 우리들 곁에서 오래도록 반짝이며 빛나길 기대한다.

참고한 책과 논문들

▌제1장

TEXT

가오싱젠, 『영혼의 산』, 이상해 역, 북폴리오, 2005.

가오싱젠, 『버스정류장』, 오수경 역, 민음사, 2020.

REFERENCE

가오싱젠, 「현대 연극의 추구」, 『버스정류장』, 오수경 역, 민음사, 2020.

가오싱젠, 「「버스 정류장」 공연에 대한 몇 가지 제안」, 『버스정류장』, 오수경 역, 민음사, 2020.

박영순, 「화인 디아스포라문학지형과 네트워크 — 가오싱젠을 중심으로」, 『中國學論叢』 47, 2015.

오수경, 「중국 현대 실험극의 장을 연 가오싱젠」, 『버스정류장』, 오수경 역, 민음사, 2020.

이상면, 「브레히트와 동양연극」, 『비교문학』 25, 2000.

이정인, 「'이방인'과 '국가인'의 경계에 선 가오싱젠(高行健)」, 『중국현대문학』 43, 2007.

임대근, 「중국 근·현대소설을 어떻게 읽을 것인가?-가오싱젠의 노벨문학상 수상을 계기로」, 『중국학연구』 19, 2000.

한영자, 「高行健의 〈二十五年後〉에 나타난 시공간 대비의 의미」, 『중국어문학논집』 61, 2010.

高行健, 〈作家的位置〉, 《論創作》, 聯經出版社, 2008.

高行健, 《沒有主義》, 聯經出版社, 2001.

高行健, 「沒有主义」, 『沒有主义』, 联经出版社, 2001.

Izabella Łabędzka, *Gao Xingjian's Idea of Theatre: From the Word to the Image*,

Brill, 2008.

https://www.nobelprize.org/prizes/literature/2000/summary/
https://www.nobelprize.org/prizes/literature/2000/gao/25532-gao-xingjian-nobel-l
ecture-2000-2/

▌제2장

TEXT
가와바타 야스나리, 『설국』, 유숙자 역, 민음사, 2009.
가와바타 야스나리, 『이즈의 무희·천 마리 학·호수』, 신인섭 역, 을유문화사,
2010.

REFERENCE
김용안, 「한·일 소설의 피안 이미지 소고: 『소나기』와 『이즈의 춤 소녀』를 중심
으로」, 『日語日文學硏究』 73(2), 2010.
박정이, 「가와바타 야스나리 『이즈의 무희』와 황순원 『소나기』 비교」, 『일어일문
학』 63, 2014.
정수연, 「이즈라는 문학적 공간」, 『한국근대문학연구』 17(2), 2016.
최종훈, 「『이즈의 무희』(伊豆の踊子)의 문체와 주제와의 관련양상」, 『일본문화
연구』 9, 2003.

http://contents.history.go.kr/mobile/kc/view.do?levelId=kc_i400900&code=kc_age_40
https://www.nobelprize.org/prizes/literature/1968/kawabata/lecture/
https://www.nobelprize.org/prizes/literature/1968/kawabata/lecture/

▌제3장

TEXT
신경숙, 『풍금이 있던 자리』, 문학과지성사, 2010.

신경숙, 『엄마를 부탁해』, 창비, 2008.

신경숙, 『어디선가 나를 찾는 전화벨이 울리고』, 문학동네, 2010.

신경숙, 『외딴방』, 문학동네, 2014.

신경숙, 『아버지에게 갔었어』, 창비, 2021.

신경숙, 『오래전 집을 떠날 때』, 창비, 2021.

신경숙 외, 『(1995년도) 현대문학상 수상소설집, 40』, 현대문학, 1995.

REFERENCE

강미숙, 김양선, 「90년대 여성문학의 새로운 가능성」, 『여성과 사회』 5, 1994.

게오르크 루카치, 『소설의 이론』, 김경식 역, 문예출판사, 2007.

김미영, 「『기차는 7시에 떠나네』에 나타난 기억의 의미」, 『우리말글학회』 62, 2014.

김정아, 「신경숙 소설 속의 죽음」, 『비평문학』 25, 2007.

김택호, 「엄마라는 문화적 기억의 재현과 수용」, 『돈암어문학』 30, 2016.

도정일, 「비평은 무슨 일을 하는가」, 『문학동네』 84, 2015.

류보선, 「엄마(를 부탁해)에 이르는 길」, 『돈암어문학』 30, 2016.

박혜경, 「사인화(私人化)된 세계 속에서 여성의 자기 정체성 찾기」, 『문학동네』 2(3), 1995.

백지연, 「비평의 질문은 어떻게 귀환하는가」, 『창작과비평』 43(4), 2015.

신경숙·임규찬, 「[대담] 상징과 은유, 부재하는 것을 향한 주술」, 『문학과 사회』 12(2), 1999.

신승엽, 「성찰의 깊이와 기억의 섬세함」, 『창작과비평』 21(4), 1993.

윤지관, 「문학의 법정과 비판의 윤리」, 『창작과비평』 43(3), 2015.

이재영, 「상실의 세계와 세계의 상실」, 『창작과비평』 29(4), 2001.

조종화, 「헤겔 논리학: 형식과 내용의 변증법 -내적인 것과 외적인 것의 본질적인 관계를 중심으로」, 『헤겔연구』 31, 2012.

천정환, 「창비와 신경숙이 만났을 때」, 『역사비평』 112, 2015.

최성실, 「신경숙의 문학적 편력」, 『문학과사회』 12(2), 1999.

최영미, 『서른, 잔치는 끝났다』, 창작과비평사, 1994.

허병식, 「내적 망명의 서사, 유보된 성장의 기획」, 『외국문학연구』 50, 2013.

황도경, 「매장하기와 글쓰기」, 『현대소설연구』 33, 2007.

https://www.hani.co.kr/arti/culture/book/699611.html

https://www.khan.co.kr/culture/culture-general/article/201506230600025#csidx1c
    51495267bb6bfa178531f13fa3164

▌제4장

TEXT

모옌, 『홍까오량 가족』, 박명애 역, 문학과지성사, 2007.

모옌, 『달빛을 베다』, 임홍빈 역, 문학동네, 2008.

모옌, 『사부님은 갈수록 유머러스해진다』, 임홍빈 역, 문학동네, 2009.

모옌, 『개구리』, 심규호 역, 민음사, 2012.

REFERENCE

백지운, 「세계문학 속의 중국문학」, 『창작과비평』 41(4), 2013.

성민엽, 「모옌의 노벨 문학상 수상과 관련한 몇 가지 문제 제기」, 『문학과사회』
    26(1), 2013.

심혜영, 「『붉은 수수 가족(紅高粱家族)』을 통해 본 모옌(莫言)의 문학세계」, 『中
    國現代文學』 68, 2014.

유소희, 「모옌소설 특징과 중국 국내외 문학과의 관계」, 『한국중어중문학회 학술
    대회 자료집』 129, 2018.

이강인, 「중국문학과 노벨문학상의 의미적 해석」, 『동북아 문화연구』 35, 2013.

莫 言, 『莫言散文新編』, 文化藝術出版社, 2012.

莫 言, 「文学創作的民間資源」, 『莫言研究資料』, 孔范今主編, 山東文藝出版社,
    2006.

He Chengzhou, "Rural Chineseness, Mo Yan's Work, and World Literature."
    Mo Yan in Context: Nobel Laureate and Global Storyteller, Ed. by Angelica
    Duran and Yuhan Huang, Purdue University Press, 2014.

https://www.nobelprize.org/prizes/literature/2012/yan/25452-mo-yan-nobel-lectu

re-2012/

http://www.nobelprize.org/nobel_prizes/literature/laureates/2012/bio-bibl.html

https://www.nobelprize.org/prizes/literature/2012/yan/biographical/

https://www.bbc.com/news/world-asia-china-19919192

https://www.globaltimes.cn/page/201210/737856.shtml

https://kenyonreview.org/kr-online-issue/2012-fall/selections/anna-sun-656342/

https://www.munhak.com/book/view.php?dtype=brand&id=7148

https://www.nytimes.com/2012/10/12/books/nobel-literature-prize.html

https://www.rfa.org/english/news/china/nobel-10112012130212.html

http://content.time.com/time/subscriber/article/0,33009,1973183,00.html

https://www.pressian.com/pages/articles/5057

▌제5장

TEXT

오에 겐자부로, 『오에 겐자부로: 사육 외 22편』, 박승애 역, 현대문학, 2016.

오에 겐자부로, 『만엔 원년의 풋볼』, 박유하 역, 웅진지식하우스, 2017.

오에 겐자부로, 『개인적인 체험』, 서은혜 역, 을유문화사, 2020.

REFERENCE

가와시마 다케시(川島健), 「오에 겐자부로와 예이츠」, 권정희 역, 『개념과 소통』 14, 2014.

심수경, 「『오에 겐자부로 자선단편』에서 본 '다시 쓰기'와 시대정신─미군 등장의 초기단편을 중심으로」, 『日本言語文化』 40, 2017.

이재성·박승애, 「오에 겐자부로의 『사육』 일고찰」·『일본문화연구』 43, 2012.

송인선, 「변전(變轉)하는 공동체」, 『일본문화학보』 48, 2011.

홍진희, 「전흔세대(燒け跡世代) 소년의 전쟁」, 『일본문화학보』 79, 2018.

▌제6장

TEXT

한강, 『내 여자의 열매』, 창작과비평사, 2000.

한강, 『채식주의자』, 창비, 2007.

한강, 『소년이 온다』, 창비, 2014.

한강, 『흰』, 문학동네, 2018.

한강, 『작별하지 않는다』, 문학동네, 2021.

REFERENCE

권영민, 「상과 육체의 근원적인 문제를 밀도 있게 그려낸 수작: 제29회 이상문학 상 심사평」, 『2005 제29회 이상문학상 작품집』, 문학사상사, 2005.

김명주, 「한강의 『채식주의자』에서 피, 섹스, 나무 이미저리 다시 읽기」, 『인문학 연구』 121, 2020.

나병철, 「한강 소설에 나타난 포스트모던 환상과 에로스의 회생 - 「내 여자의 열매」와 「몽고반점」을 중심으로」, 『청람어문교육』 61. 2017.

남정애, 「들뢰즈/가타리의 사유를 토대로 살펴본 변신 모티프」, 『카프카연구』 30. 2013.

박윤영, 「[평론 부문 당선작] 그 삶을 기억하라-한강론」, 『실천문학』 123, 2016.

백지연, 「포스트휴먼 시대의 젠더정치와 괴물-비체의 재현방식 - 김언희와 한강 의 작품을 중심으로」, 『비교문화연구』 50, 2018.

신샛별, 「식물적 주체성과 공동체적 상상력: 『채식주의자』에서 『소년이 온다』까 지, 한강 소설의 궤적과 의의」, 『창작과 비평』 44(2), 2016.

심진경, 「산문적 현실을 비껴가는 시적 초월의 꿈-한강, 「내 여자의 열매」」, 『실천 문학』 58, 2000.

양진영, 「한강 『채식주의자』에 구현된 헤테로토피아 공간 연구」, 『한국문학이론 과 비평』 86, 2020.

오은엽, 「한강 소설에 나타난 '나무' 이미지와 식물적 상상력: 「채식주의자」, 「나 무불꽃」, 「내 여자의 열매」를 중심으로」, 『한국문학이론과 비평』 72, 2016.

오은영, 「한강의 『채식주의자』: '나'로부터의 탈출은 가능한가?」, 『세계문학비교연구』 59, 2017.

오정란, 「한강 『채식주의자』의 언어기호론적 해석」, 『인문언어』 18, 2016.

이상문학상 심사위원회, 「제29회 이상문학상 대상 수상작 선정 이유서」, 『2005 제29회 이상문학상 작품집』, 문학사상사, 2005.

이어령, 「차원 높은 상징성을 보여주는 새로운 소설: 제29회 이상문학상 심사평」, 『2005 제29회 이상문학상 작품집』, 문학사상사, 2005.

이찬규·이은지, 「한강의 작품 속에 나타난 에코페미니즘 연구 『채식주의자』를 중심으로」, 『人文科學』 46. 2010.

이현권·윤혜리, 「무의식적 관점에서 본 소설가 한강의 단편 소설 「내 여자의 열매」: 당시의 단편 소설들과 함께」, 『정신분석』 31(3), 2020.

전용숙, 「경계를 넘어서는 욕망과 고통에 대한 소고 - 한강, 김윤영, 오수연 소설을 중심으로」, 『민족연구』 70, 2017.

조르주 바타이유, 『에로티즘』, 조한경 역, 민음사, 1994.

조윤정, 「한강의 『채식주의자』에 나타나는 인간의 섭생과 트라우마」, 『인문과학』 64, 2017.

질 들뢰즈·펠릭스 가타리, 『천개의 고원』, 김재인 역, 새물결, 2001.

Carol J. Adams, *The Sexual Politics of Meat: A Feminist-vegetarian Critical Theory, 20th Anniversary Edition*, Bloomsbury Academic, 2015.

https://www.theguardian.com/books/2015/jan/24/the-vegetarian-by-han-kang-review-family-fallout

https://www.theguardian.com/books/2016/jan/17/human-acts-han-kang-review-south-korea

https://www.theguardian.com/books/2016/feb/05/han-kang-interview-writing-massacre

http://ch.yes24.com/Article/View/45918

https://terms.naver.com/entry.naver?docId=3578332&cid=59153&categoryId=59153

https://www.chosun.com/site/data/html_dir/2007/12/31/2007123100950.html

https://news.kbs.co.kr/news/view.do?ncd=5313630

▌제7장

TEXT

위화, 『인생』, 백원담 역, 푸른숲, 2007.

위화, 『허삼관 매혈기』, 최용만 역, 푸른숲, 2007.

위화, 『무더운 여름』, 조성웅 역, 문학동네, 2016.

위화, 『형제』, 최용만 역, 푸른숲, 2017.

REFERENCE

김순진, 「『제7일』의 사후세계가 지닌 의미와 창조성」, 『중국학연구』 82, 2017.

배주애, 「한·중 양국의 도서 시장에서 성공을 거둔 위화 소설의 특징」, 『한국중어중문학회 학술대회 자료집』, 2020.

신의연, 「1980년대 후반 위화(余華)소설 주제의식 탐구」, 『중국인문과학』 41, 2009.

심혜영, 「1990년대 위화(余華) 소설의 휴머니즘과 미학」, 『中國現代問學』 39, 2006.

위화, 「나의 문학의 길」, 『무더운 여름』, 조성웅 역, 문학동네, 2016.

윤영도, 「물의 이미지를 통해 본 위화(余華)의 소설세계」, 『오늘의 문예비평』 67, 2007.

洪治纲, 『悲悯的力量-论余华的三部长篇小说及其精神走向』, 当代作家评论, 2004.

https://m.post.naver.com/viewer/postView.nhn?volumeNo=8496783&memberNo=1734867&vTyp=VERTICAL

https://h21.hani.co.kr/arti/world/world_general/51007.html

http://tbs.seoul.kr/news/newsView.do?idx_800=2250514&seq_800=10221547

http://www.yes24.com/Product/Goods/3502779

http://ch.yes24.com/Article/View/23217

▌제8장

TEXT

무라카미 하루키, 『해변의 카프카』, 김춘미 역, 문학사상사, 2010.

무라카미 하루키, 『노르웨이의 숲』, 양억관 역, 민음사, 2017.

무라카미 하루키, 『버스데이 걸』, 양윤옥 역, 비채, 2018.

무라카미 하루키, 『1Q84』, 양윤옥 역, 문학동네, 2019.

무라카미 하루키, 『세계의 끝과 하드보일드 원더랜드』, 김난주 역, 민음사, 2020.

무라카미 하루키, 『일인칭 단수』, 홍은주 역, 문학동네, 2020.

REFERENCE

大塚英志, 『物語論で讀'む s村上春樹と宮崎駿』, 角川書店, 2009.

安藤哲行, 「像が平原に還る日を待って」, 『國文學 解釋と教材の硏究』 43-3
　　　臨增, 學灯社, 1998.

松田良一, 「作家と音樂 - 音樂小說という夢」, 『国文学』, 学灯社, 1999.

고오노 에이지, 「[일본 현대문학의 흐름과 동향] 무라카미 하루키의 노르웨이의
　　　숲」, 『문예운동』 110, 2011.

김영옥, 「무라카미 하루키(村上春樹) 소설의 시대성」, 『외국문학연구』 20, 2005.

김화영, 「무라카미 하루키의 작품에 나타난 음악의 수용: 『노르웨이 숲』을 중심으
　　　로」, 『일본연구』 17, 2002.

변찬복, 「아쿠타가와(芥川) 소설에 나타난 모더니티와 멜랑콜리 -『갓파(河童)』와
　　　『톱니바퀴』를 중심으로」, 『일본근대학연구』 46, 2014.

양종근, 「포스트주의의 허와 실」 『문예미학』 9, 2002.

이채원, 「소설의 미학과 영화의 미학」. 『문학과영상』 14(4). 2013.

조영일, 「무라카미 하루키와 한국문화」. 『황해문화』 65. 2009.

조헌구, 「일본문학의 수용: 상실의 시대가 재구축한 노르웨이의 숲」, 『대한일어일
　　　문학회 학술대회 발표논문 요지집』, 2018.

李憲仁・尹惠暎, 「『노르웨이의 숲(ノルウェイの森)』론」, 『일본문화학보』 64,
　　　2015.

https://www.munhak.com/book/view.php?dtype=brand&id=12810

▌제9장

TEXT

김애란, 『달려라 아비』, 창비, 2005.

김애란, 『침이 고인다』, 문학과지성사, 2007.

김애란, 『두근 두근 내 인생』, 창비, 2011.

김애란, 『비행운』, 문학과지성사, 2012.

김애란, 『바깥은 여름』, 문학동네, 2017.

김애란 외, 『칼자국 외: 이효석문학상 수상작품집 2008』, 해토, 2008.

김애란 외, 『2013 제37회 이상문학상 작품집』, 문학사상, 2013.

REFERENCE

강동호, 「희망의 이름 —김애란론」, 『문학과 사회』 32(4), 2019.

고명철, 「김애란의 『달려라, 아비』: 삶의 진경을 파헤치는 '젊은 문학'을 위해」, 『출판저널』 365, 2006.

김연수, 「김애란 씨는 어떤 사람인가요?」, 『문학과사회』 25(3), 2012.

김예림, 「두 도시 이야기: 김애란과 편혜영 읽기」, 『오늘의 문예비평』 68, 2008.

김화영, 「재난의 풍경을 바라보는 일곱 가지 시선」, 『2011 제2회 젊은 작가상 수상 작품집』, 문학동네, 2011.

나희덕, 「제27회 신동엽창작상 발표 - 김애란 소설집 『침이 고인다』」, 『창작과 비평』 37(3), 2009.

서영인, 「발랄하게 상상하고 우울하게 인식하라」, 『창작과비평』 40(4), 2012.

서영채, 「서사적 감수성의 성찰」, 『2011 제2회 젊은 작가상 수상 작품집』, 문학동네, 2011.

서은경, 「가족모티프의 측면에서 바라본 김애란 소설의 변모 과정」, 『돈암어문학』 33, 2018.

성석제, 「멋대로 마음대로 춤추고 소리치고 놀고 뛰고 노래하고 떠내려가고」, 『2011 제2회 젊은 작가상 수상 작품집』, 문학동네, 2011.

성석제, 「제27회 신동엽창작상 발표 - 김애란 소설집 『침이 고인다』」, 『창작과 비평』 37(3), 2009.

손정수, 『2008 이효석 문학상 수상작품집』, 해토, 2008.

윤재민, 「[제19회 창비신인평론상 수상작] 너무 많이 아는 아이들을 위한 가족 로망스_김애란론」, 『창작과비평』 40(4), 2012.

은희경, 『새의 선물』, 문학동네, 2010.

임경지, 「더 나은 내일을 품을 수 있는 집을 위하여」, 『실천문학』 121, 2016.

전상인, 『편의점 사회학』, 민음사, 2014.

정윤희, 「'신빈곤'에 관한 문학적 서사」, 『세계문학비교연구』 44, 2013.

차미령, 「세계의 끝에 선 소년의 전망은 어디를 향하고 있는가」, 『2011 제2회 젊은 작가상 수상 작품집』, 문학동네, 2011.

한기욱, 「제27회 신동엽창작상 발표 - 김애란 소설집 『침이 고인다』」, 『창작과 비평』 37(3), 2009.

홍용희·장주영, 「계급적 공감과 욕망의 기표에 관한 고찰: 김애란 소설을 중심으로」, 『한국문예창작』 13(1), 2014.

황영경, 「김애란 소설집, 『비행운』 속의 고립 형성 양상」, 『인문사회21』 11(5), 2020.

황종연, 백낙청, 「무엇이 한국문학의 보람인가」, 『창작과 비평』 34(1), 2006.

http://daesan.or.kr/business.html?d_code=3123&uid_h=35&view=history#

https://www.hankookilbo.com/News/Read/200511060038546465

https://www.localnaeil.com/News/View/402742/11?pageidx=3233

https://news.kbs.co.kr/news/view.do?ncd=5267087

https://www.hankookilbo.com/News/Read/200511060038546465

https://news.g-enews.com/article/Distribution/2013/01/201301071139080024281_1?md=20150227123739_S

https://www.chosun.com/site/data/html_dir/2017/10/30/2017103000146.html

| 지은이 소개 |

양종근 _ 대구대학교 인문과학연구소 연구교수
사회의 불평등은 어떻게 재생산되는가. 사회적 억압과 차별은 인간 개인에게 어떤 영향을 미치는가. 인간의 자유와 해방은 어떻게 가능한가. 그것의 내용과 형식은 어떠해야 하는가. 저자가 지속적으로 관심을 가지고 있는 연구 분야는 사회와 개인의 관계, 그 결정성과 자율성의 관계이다. 저자는 영문학비평 전공자로 알튀세르, 지젝 등 마르크스주의와 정신분석 비평에 많은 관심을 가지고 있다. 현대문학이론 및 철학, 그리고 미학 이론 등에 관한 연구를 지속하고 있는 저자는 루카치, 아도르노, 벤야민, 알튀세르, 지젝, 라클라우 등 사회적 차별과 억압 기제의 작동원리와 이데올로기의 기능에 대해 탁월한 이론을 제시한 이론가들을 연구해 왔다. 마르크스주의를 중심으로 프랑크푸르트 학파와 비판이론, 후기 라캉에 기반한 정신분석학, 포스트모더니즘과 포스트식민주의 및 현대 프랑스 급진철학을 통해 민주주의와 평등, 인간해방의 가능성을 모색하고 있다. 저서로는 『새로운 민주주의와 헤게모니』, 『우리시대 인문학 최전선』(공저), 『세계 속 동아시아 디아스포라 : 복제인간, 가족, 좀비, 여전사』, 『도시의 확장과 변형. 문학과 영화편』(공저) 등이 있다.

대구대학교 인문과학연구소
동아시아도시인문학총서 14

동아시아 문학의 전 지구적 확장성
- 해외문학상 수상 작가들 -

초판 인쇄 2022년 6월 20일
초판 발행 2022년 6월 30일

기   획 | 대구대학교 인문과학연구소
지 은 이 | 양종근
펴 낸 이 | 하운근
펴 낸 곳 | 學古房

주   소 | 경기도 고양시 덕양구 통일로 140 삼송테크노밸리 A동 B224
전   화 | (02)353-9908 편집부(02)356-9903
팩   스 | (02)6959-8234
홈페이지 | http://hakgobang.co.kr/
전자우편 | hakgobang@naver.com, hakgobang@chol.com
등록번호 | 제311-1994-000001호

ISBN 979-11-6586-465-1 94820
      979-11-6586-396-8 (세트)

값 : 24,000원

■ 파본은 교환해 드립니다.